ullstein

LAUREN GROFF, 1978 geboren, lebt in Gainesville, Florida. Ihr Roman *Licht und Zorn* ist einer der größten Erfolge der amerikanischen Literatur der vergangenen Jahre. Er stand ebenso wie *Matrix* und ihre Erzählungen auf der Shortlist des National Book Award.

Von Lauren Groff ist in unserem Hause außerdem erschienen:

Die weite Wildnis

Lauren Groff

Matrix

Roman

Aus dem Englischen von
Stefanie Jacobs

Ullstein

Besuchen Sie uns im Internet:
www.ullstein.de

Wir verpflichten uns zu Nachhaltigkeit
- Papiere aus nachhaltiger Waldwirtschaft und anderen kontrollierten Quellen
- Druckfarben auf pflanzlicher Basis
- ullstein.de/nachhaltigkeit

MIX
Papier
FSC FSC® C083411

Ungekürzte Ausgabe im Ullstein Taschenbuch
1. Auflage November 2023

Die amerikanische Originalausgabe erschien 2021 unter dem Titel *Matrix* beim Verlag Riverhead Books, einem Imprint von Penguin Random House, LLC, New York.

Umschlaggestaltung: zero-media.net, München
nach einer Vorlage von © Grace Han
Titelabbildung: © Billnoll/ Getty Images und
© Bridgeman Images
Satz: LVD GmbH, Berlin
Gesetzt aus der Albertina MT Pro
Druck und Bindearbeiten: CPI books GmbH, Leck
ISBN 978-3-548-06854-1

Für all meine Schwestern

ERSTER TEIL

1

Sie kommt allein aus dem Wald geritten. Siebzehn Jahre alt, im kalten, feinen Märzregen, Marie aus Frankreich.

Es ist 1158, und die Welt geht erschöpft dem Ende der Fastenzeit entgegen. Bald ist Ostern, früh in diesem Jahr. Die Saat auf den Feldern streckt im dunklen, kühlen Boden die ersten Keimblätter aus, bereit für den Ausbruch ins Freie. Zum ersten Mal sieht Marie das Kloster, bleich und unnahbar auf einer Anhöhe in diesem klammen Tal, in dem sich die vom Meer aufziehenden Wolken beständig an den Bergen abregnen. Die meiste Zeit des Jahres ist die feuchte Landschaft smaragdgrün und saphirblau und birst förmlich vor Leben, wimmelt es hier von Wassermolchen, Buchfinken und Schafen, während Pilze die zarten Köpfe aus dem fruchtbaren Boden drücken, doch jetzt zum Ende des Winters ist alles düster und grau.

Ihr altes Schlachtross schleppt sich mutlos dahin, und in einem Weidenkäfig auf der Truhe hinter ihr sitzt zitternd ein Merlin.

Der Wind verstummt. Die Bäume regen sich nicht mehr.

Marie spürt, wie die Augen der Landschaft auf sie gerichtet sind.

Sie ist groß, mehr Riesin als Mädchen, ungelenk und mit hervorstehenden Ellbogen und Knien; der feine Regen sammelt sich, bis er in Bächlein ihren Seehundmantel hinunterrinnt und ihr Kopftuch durchweicht, das eigentlich grün ist, aber jetzt schwarz. In ihrem reizlosen angevinischen Gesicht liegt keinerlei Schönheit, nur Klugheit und noch ungezügelte Leidenschaft. Es ist nass, aber vom Regen, nicht von Tränen. Dass man sie vor die Hunde geworfen hat, muss sie erst noch beweinen.

Zwei Tage zuvor hatte Königin Eleonore unvermittelt in der Tür von Maries Kammer gestanden, ganz Busen und goldblondes Wallen, mit Zobelpelz im Inneren des blauen Gewands, einem Juwelenregen, der sich von Ohren und Handgelenken ergoss, einem glänzenden Rosenkranz und so starkem Parfüm, dass es einen fast niederstreckte. Entwaffnen durch Überwältigen, das war schon immer ihre Strategie gewesen. Ihre Hofdamen hinter ihr verkniffen sich das Grinsen. Unter diesen Verräterinnen war auch Maries Halbschwester, genau wie Marie eine uneheliche Schwester der Krone, die Frucht auf Abwege geratener väterlicher Lust, doch das affektierte Ding hatte den Nutzen von Beliebtheit bei Hofe erkannt und war kreidebleich davongerannt, als Marie sich mit ihr anzufreunden versucht hatte. Sie würde eines Tages eine walisische Prinzessin werden.

Marie knickste linkisch, und Eleonore schwebte mit zuckenden Nasenflügeln ins Zimmer.

Die Königin sagte, es gebe Neuigkeiten, nein, was für erfreuliche Neuigkeiten, welch eine Erleichterung, just in diesem Moment habe sie den päpstlichen Dispens erhalten, dem armen Pferd sei beinahe das Herz zersprungen, so schnell sei es galoppiert, um ihn noch heute Morgen zu überbringen. Die Mühen, die sie, die Königin höchstpersönlich, im Laufe der letzten Monate auf sich genommen habe, hätten sich ausgezahlt, und die bedauernswerte uneheliche Marie aus Nirgendwo in Le Maine sei nun endlich zur Priorin eines königlichen Klosters ernannt worden. Was für eine wundervolle Nachricht. Endlich wusste man etwas mit dieser merkwürdigen Halbschwester der Königin anzufangen. Endlich war Marie für etwas zu gebrauchen.

Die dunkel umrandeten Augen der Königin ruhten für einen Moment auf Marie, bevor ihr Blick zu dem hohen Fenster schweifte, das auf die Gärten hinausging und dessen Läden offen standen, sodass Marie, wenn sie sich auf Zehenspitzen stellte, die Flanierenden draußen beobachten konnte.

Als Maries Lippen ihre Starre überwunden hatten, sagte sie heiser, sie danke der Königin für die außerordentliche Ehre ihrer Aufmerksamkeit, doch nein, oh nein, sie könne unmöglich Nonne werden, sie sei unwürdig und zudem mangele es ihr gänzlich an göttlicher Berufung.

Und es stimmte; die Religion, in der man sie erzogen hatte, war ihr trotz des Reichtums an Mysterien und Zeremonien immer leicht töricht vorgekommen, denn wie konnte es sein, dass Babys in Sünde geboren wurden, warum sollte sie zu unsichtbaren Mächten beten und Gott eine Dreifaltigkeit sein, und warum sollte sie, die spürte, wie ihre Größe in ihrem Blut pulsierte, weniger wert sein, weil die erste Frau aus einer Rippe geformt worden war, eine Frucht gegessen und daraufhin den müßigen Garten Eden verloren hatte? Das ergab doch keinen Sinn. Ihr Glaube hatte schon früh in ihrer Kindheit eine andere Richtung eingeschlagen und würde immer weiter in seine eigene Geometrie hineinwachsen, kantig und majestätisch.

Doch mit siebzehn, in dieser schlichten Kammer am Hof

zu Westminster, konnte sie der eleganten, geschichtenverliebten Königin nicht das Wasser reichen, die, wenn auch klein und zierlich, sämtliches Licht, sämtliche Gedanken in Maries Kopf und sämtliche Luft aus ihren Lungen aufsog.

Eleonore sah Marie einfach nur an, und Marie fühlte sich so klein wie zuletzt in Le Maine, als ihre Mutter, nachdem ihre sechs Amazonentanten schon das Zeitliche gesegnet, geheiratet oder den Schleier genommen hatten, ihre Hand ergriffen, sie auf das wachsende Ei zwischen ihren Brüsten gedrückt und mit einem strahlenden Lächeln und Tränen in den Augen gesagt hatte, oh Liebling, verzeih mir, ich sterbe; dieser große, kräftige Körper so plötzlich nur noch Haut und Knochen, beißender Atem und dann gar kein Atem mehr, und Marie, die alles Leben, das sie in sich trug, all ihre Gebete in die Rippen ihrer Mutter gepresst hatte, doch das Herz stand still. Die bitterlichen Qualen der Zwölfjährigen auf dem Friedhof auf einer windigen Anhöhe, gefolgt von zwei Jahren Einsamkeit, weil die Mutter darauf bestanden hatte, dass ihr Tod geheim bleiben musste, weil die Wölfe der Familie Marie ihr gesamtes Erbe entreißen würden, sobald sie davon erführen, denn sie als uneheliches Kind, Frucht einer Vergewaltigung und noch dazu ein Mädchen, hatte kein Anrecht auf irgendetwas; zwei einsame Jahre, in denen Marie dem Land abrang, was sie nur konnte. Dann das Hufgetrappel von fern auf der Brücke und die Flucht hinauf nach Rouen, anschließend über den Ärmelkanal zum königlichen Hof ihrer gesetzmäßigen Halbschwester in Westminster, wo jedermann entsetzt war über die ausgehungerte, keinerlei Manieren besitzende Marie und ihren ungelenken, grobknochigen Körper, und wo man ihr die meisten Privilegien, die mit ihrem königlichen Blut einhergingen, wegen persönlicher Makel wieder entzog.

Eleonore lachte darüber, dass Marie ihren Gefallen ablehnte, und mokierte sich über sie. Aber aber aber. Glaubte Marie im Ernst, man würde sie eines Tages verheiraten? Einen linkischen Galgenvogel wie sie? Drei Köpfe zu groß, mit polterigem Gang, dieser schrecklich tiefen Stimme, ihren riesigen Pranken, ihrer Streitlust und ihrem Schwert? Welcher Mann würde Marie als Gattin akzeptieren, ein Wesen bar jeder Schönheit, das nicht im Ansatz irgendeine der femininen Künste beherrschte? Nein, nein, es sei besser so und schon seit Langem beschlossen, bereits im Herbst, und ihre ganze Familie habe zugestimmt. Marie wisse, wie man ein großes Anwesen führte, könne in vier Sprachen schreiben und beherrsche die Buchhaltung; sie habe all das nach dem Tod ihrer Mutter schon im zarten Kindesalter so bewundernswert praktiziert, so gut sogar, dass sie der ganzen Welt zwei Jahre lang vorgegaukelt habe, sie wäre ihre eigene verstorbene Mutter. Womit sie natürlich sagen wolle, dass das Kloster, dessen Priorin Marie werden würde, so arm sei, dass man dort Hungers sterbe, leider leider. Man habe vor einigen Jahren Eleonores Unmut erregt und lebe seitdem in bitterer Armut. Außerdem wüte dort seit einiger Zeit eine Krankheit. Sie, Eleonore, könne unmöglich zulassen, dass die Nonnen eines königlichen Klosters verhungerten und noch dazu an einem grässlichen Husten zugrunde gingen! Was würde das für ein Licht auf sie werfen?

Der Blick ihrer kühlen, schwarzumrandeten Augen durchbohrte Marie förmlich, und sie traute sich nicht, ihn zu erwidern. Sie solle nur Geduld haben, sagte die Königin zu Marie, im Laufe der Zeit werde eine gute Nonne aus ihr werden. Jeder, der Augen im Kopf habe, könne sehen, dass sie von jeher für die heilige Jungfräulichkeit bestimmt sei.

Die Hofdamen brachen in schallendes Gelächter aus. Marie hätte ihnen am liebsten die Lästerschnäbel zugehalten. Eleonore streckte die reich mit Ringen geschmückte Hand aus. Marie müsse ihr neues Leben lieben lernen, sagte sie sanft, müsse lernen, das Beste daraus zu machen, denn das sei der Wunsch Gottes wie auch der Königin. Gleich morgen werde sie abreisen, mit königlichem Geleit und Eleonores persönlichem Segen.

Weil sie nicht wusste, was sie sonst tun sollte, ergriff Marie mit ihren rauen Fingern die kleine weiße Hand und küsste sie. Sie verspürte ein inneres Ringen. Am liebsten hätte sie das weiche, weiße Fleisch in den Mund genommen und hineingebissen, bis Blut kam; am liebsten hätte sie ihr die Hand mit dem Dolch abgeschlagen und als Andenken auf ewig in ihrem Mieder getragen.

Die Königin schwebte wieder hinaus. Marie legte sich benommen ins Bett, zu ihrer Dienerin Cecily, die ihr den Kopf, die Lippen und den Hals küsste. Cecily war simpel gestrickt und treu wie ein Hund. Sie schäumte und murmelte etwas von Verunglimpfung, und überhaupt sei die Königin eine liederliche und zügellose Weibsperson aus dem Süden, die beim ersten Mal nur wegen einer rasenden Sau aus Frankreich Königin geworden sei und beim zweiten Mal wegen eines Lackaffen von einem englischen Grafen, denn für ein lumpiges Lied bekomme sie ein jeder ins Bett, ja, man brauche ihr doch bloß irgendeine Rührseligkeit vorzusingen, schon hebe sie die Röcke, und es sei ja nicht ohne Grund so, dass keins ihrer Kinder dem anderen ähnele, der Teufel selbst habe die Bosheit in diesen königlichen Kopf gesetzt, oh, Cecily habe entsetzliche Geschichten gehört, schlimm, wirklich schlimm.

Als Marie sich von ihrem Schock erholt hatte, sagte sie der Dienerin, sie solle still sein, denn das Parfüm der Königin hing noch im Raum wie ein wachsamer Geist.

Dann brach Cecily in Tränen aus, weinte sich das zarte Gesicht rot und schnoddrig und versetzte Marie den zweiten Schlag. Sie eröffnete ihr, sie könne nicht mit ihr ins Kloster kommen. Zwar liebe sie ihre Herrin, doch sie sei zu jung und habe noch viel zu viel Leben vor sich, um sich inmitten einer Handvoll trübsinniger Nonnen auf ewig lebendig begraben zu lassen. Cecily sei für die Ehe gemacht, allein ihre Hüften, wie geschaffen, um zehn stramme Kinder zu gebären, und außerdem habe sie schlechte Knie und könne sich nicht von früh bis spät auf den Boden werfen und beten. Den ganzen Tag rauf und runter, rauf und runter, wie die Murmeltiere. Nein, am nächsten Morgen würden sich Cecilys und Maries Wege trennen.

Und Marie – die in diese Freundschaft mit Cecily, der Tochter der Köchin auf dem Familiengut in Le Maine, hineingeboren worden war, dieser rauen Person, die für sie bis zu diesem Moment alles gewesen war, Herrin und Schwester und Dienerin und Wonne und einzige liebende Seele in ganz Angleterre – begriff schließlich, dass sie ihrem lebendigen Tod allein entgegengehen würde.

Ach, meine liebe Marie, sagte die Dienerin schluchzend immer wieder, ach, es breche ihr das Herz.

Worauf Marie sich aus ihrer Umarmung wand und erwiderte, es müsse sich wohl um die treuloseste Form eines brüchigen Herzens handeln.

Dann stand sie auf und sah durch das offene Fenster hinaus auf den in Nebel gehüllten Garten, während in ihr die Sonne sank. Sie steckte sich die Kerne der Aprikosen in den Mund, die sie der Königin im Sommer von ihren privaten Bäumen gestohlen hatte, weil sie im Herbst und Winter gern das Bittere heraussog. Über ihre innere Landschaft strich der kühle Wind der Abenddämmerung, und alles, was im Schatten lag, wirkte fremd und verzerrt.

Und Marie spürte die überwältigende Liebe abebben, von der ihre beiden Jahre an Eleonores Hof in Angleterre erfüllt gewesen waren und deren zartes, schimmerndes Licht selbst ihre innere Einsamkeit und alles Schwierige gestreift hatte. Ihr erster Tag am Hof in Westminster; sie hatte noch das Salz der Überfahrt auf den Lippen, als sie sich, vollkommen überwältigt, zum Abendessen setzte und Lauten und Oboen aufspielten, und schließlich stand Eleonore in der Tür, hochschwanger und kugelrund, nur Bauch und Brüste und die rechte Wange geschwollen, weil sie an diesem Tag einen Zahn gezogen bekommen hatte; sie machte so winzige Schritte, dass sie schwanengleich zu gleiten schien, und ihr Gesicht war exakt dasselbe, das Marie von klein auf in ihren Träumen gesehen und verehrt hatte. Alles Licht im Raum verengte sich zu einem Nadelstich und fiel auf Eleonore. In diesem Augenblick war es um Marie geschehen. Als sie sich am Abend ins Bett legte, schnarchte Cecily bereits, und sie rüttelte an der Hand des Mädchens, um es zu wecken. Marie hätte sich auf die Jagd nach einem Gral gemacht, wäre als Mann verkleidet in den Krieg geritten und hätte, ohne mit der Wimper zu zucken, getötet; sie hätte gesenkten Hauptes Grausamkeiten ertragen und geduldig ihr Dasein inmitten Aussätziger gefristet – zu alldem wäre sie bereit gewesen, hätte Eleonore es von ihr verlangt. Die Königin war für sie die Quelle alles Guten: Lachen und Liebe und Minnegesang; ihre Schönheit brachte Schönheit hervor, und Schönheit, das wusste jeder, war ein Zeichen von Gottes Gunst.

Selbst jetzt, überlegt Marie beschämt, während sie auf das düstere, feuchte Kloster zureitet, selbst jetzt, nachdem sie weggeworfen wurde wie Unrat, hat sich daran nichts geändert.

Denn es ist bestürzend, wie arm diese fahle, auf den Hügel gezwängte Klosteranlage im kalten Sprühregen wirkt. England ist zwar insgesamt ärmer als Frankreich, die Städte sind kleiner, düsterer und schmutziger und die Menschen mager und von Frostbeulen übersät, doch das hier ist selbst für englische Verhältnisse ein trauriger Anblick – die baufälligen Nebengebäude, die morschen Zäune, der Garten mit den schwelenden Laubhaufen vom letzten Jahr. Ihr Pferd trottet dahin. Der Merlin rupft sich verzagt piepsend den Flaum unter den Flügeln aus. Marie nähert sich langsam dem Friedhof. Bisher wusste sie über das Kloster nur, dass es von einer vor Jahrhunderten heiliggesprochenen Schwester des Königs gegründet wurde, deren Fingerknochen nun im Tod Furunkel heilen können, dass es zu Zeiten der dänischen Invasionen erobert und geplündert worden war und die Nonnen vergewaltigt wurden, und dass in der Moorlandschaft ringsherum manchmal noch immer Skelette gefunden werden, deren Schädel das Filigranmuster tiefer Tätowierungen tragen. Und als Marie in der Herberge, in der sie über Nacht abstieg, gegenüber der Wirtstochter, die ihr das Abendessen brachte, den Namen des Klosters erwähnte, wurde das Mädchen kreidebleich und murmelte irgendetwas Unverständliches auf Englisch, doch seine Stimme ließ keinen Zweifel daran, dass das Kloster für die Menschen in der Gegend etwas Erbärmliches und Unheimliches war, ein Ort des Grauens. Also schickte Marie ihre Begleitung noch in der Stadt zurück, um ihrem lebendigen Begräbnis allein entgegenzureiten.

Jetzt zählt sie unter der Eibe vierzehn frische schwarze Gräber, glänzend im Sprühregen. Später wird sie erfahren, dass hier ein Dutzend Nonnen und zwei Oblatinnen, kindliche Laienschwestern, begraben liegen, erst wenige Wochen zuvor von einer seltsamen Krankheit dahingerafft, die die Betroffene blau anlaufen lässt, als wäre sie an ihrer eigenen Lunge ertrunken, und dass einige der Nonnen noch immer krank sind, keuchen und nachts von rasselndem Husten gequält werden.

Auf den frischen Gräbern liegen Stechpalmenzweige, und die roten Beeren sind das Einzige, was im Nieselgrau, ja eigentlich auf der ganzen, aller Farben beraubten Welt noch matt leuchtet.

Alles wird grau sein, denkt sie, der Rest ihres Lebens grau. Graue Seele, grauer Himmel, graue Märzerde, grauweiß das Kloster. Arme graue Marie. In den hohen Türen des Klosters stehen jetzt zwei zierliche Nonnen in wollenem Habit.

Im Näherkommen sieht Marie, dass eine der Nonnen ein großes, altersloses Gesicht hat, aufgedunsen und weich, und dass ihre Augen weiß und wolkenverhangen sind. Viel hat man Marie nicht über das Kloster erzählt, aber immerhin so viel, dass die Frau die Äbtissin Emme ist, der zum Trost für ihre Blindheit die Gabe einer inneren Musik zuteilwurde. Sie hat gehört, die Äbtissin sei beängstigend verrückt, doch auf eine freundliche Weise.

Die andere Nonne hat ein gelbliches, verkniffenes Gesicht, das an Mispeln erinnert, von den Menschen hier in dieser merkwürdigen, feuchten Gegend Hundsärsch genannt, wegen des Anus, den Gott hineinzudrücken beliebte. Es ist die Subpriorin Goda. Nachdem die vorherige Priorin und Subpriorin an der Erstickungskrankheit gestorben waren, hatte man sie hastig zu diesem Amt bestimmt, weil sie die letzte Nonne war, die in leserlicher Handschrift Latein schreiben konnte. Die von der Königin für Marie angebotene Mitgift genüge, um die Nonnen eine Weile am Leben zu halten, hatte Goda zähneknirschend an Eleonore geschrieben, sie könnten diesen Bastard aufnehmen, warum auch nicht. Godas Brief war mit Fehlern gespickt.

Marie bringt ihr Pferd am Eingang zum Stehen und steigt unter Schmerzen ab. Sie versucht, die Beine zu bewegen, doch nachdem sie an zwei Tagen dreißig Stunden lang im Sattel saß, sacken sie ihr in ihrer Furcht und ihrem Schrecken einfach unter dem Körper weg. Sie rutscht in dem Gemisch aus Schlamm und Pferdeäpfeln aus und fällt aufs Gesicht, der Äbtissin direkt vor die Füße. Emme sieht aus ihren weißen Augen zu ihr hinab und erkennt auf dem Boden vage den Umriss der neuen Priorin.

Mehr gesungen als gesprochen bemerkt sie, ihre Demut mache der neuen Priorin alle Ehre. Dank sei der Heiligen Jungfrau Maria, Stern des Meeres, dass sie ein so bescheidenes und zurückgenommenes königliches Wesen geschickt habe, um das Kloster nach all den schrecklichen Sorgen, dem todbringenden Husten und dem Hunger zu führen und zu heilen. Die Äbtissin lächelt anmutig ins Nichts.

Goda hilft Marie schließlich auf die Beine und schimpft dabei vor sich hin – was für ein grobschlächtiger Tölpel, dieses Mädchen, eine Riesin, und wie merkwürdig sie aussieht, auch wenn die Kleider wirklich edel sind oder vielmehr waren, jetzt, wo sie sie versaut hat, aber vielleicht bekommt Ælfhild sie wieder hin, denn natürlich muss man sie verkaufen, allein die Ärmel werden Mehl für eine ganze Woche einbringen. Murmelnd schiebt sie das Mädchen nach drinnen in den Flur, und die Äbtissin folgt ihnen. Goda hat den gekränkten Gesichtsausdruck eines Menschen, der in der Ecke darauf lauert, andere schlecht über sich reden zu hören, um seinen Groll zu nähren.

Fensterscheiben gibt es hier nicht, nur hölzerne und mit gewachstem Stoff überzogene Läden, die schmale Lichtstreifen hereinlassen, und aus irgendeinem Grund scheint es, als würde der große, lange Raum, in dessen Kamin ein winziges Feuer aus dünnen Holzscheiten brennt, die Kälte von draußen noch verstärken. Der Boden ist kahl und glänzt, kühler, sauberer Stein ohne Binsenteppiche. Aus sämtlichen Türen werden Köpfe herausgestreckt, dann verschwinden sie wieder.

Motten, denkt Marie. Vielleicht fantasiert sie.

Goda kratzt mit den Fingernägeln den Schlamm von ihr ab und befreit sie von ihrem besudelten Schleier, wobei sie sie absichtlich mit den Nadeln pikt. Eine Dienerin bringt eine Schüssel dampfendes Wasser. Die Äbtissin kniet nieder, streift ihr die nutzlosen schlammigen Schuhe und Strümpfe von den eiskalten Füßen und wäscht sie.

Kribbelnd und mit einem scharfen Brennen erwachen Maries Füße wieder zum Leben. Erst jetzt, unter den sanften Händen der blinden Äbtissin, lässt der Schock allmählich nach. Dieser farblose Ort mag das Leben nach dem Tod sein, doch Marie spürt, wie sie unter Emmes Händen wieder ein Mensch wird.

Leise dankt sie der Äbtissin dafür, dass sie ihr die Füße wäscht; so viel Freundlichkeit habe sie nicht verdient.

Doch Goda zischt, sie solle bloß nicht glauben, dass sie etwas Besonderes sei, alle Besucher bekämen hier die Füße gewaschen, ob sie denn gar nichts wisse, das stehe so in der Regel.

Die Äbtissin schickt Goda weg und heißt sie, in der Küche auszurichten, das Abendessen möge ihr in ihre Wohnung hinaufgebracht werden. Murrend zieht die Subpriorin von dannen.

Die Äbtissin sagt zu Marie, sie solle nicht auf die Subpriorin hören, denn Goda habe ihre Ambitionen gehabt, die Maries Ankunft schlagartig zerstört habe. Goda stamme von den edelsten Familien Englands ab, ein wenig Berkeley, ein wenig Swinton und etwas Meldred, und sie sehe nicht ein, warum sie sich ausgerechnet von einer unehelichen Schwester aus einer Sippe normannischer Emporkömmlinge und Throndiebe von ihrem Platz in der Hierarchie verdrängen lassen sollte. Aber nun habe Eleonore die Position für Marie beansprucht, sagt Emme, was solle sie schon machen, wenn das der Wille der Königin sei? Und Goda wäre als Priorin sowieso schrecklich ungeeignet. Sie könne besser die Tiere führen, die sie versorge, als ihre Schwestern, mit denen sie nur zanke und die sie mit ihren Standpauken traktiere. Die Äbtissin tupft Maries Füße mit einem weichen Tuch trocken, das einst weiß war.

Sie führt Marie barfuß über den kalten Stein die dunkle Treppe hinauf. Die Wohnung der Äbtissin ist winzig, ein Durcheinander aus Pergament- und Bücherstapeln, doch sie hat teure Fenster mit Scheiben aus transparentem Horn, durch die ein wachsartiges Licht in den Raum fällt und ihn zum Leuchten bringt. Der Merlin sitzt bereits auf seiner Stange nahe dem kleinen Birkenholzfeuer und wärmt sich; eine hübsche blaue Flamme züngelt an der hellen Rinde. Auf dem Tisch steht etwas zu essen, trockenes hartes Roggenbrot mit einer hauchdünnen Schicht Butter, Wein, zum Glück unverwässert und in besseren Zeiten aus Burgund mitgebracht, und zwei Schüsseln Suppe mit je vier Steckrübenscheiben darin. Die Äbtissin erzählt Marie von der großen Not, die gerade herrsche, ach, die Nonnen litten Hunger, aber Leiden läutere die Seele und mache diese frommen, demütigen Frauen in den Augen Gottes noch frommer. Und wenigstens heute Abend werde Marie essen.

Sie betrachtet Marie, fixiert mit ihren trüben Augen einen Punkt hinter ihrem Kopf und fragt sie, was sie über das Leben einer Nonne in einem Kloster wisse. Gar nichts, gesteht Marie. Das Essen hat keinerlei Geschmack, oder vielleicht hat sie auch zu schnell gegessen, um etwas zu schmecken. Sie hat immer noch Hunger, ihr Magen knurrt. Als die Äbtissin es hört, lächelt sie und schiebt Marie ihr Brot und ihre Butter hinüber.

Nun, sagt die Äbtissin, Marie werde sicher schnell lernen, der Königin zufolge mangele es dem Kind nicht an Intelligenz. Sie beschreibt ihr den Rhythmus der Tage. Acht Stunden Gebet: tief in der Nacht die Matutin, im Morgengrauen die Laudes, anschließend Prim, Terz, Sext, Kapitel, Non, Vesper, Kollation und Komplet und dann Nachtruhe. Arbeit, Stille und innere Einkehr, sonst nichts. Jede Bewegung ihres Körpers ist Gebet, das tägliche Brevier ebenso wie die harte körperliche Arbeit. Die Stille der Nonnen, die Lesehoren, denen sie lauschen, ihre Demut – das alles ist Gebet. Und Gebet ist natürlich Liebe. Gehorsam, Pflicht und Unterwürfigkeit; alles ist Ausdruck der Liebe, gerichtet an den großen Schöpfer.

Die Äbtissin lächelt heiter, bevor sie in einer hohen, zitternden Stimme zum Singen anhebt.

Nein, denkt Marie trotzig, Liebe ist nicht Demütigung, Liebe ist etwas Erhebendes. Das karge Abendessen hat ihren ärgsten Hunger gestillt, mehr aber auch nicht. Das Leben einer Nonne wirkt genauso schrecklich, wie sie es sich vorgestellt hat.

Die Äbtissin hört plötzlich auf zu singen und sagt, dass Marie ihren kleinen Falken und die Sachen in ihrer Truhe behalten dürfe, bis sie ihr Gelübde abgelegt habe; dann gehe alles, was ihr gehöre, in den Besitz des Klosters über. Marie weiß noch nicht genug, um zu verstehen, dass das ein großes Zugeständnis ist, das man niemandem sonst machen würde.

Draußen, wo die Dunkelheit hereinbricht und es noch immer regnet, läutet eine Glocke. Komplet. Die Äbtissin geht und überlässt Marie zum Ausruhen ihre Wohnung. Marie hört die Nonnen in der Kapelle das Nunc dimittis singen und schläft ein. Als sie aufwacht, steht Emme wieder vor ihr, beglückt und mit geröteten Wangen vom Chorgebet.

Es sei Zeit für Maries Bad, sagt sie sanft.

Marie sagt danke, das sei nicht nötig, sie habe erst im November gebadet, und die Äbtissin lacht und antwortet, die Reinigung des Körpers sei ebenfalls eine Form des Gebets, alle Nonnen hier im Kloster badeten einmal im Monat und die Bediensteten alle zwei Monate, denn Körpergerüche missfielen Gott.

Aus einer dunklen Zimmerecke tritt auf einmal eine noch dunklere Gestalt hervor, eine alte Nonne mit langen weißen Kinnhaaren und einem Gesicht, das aussieht wie aus einem Holzklotz gehackt. Das Bad sei bereit, sagt diese Nonne in weinerlich-wütendem Ton. Ihr Französisch hat einen so starken englischen Akzent, dass es klingt, als würde sie Kieselsteine kauen. Marie zuckt zusammen.

Auch die Äbtissin fährt zusammen und beklagt sich, sie möge es gar nicht, wenn jemand einfach aus dem Nichts komme und sie erschrecke. Das sei die Magistra, sagt sie zu Marie, die Novizenmeisterin. Ihr Name sei Schwester Wevua. Es sei schon merkwürdig; obwohl Marie in der Kathedrale in der Stadt hastig zur Jungfrau geweiht worden und natürlich schon als Priorin ins Kloster gekommen sei, bleibe sie, solange sie nicht die Profess abgelegt und den Schleier genommen habe, eine Novizin. Doch Wevua pflege einen sehr gedeihlichen Umgang mit den Novizinnen. Sie arbeite mit strengen Methoden, aber unter ihrer Führung lernten alle Novizinnen so rasch, dass sie in erstaunlich kurzer Zeit die Profess ablegten.

Die Magistra nickt. Die Ablehnung strömt förmlich aus ihr heraus, ein spiritueller Wind, der Marie wie auch der Äbtissin entgegenschlägt. Sie hat einen hinkenden Gang, der klingt wie ein Herzschlag, ba-damm, ba-damm, weil ihr als junges Mädchen einmal ein Pferd auf den Fuß getreten ist und die Knochen und Nerven darin zermalmt hat.

Ich habe den Fuß gesehen, als sie damals vor vielen Jahrzehnten ins Kloster kam, ich musste ihn waschen, ach, schrecklich, ein verstümmeltes Elend, sagt die Äbtissin, der Stoff, aus dem Albträume sind.

Schmerzt bis heute wie die Flammen der Hölle, sagt Wevua zufrieden.

Und so gehen die drei Frauen hinunter, durch das dunkle Kloster mit dem feuchten, kalten Steinboden unter Maries nackten Füßen und hinaus ins Brunnenhaus, noch immer erfüllt von den Stimmen und dem Schlamm der Nonnen, die zuvor von den Feldern hereingekommen sind und sich fürs Chorgebet gewaschen haben. Aus einem großen Holzzuber ganz hinten in einer Ecke steigt geisterhaft Dampf in die kühle, feuchte Luft auf. Als sie näher kommen, schlägt ihnen ein so intensiver Kräutergeruch entgegen, dass Marie, so erschöpft, wie sie ist, durch den Mund atmen muss, um nicht in Ohnmacht zu fallen. Die Kräuter seien gegen die Läuse und Flöhe, von denen es am Hof ja nur so wimmele, sagt Wevua, und es klingt, als würde sie die Wörter mit den Schneidezähnen abbeißen. Sie werde Maries Sachen in die Latrine hängen, wo die Nonnen ihre Notdurft verrichten; das Ammoniak im Urin werde den Biestern über Nacht den Garaus machen.

Jetzt ziehen die beiden Nonnen Marie gemeinsam die restlichen Sachen aus, das seidene Kleid, eine enger genähte Version des wogenden Kleids ihrer Mutter, und die Unterwäsche. Marie bedeckt sich mit ihren langen, dünnen Armen, innerlich kochend vor Wut. Wevua bückt sich, um dem Mädchen zwischen die Beine zu starren, dann betastet sie Marie mit ihren kalten Fingern. Die neue Priorin sei so hochgewachsen, sagt sie, habe so große Hände, eine so tiefe Stimme und ein so unweibliches Gesicht, dass sie sich mit eigenen Augen habe überzeugen müssen, dass sie wirklich eine Frau ist, aber jetzt sei sie zufrieden – Marie ist, was sie zu sein behauptet –, und sie gibt ihr einen Schubs, damit sie in die Wanne steigt.

Marie lässt die Arme sinken und sieht Wevua direkt ins Gesicht, und die alte Magistra tritt einen Schritt zurück.

Ach, sagt die Äbtissin sanft, was sei die Magistra doch unnötig grob zu dem Mädchen. Sie deutet freundlich auf das Badewasser und sagt, das werde Marie nach dem langen Ritt durch die Kälte sicher eine Wohltat sein. Marie steigt hinein. Das Brennen beginnt an ihren Knöcheln, steigt über ihre Waden, Knie und Schenkel bis zu ihrer Scham, dann den Bauch und die Brust hinauf zu den Achseln und schließlich zum Hals. Der Kräutergestank sticht ihr in die Nase und bohrt sich tief in ihr Gehirn.

Schwester Wevua und die Äbtissin stecken ihre Hände in Sackleinen, reiben Marie mit nasser Seife ein und schrubben graue Würmer von ihrer Haut, stellenweise, bis es blutet. Und dort im heißen Wasser, gewärmt und überwältigt, müde und gequält, verrät ihr Körper sie plötzlich. Sie beginnt zu weinen und schluchzt ins Wasser, dabei hatte sie sich doch geschworen, niemals zu weinen, stark zu sein und all die Verluste stoisch zu ertragen – kein Hof mehr, keine Cecily mehr, keine Zukunft, keine Farbe und auch keine Eleonore mehr, die sie aus der Ferne betrachten konnte, die Sehnsucht wie eine unsichtbare Freundin an ihrer Seite. Sie weint, während ihr langes aschblondes Haar zu einer nassen Peitsche geflochten wird, während sie nach der guten Wärme wieder in der Kälte steht, während ihr großer, hagerer Körper mit einer Bahn Stoff abgetrocknet und sie anschließend angezogen wird. Ein Leinenunterhemd mit einem großen braunen Fleck von der Brust bis hinunter zum Saum; ohne Zweifel hat es einer verstorbenen Nonne gehört. Ein Wollkittel, der nach Lavendel und der Haut von jemand anders riecht und ihr gerade so über die Knie reicht. Viel zu kurz, zischt Wevua ärgerlich in Richtung der Äbtissin. Auch das Skapulier ist viel zu kurz. Und natürlich auch das Hemd darunter, was bedeutet, dass die armen Beine dem garstigen Wetter, dem Schneeregen und dem eisigen Wind jetzt gegen Ende des Winters schutzlos ausgeliefert sind.

Die Äbtissin seufzt. Schwester Ruth werde morgen die schlechtesten der überzähligen Habite zerschneiden und die Reste unten an den Kittel und das Skapulier annähen, sagt sie. Wegen des kalten Wetters werde Marie drei Paar Strümpfe bekommen. Sie werde leiden, doch Leid sei nun einmal das Los des Menschen, und jeder Moment des Leidens bringe den irdischen Körper ein Stück näher an den himmlischen Thron.

Eigenhändig legt die Äbtissin Marie das weiße Novizinnenkopftuch an, Stirnband, Wimpel und Schleier, während Wevua ihr ruppig die Strümpfe überstreift und mit ihrer Kieselsteinstimme lamentiert, dass ihr auch sämtliche Holzschuhe zu klein sein werden.

Die Äbtissin murmelt etwas über das arme Kind, aber dann sagt sie, tja, was solle sie machen? Die Königin habe Maries Mitgift noch nicht geschickt, und sie seien im Moment so knapp bei Kasse, dass kein Geld da sei, um Holzschuhe für Marie anfertigen zu lassen. Worauf Wevua erwidert, Marie könne ja nicht barfuß herumlaufen, nicht einmal die Dienerschaft des Klosters gehe barfuß, da wäre es eine schreckliche Sünde, die neue Priorin ohne Schuhe gehen zu lassen. In der Tat, erwidert die Äbtissin, dann werde Marie eben tragen, worin sie gekommen sei, und Wevua entgegnet, sie sei in Hofschläppchen aus Ziegenleder gekommen, nutzlose Dinger, man stelle sich nur vor, die Priorin stehe damit in den schlammigen Frühjahrsfeldern und überwache die Aussaat, was für kalte, nasse Füße sie darin in kürzester Zeit bekäme, und dann würde die Kälte von unten her hochkriechen und Marie krank werden und sterben, sodass zu allem anderen Ärger auch noch der Leichnam einer zu groß geratenen unehelichen Schwester der Königin hinzukäme. Die Stimme der Äbtissin hatte jetzt nichts Melodisches mehr; scharf entgegnet sie der Magistra, dass Wevua ihrer abendlichen Andacht dann eben ein Gebet für ein Schuhwunder hinzufügen solle, doch bis besagtes Wunder eintrete, werde Marie ihr Schicksal ertragen müssen, das im Moment sicherlich nicht die schlimmste aller Entbehrungen im Kloster darstelle. Zwischen den beiden Frauen herrscht eine uralte Feindschaft, begreift Marie, ein Krieg des Leidens zwischen dem Stummelfuß und den trüben Augen. Über Jahrzehnte gewachsen und sichtbar wie die Ringe eines gefällten Baums.

Die Äbtissin dreht sich um und schreitet sicher durch die Dunkelheit, während die anderen beiden sich vorsichtig an der Wand entlangtasten. Hinaus in die Nacht, durch den Kreuzgang. Die Äbtissin geht wieder ihre Treppe hinauf und ruft zu Marie hinunter, Schlafen Sie gut, neue Priorin, denn am nächsten Morgen werde Marie sich an die Arbeit machen und die Pergamente und Rechnungsbücher sortieren.

Marie folgt Wevua in die Kapelle, in der noch eine dünne Bienenwachskerze brennt. Das Kloster hat in seiner Not sämtlichen Zierrat verkauft, übrig ist nur eine Schnitzerei aus Holz: magere Unterschenkel, Wunden, Dornen, Blut und Rippen, die alte Geschichte, die sie in- und auswendig kennt. Die dunkle Treppe hoch zum Dormitorium, wo zwanzig Nonnen im fahlen Schein einer einzelnen Laterne bereits schlafen, in Reih und Glied und in vollem Habit, denn vielleicht blasen gerade in dieser Nacht die Engel der Wiederauferstehung ihre Trompeten, und dann müssen sie bereit sein, dem Himmel in die Arme zu fliegen. Marie hat das Gefühl, als würde sie beobachtet, doch sämtliche Gesichter um sie herum sind reglos von Schlaf, vorgetäuschtem oder echtem. Weiter hinten hört sie Geflüster, jemand hustet röchelnd. Durch die Ritzen der Fensterläden pfeift der Wind, Schneeflocken schweben durch die Luft des Dormitoriums und schmelzen, bevor sie den Boden berühren. Wevua deutet auf ein Bett, und Marie legt sich darauf. Sie ist zu groß für diese Bettgestelle und kann erst dann einigermaßen darauf liegen, als sie ein Stück hinunterrutscht, die Knie beugt und die Füße auf den Boden stellt, dessen unversöhnliche Kälte durch ihre Sohlen kriecht.

Ach, hätte sie doch nur ihre Mutter hier, diese stattliche, gütige Frau mit dem polternden Lachen, das alles besser machte, und dem Hals, der stets nach Verbene duftete, doch ihre Mutter ist seit fünf Jahren tot. Ach, oder Cecily mit ihrer warmen Haut, ihrer derben Sprache und ihrem gesunden Menschenverstand; sie könnte Maries Hass auf dieses eisige

Loch teilen, sodass sie ihn nicht allein ertragen müsste. Wie Cecily es hier wohl finden würde, Cecily, die als Kind einmal im staubigen, stinkenden Hühnerstall, durch dessen Ritzen trübes Licht fiel, ein Ei unter einer Henne hervorgezogen und, mit ihrem Kittelchen als Messgewand, einen Ascheeimer als Weihrauchfass schwenkend, irgendeinen Quatschsingsang angestimmt und das Ei, noch warm vom Inneren seiner Mutter, in Maries Mund aufgeschlagen hatte, Leib und Blut zu einem vermischt, und Marie hatte sich bekreuzigt und den dicken, warmen Glibber mit Mühe hinuntergewürgt. Dann Cecilys Atem auf Maries Gesicht; sie hatte gerade Karotten geschabt und ein paar Schalen gekaut und leckte Marie mit ihrer kleinen harten Zunge etwas Eigelb vom Kinn. Die zweite Ketzerei, Mund auf Mund. Cecilys unverblümter, wissender Körper; unter den Bediensteten, wo sie solche Künste lernte, gab es keine Geheimnisse. Welch eine Entdeckung, dieses stämmige Mädchen mit den Grübchen und dem Stroh im Haar, welch eine Wärme. Sein pulsierender Körper auf dem von Marie.

Marie umklammert ihre eigenen Hände, aber sie sind kalt und knochig, es sind nicht die von Cecily.

Langsam erwärmt sich das Dormitorium durch den Atem und die Körperwärme der Nonnen. Draußen heult einsam der Wind. Marie hört auf zu zittern. Sie wird nie wieder schlafen, denkt sie, dann schläft sie ein.

Sofort taucht sie in lebhafte Träume ein. Eine Erinnerung, ein feuchtes, dampfendes Dock und dahinter das Meer, auf dem Wasser die gleißende Sonne. Quälend trockene Hitze und die stumm schreienden Mäuler von Fischen in Netzen, eine Menschenmenge, Frauen mit Terrakottakrügen auf den

Köpfen, der Geruch von Moder, Blut und Tod, von Rauch und der salzigen See. Kinder, die durch das dunkle Dickicht aus Beinen schwimmen. Überall die weißen Gewänder und das rote Kreuz der Templer. Ein Stimmengewirr aus unverständlichen Sprachen, ferne Flöten, knarrendes Holz und klatschende Wellen. Unter ihrem Gesäß zwei starke Schultern, eine Frauenhand, die ihre kindlichen Schenkel festhält, es ist ihre Mutter. Die Menge bildet einen Kreis, in dessen Mitte ganz allein eine nackte Frau steht, ölglänzend im Sonnenlicht und wunderschön. Offenes schwarzes Haar, das ihr lockig auf die Hüften fällt, in den Achseln und zwischen den Beinen schwarzer Flaum. Um den Hals trägt sie eine silberne Kette – eine Sklavin. In ihrer Miene liegt Verachtung, sie sieht nicht in die dicht gedrängte Menge, sondern in den fernen Himmel darüber. Gebrüll wird laut, eine stampfende Musik setzt ein, und eine Peitsche schnalzt gefährlich dicht am weichen Bauch der Frau in der Luft. Langsam, keck wie eine Katze, steigt die Nackte rückwärts in eine hölzerne Kiste, die ihr bis zu den Knien reicht. Sie hockt sich hin und verschwindet darin. Dann wird der Deckel aufgesetzt und die Kiste zugenagelt. Jetzt wird ein glänzendes Schwert hochgereckt und mit einem markerschütternden Schrei in die Kiste gestoßen; Marie hält unwillkürlich den Atem an, gleich muss sich eine rote Lache bilden, nicht hinsehen, aber Marie sieht trotzdem hin, doch da ist keine Pfütze, zumindest noch nicht, und jetzt wird ein weiteres Schwert geschwungen und hineingestoßen, und dann noch eins und noch eins, immer schneller und schneller. Was in der träumenden Marie zu Eis erstarrt ist, taut auf, und es folgt ein innerliches Ringen, panische Angst, jemand muss etwas tun, wo ist die Macht, die dem Ganzen

Einhalt gebietet, denn aus der Kiste ragen jetzt stachelartig Dutzende von Heften. Ruhig, flüstert ihr die Stimme ihrer Mutter ins Ohr, ganz ruhig, das ist nur ein Trick. Schwerter werden langsam herausgezogen. Der Deckel aufgerissen. Ein langer, banger Moment des Ensetzens. Dann endlich steigt die Frau langsam aus der Vertiefung, in der sie gelegen hat. Wunderschön, noch immer strahlend, noch immer voller Wut und Verachtung. Sie ist am Leben, ihre Haut unverwundet, kein Kratzer auf der glatten, makellosen Haut, sämtliches Blut noch darunter. Ein Hut wird herumgereicht und füllt sich mit Münzen. Schauer durchwogen Maries Körper, und in ihrem Ohr wieder die Stimme ihrer geliebten Mutter, alles gut, mein Schatz; die arme Frau hat sich wie eine Natter darin herumgeschlängelt.

Als Marie aufwacht, steht wie eine große dunkle Wolke Wevua vor ihr und sie spürt einen stechenden Schmerz in den Knien, weil Wevua ihr mit der Spitze ihres Holzschuhs gegen die Beine tritt und sagt, sie solle aufstehen – Hoch mit dir, du Faulpelz, du schwaches und wimmerndes langes Elend, die Matutin fängt gleich an, hoch mit dir, hoch hoch hoch, du blaublütiger, knochiger, hässlicher Bastard, du falsche Priorin, hoch hoch hoch! –, die Magistra könne in Maries verruchtem Herzen zwar keine Gottesliebe erkennen, aber sie werde sie ihr schon einpflanzen, notfalls mit Gewalt, oder das Mädchen müsse ohne Vergebung für seine Sünden zugrunde gehen.

Panisch springt Marie auf und sieht durch das Fenster, dass der Mond dick und rund am schwarzen Himmel steht und die Landschaft in der Dunkelheit versunken ist. Vor ihr gehen die anderen Nonnen im Licht einer einzelnen Laterne die Dormitoriumstreppe hinab, gesichtslos im Halbdunkel. Und als Marie, noch immer in ihrem lebhaften Traum gefangen, das trockene, kühle Rascheln ihrer Habite hört, muss sie unwillkürlich an die Flügel von Aasgeiern denken, die sich in langsamen Kreisen zu ihrem Todesschmaus hinabsenken.

2

Marie steigt die Dormitoriumstreppe hinunter. Es scheint, als wäre sie aus dem grellen Sonnenlicht in einen dunklen Raum getreten. Alles, was sie sieht, sind die geisterhaften Fragmente der Helligkeit dessen, was sie verloren hat.

Wevua drückt sie hinunter auf die Bank und setzt sich zu ihr. Eine andere Novizin neben Marie berührt mit dem Handrücken ihren, um sie zu trösten. Verstohlen sieht sie zu dem Mädchen mit den Glupschaugen und den vorstehenden Schneidezähnen hinüber; es ist, wie sie später erfahren wird, Schwanenhals, und die Novizin zu ihrer anderen Seite ist Ruth, deren Augen stets einen kleinen Scherz machen. Mit beiden wird Marie eine tiefe Freundschaft verbinden.

Erschöpft, wie sie ist, sieht sie die Schatten in den Ecken der Kapelle immer neue, bedrohliche Formen annehmen.

Die Matutin, stellt sie fest, ist singendes Gebet; sie bedeutet Zittern in der eisigen Kälte, Seite an Seite mit Fremden. Und sie dauert eine gefühlte Ewigkeit. Die schmale Kerze flackert, draußen pfeift der Wind über die raue Landschaft. Ein Schmerz, als hätte eine Faust sämtliches Fleisch in ihrem Inneren gepackt, zieht durch Maries Brust. Um ein Haar schreit sie auf. Die Taubheit, die sie bis hierhin geschützt hat, ist vergangen. Alles brennt.

Für einen Moment beginnt die Kapelle zu wanken und verschwindet, und vor Maries Augen steht der königliche Hof, so als wäre sie in diesem Moment dort: Im großen Saal ist es warm, die Diener schicken Glühwürmchen ins Dunkel, während sie die Kerzen entzünden, deren Schein die Finsternis vertreibt; die Mastiffs, Alaunts und Windhunde trotten herein, der Duft von guten Speisen, die auf großen Tabletts zu den Tafeln getragen werden, steigt ihr in die Nase, und jetzt trifft der Hofstaat ein, in bunten, edlen Kleidern, einzeln oder in Grüppchen, die Damen leise plaudernd, und in einer Ecke beginnen die Lauten zu spielen, worauf sich zwei Stimmen in einem traurigen Lied über ritterliche Minne verflechten, und Marie erkennt das Muster dieser aufregenden neuen Art von Liebe, sieht es sich entrollen wie ein Stück Stoff: Die Ehe ist kein Grund, sich nicht zu verlieben, wer nicht eifersüchtig ist, liebt nicht, niemand kann zwei Menschen zugleich im Herzen tragen, Liebe ist etwas, das stets entweder wächst oder vergeht, und einfach zu erlangende Liebe ist wertlos, während die unerreichbare umso kostbarer ist. Auf dem Tisch thront ein gebratener Schwan mit zurückgebogenem Hals, außerdem gibt es Hammelfleisch, Berge von weichem weißem Brot, einen Käse wie ein Wagenrad, Schweinefleischpasteten mit Feigen und Bier und Wein im Überfluss. Dazu das große Überraschungsgeschenk, einfach zum Vergnügen, ein Basilisk mit einem Wildschweinkopf in einer grünen Petersilienkasserolle und dem Körper eines gebratenen Pfaus mit wieder angenähten Schwanzfedern, und ein in Kampfer und Weingeist getränkter brennender Lumpen im Maul lässt das Monster grünes Feuer speien. Die Stimmen und die Musik, das Leuchten, die Farben, die Wärme.

Und dann der Mittelpunkt der Versammlung am Kopf der

Tafel, Maries große Liebe; sie strahlt so hell, dass Marie nicht den Menschen sieht, nur den Glanz.

Das Bild verblasst. Marie sitzt wieder inmitten von Geistern und Schatten, der Wind spielt mit dem Dachgesims, und es scheint, als hätten selbst die alten Mauern dieses bettelarmen Klosters vor so viel Krankheit und Hunger in ihrem Inneren resigniert.

Jetzt steigen alle die Dormitoriumstreppe schweigend wieder hinauf, gehen zurück in die kalt gewordenen Betten. Schwanenhals lässt Wevua vor sich in ihr Bett humpeln, greift nach Maries Hand und hält sie zurück. Sie sei so froh über Maries Ankunft, flüstert sie ihr ins Ohr, Emme sei zu nichts zu gebrauchen, Goda tauge nur für die Tiere, aber irgendjemand müsse ja die Führung übernehmen, Gott sei Dank habe die Heilige Jungfrau Marie geschickt.

Wieder schlafen, aber schon bald ist es Zeit für die Laudes, halb träumend eingetaucht in Dunkelheit und Gesang, dann die Waschungen, nach draußen rennen zum Brunnenhaus, waschen mit dem kalten Wasser, das die Diener heraufgepumpt haben, anschließend zur Latrine und zurück in die Kapelle für die Prim, während das erste Tageslicht durch die Spalte der Fensterläden dringt. Im Refektorium werden die Aufgaben verteilt, die schwerste Arbeit für die Schwächsten, denn Schmerz ist hier ein Beweis für Gottesfürchtigkeit. Wevua lässt die Novizinnen den Kapellenboden mit eiskaltem Wasser schrubben. Marie hat in ihrem ganzen Leben noch nie irgendetwas geschrubbt. Mit schmerzenden Händen fragt sie sich, wie Cecily es geschafft hat, sie nicht zu hassen. Dann die erste Mahlzeit, ein Stück schwarzes Brot und etwas Milch, noch warm von den Kühen. Die Terz, anschließend Kontemplation in der Wärme des Kalefaktoriums; jede Nonne liest laut aus ihrem Buch vor, aber Marie hat nichts bekommen, deshalb sagt sie Gedichte auf, die sie auswendig kennt. Die Sext. Psalmen, immer wieder Psalmen, entfacht von der zittrigen Stimme der Kantorin.

Übellaunig kommt Goda herbeigeschlurft. Marie solle sich bei der Äbtissin einfinden, warum, wisse sie allerdings nicht, sie selbst könne tadellos ein Diktat aufnehmen. Die Subpriorin dreht sich wutschnaubend um und geht, um im Hühnerstall die Eier einzusammeln.

In dem kleinen weißen Zimmer der Äbtissin ist es so wohltuend warm, dass Marie sich plötzlich auf einen Hocker sinken lässt. Die Äbtissin lächelt geistesabwesend und beginnt zu sprechen, und Marie begreift erst mit einiger Verzögerung, dass sie einen Brief an Eleonore diktiert. Hastig sucht sie Pergament und Schreibfeder, aber es ist egal, der Brief der Äbtissin ist so seltsam und zusammenhangslos, voll von Rührseligkeiten wie von Gift und Galle, dass Marie nichts niederschreibt, sondern den Kern zu erfassen versucht und dann in freundlich-kühlem Ton auf Latein einen kurzen Brief aufsetzt, in dem sie die sofortige Herausgabe von Maries Mitgift fordert; die Nonnen hungerten sich zu Tode. Nur in der Grußformel verleiht sie ihrer unbändigen Liebe Ausdruck. Als Marie der Äbtissin das Geschriebene vorliest, lächelt diese zufrieden und bemerkt freudig überrascht, wie präzise Marie doch ihr Diktat aufgenommen habe, es sei Wort für Wort der Brief der Äbtissin.

Nach dem Brief an Eleonore das Chaos der Kassenbücher, als Marie endlich allen Mut zusammennimmt und hineinsieht – ihr wird regelrecht übel. Am östlichen Tor stehen die

Familien der Zinsbauern, die das klösterliche Land bewirtschaften, um die neue Priorin zu begrüßen. Da ist der lange Tag nicht einmal zur Hälfte um.

Am liebsten würde Marie sich auf den Boden dieses weißen, warmen Zimmers legen. Das Gefängnis des Fleisches an diesem elenden, sumpfigen und stinkenden Fleck Erde verlassen, ihren Geist aushauchen und im Tod zu ihrer Mutter zurückkehren.

Stattdessen arbeitet sie weiter, während Emme leise pfeifend schläft und eine Fliege wieder und wieder ihren harten Leib gegen die Fensterläden wirft.

Doch schon bald hört sie Gemurmel, obwohl Sprechen während der Arbeit eigentlich verboten ist; vielleicht sind es die Frauen unten in der Seidenspinnerei. Sie entdeckt ein Loch im Boden, vielleicht zur Belüftung, tritt näher heran, hockt sich hin und lauscht.

Jemand sagt, oh, aber hinter dem Helmvisier steckte ein Ginsterzweig, und da wusste die Mutter des armen Mädchens Bescheid, wer sich an ihrer Tochter vergangen hatte, und in diesem Moment durchfährt es Marie eiskalt und sie begreift, dass von ihrer eigenen Mutter die Rede ist, von den Umständen ihrer, Maries, Geburt. Stellt euch vor, sagt die Stimme und kommt jetzt richtig in Fahrt, ein Mädchen von gerade mal dreizehn Jahren, aber rank und schön, und als sie eines warmen Tages nichts ahnend draußen auf den Feldern gerade einen Kranz aus Mohnblumen flocht und vor sich hin träumte, hörte sie hinter sich plötzlich Metall rasseln, und ehe sie weglaufen konnte, wurde sie an den Haaren gepackt und auf den Sattelknauf gezerrt, weil nämlich die Armee nicht weit entfernt ihr Lager hatte, und das Mädchen dort ganz allein auf dem Feld war einfach zu verlockend. Und als es zum Schloss zurücktaumelte und dort erzählte, woran es sich erinnerte, nur an den Ginsterzweig, geriet seine Mutter derart in Wut, dass sie sich das Schwert der Familie schnappte, zum Lager ritt und dort Rabatz machte. Ginster, das ist die Planta Genet, versteht ihr, Plantagenet. Übrigens Nachkommen von Melusine, der Fabelkönigin, die mit ihren Kindern unter den Menschen lebte, bis man sie eines Tages heimlich beim Baden beobachtete, wo ihr Schwanz sichtbar wurde, und da floh sie durchs Fenster und kehrte der Menschheit für immer den Rücken. Und das Ergebnis der Plantagenet-Vergewaltigung war nach neun Monaten, ihr könnt es euch denken, unsere neue Priorin Marie. Und so kommt es also, dass unsere neue Priorin eine uneheliche Halbschwester der Krone ist. Durch die schreckliche Schande einer Vergewaltigung. Wie seltsam es doch ist, dass sie königliches Blut hat, das mit einer solchen Schmählichkeit vermischt ist!

Marie wird übel. Hätte sie noch einen Rest von Selbstliebe übrig, würde sie davonlaufen, doch sie drückt nur zornig das Ohr auf das Loch, um zu hören, was sie noch alles über sie wissen.

Jemand beginnt ein Ave-Maria zu flüstern.

Und tatsächlich sagt eine andere jetzt schnell, dass die neue Priorin aus Le Maine kommt, unweit der Normandie und der Bretagne. Ein mittelgroßes Anwesen, nicht übel, nahe einer römischen Straße und einem Fluss, eine liebliche Landschaft, sie selbst sei eine entfernte Cousine und wisse aus erster Hand, dass Marie aus einer berüchtigten Familie von Mannweibern stamme – Maries verwitwete Großmutter mit ihren sieben Töchtern und dann noch Marie, insgesamt acht allzu wilde Gören. Als sie selbst noch ein Kind war, habe man den Mädchen in ihrer Familie immer gesagt, man drehe ihnen den Hals um, wenn sie so würden wie ihre unfraulichen Cousinen, die auf ihren Pferden im Galopp über die Felder flogen – noch dazu rittlings, welch ein Skandal! –, mit ihren Schwertkämpfen, dem Dolchunterricht, den acht Dialekten, die sie sprachen, sogar ein wenig Arabisch und Griechisch, und überhaupt den ganzen staubigen Manuskripten, diese lauten, widernatürlichen und eigensinnigen Frauen, die übereinander redeten, zankten, einander Blut abnahmen und mit der Hellebarde umgehen lernten, so sonderbar und ungehobelt. Aber nicht sie selbst. Nein nein, sie und ihre Schwestern seien überaus weiblich, sagt die Stimme selbstzufrieden.

Und Marie sehnt sich zurück nach ihrem Fluss in Le Maine, muskulös wie eine riesige Schlange. Nach den grünen Feldern, durch die kleine goldene Vögel schossen. Nach ihrer Großmutter und ihren Tanten, allesamt riesig, so wie Marie sie von damals in Erinnerung hat, als sie noch klein war und die Familie noch intakt, nach dem nie endenden Strom von Geschichten und Liedern und dem Armarium voller Bücher.

Doch jetzt ruft eine liebliche, sanfte Stimme, oh ja, auch sie habe von dieser Familie gehört, Hexen seien das gewesen, sie hätten sich in einer Vollmondnacht in Wolfsfrauen verwandelt und die kleinen Töchter der Bediensteten gestohlen, um sie als Hündinnen mit spitzen Schnauzen und furchterregenden Zähnen aufzuziehen, die bei der Jagd neben ihnen herrannten.

Stimmt nicht, sagt die Stimme von zuvor knapp. Alles Lügen. Die Familie sei bekanntermaßen sehr gläubig gewesen. Die vier ältesten Mädchen und sogar Marie selbst als kleines Kind hätten mit der Damenarmee der Königin an einem Kreuzzug teilgenommen.

Unsere Priorin ist eine Kreuzfahrerin?, fragt die liebliche Stimme verwundert, und Marie sieht die Damenarmee sich wieder über einen Hügel im Byzantinischen Reich ergießen, unweiblich rittlings im Sattel, johlend und schreiend, mit gezogenen Schwertern und fliegendem Haar, alle in den weiß-roten Tuniken, laut und Furcht einflößend. Die anderen Nonnen raunen ehrfürchtig, denn Kreuzfahrer tragen die Frömmigkeit ihrer Pilgerfahrt auf dem Leib, die Heiligkeit des Blutvergießens auf der Haut. Marie denkt an ihre Tante Euphémie, die mit einem Salto vom Rücken eines Pferdes springen konnte, an ihre Tante Honorine und ihre beiden weißen Wanderfalken, ihre Tante Ursule mit ihren goldenen Stiefeln und ihrer unbändigen Schönheit und an ihre starke, lachende und vor Leben sprühende Mutter, damals allesamt noch junge Mädchen, die begierig nach allem griffen, was der Kreuzzug an Abenteuer und Gottesgunst zu bieten hatte.

Dann bricht Maries Vision noch weiter auf, und am Horizont leuchten die Ebenen von Thrakien im Byzantinischen Reich, damals in jener Nacht, in der sie, noch ein kleines Mädchen, wieder aufstand, nachdem der Atem der Schlafenden ruhig und gleichmäßig geworden war, ihren Dolch nahm, der in ihrer Hand als Schwert diente, und barfuß hinaus in die gefährliche Dunkelheit ging, so schnell sie konnte an den Feuern vorbei, an den Händen, die einen Augenblick zu spät nach ihr ausgestreckt wurden, und schließlich zu dem Zelt mit dem Adler auf der Spitze kam. Denn als ihre Mutter und ihre Tanten es gesehen hatten, hatten sie davon zu flüstern begonnen, dass sie Wein vergiften, mit Dolchen

Kehlen aufschlitzen und Schleifenbänder zum Erdrosseln benutzen wollten, und weil sie dabei immer wieder zu ihr hinübersahen, ahnte Marie dunkel, dass es etwas mit ihr zu tun hatte und sie irgendeine Art von Rache üben musste. Dort angelangt, fand sie einen Zeltnagel, der lose in der Erde steckte, hebelte ihn mit dem Heft ihres Dolchs heraus und schlüpfte unter dem Stoffrand hindurch. Im Zelt brannte eine einzelne Laterne. Überall auf dem Boden lagen Schlafende, und die Hunde am Eingang hoben die Köpfe und schnüffelten in ihre Richtung, hielten ihr Gebell jedoch in den Kehlen zurück. Mit gezogenem Dolch ging sie auf das Bett zu. Darauf zwei Hügel; der weiter hinten schnarchte herzhaft, während der vordere bei genauerem Hinsehen nackte Haut, eine aus dem Pelzüberwurf herausschauende Brust, ein langer Hals, ein Wust aus glänzendem Haar und ein Auge war, schwarzumrandet, offen und direkt auf sie gerichtet. Eine Frau. Maries Überwältigung in dem Moment, kraftvoll wie ein Faustschlag in die Brust, diese erste Liebe. Flüsternd fragte die Frau, ob Marie eine Dämonin sei, doch als sie gleich darauf den Dolch und das kleine Gesicht sah, begriff sie, das ist nur ein Kind, eine hässliche kleine Kröte. Marie trat näher. Nackt, wie sie war, setzte die Frau sich auf. Ah, sagte sie, als sie in Maries Gesicht blickte, das ist also der berühmte kleine Bastard, sie könne die Ähnlichkeit eindeutig erkennen, doch wie seltsam, keine Spur der berühmten Plantagenet-Schönheit in ihrem Gesicht. Was für ein seltsames, derbes Wesen Marie doch sei, ein Jammer, dass sie ein Mädchen werden musste. Dann hüllte sich die Frau in ein seidenes Kleid und bedeckte ihre nackte Haut, bevor sie die Hand ausstreckte und Marie den Dolch abnahm. In nüchternem

Ton sagte sie, sie müsse ohnehin zurück in ihr Ehezelt, ihr armseliges und laues kirchliches Bett. Sie nahm Marie an der Hand und führte sie an den Schlafenden und den Wachhunden vorbei, die sich vor der Frau duckten; die Macht konzentrierte sich förmlich in der Luft, die sie umgab. Als sie weit genug draußen in der Nacht waren, dass niemand, der im Zelt vielleicht noch wach war, sie hören konnte, fragte die Frau leise, welche der schrecklichen Schwestern denn Maries Mutter sei – die Hübsche mit den goldenen Stiefeln, die mit den Vögeln, die mit dem Affengesicht oder die Dicke, unter deren Schritten der Boden bebte. Und Marie sagte, ihre Mutter sei nicht dick, sondern unheimlich stark, worauf die Frau erwiderte, sie verstehe schon, das Mädchen sei zweifelsohne eine treue und mutige Seele und gekommen, um die entsetzliche Sünde an ihrer Mutter zu rächen. Aber ach, was für ein Dummerchen sie sei. Denn Marie sei nicht zum Zelt desjenigen gekommen, den sie suche; dieser Feigling habe das Kreuz abgelehnt und sitze dick und bräsig zu Hause. Nein, dieses Zelt gehöre einem Freund, der Maries lumpige Ansprüche schon in Abrede gestellt habe, als sie noch eine winzige Frucht war. Frucht einer Notzucht, ha.

Und davon abgesehen, sagte die Dame, wisse Marie denn nicht, dass eine echte Dame sich niemals die Hände mit Blut beschmutze, sondern stattdessen sanften Einfluss auf andere ausübe, damit diese das Gröbste für sie erledigten?

Dann gab sie Marie einen Klaps auf den Kopf und sagte ihr, sie solle die Beine in die Hand nehmen und wegrennen, denn wenn die Heiden sie erwischten, würden sie sie verkaufen, und dann müsse sie Böden schrubben und essen, was die Hunde übrig ließen. Sie schubste sie, dass das Mädchen drei

Schritte nach vorn taumelte, und als es sich umdrehte, war die Frau in der Nacht verschwunden. Voller Verwunderung rannte Marie zu ihrem Zelt zurück und wusch sich in der Wasserschale die schmutzigen Füße. Ein Tuch zum Abtrocknen gab es nicht. Mit nassen Füßen kroch sie wieder unter die Felle, zu ihrer wohlig warmen Mutter, die spürte, dass das Mädchen eiskalt war, und es im Schlaf an sich zog. Dann fragte sie im Halbschlaf, wo Marie gewesen sei. Und schließlich, jetzt ganz wach, schnupperte sie an ihr, setzte sich auf und fragte, warum in aller Welt sie nach dem Parfüm der Königin rieche.

Es würde Maries erste Begegnung mit Eleonore, der Mächtigen, gewesen sein, damals Herrscherin von Frankreich und später von England, Mutter von zehn Kindern, Adlerin der Adler, Macht hinter den Mächten. Bis zu ihrem Tod würde Marie dieses allererste Bild der Königin in sich tragen, so wie ein Wels die Erinnerung an den ersten Haken, nach dem er einst als junger Fisch schnappte, tief im Fleische trägt.

Das Gefühl in ihrem Inneren war Liebe, eine harte, scharfe und beständige Liebe.

Aber Eleonore ist verloren, weit weg am königlichen Hof; sie hat Marie für immer fortgeschickt. Von all den Verlusten – ihre Mutter, ihr Zuhause, der Hof – ist dieser der unerträglichste, das spürt sie jetzt. Marie ist so traurig, dass sie sich kein weiteres Gerede über sich selbst mehr anhören kann.

Sie steht auf, öffnet das Fenster und sieht hinaus in die graue, windgepeitschte Landschaft.

Als ihr zu kalt wird, schließt sie die Scheiben wieder, dreht sich um und merkt, dass Emme nicht mehr schläft. Die Äbtissin öffnet die trüben Augen und sagt milde, vergib ihnen ihr wirres Geschwätz, sie meinen es nicht böse. Marie schweigt.

Und während sich auf ihrem sanften Gesicht ein großes Lächeln ausbreitet, hebt die Äbtissin den Arm, und sie senkt ihn genau in dem Moment, in dem das Glockengeläut losbricht und alle zum Chorgebet ruft, so als hätte sie das Läuten mit ihrer dicklichen, blassen Hand aus dem Himmel gelöst.

3

Später wird Marie jene Tage direkt nach ihrer Ankunft im Kloster als undurchdringlich und schwarz in Erinnerung behalten. Der Blick zurück wird ihr so vorkommen, als schaute sie aus einem hell erleuchteten Zimmer durch ein Fenster hinaus in die Nacht – nichts zu sehen außer ihrem eigenen, mondgleich im Dunkel schwebenden Gesicht.

Die Gesichter der Nonnen im dunklen Dormitorium gleichen fleischlosen Schädeln, so groß ist die Not. Es gibt Brühe, aus der das ausgekochte Fleisch herausgenommen wurde, für die nächste Brühe. Fingernägel, blau wie der Himmel.

Und dann bei einer Terz eine Woche nach ihrer Ankunft, während sie in ihrer trostlosen Dunkelheit tut, als würde sie singen, wird ihr plötzlich klar, was sie tun muss.

Eleonores stärkste Währung sind Geschichten, durch Lieder gegebene und empfangene Liebe.

Wie eine Eingebung ist Marie ein bretonisches Lai in den Sinn gekommen, so unverhofft wie bezaubernd, von Anfang bis Ende gereimt. Ihre Hände in ihrem Schoß beginnen zu zittern. Sie wird eine Sammlung von Minneliedern schreiben, übersetzt in das feine, musikalische Französisch des Hofes. Sie wird ihr Manuskript wie einen brennenden Pfeil an ihre Liebe schicken, und wenn er sie trifft, wird jenes harte Herz in Flammen aufgehen. Eleonore wird sich erweichen lassen.

Marie wird zurück an den Hof dürfen, an jenen Ort, an dem niemand je Hunger leidet, wo es immer Musik, Hunde, Vögel und Leben gibt, wo die Gärten in der Abenddämmerung voll von Liebenden, Blumen und Intrigen sind, wo Marie ihre Sprachen üben und auf den Fluren neue Ideen aufschnappen kann, die glühenden Schweifes durch Konversationen fliegen. Nicht bloß die endlose Dreifaltigkeit des Vaters, des Sohnes und des Heiligen Geistes, nicht all das endlose Arbeiten, Beten und Hungern.

Als das Chorgebet zu Ende ist, rennt Marie aus der Kapelle, gräbt das Geld aus ihrer Truhe aus und besticht eine Dienerin, damit sie ihr in der Stadt ein Paket Kerzen, Pergament, Tinte und außerdem Bienenwachstafeln zum Komponieren kauft. Sie zupft einer empörten Gans eine Feder aus und schneidet den Kiel mit einem Messer zu. Sie bewegt sich, sie atmet, sie isst die karge Kost der Nonnen. Nachts wartet sie, bis die Geräusche im Dormitorium zu ruhigem Schlaf abebben, dann steht sie auf und schleicht barfuß die Treppe hinunter.

Die Welt ist ins Blau der Nacht getaucht. Scharf und anklagend stehen die Sterne am Himmel. Aus dem peitschenden Wind hinein in die wohlige Scheune, in der die Tiere ihre Körperwärme abstrahlen. Sie schmiegt das Gesicht an den Hals ihres Pferdes, bis die Taubheit vergeht. Das alte Schlachtross dreht den Kopf und schnüffelt mit seinen weichen, feuchten Nüstern an Maries Wange. Sie packt ihre Sachen aus, leise, um die Diener auf dem Heuboden darüber nicht zu wecken, geht in die dunkelste Ecke, dorthin, wo man die Ratten herumtippeln hört, und setzt sich auf die letzten paar Hafersäcke, die an der Steinmauer aufgestapelt sind. Dann schlägt sie auf dem Heu einen Funken und entfacht ein kleines Feuer, zündet daran die Kerze an und tritt es anschließend wieder aus. Dort im Schein ihres Kerzenstummels, während sie aus der Dunkelheit grün die Augen der Ratten anfunkeln, beginnt sie zu schreiben.

Das Leben im Kloster ist der Traum. Die Gedichte, die sie schreibt, sind die reale Welt.

In ihnen kommt das Zelt damals in Outremer vor, das ihr nicht aus dem Sinn geht, riesig groß und in royalem Purpur, mit einem Adler aus reinem Gold auf der Spitze und einer nackten Frau im Inneren, die sich auf kostbaren Pelzen räkelt. Auch die arme Schwester Mamille kommt darin vor, die keine Nase mehr hat, weil sie ihr an jenem Tag, an dem sie in das Haus ihres frisch angetrauten Ehemannes kam, von einem eifersüchtigen Hund abgebissen wurde, woraufhin man sie, noch immer jungfräulich, ins Kloster schickte, weil man fürchtete, wenn Mamille Kinder bekäme, würden auch sie ohne Nase geboren. Sie bringt auch die Worte der armen kleinen Laienschwester Adeliza mit ein, die im Obstgarten von einem fauligen Apfel am Hals getroffen wurde, geworfen von Edith, der gemeinsten der Novizinnen, *tels purchace le mal d'altrui dunt tuz li mals revert sur lui!*, Möge den Übeltätern selbst widerfahren, was sie anderen Böses taten. Ein altes Lai wandelt Marie so ab, dass man es doppelt lesen kann, als die eigentliche Geschichte, aber auch als die Geschichte der Großmutter der Königin, der berühmten Schönheit Dangereuse, die tat, wonach ihr der Sinn stand, und sich als Mutter und Ehefrau neu verliebte und ihrem Mann in einem fulminanten Ehebruch davonlief, von Schuldgefühlen unberührt. Auch das Wiesel aus ihrer Erinnerung taucht auf, das mit einer roten Blume in der Schnauze vorbeilief, als ihre Mutter sie nach dem gescheiterten Kreuzzug in Outremer wegschleifte – war es ein Wiesel oder eine Füchsin? Sie entscheidet sich für Wiesel. Auch Melusine bringt sie ein, das Fabelwesen, dessen fremdes Blut in ihren eigenen Adern pulsiert. Und die Königin selbst, ihre immense Schönheit und vollendete Bildung, ihren Körper, von der Natur mit verschwenderischer Sorgfalt in perfekter Harmonie geformt, ihren huldvollen Charme, ihr liebliches Gesicht, die strahlenden Augen, die üppigen Lippen, die perfekte Nase und das glänzende blonde Haar – höfliche Manieren, süße Worte und ein Hauch von Rosa auf den Wangen. Keine Frau auf der Welt kann ihr das Wasser reichen.

Und in dem Lai, das sie insgeheim am liebsten mag, verarbeitet sie die allererste Vision, die sie je hatte. In den Wochen bevor Maries Mutter starb und als fast all ihre Tanten entweder schon tot oder verheiratet waren, machte es sich ihre einzige noch verbliebene Tante Ursule zur Gewohnheit, in der kleinen Familienkapelle zu beten. Schließlich kam sie weinend zu Maries Mutter und sagte, sie wolle lieber sterben, als zu heiraten. Es würde mir nicht so viel ausmachen, sagte Ursule, wenn ich der Jäger sein könnte, das Messer, das ins Fleisch stößt, doch ich werde nicht die Beute sein. Ich werde mich nicht hinlegen und dulden, dass das Messer wieder und wieder in mich hineinstößt. Und Maries Mutter verkniff sich ihr Lächeln und sagte sanft, sie solle unbesorgt sein, sie habe sich bereits mit der Abtei Fontevraud auf eine Mitgift geeinigt, man werde Ursule dort als Novizin aufnehmen.

Zwei Abende vor ihrer Abreise nahm Ursule Marie mit auf eine letzte Jagd. Mitten in der kühlen Aprilnacht standen sie auf und gingen zu Fuß zu einem Weiher im Wald, an den die

Tiere kamen, um in der Dunkelheit zu trinken. Dort setzten sich Marie und Ursule an den Fuß eines Baumes und ließen ihre Gedanken zerfließen, um einen Teil dessen in sich auszulöschen, was sie zu Menschen machte, und den Wurzeln des Baumes ähnlicher zu werden, auf denen sie saßen. Nach langen Stunden ohne einen Gedanken entdeckte Marie plötzlich in den ersten Regungen der langen Morgendämmerung, als der Nebel sich in Schichten von der Oberfläche des wärmer werdenden Wassers löste, ganz hinten am anderen Ufer des Weihers den Umriss eines Hirsches. Es war eine Hirschkuh, denn ein Kalb drückte die Schnauze in ihren Bauch, doch sie war nicht von dieser Welt; sie hatte ein Geweih, und ihr Körper erstrahlte in reinstem Weiß. Als Marie dieses Wesen sah, ein Geschöpf wie fleischgewordener Nebel, hielt sie den Atem an und blieb vollkommen reglos. Hätte ihre Tante die Hirschkuh entdeckt, wäre sie bereits tot gewesen und ihr Blut hätte sich in Bändern ins Wasser abgespult.

Dann hob die weiße Hirschkuh den Kopf, sah Marie über den Weiher hinweg an und blickte mit allem, was sie war, in das Mädchen hinein. Sie sprach zu ihr, direkt in die Stille in ihrem Inneren. Die Zeit blieb stehen. Der Wald sah zu. Schließlich drehte sich die Hirschkuh um und verschwand mit einem einzigen Satz im Gebüsch, und das Kalb sprang hinterher. Am nächsten Tag ging Ursule nach Fontevraud, und Marie trug die Hirschkuh in sich, das Majestätische und Geheimnisvolle, bis sie es schließlich niederschrieb.

Tagelang schreibt sie ihre Lais wieder und wieder ab und gibt ihnen den letzten Schliff. Sie arbeitet wie im Fieber und schläft kaum, bis ihre Haut durchscheinend aussieht und das letzte bisschen Fett darunter schmilzt; sie ist nur noch Haut und Knochen in ihrer Gier, zurück in die Scheune zu gehen und im tropfenden Licht ihres Kerzenstummels zu arbeiten. Mit einem kleinen Rest Aufmerksamkeit geht sie tagsüber die Bücher durch und begreift allmählich, wie das knirschende und schlecht gewartete Räderwerk des Klosters funktioniert, aber es interessiert sie kaum.

Die arme Schwester Eulalia, deren Akne oft aufplatzt und schrecklich eitert, sobald sie sich bückt, und die meist schon mittags den ölig gewordenen Wimpel wechseln muss, sieht Marie an und sagt, die neue Priorin bestehe nur noch aus zwei großen Augen, in denen ein Feuer brenne.

Schwanenhals sagt, dass auch Maries Haut brenne und genug Hitze abgebe, um sie beide zu wärmen, wenn sie nebeneinander auf ihrer Bank in der Kapelle sitzen.

Ruth sagt, sie glaube, Marie werde bald sterben, denn Ruth kommt aus einer Wahrsagerfamilie und sieht den leuchtenden Handabdruck des Todes auf Maries Gesicht.

Marie schreibt einen Prolog zu ihrer Sammlung. Jene, die Gott mit Verstand und Redegewandtheit beschenkt habe, dürften nicht schweigen oder ihre Gabe verbergen, sondern müssten sie weiterreichen, auf dass sie unter der Bewunderung anderer erblühe. In ihrem Prolog widmet sie das Manuskript nicht direkt derjenigen, die sie wirklich im Visier hat, sondern zielt ein Stück daneben, auf den weit weniger bemerkenswerten, wenn auch viel mächtigeren Gatten. Falls ihre Lieder die Königin ungerührt lassen, wird ihre rasende Eifersucht auf diese Widmung dafür sorgen, dass sie Marie zurück an den Hof ruft.

Als ihr kleiner Stapel Pergament schließlich fertig und so

bezaubernd ist, wie es in ihrer Macht steht, blickt sie auf und stellt fest, dass es der Tag vor der Verkündigung des Herrn ist, Mariä Verkündigung, und dass seit ihrer Ankunft im Kloster viele Wochen ins Land gegangen sind. Sie nimmt noch ein paar Münzen aus ihrem Koffer, lässt ohne Erlaubnis die Sext ausfallen und reitet durch die ergrünende Welt ringsherum in die Stadt. Sie wird genügend weiches weißes Mehl für Brot und Honig für Kuchen kaufen, außerdem eine Färse, die sie für das Festmahl schlachten werden, denn ansonsten würde der nächste Tag eine triste Angelegenheit aus Nüssen, getrockneten Beeren und einem tot geborenen Kalb werden, das Goda der verwirrt brüllenden Kuh weggenommen und auf ihren Schultern in die Küche getragen hatte. Gebraten und mit einem Apfel im Maul wird es keiner mehr so traurig finden, hatte die Subpriorin die Küchenmeisterin angekeift, der das blanke Entsetzen im Gesicht stand. Marie reitet in feierlicher Stimmung, das Manuskript fest an die Brust gedrückt. In der Stadt schlägt sie ihr Buch mitsamt dem Brief in die edelste Lederhülle, die sie finden kann, und bezahlt ein Vermögen, damit es noch am selben Tag im Galopp zum Hof in Westminster gebracht und in jene königlichen Hände gelegt wird, die sie wenn nicht an diesem Tag, dann aber doch sehr bald erlösen werden, da ist sie sich sicher. Sie muss lachen, denn die Pennys, die sie bezahlt hat, um das Geschenk zu versenden, tragen das Konterfei des genannten Empfängers, wenn auch die eigentliche Adressatin eine andere ist.

Und dann wartet sie, beinahe atemlos. Sie stellt sich vor, wie Eleonore sich über das Manuskript beugt, zu lesen beginnt und Marie endlich ganz wahrnimmt, sie ganz erkennt. Sie hat das Gefühl, dass sie an ihrer Liebe sterben wird. Oder vielleicht auch an dem Ruhm, den sie sicher bald erlangt. Denn Eleonore wird das geschliffene Glas werden, durch das Maries Licht hindurchscheint; die Königin wird das Manuskript vervielfältigen lassen und an all ihre Lieben verteilen, und jeder, der Maries Gedichte liest, wird von ihrem Leuchten erfüllt sein.

Durch die Fürsprache der Königin, durch ihre erwiderte Liebe, denkt Marie glückstrunken, wird sie ewig leben.

Warm sieht sie die Sonne aufgehen am Tag des neuen Jahres, Mariä Verkündigung, jenem Tag der ersten Schöpfung, an dem der Engel herabstieg, Maria seine Verkündigung ins Ohr flüsterte und sie mit Göttlichkeit erfüllte.

Weil sie zu aufgeregt ist, um sich auf die Arbeit bei der Äbtissin zu konzentrieren, holt sie sich die *Amores* aus dem Armarium herunter und liest, während die Äbtissin einen strengen Brief an einen Gläubiger ins Nichts diktiert. Aber das Buch spricht heute nicht zu ihr, *perfer et obdura, dolor hic tibi proderit olim*, es ist an eine andere Frau gerichtet, eine Frau ohne Hoffnung im Herzen.

Und so steht sie mitten im Diktat der Äbtissin auf, nimmt ihren kleinen Falken auf die Schulter und geht, ohne auf Emmes tadelnd erhobene Stimme zu achten, hinaus zu den Ställen. Sie sattelt ihr Pferd, trabt den Hügel hinab zu den Feldern mit dem Winterroggen und lässt dort ihren Falken fliegen; dann galoppiert sie durch die Felder und den Wald parallel zur Straße in Richtung Stadt, um Ausschau nach ihrer Erlösung zu halten. Doch als kein Bote die Straße entlangkommt und sie durch die Bäume schon die Stadt erkennt, bringt sie ihr Pferd zum Stehen, führt es zurück und lauscht die ganze Zeit auf Hufgetrappel hinter sich. Doch auch den ganzen Rückweg nichts. Als sie sich dem Kloster nähert, heben die Nonnen, die im Garten arbeiten, wie eine Baummarderfamilie empört die Köpfe, denn es ist ungeheuerlich, einfach so zum Vergnügen auszureiten, wo es doch immer etwas zu tun gibt. Wevua wird sicher schreckliche Rache an Marie nehmen.

Am hellen, klaren Aprilhimmel ziehen Wolken auf, und ein kräftiger Regen setzt ein. Sie pfeift und pfeift nach ihrem Falken, doch der Vogel kommt nicht zurück. Als es so heftig regnet, dass sie nicht mehr draußen bleiben kann, führt sie die Stute in den Stall, reibt sie ab und kratzt ihr mit einem angespitzten Stock den Schlamm aus den Hufen. Die Glocke läutet zur Non; in der Kapelle läuft das Wasser nur so aus ihrem Habit und bildet unter der Bank eine Pfütze, und sie schlottert vor Kälte. Zur Strafe dafür, dass sie weggelaufen ist und so sorglos war, tropfnass zu werden, peitscht ihr Wevua danach die Hände aus, bis sie geschwollen und blutig und zu nichts zu gebrauchen sind. Doch Marie denkt nur daran, dass sie diesem Kloster bald den Rücken kehren wird, und spürt den Schmerz kaum.

Zitternd und mit zwiebelnden Händen geht sie in ihrem nassen Habit ins Refektorium, aus dem köstliche Gerüche vom Festmahl zu Mariä Verkündigung dringen, und obwohl beim Essen das Schweigegebot herrscht, flüstern die Schwestern fröhlich, bis die Äbtissin, das sanfte Gesicht ausnahmsweise einmal ärgerlich, schließlich aufsteht und sagt: Genug jetzt. Stille. Und dann essen sie schweigend das weiche Brot, das zarte Fleisch, den Kuchen und die gebratenen Rübchen, bis sie satt sind und dann mehr als satt, und nachdem die arme Laienschwester Adeliza rausrennen und sich übergeben musste, rennt sie hektisch wieder nach drinnen aus Angst, sie könnte es nicht mehr schaffen, sich den Bauch noch einmal zu füllen. Aber es bleibt noch genug zu essen und auch gerade noch genug Zeit. Die Bettler an der Klosterpforte bekommen an diesem Tag üppige Almosen.

Es hört auf zu regnen, aber der Boden ist kalt und durchweicht, die Straße von einer dicken Schlammschicht überzogen.

Vesper.

Komplet. Ihr schmerzen die Ohren, so angestrengt lauscht sie die ganze Zeit. Doch immer noch kein Bote.

Nach der Komplet wartet im Kreuzgang vor der Kapelle eine Zinsbäuerin, die in der Küche arbeitet. Als Marie herauskommt, drückt sie ihr einen Lumpen in die Hand, und Marie spürt durch den Stoff hindurch den leichten Körper ihres Vogels.

Zuerst tut es wahnsinnig weh, den Merlin verloren zu haben, ihren guten, kleinen, wilden Freund. Dann durchzuckt sie eine merkwürdige Freude, denn in ihren Gedichten gibt es eine Geschichte, in der zwei Liebende durch eine in ein besticktes Tuch gewickelte tote Nachtigall eine Botschaft austauschen, und vielleicht ist das die Botschaft, auf die sie schon die ganze Zeit sehnsüchtig wartet.

Ja, denkt sie, sie würde sogar ihren Vogel dafür opfern.

Sie wickelt das Tuch auf und sieht, was sie erwartet hat, ihren zerrupften, blutigen Vogel, der einem größeren Falken zum Opfer fiel; der Merlin war nach dem langen Winter in geschlossenen Räumen langsam und träge geworden. Doch so gut sie auch sucht, sie findet in dem Stück Stoff der Bäuerin keine Botschaft.

Die Dienerin sagt etwas mit frömmelnder Stimme. Goda tritt vor und übersetzt ins Französische. Die Bäuerin habe gesagt, sie sei gerade auf dem Heimweg gewesen, als plötzlich ein großer Greif, ein wilder Falke, wie ein Pfeil aus dem Bogen des frühen, silbrigen Mondes aus dem Himmel herabgeschossen sei, den Merlin im Flug mit den Klauen gepackt und so fest zugedrückt habe, dass das Blut des kleinen Vogels wie Weizen überall auf den Boden herabgeregnet sei, und die Dienerin sei den Blutstropfen gefolgt, habe auf dem Weg den Falken gefunden und gleich gewusst, dass die große Priorin Domina sicherlich würde wissen wollen, was ihm zugestoßen sei, denn es sei zwar wider die Natur, solche schrecklichen Teufelsvögel aus dem Wald im Hause zu halten, doch die feinen Leute hätten nun einmal seltsame Anwandlungen und es sei müßig, darüber zu urteilen, wo doch jeder fromme Mensch wisse, dass der Fluss des Urteils wie der des Wassers nicht bergauf, sondern leider nur bergab führe. Die Bäuerin lächelt Marie mit ihren Zahnlücken an.

Marie sagt sehr leise, die Subpriorin möge der Frau bitte ihren Dank aussprechen, sie werde morgen zu ihr kommen, um ihr einen Penny zu geben.

Doch die Frau hat offenbar Einwände, und Goda richtet ein paar harsche Worte an sie, woraufhin die Frau Marie das Tuch entreißt, den toten schwarzen Vogel wieder in ihre Hände fallen lässt und murmelnd im Dunkeln verschwindet.

Goda sagt mit vorgeschobenem Kiefer, die Frau habe zwei Pennys gewollt, und da habe sie ihr gesagt, wenn sie so gierig sei, bekäme sie gar nichts.

Die anderen Nonnen sind bereits ins Dormitorium gegangen. Nur die blinde Äbtissin steht noch neben Marie. Sie streckt die Hand aus, berührt das Gesicht der Priorin und spürt die Nässe dort.

Ah, sagt die Äbtissin, Marie habe also erfahren, was passiert, wenn man seine Pflichten vernachlässigt und ungehorsam ist.

Ja, sagt Marie, auch wenn ihr der Hass beinahe die Kehle zudrückt.

Die Äbtissin sagt, sie habe die Priorin eigentlich zur Bestrafung an die Miserikordie schicken wollen. Fünf Peitschenhiebe und zwischen der Prim und der Terz auf ungedroschener Gerste knien. Aber sie glaube jetzt, Marie habe schon genug gelitten. Außerdem werde die Gerste gebraucht. Der arme kleine Vogel. Die Äbtissin habe seine kleinen Laute in der Nacht richtig lieb gewonnen.

Ja, sagt Marie.

Plötzlich erscheint Wevua im Tor. Sie sagt, Maries Schwestern schliefen schon, aber ihr eigenes Bett sei noch leer, und wenn sie nicht ausgepeitscht werden wolle, lege sie sich jetzt schleunigst hinein.

Marie sagt Ja. Wie betäubt folgt sie Wevua nach drinnen. Sie legt sich hin. Steckt die kalten, schmerzenden Hände in die Ärmel, um sie zu wärmen. Sie lauscht die ganze Nacht, und zweimal redet sie sich ein, die im Wind klackernden Zweige der Eibe wären die Hufe eines galoppierenden Pferds. Aber sie sind es nicht. Niemand kommt. Und es wird auch niemand kommen. Niemand wird sie je nach Hause holen.

Jetzt umso verzweifelter, umgeben von Nonnen, die trotz dieses einzelnen Festmahls Hunger leiden, denkt sie in diesem Moment, in diesem elenden grauen Leben sehr ernsthaft darüber nach, sich dem Tode zu überlassen.

Wie betäubt sitzt sie in den Laudes.

Acedia, Trägheit der Seele, ist eine schwere Sünde, das weiß sie. Verzweiflung.

Hass ist noch schlimmer; und Maries Hass würde sie Glied für Glied zerreißen, wenn sie sich ablenken ließe und ihn nicht in Schach hielte.

Sie denkt darüber nach, aus dem Kloster wegzulaufen, allein in den Wald zu rennen, um mit bloßen Händen Tiere zu fangen und aus wilden Gewässern zu trinken, eine Wilde, eine Räuberin oder eine Einsiedlerin in einem hohlen Baumstamm zu werden. Doch selbst auf dieser Insel ist nur noch wenig Wildnis übrig, kein Fleckchen mehr, das nicht letztlich doch zu nah an einem Dorf mit anderen Menschen liegt. Nein, sie ist gefangen in einem großen Netz, das aus ihrem Geschlecht und ihrer ungewöhnlichen Körpergröße besteht, man würde sie leicht erkennen; sie sitzt in der Falle ihrer dürftigen Englischkenntnisse und der Jahre der Einsamkeit nach dem Tod ihrer Mutter, jener Zeit, in der sie im Verborgenen in jeder Hinsicht die Rolle ihrer Mutter übernahm, denn die Wölfe aus ihrer Familie hätten niemals zugelassen, dass ein uneheliches Kind, noch dazu ein Mädchen, derartige Reichtümer erbt. Marie kann ihrem Schicksal nicht entrinnen, sie ist gefangen im Käfig der Isolation jener beiden Jahre, erträglich nur durch die stets eifrige Cecily; niemals wieder will Marie die Einöde ihrer Seele durchwandern. Sie würde verkümmern, ist nicht für ein Leben ohne andere Menschen gemacht.

Marie flattert die zahme Nachtigall in den Sinn, die die Königin eigenhändig aus einem winzigen, im Garten gefundenen Ei aufgezogen hatte. Dort am Hof, wo ein solches Gedränge herrschte, dass selbst ein Teil des Hofstaats Schulter an Schulter im großen Saal schlafen musste, bekam das Tier ein eigenes Zimmer. Von morgens bis abends flog es zwischen dem Fenster und seiner Stange hin und her, öffnete den Schnabel und sang, und die Königin und ihre Hofdamen erfreuten sich an seinen Melodien. Doch für Marie war die Nachtigall – *le rossignol, le laüstic* – ein sehr vertrauter Vogel, und sie hatte wilde Exemplare oft draußen vor ihrem Fenster singen gehört, damals in den langen, heißen Sommernächten ihrer glücklichen Kindheit, während leise plätschernd der Fluss am Château vorbeifloss. Sie konnte den Gesang der eingesperrten Nachtigall kaum ertragen. Sie sang nicht von schwungvollen Flügen, sang keine fremden Weisen aus den Herzen anderer Vögel, nein, sie wiederholte immer dieselben paar Lieder auf dieselben paar Arten. Die Enge des Zimmers, die stickige Luft, der winzige Spalt Himmel, den sie durch das Fenster sah, und die Würmer, die ihr die Königin nacheinander aus der Hand fütterte – all das hatte ihre Fantasie verkümmern lassen.

Wenn sie besonders stark das Gefühl hatte, unter den Erwartungen bei Hof zu ersticken, hatte sie oft den Drang verspürt, das Tier zu packen und ihm das Genick zu brechen.

Und wenn sie die Damen sah, die feuchte Augen bekamen, wenn sie dem traurigen Geschöpf lauschten – jene endlos zwischen Hof, Kammer und Kapelle kreisenden Frauen, denen es nie in den Sinn kam, durch die Felder zu galoppieren, zu fechten, zu jagen, zu zanken, die großen toten Philosophen zu lesen oder nackt in einem Fluss zu schwimmen, dessen Strömung sie bei den Füßen packte und eine Meile weit mitriss, die nichts als Nähen und das Seufzen über Geschichten von Minne, Ehebruch und heimlichem Leiden kannten –, oh ja, dann sah sie auch deren knochige Hälse in ihren großen Händen brechen.

Während durch das Fenster das allererste Morgenlicht an den weißen Stuck der westlichen Kapellenwand fällt, spürt sie ein Brennen in den Fingerspitzen. Und dieses Brennen bringt sie zurück in die nüchterne Wirklichkeit ihres Körpers. Sie sitzt auf einer harten Holzbank. Ihre Hüften berühren die Hüftknochen von Wevua und Schwanenhals. Ihre Nase riecht deren Haut, ihre Zunge schmeckt den Schlaf auf ihren eigenen Zähnen. Die Stimme der Kantorin vermischt sich mit dem Gesang einer Walddrossel draußen im Weißdorn, jenem Strauch, der sich erst gestern in ein bebendes Spitzenkleid aus weißen Blüten gehüllt hat.

Es kommt ihr vor, als könnte sie das Lied jenes zweiten Vogels förmlich sehen, wie es in einem wilden Aufwärtsschwung aus dem kleinen Schnabel fliegt, doch weil es hinaus in den weiten Tag gesungen wird, zerstreut es sich schon bald im Wind.

Umgeben von singenden Nonnen, muss Marie all ihre Aufmerksamkeit darauf konzentrieren. Die trüben Augen der Äbtissin sind voller Inbrunst geschlossen, und ihre Stimme erhebt sich silbrig und sicher über die aller anderen.

Auch dieses Lied ist für Marie förmlich sichtbar.

Der Gesang verlässt in weißen Atemwölkchen die Münder der Nonnen und dehnt sich im Davonschweben weiter aus, um bis an die hohe weiße Decke zu steigen und sich dort zu sammeln, bis er so schwer wird, dass er gleich einem Wasserfall die Wände, die Säulen und die Fenster hinabstürzt und über den Steinboden bis zu der Stelle fließt, in die sich ihre Holzschuhe pressen, und er steigt durch die hölzernen Hacken auf, berührt dann die zarte, warme Haut und geht ins Blut über, wogt durch ihre Körper, findet durch die stinkenden Eingeweide und die Luft in den Lungen den Weg nach oben und reinigt sich dabei selbst. Und das Lied, das durch sie aufsteigt und über ihre Lippen kommt, ist umso intensiveres Gebet – mit jedem Mal, das es sie durchströmt, doppelt so kraftvoll wie zuvor.

Und gerade weil dieses Gebet in der Kapelle eingeschlossen ist, gewinnt es genug Kraft, um Gehör zu finden, nicht trotz der Eingeschlossenheit, das begreift sie in diesem Moment.

Vielleicht ist der Gesang eines Vogels in einem Zimmer gerade wegen des Zimmers wertvoller als der eines wilden Vogels.

Vielleicht begrenzt die freie Luft, die dem wilden Vogel das schönere Lied ermöglicht, letzten Endes die Reichweite seines Gebets.

So klein, diese Einsicht. So auffallend winzig. Und dennoch vielleicht Grund genug zum Leben.

Na schön, denkt sie zutiefst bitter. Dann bleibt sie eben in diesem erbärmlichen Kloster und macht das Beste aus dem Leben, das ihr gegeben wurde. Sie wird alles in ihrer Macht Stehende tun, um sich auf dieser weltlichen Ebene zu erheben. Und jene, die sie hinausgeworfen haben, werden das noch bereuen, dafür wird sie sorgen. Eines Tages werden sie erkennen, welche göttliche Herrlichkeit sie in sich trägt, und ehrfürchtig davorstehen.

Ihre Liebe zu Eleonore vergräbt sie tief in ihrem Inneren,

auch wenn sie noch lebendig ist, und sie wird immer wieder in ihrem Leben auflodern und eingedämmt werden müssen; sie wird sich in Hass verwandeln und dann wieder in flammende Liebe, bis sie schließlich zu einer Trauer erstickt, die sie innerlich aushöhlt.

Jetzt blickt Marie um sich. Die einzelnen Rückenwirbel der Frauen drücken sich zart durch die dicke Wolle ihrer Kutten.

Sie blickt hinab auf die hervorstehenden Knochen ihrer eigenen Hände und reißt sich aus dem letzten Rest von Verzweiflungsstarre.

Als die Nonnen herauskommen, dreht sie sich im fahlen, kalten Licht des Kreuzgangs um und lässt sie nicht an ihre Arbeit gehen. Sie ist schließlich die Priorin, sie hat das Sagen. Wevua versucht, ihr Schweigen zu befehlen, doch Marie sieht sie so scharf an, dass selbst Wevua verstummt.

Während ihres Rückzugs habe sie einen Plan gemacht, sagt sie und teilt die Frauen in Gruppen ein. Ab jetzt wird sie hier das Kommando übernehmen, verkündet sie energisch.

Zuerst geht sie mit den Seidenspinnerinnen zum Teich und zeigt ihnen, wie man mit einer Hanfschnur und aus dem Misthaufen gezogenen Würmern Forellen angelt, was so kinderleicht ist, dass sie es schon als Vierjährige gemacht hat, und sagt, sie schäme sich für die, die angewidert aufschreien. Die Feldarbeiterinnen lässt sie die zarten jungen Triebe von Brennnesseln pflücken und Pilze sammeln, nur nicht die, die fleckig werden, wenn man daraufdrückt, sagt sie, es sei denn, sie wollten am helllichten Tag Albträume bekommen und Teufel inmitten von seltsam flackernden Sternen in leuchtenden Farben sehen. An diesem Abend würden sie Fisch und Suppe essen, wenigstens das.

Als Nächstes läuft sie schnell zur Cellerarin, im Schlepptau die beiden anderen Novizinnen Ruth und Schwanenhals, verlangt Einlass in den Keller und entdeckt dort eine Speckseite und einen Krug gutes Bier, beiseitegestellt für den heimlichen Hunger der Cellerarin und ihrer Günstlinge.

Speck?, fragt Marie. Aber ich habe die Regel gelesen, es ist nicht erlaubt, vierfüßige Tiere zu essen.

Goda, die in der Tür steht, schnaubt verächtlich. Mit Brot allein lassen sich so viele Mäuler nicht stopfen, sagt sie. Nur das Fleisch meiner Tiere hat uns in Hungerszeiten am Leben gehalten.

In der Tat, denkt Marie, sie glaubt nicht, dass sie es hier an diesem bitteren, feuchtkalten Ort aushalten würde, wenn ihr nicht einmal Speck als Trost bliebe. Na schön, sie wird ihn erlauben.

Doch jetzt verschränkt die Cellerarin die kräftigen Arme vor der Brust und blafft ärgerlich zurück, es sei gar nichts so Ungewöhnliches, dass in einem Kloster Fleisch serviert werde, in anderen Klöstern gebe es außer am Freitag an jedem Tag vierfüßige Tiere, sie habe nur getan, was andere Cellerarinnen auch tun.

Ach ja. Legen andere Cellerarinnen auch Vorräte für sich selbst zurück, obwohl ihre Schwestern hungern?, fragt Marie, und Ruth würde später erzählen, dass das Gesicht der Priorin in diesem Moment so furchtbar, so steinhart und schier übermenschlich ausgesehen habe, dass die Cellerarin, eine stämmige, polterige Frau, die sonst gern einmal den Dienstboten und andere, unter ihr stehende Nonnen ohrfeigte, sich ängstlich geduckt habe. Marie wird nicht laut, doch sie degradiert die Cellerarin zur Feldarbeiterin, und das, obwohl zur Feldarbeit meist die Engländerinnen eingeteilt werden, ganz sicher nicht Französinnen mit tiefblauem Blut.

Sie befördert die nasenlose Schwester Mamille zur Cellerarin, eine Frau, die keinen Hunger mehr verspürt, seit ihr die Nase abgebissen wurde, und die mit allem, was sie ist, in Kategorien von Recht und Anstand denkt. Sie wird sich als exzellente und umsichtige Cellerarin erweisen und es bis zu den letzten Tagen von Maries eigener Amtszeit bleiben.

Kurz darauf gibt sich Marie einen Ruck und holt das Geld aus ihrer Truhe, mit dem sie Goda, die zwar ein Drachen sein mag, aber immerhin ein ehrlicher, in die Stadt schickt, damit sie genügend Schweine, Gänse und Mehl kauft, um das Kloster so lange zu ernähren, bis die Gärten wieder nutzbar sind, und wenn sie schon einmal dort ist, soll sie Marie auch ein paar riesige Holzschuhe kaufen, denn sie ist es leid, dass die beißende Kälte durch ihre Sohlen kriecht. Dazu gibt sie der Subpriorin einen Stock mit, auf dem sie die Länge ihrer Füße markiert hat.

Bebend vor Wut nimmt Goda den Stock und die Münzen und sieht sie fassungslos an. Als sie schließlich spricht, fliegen Speicheltröpfchen. Wenn Marie das Geld die ganze Zeit gehabt hat, warum hat sie es dann nicht früher ausgegeben, warum hat sie den Nonnen nicht wochenlanges Leid erspart?

Herrgott noch mal, sagt Marie zu sich selbst, weil sie eben glaubte, sie würde davon noch viele weitere Jahre am Hof auskommen müssen und nicht inmitten von einfältigen, dauerbetenden Außenseiterinnen in diesem Saustall von einem Kloster leben, doch sie beruhigt ihre Miene, bis nichts Beleidigendes mehr darin liegt, und sagt, sie habe den Kopf mit anderen Dingen voll gehabt, was auch nicht gelogen ist.

Sie geht hinauf in die Äbtissinnenwohnung und setzt sich in das Licht, das durch die Hornscheiben fällt, wo sie sich wie der Docht einer brennenden Kerze vorkommt. Auf einmal steht ihr klar vor Augen, was sie als Nächstes tun muss, in Gänze und unübersehbar groß.

Marie beugt sich den ganzen Nachmittag über die Bücher und erkennt, dass Emme, um sich beim niederen Adel aus dem Umland lieb Kind zu machen, zahlreiche Pächter der klostereigenen Ländereien in Verzug geraten ließ. Die Äbtissin sitzt lächelnd in der Ecke und summt. Als Marie zornig fragt, warum die Äbtissin so lange geduldet hat, dass die Pächter nicht zahlen, sagt Emme nur, sie sei eine blinde Frau und von lauter skrupellosen Untergebenen abhängig gewesen; sie habe sich nach einiger Abwägung gegen das Eintreiben der Pacht entschieden, denn sonst wären früher oder später die Spenden an das Kloster ausgeblieben, weil aus der Oberschicht alle miteinander verwandt seien, wie Marie ja selbst wisse, und ein Schlag gegen einen als Schlag gegen alle aufgefasst worden wäre.

Besser eine karge Pacht als sich einen Feind gemacht, sagt die Äbtissin, als wäre das eine bekannte Lebensweisheit.

Ob sie damit wirklich sagen wolle, fragt Marie die altehrwürdige Äbtissin, sie habe ein paar Pfund Pfeffer oder ein paar Wagenladungen Holz den Mitteln vorgezogen, mit denen die Nonnen in ihrer Obhut ein sattes und gutes Leben hätten führen können?

Doch nachdem die Äbtissin gesagt hat, was sie zu sagen wünschte, findet sie, dass sie sich am besten in einem Lied erklären kann, und beginnt mit ihrer hohen, silbrigen Stimme zu singen.

Marie zieht ihre Übersocken aus, stopft sich so viel davon wie möglich in die Ohren und beugt sich über die Arbeit.

Am Nachmittag sucht sie sich von allen Pächtern, die ihre Zahlungen an das Kloster schon seit einiger Zeit schleifen lassen, die dreistesten heraus, eine Familie, die wie Adel lebt von den Erträgen des Landes, das nicht ihnen, sondern den hungernden Nonnen gehört.

Nachts flüstert eine Stimme in ihr, dass sie das nicht kann, sie ist bloß ein ungehobeltes Mädchen, das nirgends hingehört und von niemandem geliebt wird, gerade mal siebzehn und nicht einmal eine richtige Nonne, mit einem schmachvoll aus Wollflicken zusammengestückelten Habit und einem Gesicht bar jeder Schönheit, und ihre Arme sind bloß die einer Frau. Wie kann sie es wagen.

Tja, erwidert sie, wenn sie es wirklich nicht kann, dann stirbt sie schlimmstenfalls, und das wäre nun auch nicht so traurig, oder? Sie sieht noch immer das Gesicht der kleinen Laienschwester Adeliza vor sich, verkniffen, blau und jämmerlich, und spürt die Wut in sich austeigen. Sie muss es wenigstens versuchen.

Und so zieht sie los, gefolgt von ihrer Armee aus Nonnen, denn inzwischen haben alle gehört, dass die Priorin eine Kreuzfahrerin ist und die heilige Gerechtigkeit des Schwertes kennt. Marie legt ihr königlichstes Gebaren an den Tag und sieht furchterregend aus auf ihrem Schlachtross. Früh am Morgen erreichen sie das Gut. Sie klopft ans Tor. Doch es öffnet nur ein gähnender Knechtsgehilfe, und als er die seltsame, viel zu groß geratene Nonne dort stehen sieht, schlägt er es gleich wieder zu.

Ganz ruhig springt Marie wieder auf ihr Pferd, reitet ein

paarmal im Kreis und bittet Schwester Ruth, noch einmal zu klopfen. Als eine Magd aufmacht und sie anschreit, sie wecke ja den ganzen Haushalt, überrumpelt Marie die Frau und reitet mit ihrem Pferd bis in die Diele, wo die Familie und die Dienerschaft ausgebreitet liegt und schläft; und mit dem Krummstab der Äbtissin, den sie mitgenommen hat, schlägt sie um sich, bis der ganze Haushalt blutend und voll blauer Flecken panisch zur Küche hinaus und in den Wald flieht. Aus dem nahe gelegenen Hain, wo sie sämtliche Bediensteten und Hilfsarbeiter des Klosters mit Pfannen und Schaufeln postiert hat für den Fall, dass es zu einem Nahkampf käme, ruft Marie eine mittellose Witwe herbei, die dem Kloster seit Langem treue Dienste leistet und sechs fast erwachsene Kinder hat, ein jedes kräftig genug, um sich zu behaupten. Sie übergibt ihnen das Gut und erklärt sie zu seinen rechtmäßigen Bewohnern. Als Letztes häuft sie die Sachen der in Ungnade gefallenen Familie in die Arme der Nonnen und Bediensteten und geht von Zimmer zu Zimmer, bis niemand mehr irgendetwas tragen kann: all das gehortete Silber, all das Besteck und die Gemälde, ja selbst die stockigen Manuskripte und ein Herbarium, das sie im Arbeitszimmer findet, denn das Kloster hat fast alles von Wert verkauft, um die hungrigen Mäuler zu stopfen, und den Nonnen bleiben kaum noch Bücher zur Kontemplation. Sie nimmt auch die Milchkühe mit bis auf eine, die sie der Witwe überlässt, sowie sämtliche Ziegen und Hühner.

Kochend vor Wut, reitet Priorin Marie mit ihren unter dem Habit hervorschauenden goldbestickten Ärmeln und ihrem Plantagenet-Gesicht persönlich noch am selben Tag hinaus zu den restlichen säumigen Pächtern, sekundiert von Goda auf dem Esel, denn die Subpriorin muss oft ins Französische und dann wieder zurückübersetzen. Inzwischen hat die Kunde von Maries Vertreibung der stolzen Familie schon sämtliche Zahlungsunwilligen erreicht. Jedem ist klar, dass mit der Ankunft der jungen Priorin neue, ungemütliche Zeiten angebrochen sind.

Und an dem Tag, an dem sie einbestellt werden, um ihre Schulden zu begleichen, zeigt Marie sich unerbittlich gegenüber jenen, die weinend ihre Armut oder Scharen von Kindern beklagen, und letztendlich lenken auch sie ein, greifen in ihre Taschen und zahlen dem Kloster seinen Anteil, manch einer zähneknirschend, doch die meisten halb stolz darauf, jetzt einer so harten, kühnen, kriegerischen und königlichen Frau Rechenschaft schuldig zu sein. Denn es ist eine zutiefst menschliche Wahrheit, dass die meisten Seelen auf Erden erst dann Ruhe finden, wenn sie sich in den Händen einer Macht wissen, die weit größer ist als sie selbst.

ZWEITER TEIL

In diesem ersten Frühjahr nach ihrer Ankunft im Kloster pflanzt Marie die Aprikosenkerne aus dem Garten der Königin ein, um sie nicht mehr bei sich zu haben, sind sie doch eine Erinnerung an alles, was sie verloren hat. Die Schösslinge wachsen nur langsam, ihre Blätter klein und kümmerlich.

Die Bäumchen kommen ihr wie ein Sinnbild für ihr eigenes Leben vor. Sie ist sich noch nicht sicher, was sie sich wünscht – ob sie eingehen oder gedeihen sollen.

Tagtäglich bekommen die Nonnen den erbarmungslosen Druck der Hierarchie zu spüren. Mit der Zeit erkennt Marie bestimmte Vorgesetzte der Diözese schon an ihren Schritten auf dem Gang, denn sie tragen Stiefel, keine Holzschuhe wie die Frauen im Kloster, und sobald sie sie hört, springt sie auf, geht leise hinaus in den Klostergarten und überlässt es der traumversunkenen Emme, die schließlich noch immer Äbtissin ist, mit den endlosen Forderungen und Regeln, dem schamlosen Schröpfen und den endlosen Ersuchen um die Zeit, Mühe und Gebete der Nonnen fertigzuwerden, wobei Emme stets freundlich allem zustimmt und dann später praktischerweise vergisst, Marie davon zu erzählen.

Nun gut, beschließt Marie, dann muss sie die in ihrer Gemeinde über ihr Stehenden eben wie Hunde oder Falken dressieren, mit Belohnungen und so behutsam, dass sie es nicht merken.

Wenn sie dafür getadelt wird, dass sie sich rarmacht, entschuldigt sie sich schriftlich, denn im Schriftlichen ist sie weniger unhöflich und mehr so, wie sie gern wäre. Sie fügt eine Liste von Dingen bei, die an jenem Tag ihrer Aufmerksamkeit bedurften: die Apfelbäume, die dringend geschnitten werden mussten, die Milch, die einen Nachgeschmack von Weinberglauch hatte, eine ältere Nonne, deren Nase unaufhörlich blutete, ein kleines Bauernmädchen, das von einem Hund gebissen wurde (beide haben jetzt Schaum vorm Mund), ein in Zahlungsverzug geratenes Gut sowie eine Dienerin, die sie dabei erwischt hatte, wie sie Waschkalk aß. Ich wünschte von Herzen, ich hätte meine Zeit stattdessen mit Plaudereien bei gutem Wein und Kuchen verbringen können, schreibt sie in demütigen Worten und lässt dennoch ganz bewusst eine Spur von Zorn durchscheinen.

Ihre Vorgesetzten, schmerbäuchig und wichtigtuerisch lächelnd, mit stinkendem Atem und pickligen Wangen von der Rasur mit stumpfen Kirchenmessern, versuchen dennoch immer wieder, sie zu finden. Doch sie schleicht sich jedes Mal davon, sodass die Herrschaften mit Emme vorliebnehmen müssen.

Bald lernen sie, sich wieder in die Stadt zu scheren und Briefe zu schreiben, auf die Marie mit ausnehmender Höflichkeit und wohlüberlegten Zugeständnissen, jedoch nach immer längeren Phasen des Schweigens antwortet. Sie dreht den Spieß um und verwandelt ihre Forderungen in freundlich erwiesene Gefälligkeiten ihrerseits.

Maries Kontrolle wird Schritt für Schritt wachsen und

doch, wenn sie viele Jahre später Äbtissin wird, vollkommen sein.

Nach Ostern, wenn die Wintervorräte zur Neige gehen, die üppige Ernte aus dem Garten aber noch auf sich warten lässt, folgt die hungrigste Zeit. Eine Bauernfamilie, des Darbens leid, stiehlt Winterroggen von klostereigenen Feldern, die einen halben Tagesritt entfernt liegen, und backt daraus Brot. Doch das Getreide ist von einer Krankheit befallen, oder vielleicht liegt der Fluch des Teufels darauf, denn nachdem sie es gegessen haben, beginnen einige von ihnen, zügellos zu tanzen und nackt auf der Straße zu singen, andere werden von Schreckensvisionen heimgesucht und schreien, und wieder andere bekommen steife Glieder und atmen sehr flach.

Nichts kann die Krankheit vertreiben, kein Gebet, kein Bad in Weihwasser und auch sonst nichts: Egal, ob man die Kranken ans Bett fesselt, sie aus der nächtlichen Dunkelheit anspringt, um sie zu erschrecken, sie an den Knöcheln festhält und in den kalten Fluss taucht, ihnen mit einem Eibenzweig auf den Kopf schlägt, sie vom Scheitel bis zur Sohle mit warmem Mist bedeckt, sie kopfüber an einen hohen Baum hängt und dreht, bis sie speien, oder ihnen ein winziges Löchlein in den Schädel bohrt, damit die schädlichen Säfte aus ihrem Gehirn abfließen können – nichts hilft. Bald geht das Gerücht, der Teufel habe sich der Ländereien des Klosters bemächtigt, sodass, wer von diesen Feldern isst, dem Satan Einlass in seinen Körper gewährt.

Ach, sagt die Äbtissin Emme, als die Kunde von der schlimmen Lage durch ihre Musik hindurch zu ihr dringt, und murmelt, wenn das Getreide des Klosters unverkäuflich sei, heiße es sicher auch bald, die Nonnen selbst stünden mit dem Teufel im Bunde. Nonnen seien ohnehin schon suspekt, wider die Natur, verwandt mit Hexen.

Man möge ihnen die Pferde satteln. Sie werde mit Marie zusammen hinausreiten, um den Teufel aus den Feldern auszutreiben.

Ein schöner Morgen; ein feiner Nebel liegt auf den Spitzen der Grashalme. Die windzerzauste Landschaft mündet in einen großen dunklen Wald, der sich an die nächstgelegenen Klosterfelder schmiegt. Über den Baumwipfeln ragt auf einmal ein riesiger, von Menschenhand erschaffener Bogen hervor, der, kaum dass sie ihn erspäht hat, schon wieder verschwunden ist. Auf Maries leises Raunen hin sagt die Äbtissin, ja, von den Römern. Zum Transport von Wasser, glaube ich. Dann summt sie wieder ihr Lied, und Marie denkt voll Ehrfurcht an diese wundersamen Menschen, deren Werk noch tausend Jahre nach ihrem Tod Bestand hat. Die Menschheit wird sich wohl bald in Staub auflösen; die Menschen von heute wirken armselig im Vergleich zu dem, was sie noch ein Jahrtausend zuvor gewesen sind. Die Römer, die Griechen – solche Giganten im Vergleich mit den Normannen und erst recht den kümmerlichen Engländern mit ihren spröden Knochen. Noch tausend Jahre, dann sind die Menschen so stupide wie das wiederkäuende Vieh auf der Weide. Wie gern wäre Marie eine der Großen aus einer vergangenen Generation gewesen. Dann wäre sie vielleicht auf ihresgleichen getroffen. Hätte sich nicht so allein gefühlt.

Kurz vor der Abenddämmerung erreichen sie die verdorbenen Felder. Marie und die Äbtissin steigen ab, und während die Dorfbewohner näher kommen, singen sie in abgekürzter

Form die Vesper. Dann gehen die beiden in das Haus, in dem die Familie keuchend und gelähmt darniederliegt. Ein Mädchen hat die Augen so weit aufgerissen, dass ihre Augäpfel aus dem hageren Gesicht hervortreten, als würde sie einen Dämon anstarren, der an der rußgeschwärzten Decke tanzt. Die Äbtissin segnet jeden der Erkrankten, dann lässt sie sich von Marie auf den Acker führen. Emme ordnet an, dass die Dorfbewohner sich mit Fackeln, die noch nicht brennen, rings um den befallenen Roggen stellen sollen und dass jeder, der damit umgehen kann, eine Schaufel oder eine Harke mitbringen soll.

Dann geschieht eine wundersame Verwandlung; die Äbtissin wächst förmlich über ihren schmalen Körper hinaus, und ihre Konturen scheinen sich zu schärfen. Sie stellt sich in die letzte Garbe aus Sonnenstrahlen, die schräg durch die Bäume fällt, sodass ihr Gesicht selbst für jene, die eine Achtelmeile entfernt stehen, gut sichtbar leuchtet. Dann hebt sie die Arme. Mit einer jetzt tiefen und lauten Stimme spricht sie ein lateinisches Gebet, das Marie noch nie zuvor gehört oder gelesen hat. Als die Äbtissin Amen ruft und Marie zunickt, berührt sie mit ihrer Fackel jene links und rechts von ihr, und jeder Fackelträger rennt los, um die nächste zu entzünden, und so wird das Feuer weitergegeben, bis das Feld von einem Ring der Lichtpunkte umschlossen ist. Schließlich stößt die Äbtissin einen Schrei aus und senkt die Arme, und alle senken ihre Fackeln auf das Feld. Der Roggen geht schnell in Flammen auf; Kaninchen und nistende Vögel stieben heraus. Eine Wühlmaus huscht schreiend an Marie vorbei, und sie rennt ihr nach und erschlägt sie mit dem Schuh, denn sie hat die Flammen an ihrem kleinen Körper züngeln sehen. Das

Feuer, von den Schaufeln daran gehindert, auf die unverdorbenen Felder überzugreifen, verglüht schließlich zu Asche, und die Äbtissin und die Priorin knien nieder und beten die ganze Nacht hindurch. Alle anderen stehlen sich in der Dunkelheit davon, um schlafen zu gehen.

Die beiden Nonnen bleiben auf dem schwelenden Feld und beten, bis sich in der Morgendämmerung der Rauch verzieht. Marie zittert vor Kälte und spürt jeden einzelnen Knochen; derart unnötige Qualen sind ihr leidenschaftlich verhasst. Um sich während der Nacht von den Schmerzen abzulenken, hat sie nacheinander für jede ihrer Schwestern gebetet, die Schwächen jeder einzelnen hell und klar vor Augen. Nach und nach ist in ihr der Entschluss gereift, die Arbeit anders aufzuteilen und ihnen nicht mehr, wie die Äbtissin es tat, als Lektion in Demut genau die Aufgaben zu übertragen, die ihnen jeweils am schwersten fallen. Nein, Marie wird jede das tun lassen, was sie am besten kann. Keine kränklichen Nonnen mehr, die hustend auf den Feldern schuften oder allwöchentlich die nassen Laken zum Trocknen aufhängen, keine Goda mehr als Streitschlichterin, keine unter Tränen melkende Schwester Lucy, deren Schwester durch den Fußtritt einer Kuh gegen den Kopf gestorben war. So viele durch Schwäche und Widerstreben auf ewig verlorene Stunden … Es ist nichts falsch daran, findet sie, auf das Werk seines Körpers stolz zu sein. Kein Argument für Demütigung hat sie je überzeugen können. Gott, der meisterliche Schöpfer, hat sicherlich nichts gegen gut ausgeführte Arbeit einzuwenden.

Endlich zeigt sich am Horizont der Rand der Sonne, und Marie hilft der Äbtissin hoch und führt die ältere Frau zu der Kate, in der die Pferde untergestellt sind, trägt sie beinahe.

Die Äbtissin erteilt letzte Anweisungen: In den nächsten drei Jahren darf auf diesem Feld nur Weizen angebaut werden, und an der Nordseite soll ein großes Holzkreuz errichtet werden, das den Teufel fernhält. Die Bauersfrau nimmt die kalten Hände der Äbtissin und reibt sie, bis Emme nicht mehr zittert.

Den aus dem Kloster mitgebrachten Proviant haben sie unter den notleidenden Dorfbewohnern verteilt und reiten nun mit knurrendem Magen von dannen. Als sie sicher außer Hörweite sind, fragt Marie die Äbtissin, wo sie gelernt habe, den Teufel aus Feldern zu exorzieren. Eine solche Zeremonie werde in keinem ihr bekannten Buch beschrieben.

Die Äbtissin sieht erschöpft und blass aus. Lächelnd sagt sie, oh, das habe ich mir natürlich ausgedacht. Ein Ritual entfaltet aus sich selbst heraus die Kraft zur seelischen Reinigung, Marie. Mystische Taten erzeugen mystischen Glauben. Dann schläft die Äbtissin ein, sanft gewiegt vom Schaukeln ihres kleinen stämmigen Pferds.

Und damit schimmert eine Ahnung des eigentlichen Zwecks dieser Nacht zu Marie hindurch. Frauen sind verletzlich in dieser Welt; allein ihr Ruf schützt sie vor Vernichtung. Während die Not ihrer hungernden Nonnen die Äbtissin ungerührt ließ, brachte die Sorge vor düsteren Gerüchten sie zum Handeln.

Jetzt tritt Marie die Silhouette von Eleonore vor Augen, die Mauern um Mauern um sich herum gebaut hat, Mauern aus Reichtum, Blut, Hochzeiten, Freunden, Spionen und Beratern, die äußerste schließlich ihr Ruf, den zu schützen sie sich ein Vermögen kosten lässt. Die Macht einer Frau existiert nur in dem Maße, wie sie ihr zugestanden wird; die kluge Eleonore hat erkannt, dass sie ihre Freiheit nur innerhalb eines Rahmens finden kann, in dem nichts und niemand an sie herankommt. Vor Maries innerem Auge blitzt eine Vision ihrer selbst auf, wie sie, winzig klein, all jene Mauern überwindet; oh ja, eines Tages wird sie das Bollwerk der Königin überwinden, eines Tages wird sie drinnen sein, geschützt vor dem Sturm.

Dann wird Eleonore ihr eben ein Vorbild sein, denkt Marie, ein Vorbild für ihren eigenen Zweck auf Erden, in diesem ihr so verhassten Kloster. Sie wird Mauern aus Reichtum, Freunden und einem guten, unzweifelhaften Ruf um sich herum bauen und dafür sorgen, dass ihre verletzlichen Schwestern in ihrem Inneren sicher sind. Marie wird sich selbst nach dem Vorbild der weisen Königin formen, denkt sie. Während die Äbtissin schnarcht, das Pferd furzt und der Tag näher rückt, springen und rennen Maries Gedanken, schmiedet sie ihre Pläne.

Marie nimmt den Schleier an Christi Himmelfahrt, nach einer unruhigen Nacht, in der sie vom großen Fluss ihrer Jugend träumt, der unter einer sengenden Sommersonne plötzlich gefriert und so gleißend glänzt, dass sie geblendet ist, als sie hineinsieht. An jenem Morgen, der ihr kurzes Noviziat beenden wird, erwacht sie schweißgebadet, launisch und unentschlossen. Sie ist viel zu nervös, um die Messe zu hören und die Freude auf den Gesichtern der Nonnen, deren Blicke auf ihr ruhen, zu sehen und zu spüren; es ist zu viel, sie schlägt die Augen nieder und wird nur sehen, was in ihren Händen ist, den gefalteten Habit in der einen, die noch unangezündete Kerze in der anderen, und so folgt sie Ruth und

Schwanenhals, die sich mit feierlichem Ernst entfernen, um den Habit anzuziehen, und dann mit der angezündeten Kerze zum Altar zurückkehren, ach, sie ist verzweifelt, sie betet, dass sie nicht ausgehen möge, dann schließlich die Segnung, *accipe virgo Christi velamen virginitatis*, das Weihwasser und das seltsame Gewicht des schwarzen Schleiers, den man ihr auf den Kopf setzt. Farbe des Todes, denkt sie, Farbe der Nacht und der Verzweiflung. Dennoch öffnet sie die Hand und nimmt den Ring entgegen.

Den Bräuten Christi ist dreitägiges Schweigen auferlegt, danach gibt es ein wundervolles Festmahl. Marie und ihre beiden neuen Mitschwestern sitzen mit roten Wangen im Zentrum der Feierlichkeiten.

Sie hat den Übergang von zeitlich zu ewig vollzogen, hat sich an diesen armseligen, schrecklichen Ort gebunden, an die Frauen um sie herum, die sie kaum kennt. Und sie spürt tatsächlich eine Veränderung in sich, etwas sehr Feines, doch immer wenn sie es berühren, es drehen und wenden und näher betrachten will, gleitet es ihr aus den Fingern.

Nachts im Dormitorium beschleicht sie jedoch der Zweifel, das bittere, rabenschwarze Gefühl, es könnte ein schrecklicher Fehler gewesen sein, sich hier lebendig begraben zu lassen. Tränen laufen ihr aus den Augenwinkeln auf die Schläfen, wo sie von dem schwarzen Tuch aufgesaugt werden, das noch immer nach den Schafen riecht, die es einst wärmte, und den Händen, die es gesponnen und gewoben haben.

Ihr Leben erscheint ihr jetzt wie ein einziger Kampf – zu viele Aufgaben, zu wenig Zeit. Je länger sie im Kloster ist, desto schneller vergehen die Tage.

Keine Luft zum Atmen; in den ersten Jahren ringt Marie um das schiere Überleben ihrer Nonnen. Von morgens bis abends reitet sie hinaus zu den Adligen, den Pächtern und den Feldern. In der Hafergrütze sind Ratten, die Färsen bekommen einen Kropf und einen scharf hervorstehenden Widerrist, die Hälfte der Apfelblüten fallen einem späten Frost zum Opfer und ein Großteil der Ernte ist dahin, der Käse hat einen bitteren Nachgeschmack und jemand sucht sie, irgendjemand sucht sie immer, es gibt kein Alleinsein, nur auf dem Rücken des Pferdes. Sie schläft kaum noch. Schon beim Aufwachen galoppieren ihre Gedanken. Nach der Matutin legt sie sich nicht mehr ins Bett; in diesen Stunden schreibt sie ihre Briefe, hegt und pflegt ihren Garten aus Freunden draußen in der Welt. Sie gewährt Gefälligkeiten, denn jede Familie hat irgendeine Tochter oder Nichte unterzubringen, ein Mädchen, das sich gegen die Heirat sträubt; jeder Haushalt freut sich über Honig, Seife oder Bier aus dem Kloster und Gebete für die verstorbenen Lieben.

Schwester Ælfhild stirbt an Skrofulose; der Ärmsten schwillt der Hals an, bis sie erstickt.

Marie hat schon andere Leichen gesehen, zuletzt die ihrer Mutter, aber auch zuvor schon, während des Kreuzzugs, als ihre Tante Euphémie eines Tages so durstig gewesen war, dass sie nicht hatte warten können und sich schnell hinabgebeugt und von dem verschmutzten Wasser getrunken hatte, das nur geköchelt, nicht richtig gekocht hatte, woraufhin sie sich drei Tage lang vollschiss, bis sie am vierten Tag mit hochgerafften Röcken reglos auf dem Feldbett lag, auf einem ihrer offenen Augen eine Fliege, denn sie war tot. Und dann, nachdem die Frauen den Kreuzzug abgebrochen hatten – es würde in ihrem Leben kein Jerusalem geben – und auf das Schiff zurück nach Frankreich warteten, hatte sich ihre Tante Honorine, von den Wanderfalken am Himmel abgelenkt, geistesabwesend ans Bein gefasst und einen Stich aufgekratzt, ein verheerender Fehler, den sie erst dann erkannten, als sie sich in einem Badehaus auszogen und die Baderin in ihrer Sprache zu zetern begann und sie rauswarf. Honorines Bein war inzwischen gelb, schwarz und rot geworden, eitrig und verfault, und diese ihr Leben lang so stille Tante wütete und fluchte drei Tage lang in der heißen, widerlichen Herberge, sodass sie ihr schließlich eine Pferdekandare zwischen die Zähne schieben mussten, damit sie Ruhe gab. In dem Moment, in dem der Atem in ihrer Brust zu stottern begann, schlugen ihre Vögel mit den großen Flügeln und schrien wie zwei Klageweiber. Dann war auch Honorine tot.

Doch der Anblick von Ælfhild mit den riesigen schwarzen Geschwulsten am Hals erschüttert Marie, und sie muss sich innerlich wappnen und die Luft anhalten, um den Leichnam der Frau zu waschen.

Als wäre Ælfhilds Tod ein Vorbote gewesen, erhält Marie genau an diesem Nachmittag einen kurzen Brief vom königlichen Hof, in dem man ihr in anonymer Schrift mitteilt, dass Kaiserin Mathilde schwer krank sei.

Du kennst Mathilde?, fragt Emme ungläubig. Sie ist mir schon immer die liebste der Königinnen. Eine Kriegerin. Und ihre Geschichten! Einmal floh sie des Nachts über einen gefrorenen Fluss, um ihrer Gefangennahme zu entgehen. Ach, wie mochte ich diese Geschichten von der rebellischen Königin. Sie summt vergnügt.

Kennen nicht, nein, sagt Marie. Ich kenne sie nicht. Aber

sie war die Frau meines. Von demjenigen, der. In gewisser Weise ist sie meine Stiefmutter, aber. Egal, es spielt keine Rolle. Ich habe sie einmal aufgesucht, nachdem man mich vom Gut meiner Mutter verjagt hat.

Sie erzählt der Äbtissin, wie sie damals mit fünfzehn, als ihre Familie mütterlicherseits kam, um sie von dem Gut zu vertreiben, das man einem Bastard wie ihr keinesfalls überlassen konnte, mit sämtlichen Familienschätzen, die in ihrer Truhe Platz fanden, ihrem Vogel, ihrem Pferd, ihrer Cecily und ihrem wunden Waisenherzen die Flucht ergriff. Sie ritten des Nachts übers Land, und es war herrlich.

Schon bald, zu bald, kamen sie nach Rouen. Eine bucklige, argwöhnische Stadt mit einem höhnischen Grinsen. Auf der Straße lagen glänzend und violett die Eingeweide irgendeines großen Tiers, bewacht von einem riesigen, zähnefletschenden Köter. Der Palast der Kaiserin Mathilde im königlichen Park von Quevilly. Erschreckend klein, übertrieben schmuck.

Drinnen gab es mottenzerfressene Wandbehänge und dunkle, wuchtige Möbel.

Nach langem Warten kam die Kaiserin schließlich hereingeraschelt: eine Frau wie eine vertrocknete Hülse, Nase und Mund und die kleinen Augen in der Mitte ihres Gesichts zusammengedrängt. Damals, als Eleonore aus dem französischen Bett in das von England gehüpft war, hatte diese Kaiserin – Eleonores neue Schwiegermutter, so etwas wie Maries Stiefmutter – der Königin Nachhilfe in der feineren Kunst der Staatsführung erteilt, die sie brauchen würde. Marie staunte, dass solch eine winzige, zittrige Frau Armeen befehligt, Allianzen geschmiedet haben, in Rom wie in London gekrönt worden sein, Belagerungen widerstanden und zu Fuß gefrorene Flüsse überquert haben sollte, um nicht kapitulieren zu müssen. Ein Windstoß hätte genügt, um sie wie ein Laubblatt herumzuwirbeln. Ein Nieser.

Marie werde sie Kaiserin nennen, sagte die alte Dame, ohne ihr einen Platz anzubieten. Nicht Stiefmutter, auf keinen Fall Stiefmutter. Sie sei mitnichten eine Verwandte von Marie, aber das Mädchen sei ja nun einmal da, ein Bastard, das Ergebnis einer Vergewaltigung. Nun, die Kaiserin mache niemandem seine uneheliche Abkunft zum Vorwurf, einige der besten Menschen seien Bastarde, genau genommen die meisten ihrer Geschwister. Eigentlich sogar die besten ihrer Geschwister, jedoch reue sie das Geld, das sie zwar nicht habe ausgeben wollen, wahrlich nicht, aber ausgeben müssen, da sie zu jener Zeit, als diese, nun ja, diese Sache geschah, als Einzige welches besessen habe. Die Vergewaltigung. Diese unglückselige Angelegenheit. Als Maries Mutter ihr zum ersten Mal geschrieben und um Unterstützung für das Mädchen gebeten habe, wenn sie selbst eines Tages unter der Erde liege, habe die Kaiserin mit dem Gedanken gespielt, Marie zu sich zu nehmen, aber jetzt, da Marie vor ihr stehe, sei sie froh, anders entschieden zu haben. Ein Bauerntrampel mit Laub im Haar und einem Gestank, der förmlich beleidige. So trete sie doch näher, sagte die Kaiserin, damit sie schauen könne. Nein, ins Licht mit ihr, und dann zur Kaiserin gedreht. Ach herrje, du liebe Muttergottes, bei Marie sei ja wirklich Hopfen und Malz verloren, so ein langes Elend, geradezu unanständig. Drei Köpfe größer, als es sich für eine Frau gezieme, sie stoße ja mit der Stirn an die Balken, und dazu dürr wie ein Reiher. Ein paarmal mit den Flügeln geschlagen, schon hebe sie ab. Nein, es sei schon ganz richtig,

Marie nach Angleterre zu schicken, ein Land, um das einmal unmissverständlich klarzustellen, das ohne die Kaiserin vollkommen an Wildschweine, Kelten und den Teufel verloren wäre, allein ihr verdanke dieser grässliche Flecken Erde seine Rettung. Nein, nein, in ihrem Alter hätte sie Marie niemals bei sich behalten oder eine Dame aus ihr machen können, dieses Mädchen, das ja sein Leben lang unter dem Einfluss jener berüchtigten, alles andere als damenhaften Tanten gestanden habe. Dieser entsetzlichen Gestalten. Doch Eleonore, die Schwiegertochter der Kaiserin, werde Marie schon Kultur beibringen, oh ja, ehe sie sich's versehe, werde sie über Bauerntrampel die Nase rümpfen, sich Lilienwurzelpuder aufs Gesicht tupfen, einen Lidstrich ziehen und diesen grässlichen Körper in anständige Kleider hüllen, Marie versinke ja beinahe in diesen grässlichen Lumpen, unmöglich sehe sie aus, einfach nur ridikül. Welch eine Verschwendung von edlem Blut, jenem Blut, das auch in den Adern ihrer eigenen Kinder, der Nachkommen der Kaiserin, fließe. Aber ansonsten habe Marie nichts mit ihren Geschwistern gemein, wirklich gar nichts, außer vielleicht den Kiefer, ihre Größe, die Nase, die Stirn, das Haar und vielleicht die Augen. Niemals würde Marie eine vorteilhafte Heirat eingehen können, ganz ausgeschlossen. Marie und Juwelen, ha ha, allein schon die Vorstellung! Eine herausstaffierte Vogelscheuche, herrlich, ha ha ha ha ha ha. Ach, sie müsse sich Wein kommen lassen, um sich davon zu erholen, und nicht wenig, dieses Kind sehe aus, als könnte es sich drei ganze Kühe einverleiben und trotzdem noch Platz für eine Gans haben. Die Kaiserin rief in Richtung Tür, man möge Speisen herbeibringen, mehr, als vier kernige Burschen essen könnten. Ärgerlich fragte sie Marie, warum sie eigentlich noch stehe. Marie setzte sich. Während des Wartens langes Schweigen, und im Kamin knackte das Feuerholz.

Schließlich sagte die Kaiserin in die Stille hinein, sie sei vielleicht voreilig gewesen und habe noch einmal nachgedacht – warum solle eine alte Kaiserin darüber entscheiden, was auf dieser Welt möglich sei und was nicht, vielleicht könne Marie ja doch irgendeinen Narren bezirzen, man wisse ja nie, welch seltsame Geschmäcker es auf dieser Welt gebe. Ach, was habe sie schon für Paare gesehen, da könnte sie Geschichten erzählen, diese Clotilde mit ihrem Buckel und dem Schweinsgesicht, die plötzlich Herzogin wurde. Herzogin, eine Bucklige mit Ferkelnase! Und so weiter. Vielleicht würde Marie ja heiraten und eine große adlige Nachkommenschaft hervorbringen. Schließlich fließe in ihren Adern das Blut von Melusine, wie auch in dem ihrer Geschwister, und sie alle besäßen etwas Magisches, so ein Schimmern unter der Oberfläche. Wie Mondstein. Auch Marie besitze es, die Kaiserin sehe jetzt diesen verruchten heimlichen Glanz. Das Mädchen sei freilich bar jeder Schönheit, regelrecht hässlich, um genau zu sein, weidlich hässlich sogar, doch da sich die alte Dame nun zunehmend an ihren Anblick gewöhnt habe, erkenne sie, dass Maries Augen keineswegs hässlich seien. Sie seien voller Feuer. Und das sei nicht nichts, jenes innere Glühen. Ach, welch ein Jammer für Marie, dass sie als Frau zur Welt gekommen sei, wenn auch natürlich kein Jammer für ihre eigenen Kinder. Nein, nein. Um ihrer eigenen Kinder willen sei sie darüber recht froh.

Es wurde aufgetafelt, die Dienerin zog sich zurück, und sie aßen. Auf einmal sagte die Kaiserin mit vollem Mund, sie habe ganz vergessen, dass Marie seit Kurzem eine Waise sei. Nun, auch die Kaiserin sei eine Waise. Ein schlimmes Schicksal. Maries Mutter habe wenig Bewundernswertes an sich gehabt, doch immerhin sei sie beharrlich gewesen und habe nicht eher lockergelassen, bis die Familie zugestimmt habe, Marie aufzunehmen.

Ihre Mutter sei die beste Frau auf Erden gewesen, entgegnete Marie leise.

Die Kaiserin zischte missbilligend, wobei sie Marie mit Brotkrümeln bespuckte. Schnell sagte sie, Maries Mutter sei mitnichten die beste Frau auf Erden gewesen, oh nein, es gebe weit, weit bessere. Doch sie sei annehmbar gewesen, das immerhin, für eine entehrte Frau recht manierlich. Als Jungfer sogar entzückend. So entzückend, dass sie einen verführt habe, der ihr nicht gehören konnte. Nun ja, vielleicht nicht direkt verführt, auch wenn Frauen in der Tat oft das heißere Blut hätten, wie allseits bekannt sei. Evas Sünde sei die der Leidenschaft gewesen. Nein, Maries Mutter könne man nur vorwerfen, dass sie bezaubernd und töricht gewesen sei, denn sie sei nicht schnell genug davongerannt. Auch die Kaiserin sei bezaubernd gewesen, man besinge ihre Schönheit in Liedern, doch sie sei wenigstens nicht töricht gewesen und schnell gerannt. Sehr schnell sogar, niemand habe sie je erwischt, deshalb sei sie nicht vergewaltigt worden, kein einziges Mal. Marie sei zwar unansehnlich, aber dem Mädchen sei hoffentlich klar, dass es ihm trotzdem passieren könne, denn manchmal bringe nicht Schönheit, sondern Stärke das Blut in Wallung. Die Kaiserin sagte, sie hoffe, Marie ähnele mehr ihr selbst als ihrer Mutter. Sie hoffe, dass Marie schnell rennen könne.

Die Kaiserin wartete. Sie könne in der Tat recht schnell rennen, erwiderte Marie schließlich und betonte jedes Wort.

Aber unmöglich so schnell wie die Kaiserin, entgegnete die alte Dame mit funkelnden Augen, und Marie hatte das unbehagliche Gefühl, die alte Kaiserin wolle sie zu einem Wettlauf herausfordern. Draußen auf den von Fackeln erleuchteten Straßen von Rouen, beide mit hochgerafften Röcken, unter ihnen die Gasse ein rasendes schwarzes Band. Marie wäre enthauptet worden, hätte sie gewonnen.

Nein, sagte Marie, so schnell wie die Kaiserin ganz sicher nicht.

Die Kaiserin lächelte. Wie schön, dass Marie auch eine diplomatische Ader habe, welch angenehme Entdeckung. Nun gut, also, sie werde Marie helfen, überhaupt sei sie erstaunt, dem Mädchen gegenüber gar keine Abneigung zu verspüren, obwohl sie, offen gestanden, nicht weniger als abgrundtiefe Verachtung beim Anblick ihres Gesichts erwartet habe. So oder so werde sie ihr für den Weg zum englischen Hof eine bewaffnete Eskorte zur Verfügung stellen. Wenigstens das könne sie für das Mädchen tun. Auch wenn sie bereits mehr als genug getan habe.

Danke, sagte Marie, doch sie und ihre Dienerin würden es allein über den Kanal schaffen, schließlich seien sie auch schon allein bis nach Rouen gekommen.

Die Kaiserin kicherte wie ein Mädchen, und jetzt sah Marie, dass ihr oben und unten die vorderen Schneidezähne fehlten und ihre Backenzähne innen schwarz und verfault waren. Dummes Ding, sagte die Kaiserin, jetzt habe sich doch überall herumgesprochen, dass sie bei der Kaiserin zu Gast gewesen und eine Blutsverwandte der englischen Krone sei.

Auch wenn sie nun wahrlich keine Augenweide sei, so sei sie doch allemal für irgendeine Art von Lösegeldforderung gut, das oder für eine Zwangsehe, um irgendeine Familie dem Thron ein Stück näher zu bringen. Was Marie doch für ein Kind sei, dass sie das nicht längst begriffen habe.

Marie atmete tief durch und dankte der Kaiserin demütig für ihren Schutz.

Nun ja, sagte die Kaiserin und erhob sich, sei man verwandt, reiche man sich die Hand. Sie lachte über ihr Bonmot und sagte dann unvermittelt, sie müsse gehen, ihr Bett rufe. Mit ihrer trockenen kleinen Hand gab sie Marie einen nett gemeinten Klaps auf die Wange.

Dann ein Rascheln von Seide, ein Hauch von Mottenkräutern, und weg war die Kaiserin. Es war das Letzte, was Marie von dieser Frau sehen würde – groß durch Geburt, größer durch Heirat, doch am größten durch ihre Nachkommen oder wie es später auf ihrem Grabstein in der Kathedrale von Rouen stehen würde.

Marie legte den Brief beiseite.

Nein, sagt sie der Äbtissin jetzt, Kaiserin Mathilde könne nicht schwer krank sein; sie könne nicht sterben. Sie werde auf ewig in Maries Gedanken leben, nur Jahr für Jahr immer vertrockneter in ihrer Eitelkeit und ihrer Verbitterung, bis sie eines Tages winzig wie ein Floh in den Falten ihrer voluminösen Röcke verschwinde, springend und beißend.

Doch die Äbtissin hat nicht zugehört. Ach, was gäbe ich jetzt nicht für ein Stück Stachelbeertarte, sagt sie und lächelt wie ein Kind, und Marie läutet seufzend nach ihrer Küchenmeisterin, die bereits murrend die Treppe hochrennt.

Der Druck der Vorgesetzten aus der Diözese auf Marie wächst. Sie bestehen auf einer Unterredung, und Marie schickt ihnen die Äbtissin Emme, die sie mit ihrem Singsang so verwirrt, dass sie sie schließlich wieder wegschicken.

Eine Klosterdienerin stiehlt einen Wagen und wird sechs Meilen weiter gefasst. Marie legt sich ins Zeug, damit sie nicht gehängt wird, und handelt die Strafe auf ein ausgestochenes Auge herunter, eine schwarze Klappe auf dem hellen, sanften Gesicht der Frau, das Marie schon immer mochte und das in ihr den Wunsch weckt, mit der Hand darüberzustreichen.

Nachrichten von Eleonore kommen tröpfchenweise, in Form des neuesten Tratsches, den die Bettelleute mitbringen, und Zeilen in Briefen ihrer Freunde und Kundschafter: Jetzt ist die Königin in Aquitanien, bald wiegelt sie das königliche Blut auf, damit Toulouse belagert werde, das sie für sich beansprucht, bald zürnt sie, weil die Belagerung gescheitert ist.

Marie weiß, dass solche weltlichen Ereignisse, die sie in der Ferne sieht wie eine dunkle Wolke am klaren Himmel, eines Tages kommen und Donner und Regen bringen werden, selbst über ihren Nonnen, die der Welt den Rücken gekehrt haben.

Dann ein trockenes Frühjahr, die Pastinaken und Kohlrüben kommen klein und schrumpelig aus der Erde. Das wird ein hungriger Winter werden, denkt sie, und tritt mit Tränen in den Augen nach einer welken Pflanze, denn wenn ihre Nonnen Jahr um Jahr Hunger leiden, wenn sie ihre Gebete verkaufen muss, nur damit sie zu essen haben, wird Eleonore niemals Maries Kompetenz erkennen und sie zurate ziehen. Sie kann sich unmöglich in ganz Europa einen Namen als große Anführerin machen, wenn ihr ganzer Tag, das ganze

Jahr ein einziger Kampf ist. Das tägliche Klein-Klein zerstört ihre Größe.

Als hätte Gott sie gehört, werden genau an diesem Tag während des Essens im Refektorium die Sprüche Salomos gelesen, nach denen Hochmut mit Schande einhergeht, aber die Weisheit bei den Demütigen ist.

Marie lacht still für sich, tief im Kern getroffen.

Im dritten Frühjahr von Maries Amtszeit stülpt Schwester Pomme, die Gärtnerin, Weidenkörbe über die kleinen Aprikosenbäumchen und düngt sie mit Mist, und sie schießen in die Höhe und sind bald so groß wie Marie.

In ihrem fünften Jahr im Kloster sind es sechsundzwanzig Nonnen, und alle paar Monate kommen neue an, jetzt mit viel besserer Mitgift, denn Marie hat sich langsam und unter Schmerzen einen Namen für ihre Kompetenz gemacht, und ihr seltsames langes Gesicht sowie ihre amazonenhafte Anmutung vermitteln den Adligen das beruhigende Gefühl, dass ihre Töchter bei ihr gut aufgehoben sind. Wenn sie wüssten, dass sie erst zweiundzwanzig ist, wären sie zögerlicher, doch Maries Körpergröße, ihr Ernst und die Jahre voller Sorgen lassen sie deutlich älter wirken. Wenn sie zu schnell vom Bett oder ihrem Schreibtisch aufsteht, wird ihr manchmal schwindelig, so wenig schläft sie. Und wenn sie dann einmal schläft, träumt sie von Geld, denn es ist nie genug da, es rinnt ihr förmlich durch die Finger.

Es ist das Jahr, in dem Marie die klösterliche Seidenproduktion einstellt. Stattdessen richtet sie ein Skriptorium ein. Die vier neuesten Novizinnen können alle lesen und schreiben. Schwester Gytha, die Feen mit Vogelschwingen herumschwirren und im Antlitz des Mondes das ihrer Mutter sieht, kann weder lesen noch schreiben, aber sie kann fantastische kleine Illustrationen zeichnen und in leuchtenden Farben ausmalen. Marie lässt ein Zimmer mit Fenstern ausräumen und Stehpulte anfertigen und streut anschließend diskret das Gerücht, die Nonnen erledigten Schreibdienste für ein Viertel dessen, was man in einem Mönchskloster dafür zahlen würde, denn eigentlich hält man Frauen für unfähig und überhaupt zu dumm für diese Aufgabe. In einem einzigen Jahr verdienen sie mit dem Abschreiben von Büchern mehr als in zehn Jahren des Seidenspinnens und -webens, und an Weihnachten finden sich unter den Almosen zwölf warme wollene Tuniken für die frierenden Armen.

Doch wie um Maries kleine Fortschritte zunichtezumachen, hängt in ihrem siebten Jahr fortwährend irgendein Gifthauch über dem Kloster, sodass die Oblatinnen, jene letzten, geringsten Töchter des Adels mit ihrer bescheidenen Mitgift, ungeliebt, verlottert und kränklich wimmernd, schnell dahingerafft von Zugluft oder einem bösen Blick, sterben wie die Fliegen.

Dann eines Tages fällt Marie in einem nach Torf stinkenden Schuppen, in dem sie zum Essen eingeladen ist, ein sechsjähriges Mädchen mit Sommersprossen und langen Wimpern auf, das seine sechs jüngeren Geschwister im Zaum hält. Wulfhild, Tochter einer Wulfhild in einer langen Reihe von Wulfhilds, die weit zurückreicht ins Dunkel der Sachsen und Gott weiß welcher Väter, die Mutter zuckt die Schultern, deshalb tragen sie ihren Nachnamen, Thrasher. Wie können sie sieben Geschwister sein, wenn Wulfhild selbst gerade mal sechs Jahre alt ist?, fragt Marie das Mädchen leise, während die Mutter mit ihren unbändigen roten Locken für sie Erbseneintopf in eine schmutzige Schale schöpft. Ihre Mutter habe wie eine Hündin in Würfen geboren, sagt Wulfhild leise, zweimal Drillinge, nur sie, die Älteste, sei allein. Sie versucht sich dabei an einem Gemisch aus Englisch und Latein, denn Marie spricht immer noch schlecht Englisch, und dieses kleine Mädchen hat irgendwie genug Kirchenlatein aufgeschnappt, um sich zu unterhalten.

Marie betrachtet dieses Kind mit seinen langen, dicken Wimpern eine ganze Weile, und in ihrem Kopf entfaltet sich das Bild einer Armee von Oblatinnen, ein jedes der Kinder mit Intelligenz, ungeheurer Kraft oder dem Wissen seiner Familie gesegnet; Mädchen, die die Glasbläserei, das Schusterhandwerk oder die Zimmermannskunst beherrschen, die ohne Bienenwachstafeln rechnen und Sprachen erlernen können und zu einflussreichen Nonnen oder Händlerinnen heranwachsen, welche das Kloster versorgen oder in bessere Kreise einheiraten und sich in das Heer von Kundschafterinnen einreihen werden, die Marie, so ihr Traum, in ganz Europa überall dort unterbringen wird, wo im Stillen die Fäden gezogen werden.

Sie fragt das Mädchen auf Latein, was es davon hielte, ins Kloster zu kommen, doch Wulfhilds Miene verdüstert sich, und sie sagt, das würde ihr überhaupt nicht gefallen. Marie entgegnet, Wulfhild werde nie wieder Hunger leiden müssen und in ihrem eigenen Bett schlafen, nicht auf einem Haufen von Kindern, doch das Mädchen sagt nochmals beherzt Nein, und Marie lächelt über einen so eisernen Willen.

Marie trifft Vorbereitungen und sucht sich drei weitere Mädchen, die dreizehnjährige Tochter eines Schmieds, eine zwölfjährige Schusterstochter und eine Neunjährige, die so erstaunlich groß und kräftig ist, dass sie ganz allein ein Fass Bier tragen kann. Dann reitet Marie persönlich hinaus, um Wulfhild zu holen, deren Mutter beim Gedanken daran, sie zu verlieren, weint, jedoch einsieht, dass ein Leben im Kloster ein besseres ist als jedes, das sie selbst ihrer Tochter ermöglichen könnte. Den ganzen Weg durch die dunkle Nacht sitzt das Mädchen zitternd auf dem Sattelknauf von Maries Schlachtross, aber es ist tapfer und weint nicht. Von nun an verschwindet in der Küche ab und an ein Apfelküchlein, ein Hund springt jaulend rundherum, weil ihm jemand ein Hinterbein am Bauch festgebunden hat, und es gibt allerlei weiteres kleines Ungemach, bis Marie Wulfhild auf ihren Schoß zieht und sagt, sie wisse, dass das Kind all den Unfug treibe, und sie fragt, ob der Teufel in sie gefahren sei.

Dann sagt Wulfhild, ihr sei schwer ums Herz, weil sie selbst satt werde und ihre Familie nicht. Sie sieht dabei nicht bekümmert aus, sondern grimmig.

Marie sagt, sie werde Wulfhilds Familie jedes Jahr an Weihnachten einen Schinken und ein Fass Mehl schicken und im Herbst ein Fass Äpfel, werde das genügen?

Und das Kind lässt die Schultern sinken, lehnt eine Weile schweigend an Maries Brust und sagt schließlich ernst, das genüge. Zumindest vorerst.

Marie ermahnt sich, Wulfhild nicht mehr zu lieben als die anderen, doch wenn sie das Mädchen ansieht, muss sie lächeln, sie kann nicht anders.

Die Zeit verdichtet sich, macht einen Sprung. Es sind jetzt dreiunddreißig Nonnen und vier Oblatinnen, und jeden Freitag lässt Marie Sardinen und Lachs auftischen, denn sie können es sich nun endlich leisten. Sie hat es geschafft, den Adligen die Grundstücke abzuschwatzen, die an das Kloster angrenzen; durch Hartnäckigkeit und unterschwellige Drohungen bringt sie sie dazu, klein beizugeben und sich tot zu stellen.

In den Briefen, die sie erreichen, liest Marie, dass Eleonore ihrer Ehe entflohen ist und jetzt auf ihren eigenen Ländereien in Aquitanien lebt. Die Kundschafter der Äbtissin berichten, die Königin stachle ihre eigenen Kinder zur Rebellion gegen die englische Krone an. Die Söhne der Königin sind ruhelos, sie reiten hierhin und dorthin, schmieden Allianzen und geben Versprechen. Jemand schickt Marie das Lied, das man auf den Straßen von Paris und London über die Königin singt: Ein großer, grausamer Adler wirft seine Nachkommen aus dem Nest, obwohl sie noch nicht fliegen können.

Der Aprikosenbaum trägt endlich Früchte, und als Marie eine Aprikose pflückt und roh isst, nicht in einem Kuchen gebacken, ist die Küchenmagd entsetzt. Oh nein, Priorin, nein, sagt sie, wir sind doch keine *Tiere*, und Marie denkt an ihr gutes, tapferes, in die Jahre gekommenes Pferd, dieses ruhige, treue und liebevolle Tier, während sie beobachtet, wie die Magd, das dumme Ding, mit der bloßen Hand in die kochenden Pastinaken greift, sie hastig herauszieht und bedeppert zusieht, wie sie dampfend feuerrot wird.

Bevor das Mädchen zu schreien beginnt und Marie zu ihm hingeht, um seine verbrühte Hand ins Spülwasser zu tauchen, denkt sie, dass es stimmt: Wir sind in der Tat keine

Tiere, doch es wäre töricht zu glauben, wir seien besser als sie. Zweifelsohne sind Tiere näher an Gott, deshalb brauchen sie ihn nicht.

Nach und nach sickern Berichte durch, Eleonore sei für die Sünde, sich gegen England aufzulehnen, auf der Flucht entführt und ins Château de Chinon verschleppt worden, und dann schließlich, sie sei über den Kanal gebracht worden und werde bald in dieser Burg, bald in jenem Haus gefangen gehalten, ausgerechnet in diesem feuchten und regnerischen, der Königin so verhassten Land.

Die erste Regung in Maries Herzen ist Freude: Jetzt ist sie die Freie, sie als Herrscherin über ihre eigenen Ländereien, die Besitz und Bedienstete unter sich hat. Jetzt sitzt Eleonore in einem Käfig.

Dann verstreicht der Moment, und ihr wird klar, wie unmöglich es wäre, Eleonore festzuhalten; ganz sicher haben sie nur ein Phantom gefangen genommen, nicht die echte Eleonore. Sie erinnert sich an ein Stück von Euripides, in dem ein Fantasiewesen, heraufbeschworen von einer Göttin, den Platz der echten Helena von Troja einnahm, sodass die echte Helena sich während des langen, grausamen Kriegs gar nicht in der belagerten Stadt befand, sondern von Blumen umgeben in der Sonne Griechenlands weilte, fernab von Blutvergießen und dem Gestank des Todes.

Sie schreibt an die Königin, erhält aber keine Antwort, denn ihre Briefe jagen einer Königin nach, die bald hierhin, bald dorthin geschleppt wird, ganz wie es ihren Häschern beliebt. Schließlich kommt ihr zu Ohren, die Königin halte sich auf einer Burg dreißig Lieues nördlich des Klosters auf, und sie gibt vor, auf einem nahe gelegenen Klostergrundstück dringend etwas erledigen zu müssen. Sie hat allerhand Annehmlichkeiten für Eleonore im Gepäck: duftende Kräuter, die letzte Bahn Klosterseide, Seife, Wein und ein raffiniertes Gebetbuch, das in eine Hand passt, keines von denen, die Gytha ruiniert hat, indem sie die Ureltern blau und die Schlange rot kolorierte. Ach, wie liebenswürdig Marie die Königin behandeln wird, um ihr zu zeigen, wie frei sie ist. Mit welch geschliffenen Manieren sie zeigen wird, wie wenig sie der Königin verzeiht, dass sie das Geschenk ihrer Lais, in Wahrheit natürlich das Geschenk ihrer Seele verschmäht hat.

So wie manches Mal, wenn sie zu den klostereigenen Ländereien hinausreitet, beugt sie sich vor und lehnt sich gegen die Spitze ihres Sattelknaufs, sodass sie den Rhythmus ihres Pferds von dort aus immer stärker und stärker spürt, bis sie keucht und etwas in ihr aufbricht.

Danach ist sie jedes Mal ruhiger.

Doch als sie ankommt, nicht wie eine gestandene Dame von zweiunddreißig Jahren, sondern mit dem wummernden Herzen einer Fünfzehnjährigen, und zielstrebig zum Tor schreitet, ihre ganze Autorität arrogant nach außen gekehrt, blickt sie in verwirrte Gesichter: Aber sehr verehrte Frau Priorin, die Königin wurde erst Stunden zuvor hastig aus der Burg geholt und fortgebracht; wohin, habe man nicht erfahren.

Verzagt und niedergeschlagen kehrt Marie ins Kloster zurück.

Schwester Ruth, die die schaurige Gabe besitzt, Ungesagtes zu verstehen, und von Maries schrecklicher Liebe weiß, greift sich auf dem Hof die Zügel des Pferds und sieht Marie ins Gesicht. Selbst wenn du sie gesehen hättest, hätte sie dich nicht hier rausgeholt, sagt sie zornig, als die Priorin absteigt. Du sitzt hier mit uns fest.

Und Marie macht den Mund auf und will gerade protestieren, doch die Wahrheit von Ruths Worten trifft sie tief in den Eingeweiden.

Die Weisen erben Ehre, aber die Toren erhöht die Schande, sagt Marie schließlich mit glühendem Gesicht.

Eine walisische Schwester kommt ins Kloster, Nest, eine Witwe, jung und so traurig, dass sie nur in einem Nonnenkloster Zuflucht finden konnte. Sie hat ein liebliches Gesicht mit großen, vollen Lippen und einem Muttermal neben dem linken Nasenflügel, das ihre Schönheit noch unterstreicht, auch wenn sie die schmalen Schultern vor Nervosität meist so hochzieht, dass sie fast an ihren Kiefer stoßen. Ihr Walisisch ist schwer verständlich, und zuerst wandelt sie allein durch ihre Tage, doch als die Sakristanin schließlich einen Kropf bekommt, der sich wie ein dicker Schmetterling aus ihrem Hals herauswölbt, geht Nest hinaus in die Felder und kommt mit einem kleinen, bläulich grünen Kraut zurück, das sie in der Küche zu einem dicken Sirup einkocht. Nachdem sie ihn der Sakristanin einen Monat lang verabreicht hat, sinkt der Kropf zurück in ihren langen, glatten Hals, und auch ihre Augen wölben sich nicht mehr vor.

Marie ruft die Novizin zu sich. Sie probiert es mit Französisch, dann mit ihrem armseligen Englisch und schließlich mit ihren paar Brocken Walisisch, doch die nervöse Frau schweigt; erst als Marie zu Latein wechselt, weil sie weiß, dass Nest das Brevier singen kann, leuchtet in ihren Augen das Verstehen auf, und sie beugt sich vor und beginnt schnell zu sprechen, die hochgezogenen knochigen Schultern zitternd. Bis zur Terz unterhalten sich die Frauen über Kräuter, Breiumschläge und die Harmonie der Körpersäfte, bis Marie beruhigt feststellt, dass Nests medizinisches Wissen weit umfassender ist als ihr eigenes. Auf dem Weg hinunter in die Kapelle sagt Marie zu Nest, sie habe just in diesem Moment die Stelle der Infirmarin für sie geschaffen und übertrage ihr hiermit die Verantwortung für die körperliche Heilung sämtlicher Menschen im Kloster. Es ist für eine Priorin eine schreckliche Last, sich neben der nie endenden Arbeit mit den Ländereien und den Kabbeleien zwischen den Schwestern auch noch um Eiterbeulen, Knochenbrüche, Zahnfäule und Rasselatmung kümmern zu müssen, um Ausfluss, Manie und Erbrechen. Und außerdem hat Goda, als sie für das Heilen zuständig war, immer nur alle von Würmern befreit.

Nest legt neben dem Infirmarium einen großen Heilkräutergarten an.

Manchmal bemerkt Marie, dass Nest sie verstohlen aus dem Augenwinkel beobachtet, doch sie kommt nicht dazu, dem Grund dafür nachzugehen; sie führt noch immer einen leidenschaftlichen Kampf mit dem Land, das ihr bei Dürre und Krankheitsbefall stets zu wenig und bei Regenfluten und endlosem Winter zu viel gibt, ebenso wie mit dem neuen Bischof, der offenbar glaubt, dieses Nonnenkloster diene seiner persönlichen Bereicherung. Sie muss neben dem echten Wirtschaftsbuch zum Schein noch ein weiteres anlegen, aus dem eine hohe Verschuldung des Klosters hervorgeht, was falsch ist, wobei als Erwiderung unredlichen Verhaltens eine ebenso große Unredlichkeit nur recht und billig ist, überlegt sie.

Einen Waldbrand bekämpft man mit kleinen Feuern, sagt

sie laut, und Goda entgegnet scharf, ich weiß nicht, was Ihnen durch den Kopf geht, Priorin, Sie sind wirklich verquer.

Und gerade als die Plage der Gier besiegt ist, fällt der Weizen einer Heuschreckenplage zum Opfer; Marie beweint das verlorene Brot, tritt ihren Schwestern aber mit ruhiger Miene entgegen, denn sie lernt allmählich, ihre Gefühle zu beherrschen, um ihren Schwestern auf dieser Welt Frieden zu schenken.

Schwester Wevua gleitet gedanklich immer mehr durch die Zeiten und muss ins Infirmarium umziehen.

Die Oblatin Wulfhild, eben noch ein Kind, reicht Marie jetzt schon bis ans Kinn; sie ist groß für ein heranwachsendes Mädchen, kann ebenso schnell wie Marie im Kopf rechnen und schreibt flüssig in drei Sprachen.

Schwester Agatha stolpert während der Ernte auf dem Feld, schlägt mit der Schläfe auf einem Stein auf und stirbt.

Und Elgiva durchquert den Kreuzgang und ist dabei in Gedanken bei der Novizin Torqueri, die in der Molkerei aus dem Augenwinkel das Kätzchen an seinem Teller beobachtet hatte, und als sie sich hinabbeugte, mit ihrem eigenen katzenartigen Gesicht ganz nah an die frische Milch heranging und die Spitze ihrer rosa Zunge hineintauchte, musste Elgiva, die am Tisch gerade die Milch durchseihte, die Augen schließen, weil es ihr vorkam, als spürte sie diese Zunge sanft auf der Innenseite ihrer Haut auf und ab gleiten, überall, von Kopf bis Fuß. Als sie die Augen wieder öffnete, beugte sich Torqueri noch immer lachend über die Milch, und auch Schwester Lilas stand wie vom Donner gerührt über der Butter, mit roten Wangen und offenem Mund.

Es sind jetzt vierzig Nonnen. Marie ist fünfunddreißig. Sie ist seit achtzehn Jahren Priorin.

Das ist unmöglich, denkt sie; sie ist jetzt schon länger hier in diesem klammen, stinkenden und schlammigen Winkel von Angleterre, als sie irgendwo anders gelebt hat. Und doch, wie viel leuchtender steht ihr die Erinnerung an das Château in Le Maine vor Augen, mit ihren ungestümen, zankenden Tanten, der Musik, die ständig irgendwo gespielt wurde, all den Geschichten und den Hunden, die, keuchend vom Tag auf der Jagd, die müden Bäuche zum Feuer schleppten, wo ihnen die Zecken nur so aus dem Fell regneten, oder an den Hof mit den Liebespaaren, die sich in die Umarmung der Bäume auf der Allee stahlen, den lauschigen Nischen, der reich gedeckten Tafel und all den zauberhaften Damen in ihren Seidenkleidern, glänzend wie Juwelen im brackigen, vom Fluss heraufziehenden Nebel.

Sie sieht das Kloster wie mit den Augen einer Fremden: die Steine jetzt sauber geschrubbt, mehr weiß als grau, die Zäune in Ordnung und die Felder fruchtbar. Das ist nicht mehr der Ort, an den sie vor so langer Zeit gekommen ist, unglücklich und mit gebrochenem Herzen.

Auf dem Markt hört sie zwei ältere Frauen über das Vieh reden; die Lämmer seien dieses Frühjahr so fett und so vergnügt wie Klosternonnen, sagen sie in ihrem seltsamen Englisch.

Marie lacht erstaunt – es stimmt, die Nonnen haben sich in den achtzehn Jahren von erbarmungswürdigen Skeletten zu tollenden Frühjahrslämmern entwickelt.

Während sie dort auf der Straße steht, ist sie so gerührt, dass sie der Heiligen Jungfrau danken will, nicht nur mit den

Worten ihres Mundes, sondern mit denen des Herzens, und zu ihrem Erstaunen stellt sie fest, dass sie es ernst meint.

Wie seltsam, denkt sie. In ihr ist Glaube gewachsen. Vielleicht, denkt sie, ist er eine Art Schimmel.

Wulfhild ist achtzehn. Sie kommt zu Marie und sagt, sie könne den Schleier nicht nehmen, sie wolle heiraten.

Sorgsam hält Marie ihren Zorn in Schach. Liebe?, fragt sie.

Ja, sagt Wulfhild und errötet, zuerst an den Wangen und dann am Hals.

Geld?, fragt Marie weiter.

Nein, keinen Penny, sie werde arm wie eine Kirchenmaus sein. Wulfhild lacht.

All die Sprachen, die sie jetzt flüssig spricht und schreibt, das Lesen und die geschickt beherrschten Zahlen – alles verlorene Liebesmüh. Und obwohl ihr ein grausamer Schmerz die Brust zerreißt, hat Marie gelernt, sich zu beherrschen.

Dann wird Wulfhild eben die Verweserin des Klosters werden, sagt Marie. Das gebe der Priorin die Gelegenheit, endlich die Schlangen loszuwerden, die man seit Jahren am Busen nähre. Wulfhild werde ein ansehnliches Gehalt bekommen, genug für Bedienstete, ein hübsches Haus in der Stadt.

Beunruhigt entgegnet Wulfhild, sie habe noch nie von einer Frau als Verweser gehört. Wer werde ihre Autorität anerkennen?

Marie sagt, sie werde im ersten Monat persönlich mit Wulfhild hinausreiten, danach werde niemand mehr ihre Autorität infrage stellen.

Und es ist der sanfteste Monat, den Marie je hatte, seit sie im Kloster ist, jene warmen, ruhigen Augusttage, das silbrige

Sirren der Insekten und Wulfhild, die in ihre Rolle hineinwächst. Marie spürt einen geradezu mütterlichen Stolz in sich aufwallen, als sie sich in feiner Gesellschaft als echte Dame erweist, und er verdoppelt sich, als Wulfhild draußen auf den Feldern von einem Augenblick auf den anderen zum derbsten Englisch wechselt und mit geharnischten Worten die Faulenzer weckt, die im Schatten ein Schläfchen halten.

Die ehrliche Wulfhild. Ihre sorgsam geführten Geschäftsbücher zeigen, wie schamlos jene, die zuvor mit den geschäftlichen Angelegenheiten betraut waren, das Kloster bestohlen haben, selbst unter der Respekt einflößenden Marie.

Eines Abends schleicht Marie sich hinaus, um an den reifenden Aprikosen zu riechen. Sie nimmt eine rohe Frucht in die Hand, um ihr Gewicht zu spüren und den großen, gesunden Baum zu bewundern, den Gott in einen so kleinen Samen gepresst hat. Doch diese Aprikose löst sich ganz leicht von ihrem Stiel, ihr Fleisch ist ein wenig elastisch wie ein straffer Mädchenschenkel, und als Marie mit der weichen, flaumigen Frucht in der Dunkelheit über ihre Wange streicht, spürt sie ein Kribbeln überall auf der Haut. Sie denkt an ihre verlorene Dienerin Cecily, ihren tröstlichen Mund und ihre Hände. Zwei Jahrzehnte ist es her, seit Marie liebevoll berührt wurde, seit weiße Wellen aus ihrer tiefsten Mitte aufwogten und ihr für einen kurzen Moment den Geist aus dem Körper spülten. Das duftende Fruchtfleisch, der sanfte Druck unter ihren Zähnen. Doch dann bricht sie sich am Kern der Aprikose den rechten oberen Eckzahn ab, bis hinunter zum pochenden Nerv.

Die restliche Nacht liegt sie reuevoll mit dem Gesicht nach unten auf dem kalten Steinboden der Kapelle, bis die Glocke zu den Laudes läutet, es auf der Dormitoriumstreppe zu rascheln beginnt und die Nonnen herunterkommen. Sie kann kaum singen. Selbst die Äbtissin, ganz auf ihre Neumen konzentriert, erkennt mit ihren trüben Augen, wie dick die rechte Wange ihrer Priorin ist, und fragt, ob eine Spinne sie gebissen habe. Marie wollte an diesem Tag eigentlich zu drei adligen Familien hinausreiten, doch mit einem derart geschwollenen Gesicht ist das unmöglich. Von der Prim freigestellt, sucht Marie die Infirmarin und findet sie jätend inmitten ihrer Heilkräuter, wo sie jedem kleinen Pflänzchen im Walisisch ihrer Heimat ein paar ermutigende Worte zuflüstert.

Als Nest aufsieht, tritt eine schüchterne Freude auf ihr liebliches Gesicht.

Nest fragt Marie, ob es wieder so weit sei, denn sie hat Marie wegen ihrer quälenden Leibschmerzen schon öfter mit einem Tollkirschenextrakt nach dem Rezept ihrer Mutter behandelt: die Galle einer rauschigen jungen Sau, Lattich, Bilsenkraut, Schierling, Zaunrübe und Tollkirsche, gelöst in Essig.

Nein, Zahnschmerzen, sagt Marie, auch wenn Nests Trank den pochenden Schmerz sicher lindern würde.

Nest bittet sie, mit ihr nach drinnen zu kommen, und sie steht auf, wischt sich den Schmutz von den Händen und führt Marie an den drei Nonnen vorbei, die auf ihren Stühlen im Freien sitzen, um sich in der Sonne zu wärmen.

Schwester Estrid sieht Marie unerträglich hoffnungsvoll an und fragt, Maman? Die geistlose Duvelina beobachtet lieblich lächelnd eine im Sonnenlicht tanzende Motte. Und Wevua, die Marie auf ewig als Novizin betrachten wird, murmelt: Da kommt ja das greinende, gottlose Gör von einer Priorin.

Die Betten im Infirmarium sind leer, die alten Nonnen alle draußen. Im Hinterzimmer, in dem die Kräuter vom letzten Jahr zum Trocknen hängen, riecht es intensiv nach Schwarznessel, Goldmelisse, Ringelblumen und Rosmarin, jene Kräuter, von deren Duft auch Nests Habit durchdrungen ist. Es gibt keine Fenster, Licht kommt nur von der Tür und der Glut unter dem Kessel, in dem Kräuter köcheln. Die Infirmarin zündet eine kleine Tonlaterne an, und als sie sie leicht geneigt vor Maries Mund hält und hineinsieht, spürt Marie die Wärme des Feuers auf den Lippen und auf der Zunge. Nest sagt, die Priorin habe sicher schreckliche Schmerzen; der Zahn müsse gezogen werden. Er sei faul. Ein Jammer, zumal Marie sämtliche Zähne bis in dieses hohe Alter behalten habe. Ein wahres Wunder an Gesundheit.

Marie errötet, und als die Infirmarin ein Stück dünnen, festen Katzendarm um den abgestorbenen Zahn knotet, schmeckt sie die Gartenerde an Nests Fingern.

Nest sagt, sie ziehe bei drei, und Marie wappnet sich und schließt die Augen, dann sagt Nest eins, und bei zwei durchzuckt sie ein scharfer Schmerz, und als Marie die Augen wieder öffnet, baumelt am Ende des Darms in Nests Hand ein blutiger schwarz-weißer Stummel.

Du sollst nicht lügen, das sei ihres Wissens ein Gebot, kein Vorschlag, sagt Marie.

Doch Nest erwidert, das höhere Gebot einer Infirmarin laute: Du sollst nicht mehr Schmerz zufügen als nötig. Sanft nimmt sie Maries Gesicht in die Hände und sieht ihr noch einmal in den Mund. In einem Krug hat sie Rote Betonie in Lebenswasser eingelegt und bittet Marie, sich dreimal damit den Mund auszuspülen und dann in ein Becken zu spucken, bis kein Blut mehr kommt. Dann nimmt sie einen kleinen Pinsel, streicht das wunde Zahnfleisch mit Honig ein und lässt Marie mit offenem Mund sitzen, bis der Honig getrocknet ist.

Als Nest Marie zum dritten Mal in den Mund sieht, schließt Marie die Lippen um ihren Finger. Honig, Erde, Kräuter. Sie küsst Nest auf die weiche Haut zwischen den Augenbrauen. Die Infirmarin weicht nicht zurück. Marie nimmt ihren Kopf zwischen die Hände. Nest errötet und küsst Marie auf den Mund. Sie steht auf und schließt die Tür, und als sie im Dunkeln zurückkommt, hat sie bereits Wimpel, Schleier und Haube abgenommen. Sie nimmt Maries Hand, legt sie auf ihren kahl geschorenen Kopf und nimmt Marie mit versierten Fingern die Kopftücher ab. Nest zieht Marie zum Stehen hoch, knotet ihren Gurt auf, nimmt ihr das Skapulier ab und sagt ihr, sie solle sich hinlegen. Die Infirmarin hebt den Saum von Maries Unterhemd an, und plötzlich berührt weiche Haut die Innenseite ihrer Schenkel, und als Nests Atem sie streift, begreift Marie, dass es keine Hand ist, sondern Nests viel weichere Wange. Sie spürt sogar ihre Wimpern. Ein Beben durchfährt sie von Kopf bis Fuß, und dann gibt es nur noch Nests Mund und ihre Hände; Marie wird mitten in die Strömung eines Flusses gerissen und dort losgelassen, sie wirbelt haltlos herum und versinkt. Als sie wieder auftaucht, drückt sie zitternd die Handballen auf die Augen. Im Dunkeln sprühen Funken.

Marie lässt sich von der Infirmarin wieder anziehen. Nest zieht Maries Hände von ihrem Gesicht und sagt streng, Oh nein, Priorin, nein, diese körperliche Erlösung ist nichts Schändliches, sie dient der Harmonisierung der Körpersäfte, ganz ähnlich wie der Aderlass, das ist vollkommen natürlich und hat nichts mit Kopulation zu tun. Sie werde ihrem Gott dennoch als Jungfrau begegnen. Es sei nur einfach so, dass einige der Nonnen eine solche Befreiung von schädlichen Säften nötiger hätten als andere. Manche sogar jeden zweiten Tag, andere nur einmal im Jahr. Nest habe sich schon oft gefragt, ob Marie nicht vielleicht eine von denen sei, die sie recht häufig benötigten. Marie habe oft, nun ja, so einen unbändigen Ausdruck in den Augen. Sie sagt Marie, sie solle einfach wieder zu ihr ins Infirmarium kommen, sobald sie das Bedürfnis verspüre.

Marie ist sprachlos vor Dankbarkeit. Wenn so etwas medizinisch ist, dann ist es keine Sünde. Seit jenen Tagen mit Cecily hatte sich Staub auf ihrer Seele gesammelt. An einem einzigen Nachmittag hat Nest ihn abgewaschen.

Dann fällt ihr auf einmal wieder ein, wo sie ist, und sie sagt traurig, aber ach, es dürfe ja unter Nonnen leider keine besonderen Freundschaften geben. Das verstoße gegen die Regel.

Nest verkneift sich ihr Lächeln und sagt, es gebe noch andere, die zu ihr kommen, um sich von diesen Körpersäften befreien zu lassen. Diese Behandlung sei gar nicht so besonders, wie Marie vielleicht glaube; sie sei eigentlich sogar recht üblich.

Dass es andere wie sie gibt, diese Vorstellung bringt Marie zum Schmunzeln. Sie tritt hinaus ins Tageslicht, und ihre Zunge stößt immer wieder in das neue, wunde Loch in ihrem Mund.

Sie sieht jetzt, was ihr zuvor entging, die flirrenden Sonnenstrahlen inmitten der windgeschüttelten Äste, den Fink, der scheinbar übermütig von Zweig zu Zweig huscht, die Baumrindenhaut der alten Frauen, die mit geschlossenen Augen das Kinn gen Sonne recken. Nests Freundlichkeit gegenüber dem Fleisch hat eine innere Veränderung bewirkt. Nichts ist mehr starr und eindeutig, nichts steht sich mehr unversöhnlich gegenüber. Das Gute und das Böse leben zusammen, die Dunkelheit und das Licht. Einander widersprechende Dinge können gleich wahr sein. Die Welt ist im Kern ein pulsierender Schrecken, ja. Doch zugleich ist sie im tiefsten Inneren voller Ekstase.

Marie ist achtunddreißig. Es hat Unruhe unter den Zinsbäuerinnen gegeben, und als der Sommer beginnt, schwellen drei der unverheirateten Frauen um den Bauch herum an wie Hagebutten. Sie sind keine Nonnen, das nicht, sie haben sich nicht zur Jungfräulichkeit verpflichtet, doch Marie schämt sich, dass sie diese ihr unterstellten Leiber nicht kontrollieren kann. Wie würde die Außenwelt wohl über das Kloster denken, wenn sich das herumspräche? Ein Riesenskandal. Man würde sie als Priorin suspendieren. Gott sei Dank hat sie ihre Vorgesetzten durch Tüchtigkeit und Schmeicheleien wohl erzogen; sie kommen nicht mehr ins Kloster, um sie zu beaufsichtigen. Sie spricht mit Goda, die ihr mithilfe von Tiermetaphern einige Feinheiten der Fortpflanzung erklärt, den genauen Zeitpunkt, an dem Kinder zu Erwachsenen herangereift sind. Schließlich ruft Marie die ganze Gemeinschaft, mehr als fünfzig Nonnen und gut achtzig Bedienstete, außerhalb des Gartens zusammen.

Es ist die Zeit der Höllenfahrt, verkündet sie ihnen mit ihrer tiefsten, lautesten Stimme. Von diesem Tag an würden im Kloster und auf dem umliegenden, von Wald umschlossenen Land ausschließlich Frauen leben. Alle anderen müssten gehen.

Alle verbleibenden Bediensteten sollen Frauen sein, sagt sie.

Bettler jeden Geschlechts werden Almosen bekommen, jedoch nicht hier, sondern in der Almonerie, die sie in der Stadt einrichten werde, sagt sie.

Alle Besucher werden im Gästehaus neben der Almonerie übernachten, sagt sie.

Dann atmet sie tief durch und holt zum letzten Schlag aus. Sobald die Kinder der Zinsbäuerinnen zwölf Jahre alt würden, könnten sie nur bleiben, wenn es Mädchen seien; falls die Bäuerinnen nicht von ihren Familien getrennt werden wollten, werde Marie ihnen klostereigene Ländereien außerhalb des eigentlichen Klosters zuweisen, damit sie umziehen und ihre Arbeit dort verrichten können.

Es sei keine Sünde, nicht als Frau geboren zu werden, spricht sie zu den gesenkten Köpfen vor sich. Ein Neugeborenes trage keine Schuld an dem unglückseligen Geschlecht, mit dem es auf diese Welt gekommen sei. Doch die Sünde entstehe zu einer bestimmten Zeit im Leben, im Alter von etwa elf oder zwölf, wenn die Schlange des Leibes erwache und danach trachte, ihr Gift zu verbreiten. Das sei die wahre Geschichte unserer Ureltern, die Erkenntnis der Urmutter Eva.

Es folgt großes Tränenvergießen, bei einigen der Nonnen jedoch auch heimliche Freude. Nur vier der Zinsbäuerinnen schnüren ihr Bündel und ziehen mit ihrem Nachwuchs fort. Für die Kinder jener, die sich zum Bleiben entscheiden und sie ziehen lassen, findet Marie vier Plätze in guten, frommen Haushalten in der Stadt.

Königin Eleonore schickt dem Kloster eine Cousine, ein zwanzigjähriges Mädchen namens Tilde, deren schmales, blasses Gesicht einen klugen Geist und eine demütige, bescheidene Seele offenbart. Mit einem Anflug von Neid erkennt Marie ihre wahre Berufung; sie steht dem Mädchen förmlich im Gesicht geschrieben. Tilde verbringt ihre Tage glücklich im Skriptorium, das Kinn oft mit Tinte beschmiert. Marie beobachtet sie. Das Mädchen würde eines Tages sicher eine hervorragende Priorin abgeben, überlegt sie. Sie erkennt Urteilsvermögen, Güte und Inbrunst.

An manchen Tagen schaut Wulfhild, nachdem sie das Pachtgeld bei Marie abgeliefert hat, noch einmal im Skriptorium vorbei, drückt Gytha einen Kuss auf die Wange und steckt der entrückten Nonne ein Päckchen kandierter Fenchelsamen in die Tasche. Dann lächelt Gytha verrucht. Wenn Wulfhild später am Abend in ihrem Haus die lederne Tunika auszieht, fällt meist eine kleine Zeichnung von einem fantastischen Ungeheuer auf einem Stück eines zerschnittenen alten Briefs heraus, ein grüner Tiger mit einem Menschenlächeln oder ein Laute spielender Igel, die ihre Töchter zu ihrer Sammlung an die Wand heften können. Wenn sie zu ihren schlafenden Kindern hineingeht, um sie zu küssen, hält sie manchmal einen Moment inne, betrachtet sie und empfindet angesichts von Gythas Tieren so etwas Ähnliches wie damals als Kind, wenn die Nonnen ihre schönsten, schrecklichsten Psalmen sangen, ein langsames Einsickern von Ekstase. Ehrfurcht. Wenn sie nur Zeit hätte, diesem Gefühl auf den Grund zu gehen, denkt Wulfhild wehmütig, doch sie hat keine Zeit, sie hat nie Zeit; die Kinder rufen, die Geschäfte des Klosters rufen, ihr erschöpfter Körper mit all seinen Bedürfnissen ruft. Sie wird Gott näherkommen, wenn sie alt ist, in einem Garten inmitten von Blumen und Vögeln, sagt sie sich; ja, eines Tages wird sie in Stille sitzen, bis sie Gott kennt, denkt sie, und legt sich schlafen. Aber nicht jetzt.

Arbeit. Gebet, ein ebenso grundlegendes Element des Klosters wie die Feuchtigkeit, wie der Wind. Die Felder, die Säue, der Obstgarten.

Und Eleonore, noch immer eine Gefangene. Die Königin, die jetzt in einem Käfig sitzt, bleibt eine offene Wunde in Maries Herzen. Dennoch antwortet sie nicht auf Maries Briefe. Unerträglich.

Eine laute, arrogante Novizin kommt ins Kloster, mit dicken schwarzen Augenbrauen, die ihr wie Raupen übers Gesicht kriechen. Sie macht sich nicht die Mühe, Handzeichen zu erlernen, und ruft ihre Wünsche laut durchs Refektorium: Salat! Fisch! Ein warmer Tag nach wochenlangem Regen; die Novizinnen eilen mit Körben in die Wälder, um Pilze zu sammeln. Ein Streit, als sie einen Kreis aus kleinen spitzen Pilzen mit hochgewölbten Kappen entdecken; die sind giftig, versuchen die anderen Novizinnen sie zu warnen, doch die neue Novizin sagt, nein, damals zu Hause habe sie solche gesammelt, sie seien köstlich, und sie wird laut und lauter, bis sie förmlich schreit, und dann pflückt sie eine Handvoll von den Pilzen und stopft sie sich in den Mund. Die anderen Novizinnen wenden sich ab. Schweigend sammeln sie Korb um Korb.

Als es zur Vesper läutet, ist das Mädchen nirgends zu finden, und schließlich entdecken sie es tot zwischen zwei dicken moosbedeckten Baumstümpfen, zusammengekrümmt, das Gesicht zornig violett und die Zunge wie ein riesiger blasser Pilz zwischen ihren Lippen.

Marie ist fünfundvierzig. Zum Kloster gehören sechsundneunzig Nonnen und zwölf Oblatinnen, allesamt Töchter aus Handwerksfamilien. Es floriert.

Eines stürmischen Aprils legt sich die blinde, singende Emme, die zu nichts mehr zu gebrauchen ist, auf ihr Totenbett nieder, wo sie jahrelang bleiben wird, mehr Lied als Leib.

Marie ist siebenundvierzig. Aus Rom, Paris und London erreichen sie eilige, panische Briefe ihrer Kundschafter. Jerusalem ist wieder in die Hände Ungläubiger gefallen.

Marie weint. Es macht sie wütend, dass sie die Stadt damals als Kind auf dem Kreuzzug nicht zu Augen bekam. Ungesehen, ersehnt und erträumt, ist sie in ihr Jahr für Jahr gewachsen und nun das Ideal einer Stadt, ein Ort der Perfektion, eine Stadt, der keine sterbliche Stadt je das Wasser reichen kann. Zedern, Feigenbäume, Lilien und Gazellen. Und jetzt, mit dem Fall Jerusalems, hat das irdische Königreich ihres Gottes einen Riss bekommen. Durch solche Risse kriecht großes Unheil herein. Sie findet nachts keinen Schlaf aus Furcht vor der dunklen Wolke, die näher kommt, das spürt sie. Dass sie noch im Verborgenen liegt, macht sie umso beängstigender; selbst mit noch so viel visionärer Kraft kann Marie das Kommende nicht ans Licht bringen. Schlaflos ist sie jedoch auch deshalb, weil der Fluch Evas von ihr weicht, mit Flammen, die sie von innen her sieden.

Flammen, die aus ihrem tiefsten Inneren nach außen züngeln. Grauenhaft. Ruhelos steht sie auf, läuft los.

Matt und dunkel liegt der Klosterteich in der mondlosen Nacht.

Hinter ihr kauert das Kloster auf seinem Hügel und beobachtet sie im Halbschlaf. Vom Boden steigt noch Wärme auf, die Frösche trommeln dumpf, und zu Tausenden zirpen die Grillen, während ein einzelner Nachtvogel seine Handvoll Töne singt.

Etwas hat Besitz von ihrem Körper ergriffen, er ist geladen mit Hitze, unter der Haut lodert ein Feuer, das unerträglich brennt; sie rennt jetzt förmlich auf den fahlen Schein des Wassers zu, während die Nacht in schwarzen Brocken an ihr vorbeiwirbelt. Weg damit, nur weg mit Holzschuhen und Strümpfen, jetzt feucht vom nächtlichen Tau; jetzt kühlt ihr der Schlamm die Zehen, zieht das Wasser schwer an den Säumen, spürt sie es an ihren Knöcheln, Knien, an der Scham und dem Bauch, der Brust und den Armen, kühl, so kühl, und die nasse Wolle zieht sie in die Tiefe. Die Frösche, gestört, verstummen. Nur ihr Kopf steht jetzt noch in Flammen; das Wasser dringt bereits durch den Stoff an ihrem Kinn. Ein Körper wie der eines Hundes im dunklen Wasser. Vor ihrem inneren Auge blitzt das Bild der großen trotteligen Alaunt-Hündin aus ihrer Kindheit auf – wie an einem Augustnachmittag plötzlich nur noch ihre rosa Nase aus dem Wasser ragte. Als sich Marie an diesen längst toten Hund erinnert, gleitet ihr Lachen tief und leise über die Wasseroberfläche und hallt auf der anderen Seite wider.

Die Hitze weicht aus ihren Gliedern, dann endlich Abkühlung, Erleichterung. Unerträglich, diese Hitzewellen, sie können einen in den Wahnsinn treiben.

Unter großer Anstrengung kämpft sie sich in ihrem nassen, schweren Habit zurück zum Ufer.

Doch dort steht jemand. Eine eisige Hand schließt sich um Maries Herz. Furcht: Peitschenhiebe, Hunger, ein beschädigtes Ansehen. Und wenn schon. Sie würde deswegen kein Gebet an die Heilige Jungfrau verschwenden. Mit schweren Schritten watet sie aus dem Wasser. Jetzt erkennt sie das blasse Gesicht in dem dunklen Habit, es ist Schwester Elgiva – sommersprossige Wangen und lange helle Wimpern, alte sächsische Familie.

Mit einem Schmunzeln in der Stimme fragt Elgiva, ob der Priorin der Sinn nach einem Nachtbad gestanden habe. Wie seltsam das Französische aus dem Mund dieser Engländer noch immer klingt, wenn man auf dem Kontinent aufgewachsen ist; selbst nach dreißig Jahren im Kloster hat sich ihr Ohr nicht daran gewöhnt.

Nein, sagt Marie, das sei eine Kasteiung des Fleisches gewesen. Doch jetzt, wo sie wisse, dass ihr die Schwester zugesehen habe, auch eine Kasteiung des Stolzes.

Schwester Elgiva streckt die Hand aus und hilft, den schweren Körper ans Ufer zu hieven. Sie ist so klein, dass sie Marie nur bis zum Schlüsselbein reicht; andererseits sind sie alle klein im Vergleich zu Marie. Elgiva hebt die Arme und hilft ihr mit Wimpel, Schleier und Haube.

Als sie gehört habe, wie die Priorin nach draußen gerannt sei, sagt sie, habe sie sich denken können, wo Marie hinwolle. Auch ihre Mutter habe der Fluch Evas schon früh verlassen. Einmal hätten sie sie während eines Wintersturms draußen gefunden, wo sie sich Schnee ins Unterkleid stopfte.

Der Atem der Nacht, der durch Maries kurz geschorenes

Haar streicht, die kühle Luft auf der Kopfhaut tut so gut. Elgiva bückt sich, nimmt den Saum des Skapuliers und zieht es ihr schwer über den Kopf. Jetzt den Saum des Habits. So frei. Jetzt der Schreck, denn die Schwester bückt sich nach dem Saum des Leinenunterhemds, doch man ist hier im Kloster nicht nackt, man entblößt seinen Körper nur für das monatliche Bad, und die Nacht hat Augen. Doch jetzt hat leicht verzögert diese Trägheit eingesetzt; sobald die Hitze aus Maries Körper gewichen ist, fühlt sie sich jedes Mal wie entbeint. Was ist schon dabei, wenn Elgiva ihr hilft. Und so lässt sie sich entblößen, spürt die Blicke der Schwester fingerspitzengleich auf ihrer nackten Haut, an der die Nacht reibt. Als Elgiva Marie in eine trockene, saubere Bahn Leinen wickelt, streift sie mit dem Schleier ihre nackte Brust.

Doch dann das Unerwartete, das im Grunde nicht unerwartet kommt. Elgivas Lippen sind warm, ihr Atem gut, sie hat auf dem Weg durch das Dunkel hierher Minze gekaut, ihre Haut ist weich.

Nein, sagt Marie streng zu sich selbst und weiß doch schon, dass ihre Antwort Ja lautet. Sie ist schwach.

Auch Elgiva befreit sich jetzt lachend von Wimpel, Schleier und Haube, Gurt Skapulier Habit, dann nimmt sie, das Leinenhemd noch halb am Leib, Maries große Hand in ihre kleinen schwieligen Hände und legt sie auf ihre Mitte, die köstlich und leicht feucht ist und ein wenig nachgibt wie das dichte, üppige Moos im Wald, wenn man es berührt, und als Marie die Lippen auf sie presst, gibt sie kleine Laute von sich. Auf Knien auf der feuchten, warmen Erde. Elgiva riecht nach Gerste, Schnittlauch, Meersalz und Schlamm aus dem Fluss. Ihr Atem, so nah, eine kleine Musik, und auch die Frösche haben den Aufruhr im Wasser vergessen und musizieren wieder. Maries eigene geschickte Finger. Vielleicht ist Elgiva auch eine der Heimlichen hier im Kloster, es gibt so einige; nach ihrer Erweckung durch Nest hat Marie sie schon im Dunkeln am Rand der Brombeerhecke bei heimlichen Küssen beobachtet oder wie sie nachts neben der Latrine darauf warteten, dass sich eine andere im Schutz der Dunkelheit hinausstahl. In Maries Kopf der Wechsel zu Englisch – Französisch und der animalische Körper, das passt nicht, hand mouth tooth breast lip thigh skin cunt, Wörter, die das heiße Blut des Fühlens enthalten. Unter Maries Lippen das Summen im weißen Hals des Mädchens, dann ein Wallen und Tosen in ihr, eine Flut, die Welle selbst, und bald schwillt auch in Marie eine gleißende Flut an, die sie überrollt. Nach und nach erlangt sie ihre Sinne wieder, einen nach dem anderen, der Froschgesang, der sanfte Schlamm unter ihr, der Geschmack von Elgivas Mund und taube Haut, die kribbelnd zum Leben erwacht.

Und als Elgiva wieder zu Atem kommt, sagt sie, sie habe es sich gedacht. Ihr sei zu Ohren gekommen, auch die Priorin statte der Infirmarin Nest regelmäßige Besuche ab.

Für einen Augenblick verschlägt es Marie die Sprache bei der Vorstellung, dass ihre Nonnen so über sie reden. Eine Harmonisierung der Säfte, ähnlich dem Aderlass, hat die Infirmarin immer gesagt. Nest mit ihrem sanften, vollen und überaus geschickten Mund. Über weibliche Sodomie steht in keinem der Bücher irgendetwas geschrieben, doch die großen zornigen Moralisten hätten es sicher erwähnt, wenn es eine Sünde wäre. Marie hat gesucht; gefunden hat sie nur hallendes Schweigen.

Schnell wieder in trockenes Leinen gehüllt, den nassen Stoff zusammengerafft, schnelle Schritte über dunklen Boden. Elgivas Duft an ihren Fingerspitzen, nicht waschen, niemand wird davon erfahren. Keine Sterne, kein Mond, das ist gut. Es scheint, als würden die Glocken für die Matutin ihre Stille in sich versammeln und sich zum Läuten bereit machen.

Elgiva zögert, dann flüstert sie, sie sei oft allein in der Molkerei, wenn alle anderen ihre Arbeit erledigten.

Marie sagt, sie habe soeben ihr Interesse am Buttern entdeckt. Lachen. Der Weißdorn hat sich im Dunkeln von Kopf bis Fuß in bebende Blüten gehüllt. Ein letzter schneller Kuss, dann huscht Elgiva in die Kapelle. Marie sieht zu, wie sich die andere Nonne in der Dunkelheit zu Maria an den Altar legt, das Gesicht flach auf dem Steinboden und die Arme über Kreuz, um betend auf den Beginn der Matutin zu warten.

Beim Zusehen überkommt sie eine Traurigkeit, oder vielleicht ist es auch Mitleid; das Angebot der hübschen sommersprossigen Nonne wird unerwidert bleiben, Marie hat sie angelogen. Liebe, die einem zufliegt, das weiß sie aus Minneliedern, ist keine Liebe. Liebe, die von oben nach unten fließt, von der Priorin zur Molkereinonne, verstößt gegen die Regeln des Anstands. Für Maries strenges Herz kann es keine Verwicklungen geben außer jener mit Eleonore, chancenlos, fern und jahrzehntealt. Um den Hunger ihres Körpers zu stillen, die niederen fleischlichen Gelüste, gab es einst Cecily, und jetzt kann es nur noch Nests heilende Hände geben.

Drinnen schnell in die Küche, dann in den Keller. Kein Leinenhemd, das andere ist gerade in der Wäscherei. Den nassen Stoff auf dem Trockengestell ausgebreitet, dann vom Regal den untersten Habit ganz links, den einzigen, der groß und lang genug ist, um Maries gesamten hochgewachsenen Körper zu bedecken. Verhasstes Ding, mit seinen Flicken und dem angenähten Saum von vor dreißig Jahren. Skapulier, Strümpfe, Schleier, schnell schnell. Die Glocken läuten schon. Jetzt die Schritte der Nonnen, die im Halbschlaf die Dormitoriumstreppe herunterkommen.

Aus der Küche rennen und dabei die letzten Nadeln feststecken. Über den Kreuzgang mit den Säulen, die nackt wie Mädchen in der Dunkelheit stehen, ach, schweige still, mein Kopf, solche gottlosen Gedanken sind unpassend, es ist Zeit für das Gebet. Dann der späte Eintritt, der Kniefall, der Platz neben dem leeren der Äbtissin. Im Licht der einzelnen Kerze neben Emmes Stuhl dreht sich die Subpriorin Goda zu ihr um, schnuppert; kann es sein, dass sie Maries Lust riecht, den Schlamm des Teichs und was sie an den Fingern trägt? Der Hauch eines Lächelns. Vielleicht. Goda arbeitet inmitten von Kühen und Schweinen, sie kennt den animalischen Körper.

Deus in adiutorium meum intende. Matutin.

Die gesenkten Gesichter der Nonnen, verborgen im fahlen Licht. Schläfrige Stimmen erheben sich im Wechselgesang zum Venite.

Doch dann, wie erstaunlich. Was für ein Wunder.

Denn erneut lodert tief in ihr dieses Feuer auf, unauslöschlich und verzehrend, und seine Hitze pulsiert in Wellen hinaus auf die Haut. Wie immer zirkuliert sie schier unerträglich unter ihrem Habit, sodass die frischen Sachen im Nu schweißgetränkt sind, doch diesmal geschieht etwas Seltsames: Die Hitze verlässt Maries Körper, steigt auf und ergießt sich leuchtend auf die anderen Nonnen, eine nach der anderen, und sie schillert dabei in immer neuen Farben: als winziges, blasses Flämmchen vorn in den ersten Reihen bei den Oblatinnen, als kaum kräftigere rote Flamme bei den blutjungen Novizinnen, in einem satten Goldgelb, als sie züngelnd auf die älteren Nonnen übergreift, und dann bläulich und grün bei jenen Nonnen, die selbst gerade den Fluch Evas ablegen – Zeit der blinden Hast, des plötzlichen Drangs, sich aus dem Fenster zu stürzen, um Linderung von den heißen Körpersäften zu erfahren –, und als sie schließlich die buckligen, zahnlosen Nonnen erreicht, die den Übergang in die Ruhe nach der fruchtbaren Zeit schon vor Jahrzehnten vollzogen haben, fließt sie glutrot und golden auf sie herab. Die Hitze geht auf ihre Köpfe nieder, einen nach dem anderen, und als sie wieder aufsteigt, sammelt und verbindet sie sich zu einem großen, geheimnisvollen Strahlen, das stetig an Kraft und Schwung gewinnt, eine wirbelnde Flamme, rot und weiß und im Kern eisblau. Die Hitze, die sich von Körper zu Körper ausbreitet, ist eine gemeinsame Hitze, so wie alles in diesem Kloster unter allen Frauen geteilt wird. Marie sieht, wie sie von einer zur anderen übergeht. Selbst die Äbtissin in ihrem Totenbett in den Zimmern über dem Refektorium verwandelt sich in eine Talgkerze, die gegen das Dunkel anleuchtet.

Und alle Seelen strahlen singend ihr Licht hinaus in die Welt.

DRITTER TEIL

1

Es dämmert, Marie steht im Halbdunkel auf den Feldern.

Auch auf diesen wächst Winterroggen.

Es ist 1188, und Äbtissin Emme ist jüngst an ihrer langjährigen Krankheit gestorben. Um sie zu ersetzen, wurde Marie zur Äbtissin gewählt. Bei der Abstimmung ein Kasten voll weißer Lehmkugeln, darunter nur eine einzige schwarze, und Goda, die bei der Ergebnisverkündung das Gesicht im Ärmel verbarg. Tagelang ging die Subpriorin beim Melken so grob zu Werke, dass die Tiere aufstöhnten, bis man ihr sanft den Eimer abnahm und sie in den Weingarten führte, wo sie die langen Reihen der Reben auf und ab gehen und bei jeder einmal langsam von Anfang bis Ende das Magnifikat singen sollte. Bei der letzten Reihe angelangt, hörte sie auf zu weinen und wurde wieder sie selbst, wenn auch geschrumpft, eine Frau, die morgens ihre Sorgen in die warmen Ohren der Tiere flüsterte. Sie blinzelten und vergaben ihr, milde Beichtväter, keine Buße.

Dann Maries prunkvolle Weihe zur Äbtissin. Die exorbitanten Ausgaben, mussten doch Unzählige bewirtet werden, um Wohlstand und Macht des Klosters zu demonstrieren, zuerst in der Stadt vor der Kathedrale und dann noch einmal im Kloster für ihre Frauen, die Nonnen und die Bediensteten. Marie seufzte innerlich beim Gedanken an die immense Summe, an all die Zicklein und Schwäne, an pfundweise Gewürze und Fässer voll Wein, die dazu nötig waren. Zum Glück hatte sie während Emmes Krankheit jahrelang Zeit gehabt, das Nötige anzusparen.

Die Bischöfe quittierten die Ausgaben mit verdrießlichen Gesichtern, die umso zorniger wurden, je exzessiver sie sich dem Wein hingaben, und es gab Gemurmel, man werde das Kloster auf verborgenen Reichtum durchsuchen und ihn umverteilen. Ihre erste Amtshandlung als Äbtissin, und schon hatte Marie einen so gravierenden Fehler gemacht. Lächelnd leitete sie die Feierlichkeiten, doch ein feuchtkalter Wind kroch in sie hinein.

Nachdem alles vorbei war und sich die Nacht sanft über sie gelegt hatte, gab ihr Ruth, die mit ihr als Novizin ins Kloster gekommen war, einen Kuss und sagte, Marie, meine Freundin, von dir ging heute ein Strahlen aus. Ein himmlisches Leuchten.

Doch Marie erwiderte, tut mir leid, Ruthie. Von nun an musst du mich Mutter nennen, und sie lachten beide.

Als Marie zur Äbtissin gewählt wurde, war die Wechseljahreshitze endlich von ihr gewichen. Evas Fluch hat von ihr abgelassen. Als sie aufhörte zu bluten, wurden ihr auch endlich die Messer aus dem Leib gezogen, die in ihr gerührt hatten, seit sie vierzehn war.

Stattdessen erhält sie eine lange, kühle Klarheit.

Sie kann jetzt sehr weit sehen. Sie überblickt Äonen.

Ihre erste, alles erschütternde Vision wird sie später für sich allein in einem Buch festhalten, verborgen vor ihren Nonnen. Sie wird alles lebhaft beschreiben.

Es geschieht kurz vor der Vesper. Die Dämmerung hängt über den Hügeln, und am goldgebänderten Himmel verlischt die Sonne. Das Kloster hinter ihr wirkt in der letzten Abendglut klein und weiß. Schwalben schwippen flink darüber.

Drüben bei den Wagen singen die Zinsbäuerinnen ein so altes Lied über Lust, dass seine Worte in Maries Ohren nicht wie Englisch klingen, und auch wenn ihre Feldarbeiternonnen solchen weltlichen Schmutz nicht hören sollen, lauschen sie halb lächelnd; Dutzende kräftiger Arbeiterinnen gebückt auf dem Feld, die schwarzen Habite fallen wie Schatten auf das Feld, und ihre Sensen zischen im Rhythmus des Liedes.

Marie zittert.

Binnen eines einzigen Ausatmens verstummt die ganze Welt.

Dann richtet sie die ganze unermessliche Kraft ihrer Aufmerksamkeit auf Marie.

An ihren Fingerspitzen zucken Blitze. Viel schneller als Atem durchfahren sie ihre Hände, die Muskeln ihrer Arme, ihre Organe, ihr Geschlecht und ihre Haut, jagen glühend durch ihre Kehle. Wundersame Farben erblühen am Himmel über den Wäldern. Mit einem Donnern, das den Boden unter Maries Füßen beben lässt, reißt der Himmel auf. Und in dem Riss erscheint eine Frau, so erhaben wie sämtliche Städte der Welt zusammen, eine Frau, die in Strahlen gewandet ist.

Auf dem Haupt trägt sie eine Krone aus Sternen, und daran erkennt sie Marie: Es ist die Heilige Jungfrau Maria, deren Gesicht von zwölf gleißenden Sonnen verborgen wird.

In der Hand hält die Jungfrau eine tiefrote Rose, die Knospe noch fest geschlossen. Als sie sie aus ihrer unermesslichen Höhe auf den Wald zu ihren Füßen fallen lässt, blüht sie auf und zerstreut sich kurz darauf im Wind. Die zarten Blütenblätter wirbeln herum, und ein jedes bringt mehrere der riesigen Bäume im Wald zu Fall, sodass ein Muster entsteht. Marie spürt es in sich, als würde sie es mit dem Finger nachziehen; es ist ein Labyrinth, und in seiner Mitte leuchtet ein Vollmond, der auf der Spitze eines schlanken Ginsterzweigs ruht.

Dann wischt sich die Heilige Jungfrau mit der Hand das gleißende Licht vom Gesicht, und Marie wird ein Blick ins Antlitz der Gottesmutter gewährt: Es ist das ihrer eigenen Mutter, blutjung und leuchtend vor Liebe. Sie fällt auf die Knie.

Schließlich hüllt die Jungfrau ihr Haupt wieder in Strahlen und tritt rückwärts zurück in die Wunde, die in den Himmel gerissen wurde.

Er verheilt vor ihr, nimmt wieder sein natürliches Dunkelblau an.

Das letzte Strahlen sickert aus dem Tag. Als Marie wieder zu sich kommt, kniet sie auf der Erde, um sie ein Ring aus ihren Töchtern.

Eine ruft, die Äbtissin sei alt, sie habe einen Anfall gehabt, doch eine andere sagt zornig, die Äbtissin sei erst siebenundvierzig und bei besten Kräften, habe das dumme Kind denn keine Augen im Kopf, oder warum sehe es nicht, dass die Äbtissin soeben eine himmlische Heimsuchung erfahren habe?

Sie öffnet die Augen und lächelt ihre Töchter an, und sie verstummen angesichts der Kraft und des Leuchtens, das die Heilige Jungfrau ihr geliehen hat. Marie spürt ihr Erstaunen förmlich unter der Haut.

Es gehe ihr gut, sagt sie. Oh ja, sehr gut.

In der Ferne läuten die Glocken zur Vesper. Marie schickt ihre Nonnen zurück ins Kloster, und während die Zinsbäuerinnen mit den Wagen und den Zwicken zurück in die Kornkammer trotten, hebt Marie die Röcke ihres Habits an, um ihre langen Beine zu befreien, und läuft in schnellen, kraftvollen Schritten durch die Felder. Sie rennt durch die Obstgärten, dann in die Äbtissinnenwohnung und die Treppe hinauf, und obwohl ihre Küchenmeisterin sie etwas wegen des Abendessens fragen will, bleibt sie nicht stehen. Sie setzt sich in ihr Arbeitszimmer und bringt ihre Vision in Gänze zu Pergament.

Erst als sie in Tinte wiedererschaffen hat, was sie sah, kann sie es ganz begreifen, schreibt sie in ihr Büchlein.

Visionen sind erst dann vollständig, wenn man sie niedergeschrieben hat und einen Schritt zurückgetreten ist, wenn man sie gedreht und gewendet und von allen Seiten betrachtet hat.

Überall auf der Welt, so erkennt sie, treiben die Ungeheuer der Apokalypse ihr Unwesen und hinterlassen ihre rauchende, verkohlte Spur auf der Erde. Die Belagerung von Jerusalem, begreift sie, wird die gesamte christliche Welt zu Fall bringen. Christen wird man abschlachten, vergewaltigen und versklaven. Überall im Christenreich wird man Juden verdammen, ihnen in ihren Häusern auflauern, sie auf dem Scheiterhaufen verbrennen und erbarmungslos lynchen, Frauen und Kinder bei lebendigem Leib begraben. Hungersnöte, Eroberungen, Erdbeben, Brände und Felder voller Leichen. Eine Wolke des unsichtbaren Bösen hat sich auf die Köpfe ringsherum niedergesenkt, verdüstert die Sicht selbst da, wo sie stehen. Es ist Maries Pflicht als Mutter ihren Töchtern gegenüber, sie vor dieser Wolke, ja selbst einer Ahnung davon zu schützen.

Und in der Vision, diesem leuchtenden Geschenk an sie, hat die Jungfrau Marie verraten, wie sie sämtliche weltlichen Einflüsse von ihren Töchtern fernhalten kann.

Denn Marie selbst ist der Ginsterzweig, der aus dem Kloster emporwächst, allein ihre Kraft hält es zusammen.

Das Licht am sich verdunkelnden Himmel, das ist der Glaube ihrer Töchter, hell wie der Mond.

Und mit der Rose schuf die Heilige Jungfrau ein Labyrinth in den Wäldern rings um das Kloster, um Marie zu zeigen, dass sie es ihr gleichtun muss.

Sie muss ein Labyrinth bauen.

Von der Stadt aus ist das Kloster an einem Vormittag zu Fuß zu erreichen. Doch wenn man ein Labyrinth mit einem Geheimzugang ringsherum bauen würde, eine Straße, die so verschlungen wäre, dass nur der entschlossenste Besucher sich davon nicht abschrecken ließe, könnte sie die zunehmend verdorbene Welt von ihren Töchtern fernhalten.

Das Kloster würde allein unter dem Einfluss von Marie stehen.

Und sie könnten hier auf diesem Flecken Erde bleiben, wo das Kloster von jeher gestanden hat, doch ihre Töchter wären abgeschirmt, umschlossen und sicher. Sie würden ganz auf sich selbst gestellt sein, vollkommen unabhängig. Eine Insel voller Frauen.

2

In der Nacht ruft Marie ihre vier fähigsten Töchter zu sich.

Die neue Priorin Tilde, nervös und beflissen, mit dem lieblichen, aufgeschreckten Gesicht einer Haselmaus. Ach, wie das Mädchen Gott liebt, sich nach Gott verzehrt, wie es mit rigoroser Schlichtheit an das Gute in allem und jedem glaubt. Eine solch wissende Geradlinigkeit in einer so komplexen Welt erfordert große Intelligenz, findet Marie. Sie beneidet Tilde, bewundert sie.

Außerdem die junge Schwester Asta, deren Denken klar und mechanisch ist, sodass sie der Funktionsweise aller Dinge tief auf den Grund blicken kann, die gefahrvoll vornübergebeugt auf Zehenspitzen geht, als könnte sie es kaum erwarten anzukommen, und deren Tischmanieren so entsetzlich sind, dass es als Strafe gilt, im Refektorium ihr gegenüberzusitzen.

Und Schwester Ruth, die mit Marie zusammen Novizin war und deren Urteil stets weitsichtig und präzise ist.

Und dann Wulfhild, die Klosterverweserin, die schon schlief, als sie gerufen wurde, in ihrem überaus ansehnlichen Haus in der Stadt, wo sie selbst vier Töchter hat, kluge und starke Mädchen.

Tief in der Nacht sind sie schließlich alle in Maries Wohnung versammelt. Maries Küchenmeisterin bringt Käse, Brot, Obstkuchen und guten süßen Wein aus Burgund. Das Essen tröstet die Frauen ein Stück weit über den versäumten Schlaf hinweg.

Dann steht Marie am Feuer, riesenhaft. Ruth bemerkt voller Ehrfurcht, dass sie regelrecht leuchtet, erfüllt von einem Licht, das nicht von den Flammen kommt. Langsam erzählt sie von ihrer Vision an jenem Tag auf den Feldern und von ihrem Plan.

Priorin Tilde neigt ehrerbietig und ohne jeden Widerstand den Kopf; sie hat großen Respekt vor Marie, vor den schnellen Sprüngen und Wendungen ihrer Gedanken, und jetzt sieht sie aus der Äbtissin das Licht der Heiligen Jungfrau leuchten.

Für Schwester Asta ist ein so riesiges Unternehmen eine verheißungsvolle Herausforderung, eine Aufgabe, die es anzupacken gilt; ihr spitzes kleines Gesicht wird ganz rot vor Aufregung, und sie rechnet schnell im Kopf und sagt, das ließe sich innerhalb von zwei Jahren bewerkstelligen, vielleicht, wenn sämtliche Hände mithelfen würden, die für die dringlichsten Aufgaben im Kloster nicht unbedingt gebraucht werden, und wenn sie zehn Zwicken oder Zugpferde kaufen würden, die die gefällten Bäume zu den Brennholzsammelstellen ziehen.

In Schwester Ruth breitet sich eine große, zweifelnde Stille aus. Ihr ist kühl, sie zittert. Doch dann denkt sie trotz ihres Unbehagens an Marie als hochgeschossene, spindeldürre Novizin in den Monaten nach ihrer Ankunft, schweigsam und traurig, und daran, dass es mit dem Kloster in den dreißig Jahren seit jenem Jüngsten Tag beständig bergauf ging – waren es einst zwanzig hungernde Nonnen, so sind es heute beinahe einhundert sowie Dutzende Bedienstete, und fast ebenso viele Zinsbäuerinnen in ihren kleinen Häusern mit ihren Kindern. Jetzt durchströmen sie all diese Erinnerungen, all das, was die Nonnen Marie zu verdanken haben, jene dreißig Jahre ihrer meisterhaften Leitung der klösterlichen Geschicke. Und obwohl sie schließlich an die praktische Unmöglichkeit eines solchen Labyrinths denkt, eine Vorstellung, die geradezu töricht wirken würde, hätte sie nicht ihren Ursprung in einer Vision der Heiligen Jungfrau Maria, gelangt sie letzten Endes zu der Einsicht, dass Maries Wille stärker ist als jede praktische Hürde und dass der Plan auch dann umgesetzt würde, wenn sie ihre Einwände anbrächte.

Sie senkt den Kopf und betet, hebt ihn wieder und sagt Ja, wenn auch mit unüberhörbarer Sorge in der Stimme.

Nur Wulfhild widerspricht der Äbtissin. Sie ist jetzt seit acht Jahren Verweserin des Klosters – Wulfhild in ihrer seltsamen Ledertunika und dem Lederrock, glänzend vom Talg, mit dem sie die Sachen einreibt, damit sie dem Wetter standhalten. Sie ist eine dunkelhaarige, sonnengegerbte Frau, die wirkt, als brodelten in ihrem Inneren allein durch Willenskraft gebändigte Gefühle; kleiner als Marie, doch ebenso wie die Äbtissin mit einer natürlichen Autorität ausgestattet, die sich schon in ihrer Haltung und ihren zurückgenommenen Schultern ausdrückt. Wenn sie die Stirn runzelt, bekommt ihr schönes Gesicht mit den hohen Wangenknochen und den langen Wimpern plötzlich etwas sehr Unerbittliches. Es ist Wulfhild, Wulfhild mit dem starken Rückgrat, die jetzt aufsteht und der Äbtissin widerspricht.

Dieses Vorhaben, sagt sie, ist der blanke Irrsinn. Und zum Scheitern verurteilt.

Marie blinzelt langsam, und den anderen Frauen im Raum

stockt der Atem. Die Äbtissin sagt mehrmals Nein, ohne jede Gefühlsregung.

Wulfhild fährt fort, sie hätten gerade erst genug für das Äbtissinnenhaus gespart, sie habe die Arbeiter in den Steinbrüchen, aus denen sämtliches Gestein für das Kloster stammt, bereits persönlich angewiesen, mit der Arbeit zu beginnen; es sei sinnlos, jetzt alles wieder einzustellen. Es werde zehn Jahre dauern, bis wieder genug angespart sei.

Marie fragt sehr ruhig, ob Wulfhild sie nicht liebe.

Wulfhild entgegnet, sie liebe Marie so sehr, dass sie ihr zu sagen wage, wenn sie im Begriff sei, einen Fehler zu machen, eine Ehrlichkeit, derer sich nicht alle im Raum rühmen könnten, zumal wenn Marie wie jetzt ihre Mörderinnenmiene trage. Doch sie, Wulfhild, fürchte sich nicht vor der Äbtissin.

Wulfhilds schnell pulsierende Halsschlagader verrät, dass sie sich sehr wohl fürchtet.

Das Schweigen dehnt sich aus und wird unerträglich.

Marie sagt schließlich – so leise, dass die Frauen sich vorbeugen müssen, um sie zu verstehen –, dass aus Wulfhilds Stimme ihre eigene, Maries, Autorität spreche, denn sie habe sie der Klosterverweserin nur geliehen. Sie selbst dagegen spreche mit der Autorität der Heiligen Jungfrau Maria, die ihr an jenem Tage eine große Vision habe zuteilwerden lassen.

Und Wulfhild werde es doch sicherlich nicht wagen, der Heiligen Jungfrau Maria zu widersprechen.

Und so wird Wulfhilds Widerstand überrannt. Sie seufzt. Fügt sich. Mit brennenden Augen beugt sie sich über den Tisch, auf dem Asta bereits aufgeregt begonnen hat, ihre Pläne zu skizzieren.

Vor dem Infirmarium sitzen drei alte Nonnen in der Sonne. Eine niedergeschlagen, eine einfältig und eine im Gleitflug durch die Zeiten.

Estrid ist im Schlaf gestorben und wurde durch Amphelisa ersetzt, die über ein Paar kopulierender Schlangen schritt und zur Strafe einen Schlaganfall bekam; die Hälfte ihres Körpers ist wie versteinert, sie hat Mühe beim Sprechen.

Duvelina, die von allen Nonnen das reinste Blut besitzt, das der edelsten Familie Frankreichs, wurde mit nur einer Handvoll Wörter, einem verstohlenen Lächeln und einer Miene geboren, als würde sie beständig gegen einen starken Wind anblinzeln.

Und Wevua, die nun, da sie nicht mehr in der Zeit verankert ist, noch garstiger wird als zuvor.

Priorin Tilde, ständig auf Trab, hat ihnen Erbsen zu schälen gegeben, denn jetzt, wo der Wald vom Krachen fallender Bäume und den Rufen der Nonnen erfüllt ist und jede Hand gebraucht wird, ist Müßiggang selbst den Alten und Kranken nicht gestattet.

Wevua beklagt sich, dass es im Dormitorium nach Schweiß stinke, seit sie mit dem Bau des Labyrinths begonnen haben. Man bekomme nicht genug Luft, um vernünftig zu schlafen. Und nichts sei mehr sauber. Die Wäsche einfach widerlich. Der Boden im Refektorium voller Schlamm.

Amphelisa erwidert mit ihrer schweren Zunge, es sei eben schwierig im Moment, wo kaum noch jemand zum Arbeiten hier im Kloster sei. Die arme Tilde.

Sie hören einen Moment auf zu schälen und sehen die Kopftücher der Priorin Tilde drinnen vor dem Fenster hin und her huschen. Sie hat für die gesamte Arbeit im Kloster nur noch zwölf Dienerinnen und Nonnen zur Verfügung; weinend steht sie am Butterfass, weinend rennt sie zum Ofen und zieht das Brot heraus, während sie vor dem Unkraut schon kapituliert hat und den Garten überwuchern lässt.

Duvelina senkt den Kopf. Ihrer Schlichtheit wegen ist ihr Glaube vielleicht vollkommener als der aller anderen, ihre Güte klar wie ein wolkenloser Himmel. Sie schält auf einmal auffällig schnell, ihre Hände fliegen förmlich, sie ist überaus geschickt im Erbsenschälen.

Amphelisa sagt *Kind* und meint damit, wie schrecklich, der Tod jener Oblatin gestern, die einer fallenden Eiche im Weg stand. Erst heute Morgen war die Beerdigung. Amphelisas gute Hand riecht noch nach dem Saft der Lilien, die sie gepflückt und auf den eingehüllten Leichnam gelegt hat.

Wevua schnaubt. Alle Oblatinnen, die man ihnen schicke, stürben nun einmal, sagt sie zu den anderen. Was wolle man erwarten? Hunger, wo man hinsehe. Tote noch und nöcher. Und diese Dienerin, die dumme Gans, die eine Wurzel aß, die wie eine Karotte aussah, aber keine war, und mit Schaum vor dem Mund gestorben ist. Wevuas arme, schöne Schwestern – alle blau angelaufen und jämmerlich erstickt, welch ein Graus. Sie selbst hatte ihre Gräber geschaufelt. Im kalten Februarregen. Bis ihre Hände bluteten. Wevua öffnet sie und sieht in ihre Handflächen. Dass sie auf einmal recht alt wirken, nimmt sie als persönliche Kränkung.

Diese Geste verrät Amphelisa, dass Wevua wieder in die kargen Zeiten von damals zurückgefallen ist, bevor Marie die Führung im Kloster übernahm, ein paar Jahre bevor sie selbst als sechzehnjährige Novizin ins Kloster kam. Sie fragt Wevua, was sie von der neuen Priorin Marie halte, neugierig darauf, wie Marie damals vor so langer Zeit war.

Wevua schnaubt spöttisch und sagt, die neue Priorin sei ein Nichts. Schwach. Noch immer ein Kind in ihrem übergroßen Körper, und kenne doch kaum die Gebete, die jedes Christenkind kennt. Wirklich schockierend. Als Heidin aufgewachsen. In jungen Jahren habe sie zwar das Kreuz auf sich genommen und sich einem Kreuzzug angeschlossen, doch sie habe ihr Gelöbnis gebrochen, sei willensschwach gewesen und zurückgekehrt, ohne Jerusalem je gesehen zu haben. Gescheiterte Kreuzfahrerin; noch schlimmer als jene, die nur nach Outremer zogen, um sich zu bereichern. Sie höre die junge Marie manchmal laut im Traum reden. Wie es scheine, habe sie am Hof eine große Liebe gehabt. Das Mädchen rufe noch immer murmelnd nach ihr. Wenn Wevua nachts aufwache, sei Maries Bett manchmal leer – wer wisse, wo das Mädchen hingehe! Ihrer Prophezeiung nach werde es ohnehin bald an einem gebrochenen Herzen sterben. Gut, sagt sie. Aber eine Ungläubige wie sie zur Priorin einer Gemeinschaft heiliger Jungfrauen zu machen – ein Skandal sei das, eine Sünde.

Die Hälfte von Amphelisas Mund hebt sich zu einem Lächeln. Die Zeit hat Wevuas Worte Lügen gestraft.

Eines müsse man Marie allerdings lassen, sagt Wevua zögerlich, sie lerne schnell – einmal durchgesungen, schon kenne sie eine Antiphon auswendig. Doch sie sei fest davon überzeugt, dass Marie niemals den Schleier nehmen sollte, denn es sei zu offensichtlich, dass sie Gott nicht liebe.

Amphelisa muss laut lachen bei dem Gedanken, dass die Äbtissin irgendetwas weniger als strahlend vor Gottesliebe sein soll. Doch dann sagt sie sich im Stillen, dass jeder ein Sünder ist und niemand vollkommen, nicht einmal Mutter Marie.

Priorin Tilde kommt keuchend den Gartenweg entlanggerannt und ruft schon von Weitem, ob denn die Erbsen fertig geschält seien, und schreit dann beinahe, als sie den erst halb vollen Korb sieht. Sie fleht ihre Schwestern an, schneller zu arbeiten, und eilt davon.

Duvelina taucht mit der Nase beinahe in die Erbsen auf ihrem Schoß ein, so emsig schält sie.

Schweigend bringen die drei Nonnen ihr Werk zu Ende; und sie sehen Tilde zur Kapelle wetzen, wo sie eigenhändig die Glocken zur Non läutet. Wevua steht auf, hängt sich den Korb voll Erbsen für das Abendessen an einen Arm, nimmt Amphelisa an den anderen und bringt beide in die Kapelle. Ihre Gedanken mögen durch die Zeit gleiten, doch ihr Körper ist trotz des lädierten Fußes noch immer kräftig. Duvelina schlurft summend hinter den beiden her. An der Tür angelangt, lässt Wevua Amphelisa stehen und bringt die Erbsen nach drinnen. Amphelisa wartet, gegen den warmen Stein gelehnt. Wevua kommt wieder heraus, stellt den leeren Korb auf den Boden, hebt Amphelisa hoch und trägt sie hinein zu ihrer Bank.

Es sind nur noch wenige Nonnen, die die Non singen, der Rest ist in der Kapelle des Waldes, die von Sägemehl, Rauch, Vogelgesang und Schweiß erfüllt ist. Priorin Tilde ist da, die drei alten Nonnen und Goda, die ganz allein die Tiere versorgt. Die Infirmarin Nest ist gekommen, um aus dem Kloster Blasensalbe und Binden zu holen, die sie im Wald braucht, und sie setzt sich und wartet fahrig bis zum Ende des Chorgebets. Das Licht fällt sanft durch die Fenster auf die größtenteils leeren Holzbänke.

In Abwesenheit der Kantorin leitet Priorin Tilde die Hora.

Nest singt, doch in Gedanken ist sie im Wald. Sie hört das Hacken in der Ferne, das Krachen fallender Bäume; die anderen, Nonnen, Dienerinnen und Zinsbäuerinnen, sind in Windeseile an die Arbeit zurückgekehrt. Ach, wie gern wäre sie draußen bei ihnen, in der Sonne und im Wind. Ein seltsamer Zauber hat ihre Leiber ergriffen. Seit die Äbtissin das Vorhaben verkündet hat, gab es kein einziges Mal schlechtes Wetter oder große Hitze, und die länger werdenden Tage geben den Frauen Gelegenheit, ihre wachsende Kraft und Ausdauer unter Beweis zu stellen. Wenn sie zurückkommen, haben sie schwielige Hände, sonnenverbrannte Wangen und einen vor Erschöpfung und Stolz leicht wankenden Gang, und nach der Komplet fallen sie praktisch schon schlafend in die Betten. Nest musste sich in all der Zeit nur um kleinere Blessuren und einen einzigen Todesfall kümmern, die kleine achtjährige Oblatin, die im Gebüsch spielte und den warnenden Rufen, der fallenden Eiche auszuweichen, keine Beachtung schenkte. Die kleineren Mädchen führen die Zwicken und die Zugpferde; es ist eine Freude mitanzusehen, wie sich die Tiere auf das Kommando ihrer Stimmchen bewegen, und zu erkennen, dass die meisten der Mädchen arbeiten können wie gestandene Nonnen. Wie schnell die Frauen alle arbeiten, strahlend und voller Überzeugung. Die Tarnung und die Geheimwege, die die Abkürzung vom Kloster in die Stadt verbergen, sind fertig, der letzte Geheimtunnel wurde gegraben, nur ein kleines Stück von der Tarnmauer bis in die Scheune hinter der Almonerie und der Herberge; Nest selbst hat die Spitzhacke geschwungen, um am Ende des Tunnels zum Licht durchzubrechen. Überall im Wald werden Bäche unter Wegen hindurchgeführt und körbeweise Erde fortgeschleppt, ziehen die ächzenden Tiere Stämme und dicke Äste aus dem Boden. Die umgepflanzten jungen Bäume verdoppeln auf wundersame Weise innerhalb eines Monats ihre Größe, und Sträucher und Büsche füllen die Lücken, als wüchsen sie dort seit der Entstehung der Welt. Und wo es freie Stellen auszufüllen gibt, für die Büsche nicht genügen, werden intelligente Blenden gebaut, die die perfekte Illusion schaffen, ein Weg würde endlos in völliger Abgeschiedenheit weiterführen, obwohl er durch einen Streifen aus Bäumen und Gestrüpp von anderen Wegen abgeschnitten ist. Und der allmählich sich entrollende Weg selbst, stabilisiert durch eine unterarmdicke Schicht Kies aus dem Steinbruch, wird mit einer ebenso dicken Schicht Erde bedeckt. Dann kommt eine Maschine zum Einsatz, die Asta mit den Nonnen aus der Schreinerei und der Schmiede gebaut hat, ein faszinierendes technisches Wunderwerk: Zehn der stärksten Arbeiterinnen stehen gemeinsam in einem riesigen Rad und bewegen es gemeinsam vorwärts, um den Belag fest anzupressen.

Was Asta erschaffen könnte, besäße sie ein kriegerisches Wesen: grausame Todesmaschinen, mit denen man Feuer und Gift durch die Luft schleudern kann, Maschinen, die zermalmen können, Maschinen gefüllt mit glühenden, explosiven Substanzen; eine Idee kann die sonderbare Nonne so in Begeisterung versetzen, dass sie ihre Konsequenzen nicht bedenkt. Erstaunlich, wie weit sich ein Weg an einem einzigen Tag durch den alten Wald bahnen lässt. Das erste Viertel des Labyrinths ist bereits fertig, mit dem zweiten haben sie begonnen. All die Frauen, die zusammen da draußen arbeiten, fühlen sich gesegnet im goldenen Licht, im Rauch der Feuer, an der frischen Luft und in ihren Körpern, wohltuend gefordert und schwitzend. Selbst die Äbtissin arbeitet mit, und Maries erstaunliche Stärke verschlägt Nest den Atem; die Äbtissin hat einiges von einer Zwicke, jenem bizarren Amazonenrind, das weder Kuh noch Bulle ist, sondern beides zugleich. Nun, Marie ist schon immer stark gewesen. Nest kann ihr kraftvolles Fleisch förmlich spüren, so als würde es sich in diesem Moment unter ihrer Hand bewegen. Eine seltsame Vorstellung, dass es unter jenen von edlem Blut einige gibt, die kräftiger als Feldarbeiterinnen sind. Das gibt Nest zu denken; heißt das etwa, es gibt auch jene von gewöhnlichem Blut, die zum Herrschen geboren sind? Sie kichert in ihren Ärmel bei diesem Gedanken. Wevua auf der anderen Seite des Chors funkelt sie wütend an.

Versikel. Gebet. Segen. Nest schnappt sich den Korb mit Salbe und Binden und rennt beinahe zurück in den Wald, um den Verwundeten die Hände zu verbinden und sie wieder an die Arbeit zu schicken.

Am Boden zerstört sieht Priorin Tilde ihr nach. Die Infirmarin hätte doch wenigstens im Karren das Essen mitnehmen können, damit sie selbst es nicht zu den arbeitenden Frauen hinausbringen muss, sagt sie mit tonloser Stimme.

Und Goda, nun wahrlich nicht mit Sanftmut gesegnet, klopft der Priorin auf die Schulter und sagt ihr, sie solle sich beruhigen, einen Moment hinsetzen und ausruhen, sie selbst werde den Frauen das Essen hinausbringen. Streng ermahnt sie Tilde, sie dürfe sich nicht so leicht aus der Bahn werfen lassen und müsse lernen, Aufgaben an andere zu übertragen, sonst falle sie vor Überarbeitung noch tot um. Tilde solle sich ein Beispiel an ihr nehmen, der Subpriorin, denn Goda könne freilich jeden Tag die Kühe aufs Feld treiben, doch ihre Zeit sei besser genutzt, wenn sie sich um die kranken Tiere kümmere, weshalb sie erst heute Morgen einer Sau den herausgepressten Anus mit Salbe eingecremt habe, damit die anderen Sauen eine Weile Ruhe vor ihren ständigen Schreien hätten. Ja, sagt Goda zufrieden, Tilde müsse ihre eigenen leidenden Sauen finden und andere die Kühe auf die Weide treiben lassen, das nenne man wohl eine Metapher, doch als sie den Kopf wendet und das Mädchen anlächeln will, ist Tilde schon davongeeilt.

Später im Wald, als Marie gedanklich bei der eben aus der Gefangenschaft entlassenen Königin ist und sich fragt, wie Eleonore nach all den Jahrzehnten jetzt wohl aussieht, denn selbst eine Königin entkommt nicht dem Altern, fällt ihr Blick auf Nest, die beschwingten Schrittes über die fest angepresste neue Wegdecke geht; wie hübsch sie aussieht mit ihrem Lächeln und den geröteten Wangen, und das Muttermal neben ihrer Nase, dieser kleine Makel, bringt ihre Schönheit zur Vollendung.

Marie ist hungrig dieser Tage, hungrig nach allem – nach Essen, körperlicher Anstrengung, nach der guten, kühlen Luft in den Lungen; und dieser Hunger wallt bei Nests Anblick mit solcher Kraft in ihr auf, dass sie die Augen schließen und den Atem anhalten muss, bis der Moment verstrichen ist.

Die Nonnen arbeiten, bis der Wind den ersten Schnee bringt und der Boden zu hart wird, um zu graben, dann beginnen die langen dunklen Stunden winterlicher Kontemplation, die Sehnsucht nach Bäumen und frischer Luft, sie werden ruhelos, weil der Körper nach Anstrengung lechzt, und träumen nachts von Labyrinthen. Sie haben mehr geschafft, als Asta zu kalkulieren gewagt hatte, haben zwei ganze Viertelkreise des Labyrinths in den Wald geschlagen, von der Stadt bis zu den Hügeln im Nordosten und bis nach Nordwesten, von wo sich im Frühjahr die Wölfe anschleichen, um die Lämmer zu holen. Zeitig beenden sie ihre Arbeit in der Bäckerei, Brauerei und Molkerei, damit sie noch in den Wald gehen und Holz hacken und stapeln können – wie gut es sich doch anfühlt, noch einmal zu schwitzen und die Muskeln zu fordern. Drinnen im dämmrigen Licht vergeht der Sonnenbrand, verblasst das gesunde Leuchten ihrer Wangen. Priorin Tilde sieht zu, wie die Bediensteten das Kloster innerhalb weniger Tage wieder in Ordnung bringen, wie sämtliche Böden und Balken geschrubbt und mit Politur gewienert werden und alles Schadhafte repariert wird. Die Manuskripte im Skriptorium, vor Monaten zugunsten der Arbeit im Wald beiseitegelegt, werden bereitwillig fertiggestellt; lange Stunden über Brevieren, Psaltern und Messbüchern, die zu Ende geschrieben und gebunden werden, bis sämtliche Aufträge abgearbeitet sind.

Die irre Schwester Gytha, die nicht lesen kann, weil die Buchstaben vor ihren Augen tanzen und sich verwandeln, die jedoch mit ihrer unbändigen Fantasie die Manuskripte illustriert – makellose blaue Teufel, sterbende Märtyrer, die riesige Blutstropfen vergießen –, hat nichts mehr zu tun, und damit ihre Gedanken nicht davonstieben wie die Schirmchen eines Löwenzahns, beginnt sie allen, die es hören können, im Flüsterton von Orgien im Wald zu erzählen.

Sie raunt von Blutpakten, ungetauften Babys im Schmortopf und von Jungfernblut, das getrunken wird wie Wein.

Gytha hält die Äbtissin eines frostigen Morgens nach der Prim auf und flüstert atemlos, sie habe letzte Nacht gesehen, wie sich die Bäume herabgebeugt und zu den Trommeln und Hörnern der Hexen getanzt hätten, die dort in der rabenschwarzen, mondlosen Nacht versammelt gewesen seien, um ihre scheußlichen Mitternachtsrituale abzuhalten und um lodernde Feuer herumzutanzen, in denen man nicht Holz, sondern das getrocknete Fleisch kleiner Babys gestapelt habe. Aber sie habe den Bäumen gesagt, sie lasse sich von ihnen nicht hinters Licht führen, da könnten sie noch so unschuldig tun, sie wisse sehr wohl Bescheid, dass sie Instrumente des Teufels seien. Gytha keucht. Ihre Zähne sind vorne blau, vom Anlecken des Lapislazulipinsels, damit er eine feinere Spitze bekommt.

Marie fragt vorsichtig, ob es sein könne, dass Gytha vergangene Nacht einen Schneesturm erlebt habe, Graupel und Wind, der die Bäume zum Schwanken brachte, ein Wind, der wie ein vielstimmiges Ungeheuer heulte. Marie sieht die Wahrheit durchschimmern, wo andere nur Gythas Wahnsinn sehen.

Noch an diesem Morgen gibt Marie der geisteskranken Nonne wieder eine Aufgabe, lässt sie eine riesige Maria Magdalena mit wallendem rötlichem Haar an die Wände der Kapelle malen. Apostola Apostolorum, Maries Lieblingsheilige; ihrer Ansicht nach war sie der wahrhaftigere Felsen, auf den die Kirche gebaut ist. Langsam erscheint das Antlitz der Heiligen. Unter dem goldenen Heiligenschein ist das längliche, hagere und reizlose Gesicht der Äbtissin Marie zu sehen. Es hat etwas sehr Pferdeähnliches. Gytha singt bei der Arbeit vor sich hin. Maries fleischliches Gesicht brennt vor Entsetzen; es gibt hier keine spiegelnden Gläser, kein glänzend poliertes Blech, und der Nimbus ihrer Macht hatte sie schlicht vergessen lassen, wie vollständig es ihr an Schönheit mangelt, bis Gytha es auf Gips malte.

Die anderen suchen sich Handarbeiten. Ballen von Leinen- und Wollstoffen werden gewoben, Körbe ausgebessert, Leder verarbeitet. Im Brauhaus, das sich über den gefrorenen Bach kauert, wird mit einer neuen Sorte Kräuterbier experimentiert.

Und draußen jenseits der Gartenmauern, wo die Handwerkerinnen sich Arbeitsunterstände eingerichtet haben, baut Asta, die aufgeregt auf den Zehenspitzen wippt, zusammen mit den Schmiedinnen und Tischlerinnen Maschinen, mit denen sie im nächsten Frühjahr besser und schneller arbeiten können. Die anderen Gewerke helfen mit: die Schusterin, die Glasbläserin und die Töpferin. Gemeinsam konstruieren sie eine Säge, angetrieben von zwei im Kreis laufenden Zwicken oder Stuten, mit der man innerhalb von Minuten einen Baum fällen kann, dessen Stamm so dick ist, dass drei Nonnen einander an den Händen halten müssen, um ihn zu umfangen. Außerdem bauen sie einen Schlitten, mit dessen Hilfe man Bäume mit nur einem einzigen eingespannten Tier zu den Brennholzstapeln ziehen kann. Sie konstruieren Handkarren mit großen Eisenrädern, die sich leicht über unebenes Gelände ziehen lassen.

Die Feierlichkeiten von Advent, Weihnachten und Epiphanias wie strahlende Lichter im Dunkeln.

Und schließlich ebbt die kalte Dunkelheit ab. Im Grau vor der Fastenzeit, noch bevor der Boden ganz getaut ist und das erste Grün sprießt, nehmen sie glücklich jene Arbeit wieder auf, die ihnen die Heilige Jungfrau zugewiesen hat.

Maries Hände bluten. Gerade hat sie eine Esche seufzend resignieren und dann nach einem ohrenbetäubenden Krachen langsam und anmutig durch das schwache Märzlicht zu Boden fallen sehen.

Eine Flut von Eichhörnchen ergießt sich über den Boden, Vögel stieben durch den Spalt im grünen Baldachin.

Und in diesem Moment fährt die zweite Vision der Jungfrau auf sie herab.

Später, nachdem sie sich umgedreht hat, über den gefrorenen Boden durch die Winterroggenfelder, den Obstgarten und in das stille, von so wenigen Seelen bevölkerte Kloster gerannt ist, die Treppe hinauf, in ihr kühles Vorzimmer und an ihr Pult, schreibt Äbtissin Marie etwas nieder, das sie schließlich auf Latein in ihr geheimes Buch der Visionen übertragen wird:

Das zweite Geschenk, das mir von Gnaden Unserer Lieben Frau, dem Meeresstern, *Sedes sapientiae,* Spiegel der Gerechtigkeit, zuteilwurde.

Ich stand mit der Axt in den Händen im Wald und betrachtete einen fallenden Baum, als mein Kopf auf einmal entsetzlich zu pochen und zu glühen begann und schließlich die Schlange eines Blitzes meine Glieder durchzuckte.

Hinter mir im Wald erstrahlte ein Licht. Es fiel auf meine

Töchter und die Kinder, die auf den Zugtieren saßen, und alles, was gerade in Bewegung gewesen war, hielt wie von Zauberhand gehalten inne; die von der Schaufel geworfene Erde und der Sägestaub blieben in der Luft hängen. Ich drehte mich um. Dann fiel ich auf die Knie, denn dort, wo im Wald die Straße gebaut werden sollte, standen zwei Frauen, die in ihrer Heiligkeit so hell strahlten, dass ihr gleißendes Licht mich das Gesicht abwenden ließ.

Eine von ihnen trug ein Kleid im blassen Grün der ersten Frühlingstage, wenn die Äste zu bersten scheinen und das Laub in all seiner Fülle zu sprießen beginnt, wenn die ersten Knospen sich öffnen und ein kühler, süßer Wind übers Land streicht; ihr Haupt und ihre Ärmel waren mit Smaragden, Saphiren und Perlen geschmückt, und auf ihrer Brust glänzte gülden eine große offene Wunde, und es war die Wunde ihres mütterlichen Kummers.

Denn dies war die Mutter Gottes, Maria, die Heilige Jungfrau, die mir die Ehre dieser Vision zuteilwerden ließ.

Und es war das zweite Mal, dass sie mir ihr Gesicht zu zeigen geruhte.

Eine Frau von ebenso strahlendem Glanz hielt ihre Hand, blutrot gewandet, mit Diamanten und Silber am Hals und an den Handgelenken, und auf ihrer Stirn leuchtete rubinrot jene Wunde, die der Engel, der sie aus dem Garten Eden vertrieben hatte, mit seinem Stab geschlagen hatte, denn es war Eva, die erste Mutter der Menschheit. Und in der anderen Hand hielt sie eine kristallene Rippe, denn sie selbst war aus einer Rippe geformt worden und daher eine Verfeinerung des aus bloßem Lehm geformten ersten Sterblichen. Denn ist das Gold, das man aus dem Felsen zieht, nicht weniger vollkommen als jenes, das man in eigener Arbeit aus dem Gestein schmilzt und ausglüht, bis sein Glanz die Sonne widerspiegelt?

Schweigend sahen mich die Frauen an, die Mienen voller Liebe. Und als ich mich schließlich getrauen konnte, den Blick an sie zu heften, und ihn nicht mehr abzuwenden wagte, hoben sie ihre vereinten Hände, wandten sich einander zu und küssten sich. Sie küsse sie mit den Küssen ihres Mundes.

Auf diese Weise zeigten sie mir, dass der so oft erklärte Krieg zwischen ihnen eine Lüge war, von der Schlange in die Welt gesetzt, um Spaltung, Streit und Unheil zu säen.

Denn, so begriff ich, mit Evas Biss in den verbotenen Apfel kam das Wissen, und mit dem Wissen kam die Einsicht in die Vollkommenheit der Frucht von Marias Leib und ihres Geschenks an die Welt.

Ohne die befleckte Eva konnte es keine reine Maria geben.

Und ohne den Schoß Evas, der das Haus des Todes ist, konnte es den Schoß Marias nicht geben, das Haus des Lebens.

Ohne die erste Matrix konnte es keine Erlöserin geben, die größte Matrix von allen.

Als mir diese Erkenntnis klar vor Augen stand, erhoben sich die beiden Frauen dort im leblosen Gestrüpp im winterlichen Wald und stiegen, zu einer vereint, auf einem glänzenden Band aus Licht langsam auf ins Himmelreich.

Und alles, was blieb, war der neblige Morgen, der Geruch von Myrrhe, den ich noch in der Nase hatte, und die Süße des ersten Vogelgesangs, denn meine Töchter waren in ihrer Arbeit zum Stillstand gebracht worden, die Wintervögel hatten alles mitangesehen, und als die Frauen weg waren, ging ihre stumme Verwunderung in wildes Frohlocken über.

Und während ich diese zweite Vision niederschreibe, erkenne ich die Warnung, die in ihr liegt. Mir wird klar, dass die Königin auf einer ihrer unerwarteten Chevauchées hierherkommen wird, und dass wir, mein Kloster voll Nonnen, uns mit vereinten Kräften vorbereiten und sturmfest machen müssen.

Marie ruft Schwester Ruth zu sich. Maries alte Freundin hatte ihre Bedenken in Bezug auf die Arbeiten am Labyrinth letztendlich nicht verbergen können und Marie immer wieder angegriffen, und zur Erleichterung beider hat Marie sie vor einiger Zeit in die Stadt geschickt und zur Herbergsleiterin und Almosenverteilerin in den klösterlichen Gebäuden neben der Kathedrale ernannt, mit einer kleinen Dienerschaft von sechs Frauen. Das Kloster hatte diese Gebäude bekommen, als Marie gerade erst Priorin geworden war; damals waren es halb verfallene Getreidelager, in denen es von Ratten nur so wimmelte, die wertlose Mitgift einer Novizin, einzig Marie hatte ihr Potenzial erkannt und die Äbtissin Emme davon abgehalten, sie zu verkaufen. Erst nach fünf Jahren hatte Marie genug Geld angespart, um sie instand zu setzen, und es dauerte noch länger, um sie auszubauen, doch als die Gebäude fertig waren, hielten sie Besucher und auch Bedürftige, die um Almosen baten, vom Kloster und den umliegenden Grundstücken fern, und jenen ersparten sie den halbtägigen Fußmarsch durch den Wald zum Kloster auf dem Hügel.

Keine flehend ausgestreckten Hände mehr im Fenster des Eingangsportals. Keine aus dem Teich geangelten Forellen mehr, keine gewilderten Rehe im Wald. Keine Bedrohungen mehr für die Nonnen innerhalb ihrer Klostermauern.

Mit kältegeröteten Wangen kommt Ruth herein, fülliger als zuvor, denn es ist ihre Aufgabe, die adligen und illustren Besucher und die Frommen auf Wallfahrt reichhaltig zu bewirten. Sie hat beschlossen, dass nur das Beste gut genug ist, das weiße Klosterbrot, nicht das aus Roggenmehl, das Klosterbier und nicht der Wein. Jeden Tag gebratenes Fleisch. Der gereifte Käse, nicht der junge. Marie ist nachsichtig mit ihr; seit jenen hungrigen Zeiten damals, als sie Novizinnen waren, ist das Essen Ruths größte Wonne.

Die Königin werde kommen, sagt Marie zu Ruth und drückt ihr die Hände. Sicher um Carnelevarium herum, Eleonore sei schon immer eine ausgesprochene Feinschmeckerin gewesen und habe die Fastenzeit noch nie gemocht. Der Heiligen Jungfrau sei Dank für das späte Osterfest in diesem Jahr. Eleonore werde auch ihr Gefolge mitbringen, kein kleines, und Ruth werde sie alle beherbergen müssen. Dutzende. Es werde eine schreckliche Last für die Herberge sein, das könne Marie leider nicht anders sagen.

Ruth läuft rot an und sagt seufzend, sie treffe die nötigen Vorbereitungen.

Marie sagt, die Königin werde Ruth sicher befehlen, ihr den geheimen Weg durch das Labyrinth zum Kloster zu zeigen, doch sie müsse standhaft bleiben und geschickt vermeiden, etwas zu verraten.

Wie in aller Welt verwehre man als bloße Sterbliche der Königin einen Wunsch?, fragt Ruth recht gereizt.

Gar nicht, erwidert Marie. Man wasche der Königin sehr gemächlich die Füße, und nach dem Abtrocknen halte man sie mit Köstlichkeiten und gutem, warmem Wein möglichst lange hin, nachdem man, sobald man die Herolde in die Stadt habe kommen hören, das schnellste Pferd losgeschickt habe, um die Äbtissin zu holen.

Ruth denkt kurz nach und sagt, das Kloster sei leider ein königliches Kloster. Mit der Weihe zur Äbtissin sei Marie eine Baronin der Krone geworden. Warum in aller Welt dürfe die Königin höchstpersönlich nicht den geheimen Weg der Frauen sehen? Sie sei schließlich die Herrscherin. Selbst als Äbtissin sei Marie ihre Untertanin.

Die Königin von Angleterre, sagt Marie nüchtern, sei eine mächtige Persönlichkeit, doch sie konnte noch nie ein Geheimnis bewahren. Und selbst wenn sie dazu in der Lage wäre, fürchte sie sich – aus gutem Grund – zu sehr vor einer erneuten Gefangennahme, als dass sie einwilligen könnte, allein zu kommen, und den Augen ihres Gefolges könne man nicht trauen.

Obwohl Marie sich danach sehnt, draußen inmitten ihrer Nonnen die Axt zu schwingen, verbringt sie ihre Tage jetzt damit, Briefe zu schreiben und Wulfhild mit Botschaften ins ganze Land hinauszuschicken.

Und als schließlich die Nachricht eintrifft, die Königin sei nahe der Stadt gesichtet worden und reise schnell und ohne einen Vorboten, galoppiert Marie über die geheimen Wege und durch die Tunnel und sitzt bereits schwitzend im Empfangsraum der Almonerie am Feuer, als die Königin hereinrauscht, verärgert darüber, dass ihre Pläne durchkreuzt wurden.

Die Äbtissin steht auf, das Gesicht eine starre Maske, erhebt sich zu ihrer ganzen würdevollen Größe und Fülle und beginnt langsam mit ihren Beileidsbekundungen, sodass Eleonore sie unterbrechen und bitten kann, sich zu setzen. Doch die Königin unterbricht sie nicht; Marie spürt, wie die andere Frau sie mit scharfem Blick von Kopf bis Fuß mustert.

Im Halbdunkel in der Tür sah Eleonore jung aus, doch jetzt, wo sie näher ans Feuer tritt, zeichnen sich unter dem Puder feine Fältchen ab, und auch der Buckel auf ihrem Rücken ist gewachsen. Ihr starkes Parfüm ist die Vorhut eines Angriffs.

Auf einmal verstummt die ganze Welt, Marie hört nur noch ihr wummerndes Herz. Hilflos versucht sie, einen Gedanken zu fassen. Wenn die Schönste ihrer Schönheit, die Anmutigste ihrer Anmut beraubt wurde, bedeutet das dann, dass sie auch Gottes Gunst verloren hat?

Ohne Vorrede sagt Eleonore, nun, es sei Jahrzehnte her, was sei Marie doch für ein Koloss von einer Frau geworden! Sie befehle ihr, sich zu setzen, das heißt, falls der Stuhl nicht unter ihr zusammenbreche. Marie sei nun wahrlich kein Galgenvogel mehr, nicht wahr? Dabei sei sie einst so schrecklich hager gewesen. Donner und Doria.

Marie lächelt.

Die Königin sieht sie an. Nein, sagt sie nachdenklich, vielleicht habe sich Marie über die Jahrzehnte vielmehr in eine Sphinx verwandelt.

Marie erwidert, man speise heute gut im Kloster, es sei nicht mehr das Armenhaus, in dem sie angekommen sei damals als Mädchen, von Eleonore selbst weggeworfen, in jenen Wochen, in denen sie die kleinen Oblatinnen, kaum ein paar Monate alt, blau anlaufen und an ihrem Hunger zugrunde gehen sah. Man speise in der Tat sehr gut und reichlich, auch wenn freilich keine der Nonnen korpulent sei. Doch sie hätten fast alle kräftige Muskeln. Vielleicht sei die Königin weibliche Stärke einfach nicht gewohnt. Oder sei es einfach schon zu lange her, dass Eleonore ihre Armee der Damen aufgestellt habe? Oder vielleicht wirke auch jede Frau beleibt, die nicht so zart ist, dass ein lautes Wort sie umwirft, wenigstens auf einen so kultivierten und vornehmen Menschen wie die Königin?

Es scheint, als hätte die Königin sie nicht gehört; sie sagt gedankenversunken, Marie sei ja nie klein gewesen, sie habe nur vor all den Jahren kein Fleisch auf den Rippen gehabt. Jetzt trage sie einen Panzer unter ihrem Habit; ja, sie würde durchaus sagen, Marie sei ein großes, altes Monocerus geworden. Eine Haut wie aus Eisen und ein einzelnes furchterregendes Horn, so oder so ähnlich sei es ihr zu Ohren gekommen. Einhorn. Doch, das nehme sich sehr passend aus.

Marie atmet tief ein und sagt, sie hoffe, die Königin akzeptiere ihre Kondolenz, sei sie doch kürzlich erst Witwe geworden. Ein blutendes Geschwür, wirklich eine entsetzlich schmerzhafte Angelegenheit. Marie habe es merkwürdig gefunden, dass ihr niemand deswegen geschrieben habe, sie habe davon erfahren müssen, als wäre sie keine Verwandte. Auch wenn Marie natürlich nur eine Halbschwester sei und noch dazu eine uneheliche. Sicherlich habe die Königin zu viel zu tun gehabt, um Marie, ihre Schwester, davon zu unterrichten.

Halbschwester. Und auch nur durch Heirat, sagt Eleonore streng. Ja, sie sei in der Tat immer sehr beschäftigt. Doch es habe sich zugleich nicht richtig angefühlt, ihre Beileidsbezeigungen anzunehmen, wo der Verlust ihr doch nicht im Geringsten leidtue. Es habe einmal wahre Liebe gegeben, sie wisse das, habe es damals als junges Mädchen am Hof selbst gesehen. Große Liebe sogar, früher einmal. Und offen gestanden hätten die Pflichten im Schlafgemach von Angleterre auch nie zu den bittersten gezählt. Die Königin lacht ihr atemloses schnelles Lachen.

Doch wenn man eine Adlerin ein Jahrzehnt lang in einen Käfig sperre, sagt Eleonore schließlich, versuche sie einem natürlich die Augen auszuhacken, sobald man den Käfig öffne.

Nun ja, sagt Marie, aber es habe sich doch alles gut entwickelt; die Königin sei aus ihrer langen Gefangenschaft entlassen worden und ihr bester Jungadler sitze auf dem Thron Englands. Eine Wiedergutmachung für die Jahre in Gefangenschaft. Obwohl man höre, einige ihrer Häscher seien recht grausam zu ihr gewesen. Man habe ihr ihre Geierfalken weggenommen und so wenig Wärme gewährt, dass ihr hübsches Gesicht von Frostbeulen verunziert worden sei. Marie habe oft an die Königin in ihrem Gefängnis gedacht, zumal sie zeitweise durchaus in der Nähe gewesen sei und das Kloster mit seinen Annehmlichkeiten ihre Qualen hätte lindern können. Der Königin wäre es hier als Nonne in der Tat sehr viel besser ergangen.

Eleonore blinzelt mehrmals hintereinander schnell, und Marie lacht in sich hinein; schnelles Blinzeln ist seit jeher ein Fenster zur Seele einer Frau. Dann sagt die Königin, es sei merkwürdig, dass Marie so oft an sie gedacht habe, sie selbst habe kaum je an Marie gedacht, müsse sie gestehen. Oder wenn, dann an die Marie von damals, neu am Hof und so sonderbar, spitze Ellbogen, ein dauernd an der Tür angestoßener Kopf und eine polterige Stimme, mit der sie sich in Unterhaltungen einzumischen versuchte, stinkend und ungehobelt und obwohl alle Welt vor ihren linkischen Schritten davongelaufen sei. Armes Ding! Bevor Marie angekommen sei, habe sie das Mädchen eigentlich verheiraten wollen, doch dann sei Marie hereingeschlenkert, mit ihrer seltsamen Art und ihrem keuchenden Eifer. Und diesem unansehnlichen Gesicht. Ein solches Geschöpf habe man keinesfalls verheiraten können.

Und sollte sie sich je in ein Kloster zurückziehen, fügt die Königin hinzu, werde es die große Abtei Fontevraud sein, nicht dieses armselige schmutzige Kloster hier auf dieser verhassten Insel.

Das Essen ist gekommen. Marie bedeutet der Königin, Platz zu nehmen. Die Gemüter haben sich erhitzt, und um sie abzukühlen, sagt Marie versöhnlich, sie habe für Eleonore eine Kopie ihrer Fabeln anfertigen lassen. Die Illustratorin des Klosters sei verrückt, sie sehe im Gras den Teufel lauern und aus einem Teller dampfender Zwiebelsuppe das Böse aufsteigen, doch ihre Arbeit sei wirklich exzellent. Marie habe die Geschichten vor ein paar Jahren geschrieben, während der langen Zeit, in der die alte Äbtissin auf dem Totenbett lag und sie selbst nachts endlose Stunden am Bett der leidenden alten Frau gewacht habe. Sie habe sich in ihren Fabeln um einen neuen Stil bemüht, einen anderen als den ihrer Lais damals; sie schreibe nicht mehr über den Schmerz brennender Liebe, denn nach über dreißig Jahren empfinde sie in ihrem Herzen nur noch Liebe zu ihren Schwestern, und diese Wahrheit habe natürlich auch in einem veränderten Stil zum Ausdruck kommen müssen.

Auf jeden Fall, so fährt sie fort, gebe es in dem Buch die Geschichte von einem Kranich und einem Wolf. Ob die Königin diese Geschichte vielleicht schon kenne? Nein? Ein Wolf kaut einen Knochen, doch er bleibt ihm im Halse stecken. Weil er schreckliche Schmerzen leidet, ruft er sämtliche Tiere im Reich zusammen und verlangt, dass ihm eines den Knochen aus dem Hals ziehe. Nur der Hals des Kranichs ist lang genug. Der Kranich zögert freilich, den Kopf zwischen all die scharfen Zähne zu stecken. Schließlich verspricht ihm der Wolf, wenn er ihm helfe, werde er mit einem wunderbaren Geschenk belohnt. Und so steckt der tapfere Kranich den Kopf hinein und zieht den Knochen heraus. Der Wolf, von seinen Schmerzen erlöst, verkündet dem Vogel, jetzt werde er den Schatz erhalten. Und dieser Schatz sei sein Leben. Der Kranich müsse sich glücklich schätzen, nicht gefressen worden zu sein.

Köstlich, sagt die Königin und lacht.

Eine Weile essen sie schweigend, bis sich die Königin, angenehm gesättigt von ihrem Stück weißem Fasanenfleisch, mit ihrem Weinglas zurücklehnt und beginnt. Sie sagt zu Marie, die ganze Welt vernehme mit Erstaunen die Gerüchte über ihr Labyrinth.

Marie sagt freudig, es sei in der Tat eine technische Meisterleistung. Wozu Frauen imstande seien, wenn man ihnen eine Aufgabe stelle! Ihre Fähigkeiten seien scheinbar grenzenlos.

Oh, da habe die Äbtissin den Unterton ihrer Worte wohl nicht recht verstanden, sagt die Königin. Gewisse Adlige hätten den Wunsch geäußert, eine Armee zu entsenden, um den Nonnen das Kloster wegzunehmen; damit man ihnen eine Lehre erteile. Gerüchte über Hexerei schössen ins Kraut.

Marie komme es in dieser Situation nicht zugute, dass sie eine Nachfahrin von Melusine sei. Man munkele, die Nonnen würden hier unvorstellbare Reichtümer verstecken. Die Angriffslustigsten habe die Königin bereits besänftigen müssen. Sie habe drohen und schmeicheln müssen. Es sei ermüdend.

Marie stellt ihren Wein ab. Sie sagt, sie wisse das alles, auch sie habe ihre Kundschafter und erfahre, wer was sage. Welch eine Torheit, dieses Kriegsgerede angesichts einer Gemeinschaft frommer Jungfrauen, die sich zur Armut verpflichtet haben. Frevelhaft, um es milde auszudrücken. Was man im Kloster nicht selbst zum Leben brauche, gebe man als Almosen. Man lebe in vollkommener Armut.

Ob das wohl wirklich wahr sei, fragt sich die Königin laut; sie habe bei ihrem Ritt durch die Stadt sehr wohl bemerkt, dass die Armen hier tadellos gekleidet seien. Besser als mancherorts die Kaufleute. Und dass Marie in die größeren Fenster Glas habe einsetzen lassen, saubere, in Blei gefasste Kreise, sodass das Kloster einem entzweigeschlagenen Bienenstock ähnele, in den das Licht jetzt einfach hineinfließe. Welch eine horrende Ausgabe. Vielleicht sollte die Königin ihre Steuer auf das Kloster erhöhen. Vielleicht könnte sie höhere Kriegsabgaben verlangen.

Glas sei preiswert, entgegnet Marie, eine der Schwestern sei Glaserin, und die Armen hier müssten ihre Schuhe und Tuniken noch viele Jahre tragen. Ihr Großprojekt des Labyrinths habe das Kloster wieder arm gemacht. Sie nimmt das Haushaltsbuch zur Hand, das sie für diesen Besuch vorbereitet hat, und zeigt der Königin die Zahlen, die sich in der Tat sehr düster ausnehmen.

Der Königin sei noch ein weiterer Vorwurf gegen Marie zu

Ohren gekommen, nämlich dass die Äbtissin ihre Relikte selbstsüchtig in der Kapelle horte und ihre Wunderwirkung anderen vorenthalte, die ihrer vielleicht bedürften.

Marie denkt an die Sammlung von Zähnen und Knochen Heiliger, die Fragmente des Wahren Kreuzes. Allein in Angleterre gibt es so viele Fragmente des Wahren Kreuzes, dass man in irgendeinem Moor ein ganzes Golgatha aus wahren Kreuzen bauen könnte. Doch man muss auch sagen, dass nur wenige der klösterlichen Relikte im Glanz der Echtheit strahlen; ein so großer Teil ihres Werts liegt in den Einfassungen, den verzierten Kästchen und den Phylakterien, die Finger- und Zehenglieder und Zähne halten. Ach, nun ja, auch dieser Verlust wird zu verschmerzen sein. Nachdenklich sagt sie, die Klosterschwestern könnten die Relikte an Allerheiligen in einer Prozession in die Kathedrale überführen, als Geschenk des Klosters an die Frommen im Umland.

Das sei überaus großzügig, bemerkt Eleonore, doch bis Allerheiligen sei es noch lange hin.

Marie lässt die Maske fallen und sagt lächelnd, es werde Zeit brauchen, die Kunde von diesen guten Plänen zu verbreiten, auf dass sich herumspreche, welch große Wohltat sie den Laien auf dem Land aus Großzügigkeit und Barmherzigkeit zuteilwerden lasse.

Eleonore seufzt. Eine Weile trinkt sie schweigend ihren Wein. Auch sie entspannt sich und sagt, sie wünschte wirklich, Marie würde diese kleine Verrücktheit aufgeben, die sie sich da in den Kopf gesetzt habe. Man empfinde das Labyrinth als Affront. Frauen handelten sämtlichen Regeln der Unterwerfung zuwider, wenn sie sich der Verfügbarkeit entzögen. Genau darüber seien Maries Feinde so erzürnt.

Das war sehr treffend formuliert, huldvolle Regentin, bemerkt Marie voll Bewunderung. Doch vielleicht kein Befehl.

Eleonore sieht sie an, gibt nach, sieht weg. Vielleicht nicht. Vielleicht eine Warnung. Doch sie erkenne, dass Marie selbst jetzt keine Angst habe. Dass die Äbtissin sich nicht beirren lassen werde.

Nun ja. Als Äbtissin dieses königlichen Klosters, in dem die Königin sie vor vielen Jahren selbst eingesetzt habe, sei sie nun Baronin der Krone, natürlich mit sämtlichen Rechten, die mit diesem Rang einhergehen, einschließlich der Erwartung, durch die Krone und ihre Macht geschützt zu werden. Und sie sei bisher eine exzellente Baronin gewesen, habe stets unverzüglich die Steuern bezahlt und auf Bitten hin die nötigen Beiträge für den Krieg geleistet. Ihre Loyalität sei unzweifelhaft. Und wie allen landbesitzenden Adligen müsse man ihr die Freiheit gewähren, ihr Land gegen Eindringlinge zu schützen.

All das stimme, sagt Eleonore langsam. Sie lässt das Gerede von den Adligen sein – das war nur ein Ausfall zur Eröffnung –, beugt sich vor und geht zum eigentlichen Angriff über. Ihre Spione berichteten außerdem, man spreche in Rom von einem Interdikt. Es heißt, Marie missachte die Hierarchie und stelle sich auf eine Stufe mit ihrem Bischof. Es heißt, sie lasse ihre Kuriere nicht auf ihr Land kommen, sondern empfange alle Würdenträger der Kirche hier in der Stadt. Sie habe selbst in der Kirche Feinde. Und wie Marie wisse, wäre ein Anathema ein Graus für eine Gemeinschaft der Frommen. Keine Messe mehr, keine Beichte. Und auch kein Chorgebet.

Und bei diesen Worten durchzuckt Marie ein Blitz – ohne

Gesang wäre das Kloster einfach nur kalt, klamm und nicht vorstellbar.

Einige von Maries Töchtern würden vor Kummer sterben, sagt die Königin, und das ohne Absolution.

Marie sagt, diese Gerüchte seien auch ihr zu Ohren gekommen. Was man aus Rom höre, sei besorgniserregender, so viel stehe fest. Doch sie sei zuversichtlich, dass man sie des kirchlichen Schoßes nicht verweisen werde. Sie habe begonnen, gegen die römischen Methoden zu kämpfen.

Darüber lacht Eleonore. Womit, fragt sie, mit Gebeten? Bitte. Gebete seien etwas Wunderbares. Sie selbst bete jeden Tag. Angesichts einer solchen Bedrohung werde Marie allerdings mächtigere Waffen brauchen. Vielleicht wisse sie das nicht nach dreißig Jahren, die sie nun schon außerhalb der Welt lebe, doch für einen Krieg mit der Welt benötige man weltliche Waffen.

Darauf folgt eine so lange Stille, dass Eleonore ihren Blick Marie schließlich ganz zuwendet, die ihn ruhig erwidert, und die Königin sagt mit einem schmalen Lächeln, es habe sich freilich schon als richtig erwiesen, Marie damals hierherzuschicken; sie werde sich nicht dafür entschuldigen, dass sie getan habe, was Gott ihr befahl.

Marie dehnt ihr Schweigen aus, bis die Königin eine ungeduldige Geste macht, woraufhin die Äbtissin nachgibt und sagt, ja, selbstverständlich nutzten sie Gebete, sie seien das Edelste, was ein Kloster hervorbringe. Sie erzeugten davon einen so gewaltigen Überschuss, dass sie ihren Nonnen eine einträgliche Pfründe seien.

Jedoch führten sie den Kampf auch mit Gold, sagt Marie. Einer erklecklichen Menge leider, wie sie sagen müsse. Sie gebe Lieder und Geschichten in Auftrag, die auf den Straßen gesungen werden sollen. Sie flute die Straßen von London, Paris und Rom mit Liedern und Gerüchten von der Frömmigkeit der Schwestern, der Stärke des Klosters und Maries eigener Heiligkeit, und von ihrem großen Wunder des Labyrinths. Sie lacht. Geld und Geschichten. Legenden und Sympathie. Gegen einen solchen Krieg könne es keine wirkliche Verteidigung geben. Das habe Eleonore ihr selbst beigebracht.

Eleonore umklammert ihren Becher fester, dann trinkt sie ihren Wein aus. Marie sei doch wahrlich ein schlaues Mädchen geworden, sagt sie schließlich leise.

Kusch, sagt Marie sehr streng zu sich selbst, denn sie ist seit Jahrzehnten kein Mädchen mehr, und das Lob hat ihr Herz förmlich hochfliegen lassen. Einst brachte sie ihre Seele aufs Pergament, und die Königin schenkte ihr keine Beachtung. Sie erinnert sich an den lang zurückliegenden Schmerz und kostet ihn aus, bis die alte Rose Hass, die alte Rose Liebe in ihr noch einmal Knospen treibt und erblüht.

Marie kann nicht schlafen, jetzt, da die Königin ihr so nah ist, direkt auf der anderen Seite der Herbergswand; sie steht auf, geht zur Matutin in die Kathedrale und wartet betend bis zu den Laudes und zur Prim. Sie liebt den Gesang ihrer Nonnen, doch die Vielstimmigkeit des Chors in der Kathedrale lässt sie innerlich schier erbeben; diese Art von Musik kommt dem Gesang der Engel näher, scheint ihr.

Die Königin kommt mit ihren Zofen zur Prim in den Altarraum, und während sie betet, füllen sich die gläsernen Fenster mit Licht; ihr Gefolge ist bereit. Als sie in den kühlen blassen Morgen hinaustritt, wartet schon ihr Pferd. Beim Anblick der großen berüchtigten Eleonore bleiben die Stadtbewohner ungläubig stehen. Mehr als ein halbes Jahrhundert war sie eine Legende, man kannte sie aus Geschichten, die man sich in dunklen Wintern am Feuer erzählte, und Liedern, die im ganzen Land kursierten, doch jetzt, welch Wunder, ist aus der bloßen Geschichte ein Mensch aus Fleisch und Blut geworden. Sie steht auf der Treppe der Kathedrale und atmet wie alle Lebenden weiße Wölkchen. Ihre erste Zofe flüstert ihr etwas zu, und die Königin dreht sich zu Marie um. Sie lächelt.

Sie habe gelogen, als sie sagte, sie hätte in all den Jahren nicht an Marie gedacht, gesteht sie. Sie habe im Kloster eine Spionin, die ihr regelmäßig Bericht erstatte. Marie habe sie beeindruckt.

Das trifft Marie so unerwartet, dass ihr ganzes Denken langsamer wird, und sie geht im Kopf all ihre Nonnen durch, kann die Schwachstelle aber nicht entdecken und wüsste auch nicht, wer Zugang zu Kurieren hätte. Für einen Augenblick verschlägt es ihr die Sprache.

Die Königin lacht, als sie Marie so verblüfft sieht. Oh, keine Sorge, die Spionin sei eine von Maries Getreuen. Die Äbtissin werde von den meisten ihrer Nonnen sehr geliebt. Etwas Seltenes unter heiligen Frauen. Ein zänkisches Volk, das schwache Geschlecht. Alle anderen Klöster seien von Geplärr erfüllt.

Das *meisten* der Königin schiebt Marie zur späteren Betrachtung beiseite.

Die Königin sagt, sie habe Marie zwei Geschenke dagelassen. Mühelos wie ein junges Mädchen schwingt sie sich auf ihr Pferd. Sie solle von beiden Gebrauch machen, sagt die

Königin, und eine zweifelhafte Freude breitet sich in Marie aus; sie lässt sich nichts anmerken, bedankt sich und sagt, sie werde dafür beten, dass die Königin mit Gott reise.

Das Gefolge setzt sich in Bewegung, die Königin eindrucksvoll in ihrem Zobelmantel, der jeden Sonnenstrahl als braunes, bläuliches und schwarz glänzendes Schimmern zurückwirft, und sämtliches Licht der Straße konzentriert sich in ihrem dicken goldenen Diadem. Alles ist Schlamm, Stein und Rauch, Schweine wühlen im Straßenschmutz; nur die Königin ist aus Höherem gemacht. Maries Hände in ihren Ärmeln zittern.

In der Herberge eine erleichterte Atmosphäre, der Nachhall vieler Menschen. Es gibt jede Menge zu putzen. Die Dienstmädchen stehen im Sonnenlicht am Fenster und zeigen einander ihre von roten Bissen übersäten Knöchel; das Gefolge hat Flöhe mitgebracht. Ruth kommt zu Marie, sie tänzelt geradezu und zieht sie an den Händen zu den Geschenken. Eins ist ein Äbtissinnenstab; im beiliegenden Brief der Königin steht, sie habe ihn eigens für Marie anfertigen lassen, als ihr die Kunde ihrer Wahl zu Ohren gekommen sei. Der Stab der Äbtissin Emme habe aus geschnitztem Eschenholz mit feinen Silberornamenten und einem Haken aus Horn bestanden; er sei edel gewesen, keine Frage, doch Maries Hand verlange nach etwas Soliderem. Der neue Äbtissinnenstab besteht aus massivem Kupfer, darin feinstens eingraviert der gesamte Garten Eden, hier und da mit Goldfiligran verziert, und der Haken stellt die Schlange mit dem Apfel im Maul dar, die Augen zwei Smaragde. Ruth habe schon einmal versucht, ihn hochzuheben, sagt sie lachend, aber er sei zu schwer. Er sei nur für die starke Marie gedacht. Marie spürt sein Gewicht in der Hand, in ihrem ganzen Arm, ihrem Innersten. Er fühlt sich an wie die Macht, die sie nach und nach erlangt hat, nach jahrelangem Kämpfen und Wühlen im Schlamm.

Das andere Geschenk ist klein und in ein Stück blauer Seide gewickelt. Als Marie es öffnet, findet sie darin eine persönliche Siegelmatrix, eine Riesin mit einem Heiligenschein über dem Kopf, in einer Hand ein Buch, in der anderen ein Ginsterzweig, umringt von Nonnen, die ihr bis zur Hüfte reichen.

Scribe mihi, hat die Königin auf die Seite stechen lassen. Kein Vorschlag, sondern ein Befehl. Damit ein Brief mit dem Siegel des Klosters versehen werden darf, muss ihn entweder die Priorin oder die Subpriorin lesen und absegnen; mit ihrem ganz persönlichen Siegel schenkt die Königin Marie eine so köstliche wie verbotene Eigenständigkeit.

Denn ein Kloster ist Gemeinschaft, Eigenständigkeit verstößt gegen die Regel, Alleinsein ist ein Luxus, und bei all der anfallenden Arbeit, der Meditation und dem Gebet ist die Zeit zum Nachdenken zu kurz, als dass je viel dabei herauskommen könnte. Selbst Lesen bedeutet unter Nonnen laut vorlesen, es gibt keinen stillen Dialog mit sich selbst, der die innere Stimme herausfordern und zum Vorschein bringen könnte. Marie wundert es nicht, dass nur so wenige ihrer Nonnen zu eigenständigem Denken imstande sind; sie hat dieses tief verwurzelte Prinzip klösterlichen Lebens vom ersten Augenblick an erkannt. Als Äbtissin weiß sie, welche Gefahr von einer frei denkenden Nonne ausginge. Gäbe es in ihrer Herde eine zweite Marie, es wäre ein Desaster. Von Zeit zu Zeit überkommt sie ein brennendes Schuldgefühl, und doch lässt sie ihre Nonnen in ihrer heiligen Dunkelheit, mit ihrer Arbeit und ihrem Gebet. Auf diese Weise bewahrt sie die Unschuld der Frauen, sagt sie sich als Rechtfertigung. Das hier, ein zweites Eden.

Marie schützt nur ihre eigene innere Landschaft; ihr Geist ist der Einzige, der sich bis zum fernsten Horizont ausdehnen darf, nur sich selbst erlaubt sie die Perspektive eines Falken, der von den Wolken aus noch die kleinste Bewegung am Boden wahrnimmt.

In Gedanken formuliert Marie bereits den ersten Brief an die Königin. Wie lange noch wirst du dein Gesicht vor mir verbergen, singt sie still für sich.

Sie reitet allein zu ihren arbeitenden Nonnen in den Wald hinaus, fühlt sich innerlich wie wund gerieben. Ein zäher, kalter Zorn, der so lange in ihrem Herzen gewesen ist, dass sie ihn beinahe vergessen hatte, ist auf einmal versickert.

Und in die Leere an der Stelle, wo er einst gewesen ist, rutschen allmählich andere, sehr viel rätselhaftere Dinge.

Über den Nachthimmel wandern jetzt die Sommersternbilder.

Die Nonnen lassen ihr Projekt einige Tage ruhen, um den Weizen auszusäen und den Garten zu bestellen. Wenn nachts der Regen kommt, sprießt es grün aus der feuchten Erde.

Im Kloster, verschlafen mit so wenigen Seelen darin, trottet eine Füchsin mit schweren Zitzen aus dem Keller und schleppt einen ganzen getrockneten Stör davon. Priorin Tilde öffnet ihr die Tür und tritt einen Schritt zurück, um sie durchzulassen, das Diebesgut wird zur Belohnung für den Mut des Tieres.

Im Juni ein Wunder: Amphelisa, die halbseitig gelähmt war, nachdem sie über ein Paar kopulierender Schlangen gestiegen war, erwacht eines Morgens und kann ihre steife Gesichtshälfte und die Hand wieder bewegen, nur das Bein ist noch unwillig und lässt sie hinken. Sie schreibt das der Fürbitte der heiligen Lucia von Syrakus zu, der sie in ihrer Verzweiflung mit der guten Hand ein wächsernes Votiv geformt hatte, das sie während des Gebets auf einem heißen Stein schmelzen ließ. Erfüllt von neuer Energie, hat sie der verzweifelten Priorin Tilde die Verantwortung für den Garten abgenommen: Das Gemüse wird dick und rund unter ihrer Pflege, Liebstöckel, Fenchel und Zuckerwurzel wuchern geradezu, und die Grünkohlpflanzen sind so groß wie Dreimonatsbabys. Weil sie zu den Bienen aus dem Apiarium singt, während sie sie ausräuchert und nach dem Honig sieht, stechen sie sie nur selten. Wevua und Duvelina sind ihre Helferinnen, tragen das Gestrüpp zum Verbrennen zusammen und flechten Zäune, denn wenn ihre Körper ausreichend erschöpft sind, kann auch ihr Geist, der eine simpel, der andere ankerlos, endlich seinen Frieden finden.

Gerade schließen die Nonnen nahe den Sumpfgebieten im Südosten den letzten Viertelkreis des Labyrinths ab. Asta hatte diesen Abschnitt noch einmal neu gezeichnet, und jetzt führt er vom entferntesten Teil des Waldes aus direkt auf das Kloster zu, sodass der müde Reisende, der bereits so weit gekommen ist, auf dem letzten und schier endlosen Anstieg durch den Wald schon die Spitze der Kapelle über den Baumwipfeln sehen und sich verzweifelt fragen würde, ob er jemals ankäme. Ihr spitzes kleines Gesicht strahlt, sie wippt auf den Zehenspitzen und stößt energisch den Finger auf die Karte, als sie Marie von ihren neuen Einfällen erzählt, den irreführenden Kurven, den in ihrer Beschaffenheit so veränderten Wegen, dass sie dem Reisenden die größtmögliche Anstrengung bereiten – was stecken in diesem sonderbaren Bauwerk nicht alles für geschickte Sinnestäuschungen, für spielerische Finten! Marie küsst Asta die Stirn. Ihre Nonnen sind ein Wunder.

Marie ist, wenn auch widerwillig, an ihr Schreibpult zurückgekehrt und widmet sich den vernachlässigten Pergamenten. Ausstehende Pacht, die Nachlassenschaft, die beim Tod einer großen Adligen versprochen, aber noch immer nicht übergeben wurde, obwohl die Frau schon ein ganzes Jahr unter der Erde ist, und das gemalzte Getreide, in dem Schimmel entdeckt wurde, sodass es säckeweise an die Schweine verfüttert werden muss. Eine Schande. Sie lässt das Fenster offen, um sich auf ihre Aufgaben zu konzentrieren. Zum Abschluss des Labyrinths werden sie Brombeeren, Schlehen, Zwetschgen, Brambusch, Heidekraut, Holunder, Himbeeren, Eberesche, Johannisbeeren und Mehlbeeren rings um die Ränder sämtlicher Felder pflanzen, als zusätzlichen Schutz gegen versehentliches Übertreten, doch auch wegen der Fülle süßer Beeren.

Zur Feier des Tages bekommt jede Nonne ein Stück Forelle, so dick wie ihr Psalmenbuch, und ein Küchlein mit Haselnüssen und Honig. Und obwohl sie beim Essen Schwester Agnes zuhören, auch Agnes Dei genannt, weil sie ziemlich blökt, sind sie rosig und froh.

Noch am selben Abend bricht die Äbtissin, solange es noch hell genug zum Reisen ist, in einem schnellen Kanter auf, um mit einer leuchtenden Fackel durch die geheimen

Tunnel zu reiten, durch die ihre Zinsbäuerinnen mit ihren Handwagen voll Waren und Briefe ins Kloster kommen werden. Jene, die das Kloster besuchen, um die Messe zu lesen oder die Beichte abzunehmen, müssen jetzt mit verbundenen Augen durch diesen Geheimweg geführt werden. Sie hatte mit einer Auseinandersetzung gerechnet, als sie dieses Zugeständnis abverlangte, doch offenbar weiß Marie den Klerikern der Kathedrale Respekt einzuflößen. Am nächsten Morgen wird sie nicht die Abkürzung nehmen, sondern das Labyrinth in Gänze abreiten, all die vielen Meilen, um es mit den Augen eines Eindringlings zu sehen. Sie findet es aufregend, sich auf diese Weise von ihrem eigenen Wissen zu entfernen, und beim Gedanken daran geht ihr ein wohliger Schauder über die Haut.

Es ist tief in der Nacht, als sie aus dem letzten Tunnel in die große Scheune hinter der Herberge heraufkommt. Sie lässt sich von den Dienerinnen nur etwas Apfelmost und eine Schale Suppe geben, das, was allen Besuchern serviert wird, und schläft in dem Zimmer, in dem die Königin übernachtet hat. Obwohl es Monate her ist, kommt es Marie vor, als hinge das unverwechselbare Parfüm der Frau noch immer in der Luft, so als hätte sie einen Hauch ihrer Seele zurückgelassen.

Sie kann nicht schlafen und ist noch vor dem Morgengrauen draußen in der Kälte. Sie hat Ruth eine Nachricht hinterlassen; heute, am Tag des Gebets zur Heiligen Jungfrau, werde sie fasten. Sie sattelt ihr Pferd, eine Destrier-Stute, die sie auf einer ihrer Reisen zum jährlichen Markt in Salisbury entdeckt hatte, wo das Tier zum Schlachten verscherbelt werden sollte, weil sein Besitzer es hatte hungern lassen, weil er es geschlagen und mit eiternden Wunden an Schenkeln und

Bauch sich selbst überlassen hatte, ein erbarmungswürdiges Wesen, das an Fesselgelenksgallen, Spat und Dummkoller litt, doch in seinem Blick lag eine so abgrundtiefe Verzweiflung, dass die Äbtissin nicht anders konnte und stehen blieb. Später würde sie Anzeichen dafür finden, dass die Stute viele Male gedeckt worden war, um große, starke Fohlen zu gebären, die man dem Krieg in den Schlund werfen konnte. Marie fürchtete, das Tier könnte unterwegs sterben, doch die Stute ging langsam die vielen Meilen bis zum Kloster, wo die entsetzte Goda sie schließlich in ihre gluckenhafte Obhut nahm. Innerhalb von drei Monaten bekam die Stute ein glänzendes Fell und konnte ohne Weiteres drei kräftige Nonnen tragen, oder aber eine einzelne riesige Äbtissin. Das irre Funkeln in ihrem Blick war einem beinahe menschlichen Verstehen gewichen. Die Stute, die Leid, Erlösung und Auferstehung erlebt hatte, war, so glaubte Marie, eine Art Pferdeheilige geworden.

Draußen im Wald zwischen der Kathedrale und der Almonerie beginnt der neue öffentliche Weg als Täuschungsmanöver; sie haben ihn wenig vielversprechend gestaltet, schlammig und eng, gerade mal so breit wie ein Reitpfad. Sie führt ihr Pferd in schnellem Schritt hindurch. Die Stunden verstreichen. Golden geht die Sonne auf, und es wird wärmer. Während sie reitet, ist sie immer wieder frappiert davon, wie verloren sich ein Fremder hier vorkäme, der diesen Plan nicht selbst erdacht hat, und wie bald dieser Fremde aufgeben und in die Stadt zurückreiten würde. Die Straße, ringsherum von Bäumen umwuchert, sieht mitnichten so neu aus, wie sie ist. An der ersten Biegung angelangt, verliert sie beinahe selbst die Orientierung. Doch es ist ein angenehmer Tag, und sie entspannt sich im Wissen, dass sie am Abend in ihrem eigenen Bett schlafen wird. Hier und da entdeckt sie kahle Flecken, an denen der Wald von den Arbeiten in Mitleidenschaft gezogen wurde, doch die anderen Straßen sind gut verborgen, und wenn die Bäume und Büsche schließlich zu ihrer vollen Höhe und Dichte gewachsen sein werden, in zwei Jahren oder in fünf, wird das Labyrinth undurchdringlich sein, denkt sie zufrieden.

Doch als der Vormittag allmählich in den Mittag übergeht, befindet sie sich noch immer auf einem der äußeren Wege, und der Wind weht kühl durch ihr Skapulier und ihren Überwurf. Damit ihr die Zeit nicht zu lang wird, erzählt sie sich Geschichten, während das Pferd Schritt um Schritt geht.

Bald wiegt sie der Rhythmus in den Schlaf, und als sie aufwacht, erkennt sie am Winkel der Sonne, die durch den Spalt im Blätterdach fällt, dass es mindestens Zeit für die Terz sein muss. Sie stellt fest, dass sie nicht mehr weiß, wo sie ist. Ihr Magen knurrt. Unbehagen macht sich in ihr breit – schon bald wird die Nacht hereinbrechen, mit Wölfen, Dunkelheit und unbekannten Gestalten, und sie wird noch immer den sich endlos windenden Weg entlangreiten, Stunden von ihren Nonnen entfernt. Sie treibt die Stute zum Galopp an.

Das Pferd spürt Maries Angst und stellt die Ohren spitz nach vorn.

Doch jetzt, da Marie schneller reitet, gewinnt auch ihre Angst an Boden; es ist schrecklich, der Weg wird immer dunkler, die Sonne ist hinter einer Wolke verloschen, die Bäume selbst starren sie schwarz und finster an, die Äste über ihr wie drohend erhobene fleischige Arme, die jeden Moment herabschnellen können, und im Gebüsch raschelt es, als würden sich mysteriöse Kreaturen auf dem Bauch hindurchschlängeln, um Marie auf den Fersen zu bleiben.

Sie spürt die Gegenwart des Teufels, der Böse ist da, genau jetzt, hier bei ihr; sie erinnert sich an die Geschichten, das Rudel glänzender schwarzer Hunde und die riesige Spinne, die aus den Bäumen springt, um dem irdischen Leib ein höllisches, tödliches Gift einzuspritzen, an die feurigen Augen und die Ziegenhörner.

Und für einen Augenblick erkennt sie die große Sünde, für die sie bestraft werden wird, denn sie hat dem Labyrinth, jenem einst reinen Geschenk der Jungfrau, ihr Verlangen eingeprägt, dass ihr Name berühmt werden und die Zeiten überdauern möge.

Während das Pferd weiter voranprescht, öffnet sich in ihr eine Tür, und heraus strömt wahres Gebet, aus den tiefsten, stillen Teilen ihrer selbst, schlicht und in ihrer eigenen Sprache.

Danke, betet sie. Vergib mir.

Dann rennt das Pferd um eine Kurve, und als sie die violetten Hügel oberhalb der Baumkronen erblickt, fällt ihr ein gewaltiger Stein vom Herzen. Sie weiß wieder, wo sie ist. Sie reitet langsamer. Sie lacht über ihre Angst, die ihr noch immer kalte Blitze in Hände und Füße jagt.

Sie glaubt, von ihren Sünden freigesprochen worden zu sein.

Was sie hinter sich nicht sieht, ist die Zerstörung, die ihre Nonnen im Wald angerichtet haben, all die Familien von Eichhörnchen, Haselmäusen, Wühlmäusen, Dachsen und Hermelinen, die verängstigt aus ihren Bauen fliehen mussten, die gefällten Bäume, in denen Grünspechte ihre Nisthöhlen hatten, all die Misteldrosseln und Schwanzmeisen, die Waldschnepfen und Auerhähne, die aus ihren Bodenmulden aufgescheucht wurden, und den Fitislaubsänger, der panisch das Weite suchte; ein halbes Jahrhundert wird es dauern, bis dieser scheue kleine Vogel zurückkehrt. Sie sieht nur die Spuren menschlichen Wirkens hier an diesem Ort. Und sie befindet sie für gut.

Bei Sonnenuntergang erreicht sie schließlich die Felder, von denen aus man die bleichen Steine des Klosters auf seiner Anhöhe leuchten sieht, der Mond darüber eine kühle Sichel im Blau.

Ihre Töchter werden um diese Stunde still beim abendlichen Mahl sitzen, mit Gesten um Salz, Karotten, Milch und Suppe bitten. Sie sieht sie förmlich vor sich, die schwarz verschleierten Köpfe über das Essen gebeugt. Sie stellt sich die Sonne vor, die schräg durchs Fenster fällt und eine Reihe von Gesichtern erleuchtet, wie Perlen an einer Schnur.

Sie zügelt ihr Pferd, das ungeduldig tänzelt, so nah am Stall, so kurz vor Hafer, Wasser und Erholung, und senkt den Kopf, um in Dankbarkeit zur Heiligen Jungfrau zu beten.

Sie weiß, dass diese Reise, dieser Tag die Vollendung der ersten großen Vision ist, die ihr zuteilwurde; das Amen nach dem Gebet.

Der Wind zerzaust das welke Gras, greift sich die braunen Eichenlaubhände und wirbelt sie zu Boden. Die Felder sind kurz geschoren wie der Kopf einer Nonne. In der Luft das erste Weiß; es ist zwar noch zu warm, als dass der Schnee liegen bliebe, doch die Flocken tanzen und lassen sich vom Wind emportragen. Die Welt ringsherum ist in Maries Freude gekleidet.

Sie hat das Kloster keinen Zentimeter vom Fleck bewegt, sondern der Schlange durch ein Meer aus Straßen den Weg zu ihren Töchtern abgeschnitten.

Kraft ihrer Gedanken und ihrer Hände hat sie die Welt verändert. Sie hat etwas Neues hervorgebracht.

Dieses Gefühl ist der Reiz des Erschaffens, und es durchzuckt sie lebendig und gefährlich.

Marie spürt, wie es in ihr stärker wird, und labt sich gierig daran. Und trotz ihres Gelübdes, ihres Gebets auf der furchtvollen Flucht vor dem Teufel wird ihr klar: Sie will mehr davon.

3

Schon seit Jahrzehnten nimmt Marie hinter dem einen oder anderen Lächeln in der Stadt, in der Gemächlichkeit, mit der sich bestimmte Hände öffnen, wenn es um Zahlungen oder Spenden an das Kloster geht, den gärenden Widerstand wahr. Und jetzt geschieht genau das, wovor die Königin sie gewarnt hat, und der Unmut bricht sich Bahn. Eine Schäferin, die in einem Hain ein Nickerchen hält, bekommt zufällig ein Gespräch mit und erzählt ihrer Schwester davon, einer Klosterdienerin; die ungeliebte Stiefmutter dreier hitzköpfiger Halbwüchsiger, denen sie weniger gilt als Tisch und Stühle, hört ihre Stiefkinder einen Plan schmieden und schreibt Marie einen Brief; das Mädchen in einer Schenke in der Stadt, in deren Gegenwart ein paar Trunkenbolde unverhohlen damit prahlen, welch blutige Lektion sie den Nonnen erteilen werden, bekommt solche Angst, dass es die Röcke hochrafft und zu Ruth rennt, die noch in derselben Stunde einen Kurier zu Marie schickt.

Als Marie den geheimen Plan nachvollzieht, kommt sie auf etwa zwei Dutzend Verschwörer. Gar nicht so schlecht, es hätten auch mehr sein können. Wer sich Freunde macht, macht sich unweigerlich auch Feinde, doch ihr Furcht einflößender Ruf wirft noch immer seine Schatten hinaus in die Welt. Sie denkt an Eleonore in jungen Jahren, damals, als sie

Armeen befehligte, und spürt ihr eigenes Kriegerinnenblut in sich aufwallen. Schnell beruft sie ihren Rat ein: Asta jauchzt vor Aufregung, Ruth weint, und Wulfhild stellt bleich und verbissen sorgfältige Überlegungen an, doch die Überraschung ist Tilde; mit glühenden Wangen präsentiert sie die klarsten Ideen, bereit für den Kampf. Diese Seite ihrer kleinen Haselmaus kannte Marie noch gar nicht. Welch eine schöne Entdeckung.

Als die Beratungen schon weit fortgeschritten sind, protestiert Ruth: Nein, das können sie nicht tun, all das ist eine Sünde. Sie sind Nonnen. Sie dürfen nicht töten. Sollten sie nicht eher darüber nachdenken, auch die andere Wange hinzuhalten?

Nun, sagt Marie, auf jeden Fall müssen sie sich verteidigen. Man erinnere sich nur an die Schwäche der einstigen Nonnen, als Horden wild gewordener Dänen in ihren Booten die Flüsse heraufkamen, und was den armen, frommen Frauen damals geschah – die Plünderungen, die zerstörten Relikte, die Vergewaltigungen.

Mit diesem letzten Wort weht ein kalter Wind durch den Raum.

Und fromme Frauen dürfen zwar vielleicht nicht töten, fährt Marie fort, doch sie können Fallen stellen. Sie könnten sich Gier, Wollust und Faulheit zunutze machen, um die Sünder in eine selbst gegrabene Grube stürzen zu lassen.

Und das Wichtigste, so Marie, sie könnten nicht zulassen, dass das Labyrinth überwunden wird. Sie könnten einfach nicht zulassen, dass sich in der Welt da draußen herumspricht, es bestehe auch nur die geringste Chance hindurchzudringen, sonst wäre alles umsonst gewesen – all die Arbeit, die genialen Ideen und die Unmengen von Geld, die hineingeflossen seien –, denn dann verlöre das Labyrinth seine – nun, sagt Marie nach einer kurzen Pause, seine Wirksamkeit.

Mit einem Lachen bemerkt Wulfhild, dass ihrer lieben Äbtissin doch beinahe das Wort Magie herausgerutscht wäre.

Wenn man sich selbst die kraftvollste Magie genau ansehe, erkenne man das Werk flinker Menschenhände, sagt Marie. Ach, leider bleibe den Nonnen keine Zeit, ihre Muskeln zu kräftigen oder zu lernen, wie man kämpft oder das Schwert führt. Und der Körper einer Frau verfüge nun einmal über weniger Muskelkraft, wenn es auch freilich keine größere Kraft gebe als die, in seinem Leib neues Leben entstehen zu lassen. Nein, nein. Wenn sie das Kloster beschützen wollten, müssten sie kämpfen, und zwar so kampflos wie möglich.

Am Morgen geht der völlig erschöpfte Rat auseinander, um die jeweiligen Aufgaben in Angriff zu nehmen. Die Feldnonnen werden von der Ernte abgezogen, ihre Arbeit wird auf die Novizinnen verteilt, und die Zinsbäuerinnen frohlocken, denn so eine Rauferei, das ist doch mal was! Astas zwei Dutzend Nonnen starke Riege gräbt und baut und bearbeitet den Boden dort, wo nach einhelliger Meinung die größten Schwachstellen liegen, wo so ziemlich jeder mit ein paar Äxten und Sensen von den äußeren Wegen zu den inneren vordringen kann.

Marie versetzt ihr Netzwerk in der Umgebung in höchste Alarmbereitschaft. Ihre ehemaligen, noch immer loyalen Schülerinnen, heute Damen, lesen Briefe, die nicht für ihre Augen bestimmt sind; die Pächter, deren Höfe florieren, seit Marie das Kloster leitet, machen die Nachbarn betrunken und horchen sie aus, und die Dienerinnen, die Marie Anstellungen in guten Häusern verdanken, lauschen an Türen. Wenige Tage darauf erhält sie von vier unabhängigen Kundschaftern die Nachricht, dass sich die Angreifer noch in derselben Nacht versammeln wollen. Zinsbäuerinnen und Dienerinnen eilen geschäftig umher, denn jede hat irgendeine Aufgabe. Im Brunnenhaus herrscht helle Aufregung; die vierzig ausgewählten Nonnen waschen sich und binden ihre Habite hoch, um nicht darüber zu stolpern. Der Rest wird im Kloster bleiben, beten und versuchen zu schlafen.

Wie töricht, denkt Marie, während sie sich den dicken Ledergürtel umschnallt, den ihre Mutter während des Zweiten Kreuzzugs trug, wie töricht, das Kloster ausgerechnet in einer Vollmondnacht anzugreifen, windstill und voller Froschgequake, und wie faul sind doch die Aufrührer, dass sie sich keinen interessanteren Angriffspunkt gesucht haben, eine Schwachstelle oder vielleicht auch zwei, sondern stattdessen nur den der Stadt am nächsten gelegenen. Immer unterschätzt man ihre Frauen. Sie legt sich ihr Schwert um und nimmt den schweren Äbtissinenstab in die linke Hand. Dann reitet sie hinaus.

Oben auf dem Klosterhügel hat Marie auf zehn Pferden jene Nonnen postiert, die rittlings im Sattel sitzen können. Sechs sind in ihrem früheren Leben Jägerinnen gewesen, tragen Pfeil und Bogen bei sich und können damit umgehen; jene, die reiten, aber nicht schießen können, sind mit Sensen bewehrt. Sie würden, falls nötig, die letzte Verteidigungslinie bilden. Während Marie in den Wald reitet, dreht sie sich noch einmal um und sieht, wie sich die Nonnen auf ihren Pferden als riesige schwarze Silhouetten vor dem hellen Mond abzeichnen und beängstigende Schatten auf den Hügel werfen.

Jetzt ins Labyrinth, durch die geschickt verborgenen Wege auf den inneren Schleifen bis zum sechsten Pfad nach außen, wo das Gefecht stattfinden wird. Ihre Frauen sind schon dort und warten still.

Marie hält inne. Sie betet. Plötzlich überkommt sie eine Gewissheit: Heute Nacht wird sie sterben. In einer blitzartigen Vision spürt sie einen Pfeil in ihrer Kehle und ringt nach Luft, das Blickfeld rot überflutet. Sie schiebt sie weg, hinter sich in den wartenden Wald. Ihre Hände zittern.

Jenseits davon hört Marie die Eindringlinge, wahrscheinlich betrunken, die auf der Straße von außen grölen, hacken und lachen, hört ihre Pferde schnauben. Ihre Frauen warten schweigend. Eine flinke, schlanke Nonne kommt angerannt und gibt Marie ein Zeichen, dass es eine Gruppe von einundzwanzig Mann ist, aber mit nur vier Pferden. Ein paar Pfeilbögen, die eine oder andere Rüstung, aber größtenteils Knüppel und Schwerter. Dann verschmilzt sie wieder mit der Nacht und kehrt zurück an ihren Posten. Als die Männer auf den äußeren Weg durchgebrochen sind und man sie durch den Wald näher kommen hört, sieht Wulfhild Marie stirnrunzelnd an.

Zwischen den Straßen haben Asta und ihre Truppe mit Schaufeln und Pickeln eine Art Graben ausgehoben und ihre Spuren mit Moos und Gestrüpp verborgen, und zwar an einer Stelle, an der jeder einen einfacheren Durchbruch zur nächsten Straße vermuten würde als anderswo, wo man mühsam Bäume fällen und Sträucher weghacken müsste. Der Graben verengt sich zu einer schmalen Rinne nahe der Straße und macht eine so enge Kurve, dass man jene, die zuvor hindurchgegangen sind, nicht sieht.

Näher. Sie wartet. Noch näher.

Schließlich senkt Marie die Hand, und die wartend im Graben kauernden Zinsbäuerinnen schwärmen beinahe lautlos aus und schaffen es, vieren der Angreifer eine Schlinge um den Hals zu werfen, sie zuzuziehen und die Männer zu fesseln, bevor der fünfte eine Warnung brüllen kann.

Jetzt sind es nur noch siebzehn, denkt Marie.

Ein sich entfernendes Krachen und Poltern, im Flüsterton beratschlagende Stimmen, die trotzdem durch die Stille dringen. Marie muss sich ein Lachen verkneifen. Die flinke Kundschafterin kommt noch einmal zu Marie und gibt ihr ein Zeichen: Diesmal kommen zuerst die Pferde.

Marie nickt und sieht hoch in die Baumkronen, wo sie in der Dunkelheit zwar nichts erkennt, aber wo die jungen Nonnen samt ihrer mit Steinen beschwerten Netze warten. Sie hebt eine Faust. Die Nonnen gehorchen und warten, warten, warten, und als Marie das Mondlicht in den Augen des ersten Pferds sieht, öffnet sie die Faust. Die Novizinnen werfen ihre Netze, die herrlich langsam zu Boden segeln und genau ihr Ziel treffen; die Steine landen zwischen den Beinen zweier Pferde, die sich in den Netzen verheddern und zu Fall kommen, und erneut schwärmen die Bäuerinnen in der Dunkelheit aus wie die Schatten der Toten.

Aus den Bäumen geht jetzt ein silbriger Regen aus Steinen nieder, gefolgt von dem melonenartig dumpfen Geräusch, mit dem sie auf Schädel schlagen; Männer stürzen von Pferden, und im darauf folgenden Tumult strömen die Novizinnen auf ein weiteres Handzeichen von Marie hin in eine baumlose Lücke ein Stück weiter nördlich an der Straße, wo die Mädchen im Mondlicht bläulich schimmern, mit glänzendem offenem Haar und so wunderschön, so unantastbar in der hell erleuchteten Bresche an der dunklen Straße.

Während sich ein Stück weiter südlich, von Fackeln ebenso hell angestrahlt, mit Hacken und Dreschflegeln die kräftigsten der Feldarbeiterinnen und Dienerinnen postiert haben.

Dann stürmen die restlichen Angreifer auf die Straße, etwa ein Dutzend, schätzt Marie, und in ihrem Aufruhr stürzt die Hälfte der Gruppe auf die Novizinnen zu, die losrennen und von den beiden Pferden überholt werden, während die andere Hälfte in Richtung der Feldarbeiterinnen rennt, und es folgt lautstarkes Gebrüll und Getrappel.

Auf beiden Seiten der Straße stehen die Novizinnen und die Feldarbeiterinnen, gerüstet und entschlossen; ach, meine Schönen, denkt Marie, ach, meine tapferen, guten Frauen.

Dann prallen die Reiter gegen den Katzendarm, der in Richtung der Novizinnen über der dunklen Straße gespannt ist; ein Pferd, über dessen Hals sich ein blutender Schnitt zieht, wiehert auf und begräbt drei Männer unter sich, als es steigt und rückwärts umfällt. Das andere Pferd galoppiert weiter, doch der nächste Katzendarm tut, wozu er gespannt wurde, und jetzt prallt entsetzlich langsam ein Kopf vom Boden ab, auf die Novizinnen zu, und sprenkelt sie mit Blutspritzern. Die Mädchen schreien, das Pferd bremst ab und bleibt stehen, als es spürt, dass sein Reiter, jetzt eine Leiche, nur noch schlaff im Sattel hängt und schließlich herunterrutscht.

Ein Stück weiter die Straße hinab brüllen und lärmen die Feldarbeiternonnen, denn die zornige Flut aus sechs oder sieben Männern rollt an, und Marie wappnet sich für den Zusammenstoß, doch die Schicht aus Ästen und Reisig, kaschiert mit einem Hauch von Erde, gibt krachend nach, und einige der Angreifer fallen in die tiefe, mit Eisenspitzen ausgekleidete Grube und schreien wie am Spieß. Den Rest bringen johlend die Zinsbäuerinnen zur Strecke.

Es folgt Stille, ein kurzer Moment des Friedens, bevor erneut gellende Schmerzensschreie die Luft zerreißen.

Das war's?, denkt Marie. Das soll schon alles gewesen sein? Der Kampf selbst hat nicht mehr als dreißig Atemzüge gedauert. Ihr Schwert und ihr Stab glänzen enttäuscht. Weder hat sie jemanden berührt, noch wurde sie berührt. Kein Pfeil im Hals. Sie wird ein andermal, an einem anderen Ort ihr Ende finden.

Nun, sagt Wulfhild, das lief doch gut.

Ganz passabel, erwidert Marie trocken.

Doch dann schreit eine Frau etwas auf Englisch, Marie lässt ihre Stute vorantraben, um zu sehen, was los ist, und erkennt im Schein einer Pechfackel, wie eine ihrer Zinsbäuerinnen, Mutter von sechs Kindern, noch keines zehn Jahre alt, sich auf der Straße windet und die Eingeweide ihr feucht glänzend durch die Finger in den Staub gleiten. Nest flucht auf Walisisch, dann schiebt sie der Frau einen Lederriemen in den Mund und hebt die Gedärme mit beiden Händen wieder in ihre Bauchhöhle, bis das Weiße ihrer Augen hervortritt, ihr Mund aufklappt und sie entweder bewusstlos oder tot ist.

Marie gibt die Anweisung, sie in die Äbtissinnenwohnung zu bringen und auch ihre Kinder dorthin zu holen, und Nest wirft ihr einen zornigen, abgrundtief enttäuschten Blick zu und kehrt ihrer alten Freundin den Rücken.

Die Zinsbäuerinnen ziehen die beiden toten und die neunzehn verwundeten Angreifer auf die Straße. Sie beladen die

Pferde, jetzt Klosterpferde, mit je drei Mann und tragen den Rest an Armen und Beinen auf das Feld in der Mitte des Labyrinths, wo die Wagen warten und Hauben aus doppeltem Stoff bereitliegen, damit der Geheimweg zurück in die Stadt auch geheim bleibt. Nest huscht zwischen den Männern hin und her, versorgt sie mit Salben und Verbänden und richtet Knochen. Denn auch wenn diese Sünder sich gegen eine Gemeinschaft heiliger Jungfrauen erhoben haben, müssen Nonnen in allem, was sie tun, barmherzig sein.

Marie muss den abgetrennten Kopf vor den Novizinnen in Sicherheit bringen, die damit reihum Judith spielen.

Die Äbtissin spricht ein Gebet für ihre Nonnen, Dienerinnen und Zinsbäuerinnen; laut hallt ihre Stimme über das dunkle Feld. Ich bin stolz auf euch, meine Töchter, sagt sie nach dem Amen. Im Mondschein sieht sie frohe Gesichter. Lachend und redend gehen alle gemeinsam den Hügel hinauf, zu warmem Wein und Honigküchlein, die schon auf sie warten.

Auf ihrem Pferd führt Marie die Wagen in die schlafende Stadt. In der Kathedrale lässt sie den Stein vor dem Beinhaus wegschieben und die Verwundeten in die modrige, kühle Kammer zu den Toten legen. Bevor sie geht, zieht sie einem nach dem anderen die Haube ab und starrt grimmig zu ihm hinab; ihr Gesicht soll das Letzte sein, woran die Männer sich erinnern, wenn sie auf dem Totenbett an ihre schlimmsten Sünden denken. Sie selbst schiebt den Stein wieder vor den Eingang und hört dabei das Stöhnen und die Versuche, durch die Knebel zu schreien. Die Verletzten wissen noch nicht, dass am Morgen jemand kommen und sie befreien wird. Marie hofft, dass ihnen die Schmerzen, die Dunkelheit und die Angst, lebendig begraben zu sein, eine weitere Lehre sein werden.

Die Toten bringt sie persönlich zu den Höfen, die sie gut kennt, auf denen sie schon mit den Frauen zusammengesessen, Bier getrunken und Nusskuchen gegessen hat. Dieselben Frauen strecken jetzt schweigend die Hände nach den Leichen aus. Sie können Marie nicht in die Augen sehen. Sie sind nicht zornig. In ihnen nagt Gram und Schuld. Marie würde sie am liebsten anbrüllen. Aber sie tut es nicht. Sie reitet davon.

Noch bevor sie ankommt, erkennt sie an dem Wehklagen, das aus den kleinen Hütten nahe den Brombeeren dringt, dass die verwundete Bäuerin gestorben ist. Eine Tote, um viele andere Leben zu retten – das Opfer mag vertretbar sein. Dennoch wird dieser sinnlose Tod auf Maries Seele lasten, denn sie weiß sehr wohl, dass nichts über eine zu früh verlorene Mutter hinwegtrösten kann. Nun, sie wird ihr Bestes tun. Die älteren Mädchen wird sie als Oblatinnen aufnehmen, die kleineren werden bei ihrer Tante aufwachsen, der Schwester ihrer Mutter. Und überall in der Gegend werden die Frauen Geschichten erzählen, von Frau zu Frau, von Magd zu Magd und von Hausdame zu Hausdame, und diese Geschichten werden sich nach Norden und Süden auf der ganzen Insel verbreiten und mit der Zeit in Legenden verwandeln, Legenden mit abschreckender Wirkung, und auf diese Weise, durch Geschichten in ihrer machtvollsten Form, werden ihre Nonnen doppelt geschützt sein.

4

Die Oktave des Dreikönigsfests ist vorüber.

Eine daumendicke Schicht aus feinem, glänzendem Eis überzieht die Welt. Der Wind weht eisige Messerklingen herein.

Marie ist allein im Kreuzgang, geht schnell, um nachzudenken. Sie hat eine schwarze Spur in das Eis getreten.

All ihre Nonnen beugen sich über ihre jeweilige Arbeit. Im Infirmarium zerstoßen Nest und die Novizin, die sie als Infirmarin anlernt, in einem großen Mörser Kräuter. Seit Beatrix kurz nach Allerheiligen ins Kloster gekommen ist, hat sich zwischen ihr und Nest etwas Wortloses entsponnen. Sie glauben, es bliebe den anderen verborgen, aber Marie kann den feinen Faden zwischen den beiden förmlich sehen. Als ihr klar wird, dass diese zarten Bande bald der Grund sein werden, dass die Infirmarin die anderen Nonnen nicht mehr von aufgestauten Säften befreit, dass Elgiva, Marie und die anonymen anderen, die heimlich und leise zu ihr gehen, ihre Dienste bald schmerzlich vermissen und in ihr körperliches Leid zurückfallen werden, wärmt sie diese Erkenntnis und schnürt ihr zugleich die Kehle ab. Marie hat schon jetzt begonnen zu trauern.

Die Nonnen im Skriptorium beugen sich über ihre Manuskripte, die Schwestern in der Spinnerei spinnen ihr Garn, die

Weberinnen weben den Stoff, und die Nonnen in der Bäckerei backen das feine Brot für das Abendessen. Ringsherum herrscht eifrige Geschäftigkeit: Im Brennofen stehen von früh bis spät Tassen und Schalen, Kaputtes wird repariert, Habite werden genäht und Strümpfe gestrickt, und Tratsch und Geschichten bringen die Nonnen wieder näher zueinander. Draußen in der fernen weiten Welt flattert über dem Staub und der Hitze des Heiligen Landes die angevinische Fahne, doch Marie hat im Gespür, dass der Dritte Kreuzzug noch vor Ablauf des Jahres ein schreckliches, desaströses Ende nehmen wird.

Eleonores liebster Jungadler ist jetzt flügge; sein Schnabel ist blutig, seine Klauen sind so grausam wie seine Launen.

Über Eleonore werden Geschichten verbreitet, die Marie die Zornesröte ins Gesicht treiben. Sie sei promiskuitiv, heißt es, sie sei schier unersättlich und schlafe mit ganzen Familien, vom tatterigen Alten bis hin zum untersten Diener. Hinter vorgehaltener Hand wird gar geraunt, Eleonore könne ihre Befriedigung nur durch ein Pferd erlangen.

Als Marie ihr diese Dinge schreibt, um sie zu warnen, tut Eleonore sie lachend ab.

Die Königin bewegt sich jetzt so frei draußen in der Welt, geht voll Dünkel, wohin es ihr beliebt; sie begreift nicht, dass auch sie ihr Kloster in sich trägt, ein unsichtbares Kloster aus Menschen, die sie kennt, ohne Mauern und in der Tat sehr groß, und doch begrenzt durch Körper und Geist. Alle Seelen können sich nur innerhalb der Kreise ihres Begreifens bewegen. Marie erkennt wenigstens die Grenzen, innerhalb derer sie gefangen ist, allein Eleonore in ihrer endlosen Arroganz hält sich für frei.

Als Marie aufblickt, stellt sie fest, dass der schneidende Wind nachgelassen hat; die Bäume in ihren glänzenden Eispanzern haben sich allesamt zu ihr gelehnt, und das trübe Winterlicht um sie herum beginnt zu pulsieren.

Kaum spürt sie in den Fingerspitzen das erste Brennen des heiligen Feuers, fährt es ihr auch schon durch die Glieder, peitschend und sengend, bevor es sich in ihrer Kehle sammelt und ihr Blickfeld aufspaltet.

Und schon kommt die dritte Vision auf sie nieder, die die Heilige Mutter Maria ihrer getreuen Tochter zu schenken geruht.

Über den Steinmauern des Klostergartens erkennt Marie die nackten Spitzen der Apfel-, Birn- und Aprikosenbäume, und mit der Vision schwingt sie sich empor, hinauf zum Dormitorium, um aus größerer Höhe zu sehen; sie überblickt den gesamten Obstgarten, die Leiter, die vergessen an einem Baum lehnt, und die ausgeschnittenen Zweige, die auf das Frühjahrsfeuer auf dem flachen Hügel jenseits des Gartens warten. Und genau dort beginnt plötzlich der Boden zu beben – ein Tosen und Wogen, als wäre er nicht Erde, Stein und dichtes Gras, sondern das Wasser der Meere, und es erschüttert selbst Maries Füße, die fest auf den Steinen des Kreuzgangs stehen. Jetzt tut sich ein schwarzes Loch im Boden auf, makellos rund und entsetzlich tief, und ein seltsamer kupferfarbener Schössling wächst daraus empor. Er wächst schnell, entwickelt sich immer rasanter, ein Baum, dessen Wurzeln schon bald die Grenzen der Wiese erreichen und dessen Stamm gen Himmel schießt, während ihm in Windeseile kräftige Äste und Zweige wachsen, die silbern, golden, kupfer- und bronzefarben glänzen, und bald fällt sein Schatten auf die Klostermauern und dehnt sich weiter aus, den Hügel hinab bis zum Teich, zur Schafhürde und zum Schweinestall. An den letzten, fingerartigen Zweigen wachsen riesige Blätter, sie sind wie Segel, und in die Ader in der Mitte eines jeden Blattes ist ein weißes Kreuz eingeprägt. Jetzt beginnt der Baum zu blühen, riesige weiße Glocken von majestätischerer Größe als hochgewachsene Frauen, und als sie sich öffnen, hängen darin nackte Mädchen, an den Fesseln gehalten und mit offenem Haar, das Staubblättern gleich zu Boden fließt. Einige der Blüten haben Bestand, andere trägt der Wind fort, sodass ihre Blütenblätter zu Boden regnen, und die Mädchen, auf dem Weg zur Frucht, ringeln sich wieder ein und wachsen zu dicken, runden Samenknoten heran, smaragdgrün und karfunkelrot. Als sie so groß geworden sind, dass sich die Zweige biegen und schließlich knackend brechen, fallen sie zu Boden und gehen dabei entzwei, und zum Vorschein kommen gesichtslose Frauen, die sich im schneeartigen Fruchtfleisch mühsam aufzusetzen versuchen.

Dann kommt das rasante Wachstum für einen Moment zum Stillstand, die Fruchtfrauen und die Mädchen in den Blüten wenden die Köpfe gen Osten und lauschen; sie springen zurück in den Baum, der seine Äste, Blüten, Früchte und Laubblätter einzieht und in dem Loch verschwindet, aus dem er gewachsen ist. Mit einem tiefen Grollen schließt es sich wieder, die Welt erwacht aus ihrer Starre, der Wind weht scharf und kühl, und aus dem Kloster dringen wieder die Schritte und Geräusche der Nonnen. Im Chorraum üben die Novizinnen, und mit ihren Stimmen ist der Rest von Maries Vision verflogen.

Marie rennt leichtfüßig hinauf in ihre kleine leuchtende Äbtissinnenwohnung, wo Priorin Tilde Briefe schreibt und Subpriorin Goda die Herdbücher des Klosterviehs aktualisiert, damit es nicht zu Inzucht kommt. Sie sagen etwas zu Marie, aber ihre Stimmen verflüchtigen sich einfach in der Luft. Marie nimmt ihr Büchlein zur Hand, doch schon im Schreiben begreift sie.

Die Heilige Jungfrau hat Marie den Auftrag erteilt, mit der Errichtung eines Äbtissinnenhauses zu beginnen, auch wenn der Bau des Labyrinths das Kloster wieder hat verarmen lassen. Innerhalb der Vision hat sie ihr auch den weiteren Weg gewiesen. Neben einer größeren Wohnung für die Äbtissin und den größeren, helleren Räumen zum Führen der Bücher wird es auch Wohnungen für Präbendarinnen geben, wohlhabende Damen, die ihren Lebensabend näher bei Gott verbringen wollen und dem Kloster dafür eine ansehnliche Mitgift bescheren. Es wird einen großen, hellen Raum zum Abschreiben der Manuskripte geben, ist es doch der einträglichste Geschäftszweig des Klosters, von Marie damals als junge Priorin selbst begründet, auch wenn sich die Kunde davon anfangs gerüchteweise nur unter Damen von Welt verbreitet hat, da viele es unschicklich finden, wenn Frauen die Schreibfeder führen, erst recht, wenn es um heilige Werke geht; so mancher zweifelt, ob sie überhaupt schreiben können. Im neuen Gebäude wird es ein besseres Klassenzimmer und ein separates Dormitorium für die kleinen Oblatinnen geben, und es wird Platz genug sein, um adlige Mädchen vom Land aufzunehmen und sie für eine erkleckliche Summe das Lesen und Schreiben sowie mehrere Sprachen zu lehren; überall in diesem Landstrich wird Marie des Lesens und

Schreibens kundige Mädchen und Frauen säen, die dem Kloster ein Leben lang verbunden bleiben werden. Durch Betteln kann sie genug zusammenbekommen, um mit dem Bau zu beginnen, und das Gebäude dann allein vom Silber der Präbendarinnen und der Schulmädchen fertigstellen.

Wenn es schön und komfortabel genug ist, wagt sie zu denken, wird es vielleicht auch Eleonore dazu verführen, sich hierhin zurückzuziehen und nicht nach Fontevraud.

Nein, schweige still, sagt Marie ärgerlich zu sich selbst, du würdest sterben, so nah an dieser gleißenden Flamme.

Mit sorgenvoll gerunzelter Stirn sieht Priorin Tilde sie an. Oje, ein neues Projekt, sagt sie leise zu Goda.

Ach, erwidert diese, sie vermisse die Arbeit im Wald, auch wenn sie oft genug ja gar nicht habe mitkommen dürfen, sondern mit den Invaliden zurückbleiben musste, was sie als zutiefst ungerecht empfunden habe, aber natürlich könne sich auch niemand so gut um die Hühner, Schweine, Ziegen, Rinder und Gänse und so weiter kümmern wie Goda, sie habe ja ein echtes Händchen für Tiere, das sagen alle. Ein Jammer, dass die Nonnen die Zwicken jetzt eine nach der anderen aufessen müssten. Goda selbst nimmt ihre großen Köpfe in beide Hände und flüstert ihnen ein Gebet ins Ohr, bevor sie ihnen das Messer an die Kehle setzt. Sie glaubt, es sei ihnen ein Trost, dass niemand Geringeres als die Subpriorin ihr irdisches Leben beendet. Stolz reckt sie das Kinn vor.

Marie ist fertig mit Schreiben. Allmählich sickern ihr die Worte wieder in den Mund. Geht und holt Asta und Wulfhild, sagt sie leise.

Goda wendet den Blick zu Marie, und was sie dort sieht, bringt eine Veränderung in ihr Mispelgesicht. Sie, die Mystisches in höchstem Maße respektiert, springt auf und rennt los. Tilde schlägt die Fäuste auf die Brust und sagt verzweifelt zu sich selbst, oje, oje, oje, oje.

Später am Vormittag geht Marie ins Kalefaktorium neben der Küche, wo ihre Nonnen mit den Büchern, die ihnen zur Meditation dienen, leise murmelnd auf ihren Hockern sitzen. Von allen Nonnen im Kloster liest nur Marie still für sich, und jedes Mal wenn sie es tut, schreit Goda angesichts dieses Hexenzaubers Zeter und Mordio. Doch wenn es kein inneres Lesen gibt, wie kann es dann inneres Leben geben? Marie denkt nach und stellt sich die karge, winddurchzogene Wüstenlandschaft im Inneren ihrer Subpriorin vor.

Die Amtsträgerinnen sitzen, nach Rang geordnet, vorn am Feuer, während ganz hinten, am weitesten entfernt vom Feuer und am nächsten an der Kälte, die Oblatinnen zittern. Marie schließt die Tür hinter sich, geht aber noch nicht zu ihrem Platz an der wärmsten Stelle, sondern lehnt sich mit dem Rücken an das kühle Holz. Wenn sie gleich vortritt, werden die Nonnen von ihren neuen Plänen erfahren, dann wird sie mit ihnen teilen, was sie empfangen hat; doch vorerst genießt sie die Vision noch einen Augenblick still für sich. Zum Fenster fällt schräg ein wässriges Licht herein, das den Atem der laut vorlesenden Nonnen im Emporsteigen silbrig schimmern lässt, ein sichtbar gewordener Strom der Worte, beim Verlassen der Münder Geist gewordenes Wort. Der Raum ist von einem lieblichen leisen Summen erfüllt, und die Stimmen der Frauen verbinden sich so wunderschön, dass sie statt an einen Gobelin aus einzelnen Fäden eher an feinstes Blattgold erinnern. Jetzt, wo Marie all die über die Bücher gesenkten Köpfe und die mattglänzenden Worte sieht, begreift sie, dass das Kloster ein Bienenstock ist, in dem all ihre fleißigen Bienen voll Demut und Hingabe zusammenarbeiten. Dieses Leben ist schön. Dieses Leben mit ihren Nonnen ist voller Anmut. Marie richtet ein Gebet der Dankbarkeit an die Heilige Jungfrau. Dann tritt sie nach vorn, und alle sehen von ihren Büchern auf, blicken zu ihr und bemerken das Leuchten, das seit der heutigen, eigenartigen Vision mit dem Frauenbaum auch jetzt noch von ihr ausgeht und wie Feuerschein auf die erhobenen Gesichter fällt. Dann spricht sie davon, was ihr die Heilige Jungfrau gezeigt hat.

Priorin Tilde weint nachts in ihrem Bett, weil sie glaubt, sie wird sterben, wenn sie noch einmal die gesamte Arbeit im Kloster allein erledigen muss, doch sie weint lautlos, um ihre Schwestern nicht zu stören.

Asta träumt von Spitzbögen und Strebebögen wie jenen, die sie als Kind an diesem kühnen, schockierenden Bauwerk auf der Insel in Paris aufragen sah, mit seinen riesigen Fenstern, seiner erhabenen Größe und der Fassade, die, wie es hieß, über und über von Statuen und Reliefs in strahlenden Farben bedeckt sein würde; im Kopf hält sie Gewicht gegen Gewicht, wägt ab, tariert aus und ist so aufgewühlt von ihren Plänen, dass sie eine Woche lang kaum schläft. Damals, mit neun oder zehn, war sie einmal davongerannt und einen höchst erquicklichen Nachmittag lang über die Baustelle der Kathedrale gestreift, wo sie die Arbeiter mit Fragen löcherte, sich staunend umsah und mit Steinstaub und Erde beschmutzte, bis sie am Ohr wieder auf die Straße gezerrt wurde, und zwar von ihrem hysterischen Kindermädchen, das sich auf der Suche nach seinem Schützling hatte kneifen und anfassen lassen müssen und in den Schweinedreck auf der Straße gefallen war.

Wulfhild bleibt fast die ganze Nacht wach und beugt sich im Kloster über die Bücher. Sie ist erschöpft, reitet sechs Tage die Woche hinaus zu den Klosterländereien, wo sie von früh bis spät in Maries Namen schmeichelt und poltert; sie ist in der Stadt und jenseits davon die Stimme der Äbtissin, sodass Marie, wenn sie einmal persönlich zu Besuch kommt, in aller Augen noch größer und wie ein Mythos erscheint; den einen gilt sie als Heilige, den anderen als Hexe, und die Gerüchte treiben wilde Blüten – Nachfahrin von Melusine mit dem Temperament und der Macht, die Natur nach ihrem Willen zu beugen, Verwandte des Königshauses, hünenhafte Frau auf einem Schlachtross, Kreuzfahrerin und in allem gänzlich unweibliche Äbtissin – in Leib und Gesicht, in Wissen und Willenskraft.

Wulfhild schiebt ihre Bedenken beiseite und seufzt, denn gegen die Visionen der Heiligen Jungfrau kann sie nichts ausrichten. Einen großen Teil der Arbeiten können die Nonnen selbst ausführen – Gerüstbau, kleine Mörtelarbeiten, Dachdecken, Meißeln, die Gipsarbeiten und den Anstrich –, doch es gibt niemanden, der das Steineschlagen beherrscht oder lehren kann. Sie können sich in fast allem selbst helfen, doch hierzu fehlt es ihnen an Kenntnissen.

Am nächsten Tag geht sie hinauf in die Äbtissinnenwohnung. Sie beugt sich zu Marie, und die beiden legen für einen Augenblick die Stirn aneinander. Marie küsst Wulfhild zärtlich den Nasenrücken. Dann erzählt Wulfhild Marie von ihren Plänen: Sie wird eine Mannschaft aus einem Dutzend der besten Arbeiterinnen unter den Zinsbäuerinnen zusammenstellen und auf der anderen Seite des Hügels, hinter den Schafweiden, ein Lager für die Steinbrecher errichten. Es darf nicht zu einer Vermischung der Geschlechter kommen; keiner der Nonnen, Mägde oder Zinsbäuerinnen darf sich irgendein Anblick bieten, der ihre Keuschheit beleidigen oder die Schwachen in Versuchung führen könnte. Sie wird sich ein System aus Augenbinden überlegen, um die Fremden hereinzuführen, und mehr Lohn für schnelleres, besseres Arbeiten zahlen. Sie selbst wird dafür Sorge tragen, dass Maries zarte Nonnen vor jeglichem Ungemach geschützt sind.

Pragmatische Wulfie, sagt Marie laut. Und still für sich: Herz meines Herzens.

Das schaffen wir in einem Jahr, vielleicht, glaubt Asta, beflügelt von ihren eigenen glorreichen Visionen.

Marie schreibt Briefe, überaus kluge und entzückende Zeilen; der Königin schildert sie in groben Zügen ihre Pläne, in der Hoffnung, in ihr den Gedanken zu säen, sich später hierhin zurückzuziehen, doch als Erwiderung sendet diese kein Geld, nein, das hortet sie alles sicher bewacht in einer loyalen Kathedrale, sie antwortet Marie mit einer Warnung. Als Marie ihren Brief öffnet, hat die Königin nur geschrieben, Marie müsse vorsichtig sein, sie laufe Gefahr, am Ende ein so edles Kloster zu führen, dass Eleonore im kommenden Jahr das Doppelte an Steuern veranschlagen müsse.

Bei diesem Gedanken stockt Marie der Atem.

Die Feldarbeiternonnen und die Zinsbäuerinnen bauen eine bessere Straße zum Steinbruch, leicht gemacht auf den baumlosen Feldern, mit dem großen Rad zum Anpressen des Belags. Nachts werden mit verbundenen Augen die Steinbrecher von außerhalb hereingeführt und in komfortablen Hütten untergebracht.

Durch den gefrorenen Schlamm kämpfen sich die ersten Schneeglöckchen.

Die Arbeit am neuen Äbtissinnenhaus beginnt.

Anfang März, nach dem Mittagsmahl. In der Ferne das Geräusch von Stein, der auf Stein fällt, das Ächzen der Seile an den Holzkränen.

Träge, den Bauch voll Brot und Pastinakensuppe, träumt Marie von Fenster- und Türstürzen. Sie malt sich Reliefs mit Weizenähren und Äpfeln aus, mit Trauben und Schafen, stellt sich Stürze mit Wabenmuster und ein paar Bienen zur Zierde vor.

Sie lässt ein Messer unter das Siegel eines Briefs gleiten, dann setzt sie sich auf und liest still, und ein Lächeln huscht über ihr Gesicht.

Goda sieht sie scharf an. Was es denn Interessantes gebe, fragt sie mürrisch. Sie riecht nach Plazenta und Schafskacke; den ganzen Vormittag hat sie drei Mutterschafen beim Lammen geholfen und vergessen, ihren Kittel auszuziehen.

Marie überlegt, ob sie ihr nahelegen soll, ein Bad zu nehmen, verzichtet dann aber auf diesen Rat, denn Goda würde ihn nicht freundlich aufnehmen. In drei Tagen, sagt sie, werde eine Novizin namens Avice ankommen. Dringend, wie es scheint. Exzellente Familie. Und die in Aussicht gestellte Mitgift so großzügig, dass es töricht wäre, sie abzulehnen.

Goda fragt hoffnungsvoll, ob das Mädchen einen Beruf habe oder, noch besser, ob sie vielleicht eine Mystikerin sei? Voller Neid denkt sie an ein anderes Kloster, einen Tagesritt entfernt, in dem es eine berühmte Anachoretin gibt, zu der die Pilger scharenweise kommen, damit sie ihnen durch ihr Fensterchen ihren heiligen Rat erteilt. Gegen eine heilige Einsiedlerin kommt man schwer an.

Nein, sagt Marie, offenbar habe die neue Schwester ihre Gunst zu freizügig verschenkt. Wiederholte Male. In flagranti erwischt. Ausgepeitscht. Doch von Reue keine Spur. Wie es scheine, sei das Kloster die letzte Hoffnung der Familie.

Tilde schnaubt, dann errötet sie und tut, als würde sie weiterarbeiten.

Marie sieht sie an und sagt, das Mädchen sei im Übrigen eine Verwandte von Tilde, wobei ihre Mundwinkel zucken. Eine Cousine dritten Grades? Eine gewisse Avice de Chair.

Ein melodischer Name, denkt Marie, der alten Äbtissin Emme hätte er gefallen, sie hätte ihn immer wieder leise vor sich hin gesungen.

Tilde stöhnt auf und lässt ihre Schreibfeder fallen. Das ist unmöglich, sagt sie, Avice sei wild, man könne sie nicht bändigen. Einmal habe sie ihre Schwester mit dem Gesicht in einen Misthaufen gedrückt, bis das Mädchen darauf verfiel, sich tot zu stellen.

Nun, sagt Marie trocken, man könne nur versuchen, sie zu bändigen, doch letztendlich sei es Gott, der darüber entscheide, ob es gelinge oder nicht.

In der Tat, erwidert Tilde, bloße Sterbliche auf Erden könnten Avice keinesfalls in einem Nonnenkloster festhalten.

Marie erwidert, sie müssten es versuchen, sie hätten keine andere Wahl. Und damit ist die Diskussion beendet.

Am Tag von Avices Ankunft hat sie in der Stadt zu tun, und da der Wind den Regen förmlich herabpeitscht, geht sie, nachdem sie ihre Aufgaben erledigt hat, in die Kathedrale und betet. Die Priorin und die Subpriorin, ebenfalls in die Stadt gekommen, haben schon den ganzen Vormittag gebetet, und jetzt warten sie, vor Wind geschützt, im Tor und halten Ausschau nach der Novizin.

Später, nachdem sie ins Kloster zurückgekehrt sind, wird Tilde die Tür der Äbtissin hinter sich zuziehen und ihr mit angespannter Stimme berichten, wie grob das Mädchen mit den Verwandten gesprochen hat, die es begleiteten, wie es wütete und tobte und sie nicht absitzen ließ, sondern stattdessen aufs Unflätigste beschimpfte, bis sie kreidebleich wurden und umkehrten, ohne die Priorin oder die Subpriorin zu begrüßen. Und als Avice ihre Familie nur noch von hinten sah, schrie sie ihr hinterher, nun hätten sie ihr Opferlamm geschlachtet, sie sollten sich zum Teufel scheren. Als sie Tilde entdeckte und ihren bösen Blick sah, spie sie ihr einen schrecklich vulgären Ausdruck entgegen und verlangte, die Äbtissin zu sprechen. Doch als man ihr sagte, die Äbtissin sei in der Kathedrale, und sie Goda losrennen sah, um Marie nach draußen zu holen, überholte Avice die alte Subpriorin und rannte als Erste die Stufen der Kathedrale hinauf.

Und das sieht Marie, als sie die große, schwere Holztür hinter sich aufschwingen hört und sich umdreht: In der schmalen Vorhalle steht ein Mädchen mit weißblondem Haar, das an seinen Wangen, seinem Hals und seiner Brust klebt, in einem unanständig dünnen und hellen Kleid, tropfnass, sodass sich jedes Detail seines Körpers klar abzeichnet und es wirkt, als gehe es am helllichten Tage nackt umher. Keine Schönheit, nein; Augen, Nase und Mund dicht gedrängt und dazu eine so hohe, fettglänzende Stirn, dass sie wie ein Ei aussieht oder ein blankes romanisches Fenster. Doch irgendetwas regt sich in Marie bei seinem Anblick, irgendetwas Schreckliches. Es zischelt leise, dieses Mädchen könnte es wert sein, das Kloster niederzubrennen.

Jetzt rennt Avice auf Marie zu, der Blick wutentbrannt und die Nässe auf dem blassen, spitzen Gesicht mitnichten von Tränen.

Marie sieht sie auf sich zueilen und rührt sich nicht. Sie hat die Hände zum Gebet gefaltet. Bei Marie angekommen, faucht Avice, sie könnten jetzt los, ihre Gefangene sei da.

Marie hebt den Kopf und sieht das keuchende, ungeduldige Mädchen lange an. Goda schaut zur Tür herein und zieht sich wieder zurück. Marie sagt Amen und bekreuzigt sich. Schließlich erhebt sie sich, so langsam sie kann, streckt den Rücken durch und baut sich in ihrer vollen Größe vor dem Mädchen auf, dann tritt sie auf es zu und schließt es in die Arme. Avice wehrt sich, aber Marie hält sie mühelos fest. Ruhig und lange spricht sie auf den Kopf des Mädchens hinab, und währenddessen sieht sie, wie Avice an den Wangen eine Gänsehaut bekommt, wie die Tröpfchen in ihrem Haar versickern und die letzte Nässe auf ihren Ohren und an ihrem Hals trocknet.

Sie spürt, wie der Puls des Mädchens ruhiger wird. Sein kühles Fleisch wird von Maries Wärme gewärmt.

Ein heftiger innerer Aufruhr beginnt, und Marie erkennt darin vage eine Warnung; ihr wird jetzt klar, warum dieses Mädchen mit seinem feurigen Temperament, den kleinen Gesichtszügen und dem hellen Haar eine so unerklärliche Anziehung auf sie ausübt, wie Schuppen fällt es ihr von den

Augen: Marie sieht in ihr die junge Eleonore, so wie sie damals war – nackt in einem Zelt in Outremer, das sich öffnende Auge, schwarzumrandet, das einzig Leuchtende auf der ganzen dunklen Welt.

In einer Art Trance murmelt das Mädchen schließlich etwas, und Marie lässt es los. Avice ist blass, ihre Augen beinahe geschlossen. Sie folgt Marie durch das Hauptschiff zur Tür. Bevor sie hinaus in den Regen gehen, nimmt Marie ihren großen, dicken Wollumhang ab und legt ihn dem Mädchen um, und Avice versinkt so vollkommen darin, dass sie, als sie wieder in den nassen Tag hinaustritt, schließlich aussieht wie das, was sie ist: eine wütende, ängstliche Achtzehnjährige.

Als Marie sich am Abend zum Beten neben ihr Bett kniet, entdeckt sie auf ihrem Kissen eine Handvoll zartvioletter Rosmarinblüten, tagsüber aus dem Kräutergarten gestohlen. Eine Entschuldigung. Durch den kleinen Salon hindurch lauscht sie ins Dormitorium der Nonnen, hört aber nur die Geräusche von Schlaf – pfeifende Nasen, hin und wieder ein Seufzer und das Stottern von Blähungen, denn der Eintopf zum Abendessen enthielt Kohl. Außer ihr regt sich niemand.

Marie schmiegt das Gesicht in die Blüten und zerreibt sie, sodass ihre Hände nach Rosmarin riechen. Dann, verwirrt vom schweren, süßen Duft, wirft sie sie zum Fenster hinaus und wäscht sich im Wasserbecken die Hände, bis der Geruch verschwunden ist.

Balken um Balken wächst das Äbtissinnenhaus.

Die Hitze legt sich über das Land, am Nachthimmel verästeln sich trockene Blitze.

Das Fest der heiligen Maria Magdalena, Apostola Apostolorum, die in der Kapelle Maries Gesicht trägt, gemalt von der verrückten Schwester Gytha. Überall um sie herum, über ihr und neben ihr, sind Szenen aus der Offenbarung des Johannes zu sehen. Die Hure Babylon reitet auf einem Drachen, dessen Vorbild ein streunender Hund war, den Gytha eingefangen und dem sie das Gesicht rasiert hatte, um sich die Schädelknochen darunter genauer anzusehen; der Körper des Tiers ist ein gebratener Aal, die Flügel sind zwei ausgebreitete Hühnerflügel. Und das Schlimmste, die Hure Babylon hat zwei Gesichter, und beide sind die der Königin. Gytha hatte, als sie im großen Saal der Herberge gerade ein Fresko malte und die Königin auf dem Weg nach irgendwo anders mit ihrem Gefolge durch die Stadt ritt, einmal einen Blick auf sie erhascht. Als Marie entdeckte, dass die Hure Babylon nicht nur einmal, sondern gleich doppelt das Gesicht der Königin trug, verspürte sie den Drang, sich vor das Bild zu stellen und es zu verdecken, damit es niemand außer ihr sah, und dann hätte sie sich am liebsten Gythas Pinsel und die Farbe geschnappt und alles schnell schwarz übermalt. Schließlich lachte sie, bis sie weinen musste, und ließ das Bild, wie es war.

Als Marie nachts aufwacht und spürt, dass etwas sich in ihr löst, betet sie und fleht die Heilige Jungfrau um Hilfe an, sich von der fleischlichen Leidenschaft zu befreien und wieder Klarheit zu erlangen.

Und sie fürchtet sich und spürt, dass sich irgendwo Dunkelheit ausbreitet, entweder in ihrem Inneren oder außerhalb von ihr, und sie weiß nicht, was von beidem schlimmer wäre.

Im heißesten, sommerlichsten Teil des Sommers sorgt Marie durch verschiedene Vorhaben dafür, dass ihren Nonnen die Arbeit nicht ausgeht. Sie stellen genug Seife her, um sie auf den Märkten zu verkaufen, sie erweitern den Garten, sie weben, nähen Schuhe, bauen Fenster und Möbel für das neue Gebäude, ernten Obst und wecken es ein und kommen kaum zum Luftholen. Nest und Beatrix, die Gesichter dicht beieinander, lachen über irgendetwas auf dem Boden im Kräutergarten, Beatrix' Hand an Nests Hüfte. In einem Anflug von Selbstmitleid geht Marie in die Kapelle und kniet sich zum Beten auf den Steinboden.

Marie hört, dass jemand angerannt kommt; kurz darauf steckt Avice den Kopf in die Kapelle herein, und ihr Schleier rutscht ein Stück zurück und gibt den Blick auf ihr strahlend weißes Haar frei.

Das ist ein Zeichen, erkennt Marie, und sie gibt der guten Magistra Torqueri die Anweisung, den sieben Novizinnen keinerlei freie Zeit zuzugestehen. Torqueri lässt sie singen, auf Wachstafeln schreiben und Latein, Griechisch und das Französisch Frankreichs lernen, bis sie den Aufstand proben oder in Tränen ausbrechen.

Wenn sie sich einmal vom Schreibpult loseisen kann, streift sie auf der Baustelle umher und schrubbt sich vor der Vesper im Brunnenhaus den Steinstaub unter den Fingernägeln hervor.

Derweil wird sie von den Amtsträgerinnen mit Klagen überhäuft: Die Äpfel taugen dieses Jahr nicht für den Apfelwein, zwei Bienenvölker sind davongeflogen, Wildkaninchen haben im Heilkräutergarten die Weinraute, den Nieswurz, das Bohnenkraut, den Salbei, die Poleiminze und das Gänsefingerkraut angefressen, und ein riesiger Adler hat das kleinste der Schafe geschlagen. Alles Omen, zumeist schlechte, aber wofür genau, weiß Marie nicht. Vielleicht hat der Lärm von der Baustelle die Bienen gestört.

Vielleicht wusste die Bienenkönigin von irgendeinem drohenden Unheil und hat ihr Volk in Sicherheit gebracht. Aber eine Äbtissin ist keine echte Königin, sie kann nicht einfach mit ihrem Volk davonfliegen.

In manchen Nächten, wenn der Wind sich gelegt hat, dringt aus dem Steinbrecherlager ein Gewirr aus tiefen Stimmen herüber, ein Singen und Grölen, und dann stellen ihre Nackenhaare sich auf, denn solche Stimmen sind unnatürlich hier an diesem Ort, der jahrzehntelang nur Frauen kannte, und weit beängstigender als das heftigste Gewitter, das je vom Meer aufzog und dessen grollender Donner vom Echo der Hügel verdoppelt und verdreifacht wurde, laut wie der Zorn Gottes.

Marie verbringt ihre Zeit allein im Kreis ihrer Amtsträgerinnen; von den anderen hält sie sich fern.

Wenn sie im Refektorium einmal aufsieht, bemerkt sie dennoch Avices Blick, der brennend auf ihr ruht. Der Hauch eines Lächelns, gerötete Wangen, dann sieht sie schnell wieder auf den Holzlöffel in ihrer Hand.

Avice ist mit zweien der Oblatinnen in einen Apfelbaum geklettert, eine aus einer Familie von Bierbrauern, die andere aus einer hervorragenden Kerzenmacherfamilie, und sie verlachen die arme Magistra Torqueri, die hilflos unten steht, bis Marie dazukommt und mit strengem Blick wortlos zu ihnen hochsieht. Beschämt klettern sie herunter.

Avice und die anderen Novizinnen stehlen sich hinaus, um in ihrer Leinenunterwäsche im Teich zu schwimmen, denn es ist heiß. Sie erhalten dafür je drei Peitschenhiebe und müssen zwischen der Terz und der Sext in der Miserikordie auf ungedroschener Gerste knien.

Obwohl Marie sie nicht schwimmen sah, hat sie die Szene so lebhaft vor Augen, dass sie regelrecht davon verfolgt wird.

Avice und die sechs anderen Novizinnen laufen mit ausgestreckten Armen durch ein goldgelbes Weizenfeld und lassen die Grannen über ihre Handflächen streichen. Die Mädchen versammeln sich zu einer Traube, tauchen behände inmitten der Ähren unter. Marie spürt das Kribbeln ihrer Freude förmlich in sich selbst aufsteigen, bis Torqueri mit zornesrotem Gesicht auf sie zurennt und die Mädchen aufstehen, die meisten reumütig und mit gesenkten Köpfen. Avice jedoch hat den Schleier abgenommen, und ihr Haar fliegt offen im warmen Wind. Und jenes Haar, das bei Maries erster Begegnung mit ihr an ihrer rosaroten Kopfhaut klebte, ist jetzt in der Sonne beinahe blendend weiß; die anderen Novizinnen haben dünne Zöpfe hineingeflochten und sie juwelengleich mit blauen Blümchen besetzt. Der Wind züngelt an den feinen Enden an ihren Hüften. Vorsicht, Gefahr, flüstert etwas in Marie. Dieses Mädchen könnte mit einer Hand alles zerdrücken. Marie ist erschüttert. Sie muss sich abwenden.

Die Cellerarin Mamille klagt, dass sie jede Woche eine ganze milchentwöhnte Färse kaufen müssen, um all die hungrigen Mäuler im Steinbrecherlager zu stopfen.

Ihr Gesicht, ohne die Nase schon jetzt so schädelähnlich, verschwindet für einen Augenblick, und an seine Stelle tritt tatsächlich ein sprechender Schädel. *Memento mori.*

Marie blinzelt und hat wieder eine Frau aus Fleisch und Blut vor sich. Noch einen Monat, verspricht ihr Marie, dann sind die Nonnen wieder unter sich. Doch ihre Stimme zittert angesichts der schlimmen Vorahnung, die ihr diese kurze Vision beschert hat.

Es ist unerträglich heiß in dieser Nacht. In der Einsamkeit ihrer Zelle wagt Marie es, ihren Schleier abzunehmen und Holzschuhe, Strümpfe und das Skapulier auszuziehen; sie schläft in ihrem Unterhemd am offenen Fenster, wo sich wenigstens ein kleines Lüftchen regt. Doch schon bald findet sie sich verwirrt in einem frühen Traum wieder, in dem sich ein dunkler Schemen vor dem noch tieferen Schwarz der Wand abzeichnet und näher kommt. Ein blasses Gesicht schimmert neben ihrem eigenen, ein fremder Mund presst sich sanft auf ihren. Und Marie, die sich schlafend wähnt, erwidert den Druck, schmiegt sich sanft gegen die Traumlippen über ihr. Unendlich weiches Haar – wasserweich, seidenweich – streicht über ihre Hand, eine schlafende Hand, wie sie glaubt, und dann über ihr Gesicht und ihre Brust, und jetzt senkt sich ein Gewicht auf sie herab, bewegen sich auf ihr zwei spitze Hüftknochen, und sie presst sich lustvoll dagegen. Sie lächelt den Mund an, er lächelt zurück, und während die Lust in ihr immer höher wogt, begreift Marie allmählich, dass sie nicht schläft, nein, sie ist wach, und auf ihr bewegt sich eine Frau aus Fleisch und Blut, hier in ihrem Zimmer. Sie ist entsetzt und kann sich doch nicht zügeln. Keuchend lässt sie es zu, und als sich ihr Herzschlag wieder beruhigt, ist die andere verschwunden. Marie ist allein in ihrer Zelle, die nackten Beine und der Rücken feucht von Schweiß. Es ist unangenehm, es fühlt sich an wie Scham.

Sie geht hinunter in die Kapelle und legt sich wie ein Kreuz auf den kühlen Stein, doch ihr Körper lechzt nach Bewegung, und so steht sie auf und geht betend in den Kreuzgang, barfuß, um kein Geräusch zu verursachen. Draußen auf den Feldern sitzen blinkend die Glühwürmchen an ihren Halmen, eine Million blinzelnder, auf sie gerichteter Augen. Zu früh, viel zu früh läutet die Glocke zur Matutin. Sie blickt hoch, sieht durch das Fenster zur Dormitoriumstreppe, wo das Schwarz unterbrochen wird von ihren Nonnen, die, einem Flackern gleich, eine nach der anderen zum Gebet herunterkommen.

Sieben Tage lang schläft Marie auf dem Boden ihrer Kammer, den Körper gegen die Tür gedrückt, sodass sie sich nicht öffnen lässt, bevor sie am achten Tag schließlich ins Bett zurückkehrt.

Beim Erwachen empfindet sie dieselbe Lust, spürt denselben leichtknochigen Sukkubus, der sich lautlos und geschmeidig im Dunkeln auf ihr bewegt, den Rausch und die wilde, pulsierende Erlösung. Besser als Wein. Schändlich wie Trunkenheit.

Als sie nach der Prim gemeinsam die Geschäftsbücher durchgehen, ruht Tildes Blick eine Weile auf Maries Gesicht. Zögerlich fragt sie, ob der Äbtissin nicht wohl sei, und als Marie nach dem Grund der Erkundigung fragt, sagt die Priorin nur, sie strahle in den letzten Tagen so etwas Düsteres aus.

Marie sagt, es gehe ihr gut, und weiß nicht, ob sie lügt.

Sie schläft jetzt wieder auf dem Boden und versperrt die Tür; Buße, Vermeidung. Der September vergeht.

Marie hört jemanden dringlich nach ihr rufen, Äbtissin, Äbtissin Mutter, warten Sie, während sie durch den Obstgarten zum Gebäude läuft, dem nur noch das Dach fehlt, und sie kennt die Stimme und bekommt es mit der Angst zu tun; trotz ihrer fünfzig Jahre und ihres großen, massigen Körpers läuft sie immer schneller, bis sie schließlich rennt. Die Stimme fleht, klingt etwas hysterisch, auch gequält, doch Marie verliert sie inmitten der Bäume.

Oben auf dem Hügel bewegt sich der Kran aus Holz, Stein und Seil, und in der trüben Septembersonne wird der letzte große Stein gesetzt. Ein raues Gebrüll bricht los; Marie lässt es verstummen und denkt, dass bald, ganz bald, im Kloster wieder Ruhe einkehren wird.

An jenem Abend schickt Marie ein Fass guten Bordeaux ins Lager, zum Feiern, aber auch um der Verwirrung der Trunkenheit wegen, und noch vor dem Morgengrauen geht sie hinaus, um einen Segen zu sprechen. Der Boden ist voll von Erbrochenem, und ein Miasma aus trunkenem Atem hängt darüber. Dann die Augenbinden, die davonrollenden Karren und das Kloster, in dem, noch bevor der erste Finger der Sonne die Erde berührt, wieder ausschließlich Frauen leben. Oh Glückseligkeit, Erleichterung.

Es ist Badetag, und zuerst sind die Kinder an der Reihe, dann die Novizinnen.

Die Wannen werden leer gelassen und für die Amtsträgerinnen neu gefüllt. Bevor Marie zu ihrer eigenen frischen Wanne gerufen wird, steht mit offenem Mund die Magistra Torqueri in ihrer Tür. Ihr Gesicht ist in einem Ausdruck erstarrt, den die Äbtissin bisher nur auf dem Gesicht kürzlich Verstorbener gesehen hat. Torqueri sagt schnell und leise, es gebe ein furchtbares Problem.

Leise bittet Marie Goda, die Tür zu schließen. Doch eigentlich weiß sie schon, welche Katastrophe über sie hereingebrochen ist. Diese Gewissheit hat ihr die Vision von Eleonore damals am ersten Tag in der Kathedrale eingepflanzt, als sie die nasse, zitternde Avice in den Armen hielt.

Marie bestellt die Amtsträgerinnen in ihre Wohnung.

Priorin, Subpriorin, Kantorin, Küsterin, Cellerarin, Subcellerarin, Almosenverteilerin, Küchenmeisterin, zweite Küchenmeisterin, Küchenmeisterin der Äbtissin, Infirmarin, Subinfirmarin, Herbergsmeisterin, Scrutatrix, Schreibstubenmeisterin und die Magistra. Weil in den alten Räumen nicht genügend Platz ist, stehen sie an den Wänden aufgereiht.

Obwohl die Gutsverwalterin keine Amtsträgerin im engeren Sinne ist, bestellt Marie auch Wulfhild zu sich, steht sie doch in Klugheit und Loyalität selbst den gelehrtesten unter den hochgeborenen Nonnen in nichts nach.

Als sie alle versammelt sind und schweigend in der gewichtigen Stille warten, ruft Marie Avice herein.

Das Mädchen tritt ein. Sein Blick ist voller Verachtung, das Kinn vorgestreckt. Torqueri hatte recht; Avices Bauch ist sichtbar gewölbt. Jemand seufzt, jemand anderes beginnt zu weinen. Marie weist das Mädchen an, sich in die Mitte auf einen Stuhl zu setzen.

Im Wohnzimmer der Äbtissin drängen sich die Nonnen so dicht an dicht, dass es auch ohne ein Feuer schon bald warm wird.

Marie sagt ruhig, ihre liebe Novizin sei schweren Leibes. Einige Nonnen keuchen auf, andere zählen an den Fingern ab und begreifen, dass Avice nicht schwanger ins Kloster gekommen sein kann. Marie ist nicht imstande, sie anzusehen:

die scharfen Wangenknochen, den zarten Mund und den verratenen Blick, mit dem sie sie sicher ansieht – es hätte in ihrer Macht gestanden, dem Mädchen das zu ersparen.

Avice sagt zornig, sie sei nicht schwanger, doch sämtliche Blicke ruhen auf ihrem vorgewölbten Bauch, und sie bedeckt ihn mit den Armen.

Goda sagt, es sei ein Skandal, eine Infamie, sie sei ein gottloses Mädchen, der Teufel sei in sie gefahren.

Ruth stößt einen sorgenvollen Schrei aus. Sie fragt, wie das passiert sei, und Goda sieht sie verkniffen an und macht den Mund auf, um ihr den Vorgang zu erklären, und Ruth errötet und sagt schnell, sie wisse schon, wie es passiert sei, doch wie habe es in diesem Fall dazu kommen können?

Marie will dem Mädchen die Gelegenheit geben, selbst zu sprechen, und die Augenblicke verstreichen und werden immer erwartungsschwerer, bis Avice schließlich den Kopf senkt und leise sagt, ja, sie erwarte ein Kind, doch es sei durch ein Wunder geschehen, es sei nämlich ein Engel herabgekommen und habe ihr das Wort ins Ohr geflüstert.

Der Cellerarin Mamille klappt vor Erstaunen das Gesicht auf, sie bekreuzigt sich.

Marie kann nicht fassen, dass sie ihren erwachsenen Nonnen erzählen muss, dass auch das nur eine Lüge sein kann. Avice lacht gehässig, Goda seufzt, und Priorin Tilde sieht aus, als könnte sie jeden Moment aufspringen und ihrer Verwandten die Wange zerkratzen.

Magistra Torqueri bricht in Tränen aus, schlägt sich immer wieder selbst und sagt, *mea culpa, mea culpa*. Es tue ihr leid, sagt sie, sie habe so einen tiefen Schlaf. Ihr sei bei den Laudes oft Gras an den Schuhen der Novizinnen aufgefallen, doch dann habe sie sich gesagt, sie sehe sicher Gespenster. Es sei ihr nicht gelungen, die armen Mädchen zu beschützen.

Einen Moment lang verharren alle in entsetztem Schweigen, dann fragt Marie, ob sie absichtlich von Mädchen im Plural gesprochen habe oder nur dieses eine Mädchen meinte.

Oh, sie sei keineswegs die Einzige gewesen, sagt Avice maliziös. Sie wirkt in die Enge getrieben. Marie muss an einen Dachs denken, der, von einem Hund vor eine Mauer gehetzt, mit den Krallen schlägt.

Wieder herrscht Stille; das muss sacken.

Nest und Beatrix sehen sich an, und Marie sagt zu ihnen, sobald der Rat über das Schicksal dieses armen, elenden Wesens entschieden habe, würden sie die anderen untersuchen. Die Frage lautet jetzt, was mit Avice geschehen soll.

Vor den Augen der anderen Novizinnen auspeitschen. Bei Brot und Wasser in die Miserikordie sperren, bis sie ihren elenden Bastard gebiert. Diese Worte kommen von Goda, auch wenn sie es nicht übers Herz brächte, den niedersten ihrer Tiere solch eine Behandlung zuzumuten.

Wulfhild, die Einzige im Raum, die fleischliches Leben geboren hat, widerspricht ihr zornig: Nein, das Mädchen brauche gesunde Speisen und Milch, um für das Kind bei Kräften zu bleiben.

Priorin Tilde sagt, man müsse Avice mit Schimpf und Schande zu ihrer Familie zurückschicken. Sie ist rot, und es hat sie viel Mut gekostet, das auszusprechen, denn Avices Familie ist auch ihre.

Ein ganzer Chor aus Stimmen ruft Nein, denn wenn die Kirche davon Wind bekäme, hätte das Kloster unter sehr ernsten Folgen zu leiden; die Kirchenoberen würden sie bestrafen, ihnen all ihre sorgsam aufgebaute Macht und ihren Wohlstand nehmen, und es sei auch nicht unwahrscheinlich, dass Marie ihr Amt verlieren würde, und wie sollten sie dann überleben?

Die gutmütige Schwester Ruth schlägt vor, Avice mit reichlich Speisen und Milch in der Miserikordie einzusperren, bis sie ihr Kind zur Welt bringt.

Ach, aber in der Miserikordie sei es doch so kalt und zugig. Nest sagt, sie könne sie bei sich im Infirmarium behalten, bei den senilen Nonnen. Das wäre dann eine Strafe, aber keine schmerzhafte. Nests Schultern sind vor Nervosität bis zu den Ohren hochgezogen. Als Beatrix ihre Hand drückt, lässt sie sie bewusst sinken.

Goda schäumt, als sie das hört, und sagt, das Mädchen müsse hart bestraft werden, um den anderen eine Lehre zu erteilen; den nackten Rücken sollten sie ihr peitschen, jede Nonne einmal. Gut über zweihundert Peitschenhiebe. Es sei nicht zu viel verlangt, dass Avice für ihre Sünde bluten müsse.

Doch die Kantorin Scholastica entgegnet mit ihrer glockenhellen Stimme, ein schwangeres Mädchen werde nicht ausgepeitscht. Das sei einfach grausam. Am Ende werde das Mädchen eine Totgeburt, ein Kalb oder einen Kobold zur Welt bringen.

Na schön, sagt Goda, dann könnten sie ihr mit einer Eschenrute Schläge auf Hände und Knie geben. Das schmerze ebenso. Und es gebe nicht ohne Grund gewisse Regeln.

Sie einigen sich auf zwanzig Schläge auf Hände und Knie; außerdem muss das Mädchen bis zur Geburt im Infirmarium bleiben. Wenn das Baby überlebt und ein Mädchen ist, wird das Kloster es als Oblatin aufnehmen. Ist es kein Mädchen, geben sie es einer der Zinsbäuerinnen, die es großzieht, bis man es wegschicken kann. Wenn Avice überlebt, werden sie ihrer Familie in so sorgsam gewählten Worten, dass es keine Lüge sein wird, mitteilen, sie sei davongerannt, und sie als Dienstmädchen in eins der Häuser der treuen Stifter schicken, denn es ist undenkbar, eine solche Sünderin in eine andere Gemeinschaft heiliger Frauen zu geben, doch sie zu exkommunizieren und mittellos in die Welt hinauszuschicken hieße, das Mädchen zu einem harten, kurzen Leben als Bettlerin oder, wahrscheinlicher noch, als Hure zu verurteilen.

Bei diesem Wort geht ein Schauder durch den Raum.

Nest sagt in ihrem sanften Walisisch, es werde nicht mehr lange dauern. Das arme Kind habe seinen Zustand auf wundersame Weise geheim gehalten. Es sei kaum zu glauben, dass sie es erst jetzt entdeckt hätten. Blass und entsetzt, wie sie ist, sieht ihr Gesicht nicht weniger lieblich aus als sonst.

Und Avice, in der die Wut sichtlich hochgekocht ist, während über sie gesprochen wurde, beginnt jetzt ohrenbetäubend laut und schrill zu schreien.

Nest sagt, das genüge: Der Rat sei gnädig gewesen, und wenn sie jetzt nicht still sei, könne man seine Meinung durchaus noch ändern. Und damit führt sie das Mädchen raus und hinunter in die Miserikordie, wo sie auf ihre Gertenhiebe warten soll.

Bald stehen die Amtsträgerinnen am Fenster und sehen hinab auf die weißen Schleier sämtlicher Novizinnen, die wie Lämmer ins Infirmarium geführt werden. Schließlich kommt Beatrix mit erleichtertem Gesicht heraus und schüttelt den Kopf: Keine andere wurde so schrecklich beschmutzt wie Avice. Und als die Novizinnen bleich und wackelig auf den Beinen wieder herauskommen, ruft Marie sämtliche Nonnen im Refektorium zusammen und hält eine kurze Ansprache.

Dann hinaus in den kühlen Novemberabend, und Avice wird in ihrem Unterhemd und ohne Schleier in den Kreuzgang geführt und muss sich hinknien. Der dünne, im letzten Abendlicht durchscheinende Stoff lässt ihre Sünde für alle offenbar werden. Die Spitzen ihres hellen Haars streifen den Boden und werden schmutzig.

Die Scrutatrix reicht Marie die Gerte, denn als Äbtissin hat sie die Pflicht und das Recht zu strafen. Doch Maries Entschlossenheit gerät ins Wanken; sie kann das Mädchen, ein Abbild der jungen Königin, eine rebellisch lodernde Flamme, einfach nicht schlagen und sieht sich nach einer anderen um, die tut, wozu sie nicht imstande ist. Goda und Tilde sind zu zornig und kommen nicht infrage, ebenso wie die freundliche Ruth oder die gütige, barmherzige Nest. Und so reicht sie die Gerte weiter an Torqueri und hofft, ihr Versagen darin, das Mädchen zu beschützen und zu führen, würde ihre Hand von allzu großer Derbheit abhalten.

Eine vergebliche Hoffnung, und Marie zwingt sich hinzusehen.

Die Mauern des neuen Äbtissinnenhauses werden verputzt und gestrichen. Das Dach ist gedeckt. Die Nonnen arbeiten gruppenweise an den Innenräumen.

Als es fertig ist, thront es imposant auf seiner Anhöhe, elegant und stark, mit den neuen Spitzbögen, den großen Fenstern und hohen Decken. Die Räume sind lichtdurchflutet.

Hier leben die Oblatinnen und die Novizinnen, erfüllen es mit ihren lachenden und singenden jungen Stimmen; hier haben die Schreiberinnen ihre Pulte und die neuen Präbendarinnen ihre Wohnungen, reiche Damen, die ins Kloster kommen, um hier ihren Lebensabend zu verbringen, und solche Damen sind ein prächtiges Ambiente gewohnt, Schoßhündchen, Vögel, Musik und weltliche Dienerinnen. All diese Frauen beseelen das Haus gemeinsam mit reichem Geist. Endlich ein Bauwerk, das seiner Äbtissin würdig ist, denkt Marie, als sie aus dem Kreuzgang zu dem glatten Gefüge aus Steinen hinaufsieht.

Ein heiliger Ritus: Das Gebäude wird mit Weihwasser besprenkelt.

Dann ereilt Marie im Traum eine düstere Vorahnung: Sie galoppiert auf ihrem Pferd den Hügel hinab in Richtung Wald, umgeben von Wolken und pechschwarzer Dunkelheit. Plötzlich gehen gleißende Blitze nieder, die Erde beginnt zu beben, und hinter ihr bricht das Kloster zusammen – Steine schlagen krachend aufeinander, das herabstürzende Dach begräbt die schreienden Nonnen unter sich, und es ist ein einziges ohrenbetäubendes Fiasko, doch Marie kann sich nicht umdrehen, denn jetzt schmiegt sich von hinten etwas Warmes und Zitterndes an sie, umschlingen sie zwei schlanke Arme. Einsam wacht sie auf.

Bei Avice setzen früh die Wehen ein. Aus dem Infirmarium dringen Schreie. Die Nonnen, die im Garten den letzten Grünkohl, die letzten weißen Rüben und Pastinaken aus der kalten Erde ziehen, versammeln sich in einem Kreis, knien nieder und falten die Hände zum Gebet. Die Dohlen in den Mispeln ratschen spöttisch.

Marie hört die Schreie selbst jenseits des Obstgartens, in ihren Räumen im Erdgeschoss des noch unfertigen neuen Äbtissinnenhauses. Schließlich steht sie auf, und Priorin Tilde versucht, mit ihr zu sprechen, doch die Äbtissin hört sie nicht. Sie tritt hinaus in die Kälte und geht zuerst in die Schafhürde, doch die Schafe glotzen sie bloß verwundert an und bleiben stumm. Dann wendet sie sich in Richtung des Bächleins, beginnt zu rennen und eilt schließlich durch den Kreuzgang ins Infirmarium.

Dort ist es eng und stickig, und es riecht nach Rost und Schweiß. Avice keucht, ihr Haar klebt feucht an ihrer Kopfhaut, und sie blickt entrückt ins Nichts. Goda, die einzige als Geburtshelferin versierte Nonne, tastet zwischen den Beinen des Mädchens. Der menschliche Körper, sagt sie, sei doch offenbar viel empfindlicher und in seiner ganzen Anlage schlechter zum Gebären geeignet als die Körper der Tiere, denen sie Hilfe leistet; sie habe sich schon immer gewundert, warum Frauen so oft während der Geburt sterben, doch jetzt sei ihr klar, dass es an ihren schmalen Hüften und den unverhältnismäßig großen Köpfen der Babys liege, aber warum Gott dem menschlichen Tier so wenig Eignung zum Gebären gegeben habe, das sei ihr ein Rätsel. Oder vielleicht auch nicht, sinniert sie seufzend, ich werde sehr mehren die Mühsal deiner Schwangerschaft, mit Schmerzen sollst du Kinder gebären.

Nest antwortet nur knapp, Goda behalte solche Beobachtungen jetzt besser für sich.

Als Beatrix Marie entdeckt, die schier überlebensgroß in der Tür steht, blafft sie sie an, sie kämen gut ohne die Hilfe der Äbtissin zurecht, vielen Dank, aber Nest bedeutet ihr zu schweigen; es sei jetzt gut und richtig, das Licht ihrer Mutter hier bei sich zu haben.

Und Marie nimmt sich einen Hocker, setzt sich an Avices Bett und lässt das Mädchen ihre Hand drücken, bis sie blutleer ist. Inbrünstig betet sie zur Heiligen Jungfrau, fleht sie an.

Die Terz vergeht, die Sext, die Non. Ein kurzer Moment angesichts dieses endlosen Leids.

Avice atmet flach und ist totenbleich. Es ist eine Erleichterung, als sie schließlich das Bewusstsein verliert, ihre Schreie von einem Moment auf den anderen verstummen und sie einschläft. Sie blutet so stark, dass sie ein ölimprägniertes Tuch unter ihr ausbreiten, um nicht noch ein drittes Laken zu ruinieren.

Und während Avice schläft, verkrampft sich ihr Körper, und zwischen ihren dünnen Schenkeln tritt der Kopf des Kindes hervor. Noch ein Krampf, und da ist es, glitschig und tot. Ein kleines Mädchen.

Es gibt niemanden, der Avice Absolution erteilen könnte, Marie sieht gequält zur Tür, doch es kommt niemand und sie ist empört; es ist eine schreckliche Sünde, dem Mädchen diese Gnade zu verwehren, aber kopflos und müde, wie sie ist, kommt sie auch nicht auf den Gedanken, es selbst zu tun.

Als zwischen Avices Schenkeln ein neuerlicher Schwall Blut hervorschießt, ist Goda bis zu den Schultern rot, rot an der Stirn, und Nest und Beatrix versuchen, die Flut mit Tüchern einzudämmen, doch binnen Sekunden sind auch diese durchtränkt. Avices Hand in der von Marie zuckt. Mit einem Seufzen verlässt der Atem ihren Körper und kehrt nicht mehr zurück.

Am Abend ruft Marie die Amtsträgerinnen zu sich. Ein Ring aus ernsten Gesichtern im Kerzenlicht.

Sie sagt, man werde gemeinsam entscheiden, was jetzt geschehen soll, dann enthält sie sich der Diskussion und ruft schließlich zur Abstimmung.

Goda steht auf, die Wangen von ihrem Triumph gerötet, und sagt selbstgerecht, diese Entscheidung diene vor allem der Warnung an die anderen Nonnen, die in ihrem Glauben wanken und die Sünde der Lust begehen könnten. Ach, denkt Marie, nie wieder wird sie einen Fehler wie den mit den Steinbrechern begehen, sie wird nie wieder zulassen, dass irgendjemand außer einer Frau einen Fuß in dieses Kloster setzt. Doch Goda muss jetzt jemanden bestrafen, und so wird das Grab in der ungeweihten Erde außerhalb des Friedhofs ausgehoben, unter den fernsten Zweigen der boshaften Eibe.

Am nächsten Morgen wird Avice in ihrem Leichentuch ohne irgendeine Zeremonie hineingelassen, das Gesicht voran und das Baby zu ihren Füßen, sodass ihre Knochen am Tag der Offenbarung unmöglich in der Lage sein werden, sich zu den Engeln der Auferstehung aufzuschwingen und ihre Hände zu ergreifen. Welch eine Unbarmherzigkeit, denkt Marie, für eine Sünde des Fleisches.

Avice, tot. Ein aufgegebener Garten, ein angehaltener Frühling, ein zugeschütteter Brunnen.

Keine Begräbnisriten, so lautete die Übereinkunft, aber weil Marie die Stille nicht erträgt, tritt sie vor und spricht ein kurzes Gebet, anfangs zu leise und schnell, als dass man die ersten Worte verstehen könnte, doch nach und nach immer lauter … und der Sohn und der Heilige Geist, geleite dich durch das Dunkel des Todes. Er sei dir gnädig im Gericht und gebe dir Frieden und ewiges Leben. Amen.

Die anderen Nonnen funkeln sie zornig an, weil sie für ihre in Ungnade gefallene Schwester betet, und weil es die Äbtissin ist, trotz allem eine Frau, die diese Worte spricht. Als die Erde auf Avice und ihr kleines Baby fällt und das Leichentuch bedeckt, kehren sie ihr den Rücken und wenden sich wieder ihrer Arbeit zu. Und zwischen den rachsüchtigeren der Nonnen und ihrer Äbtissin breitet sich eine solche Eiseskälte aus, dass selbst Maries stärkstes Sonnenlicht sie niemals wegbrennen kann.

Sie erhält einen Brief von Eleonore, Zeilen von feinsinniger Schärfe; die Königin schreibt über die fruchtbaren Felder des Klosters, von denen, wie sie vernommen habe, eins offenbar von Getreidebrand befallen sei. Nimm dich in Acht, schreibt die Königin. Falls sich das herumspricht, könnte es passieren, dass die Kirche die besten Felder beschlagnahmt.

Marie antwortet, es sei wahr, doch habe man das Feld niedergebrannt und es sei nichts auf die anderen übergesprungen; sie verlasse sich ganz darauf, dass Eleonore die reiche Ernte des Klosters preise und die Nachricht vom Getreidebrand auf einem kleinen unbedeutenden Stück Acker nicht verbreite. Manche Felder hätten es nun einmal in ihrer Natur, eines Tages dem Brand anheimzufallen. Das wisse Eleonore mit ihrem tiefen Verständnis der Landwirtschaft doch besser als irgendjemand sonst.

Die Felder der Königin, schreibt Eleonore schnippisch zurück, seien nie vom Brand befallen gewesen, ganz egal, was Marie zu Ohren gekommen sein mag. Je reicher die Ernte, desto mehr Lügen würden jene verbreiten, die den Preis auf dem Markt drücken wollten.

Selbstverständlich, schreibt Marie zurück, das habe auch keine Andeutung sein sollen, vielmehr eine Geste der Solidarität; Eleonore besitze fruchtbare Felder, ebenso wie Marie, und sie beide kennen den Lauf der Welt gut genug, um zu wissen, dass man sich die Aasgeier Klatsch und Gerede vom Leib halten müsse. Vielleicht könne Eleonore ja eines Tages einmal ins Kloster kommen, um mit Marie gemeinsam über ihre Felder zu reiten. Marie habe die prächtigsten Wohnungen bauen lassen, eine davon schmücke gar ein von ihren Nonnen eigenhändig gewobener Gobelin mit einem Einhorn, diese habe sie für ihre Regentin reserviert. Vielleicht finde die Königin solchen Gefallen daran, dass sie den Wunsch verspüre hierherzukommen, wenn sie sich eines Tages aus der Welt zurückziehe.

Marie kann kaum atmen während des Monats, den sie auf die Antwort wartet.

Ach, teure Marie, schreibt Eleonore schließlich. Selbst jetzt, wo sie beide so alt seien, führe Marie immer noch etwas im Schilde. Habe sie denn vergessen? Sie beide, schreibt die Königin, seien nicht die Art von Freundinnen, die am besten miteinander auskommen, wenn sie am selben Ort sind und gemeinsam durch dieselben Felder reiten. Sie müssten Freundinnen auf Distanz bleiben.

5

Die Briefe fliegen Marie nur so in die Hände, Briefe wie Starenschwärme, die sich in wildem Spektakel auf die Felder stürzen.

Den Zeilen ihrer Spione und Freunde entnimmt Marie, dass sich das Böse auf der Welt ausbreitet, dass es selbst in den Herzen der Frommen die Güte besiegt.

Das klügste und beste von Eleonores Kindern, jener königliche und angriffslustige Löwe, wird gefangen genommen und wider die Regeln der christlichen Welt festgehalten. Einer heiligen Weisung zufolge sollen Kreuzfahrer von Entführungen ausgenommen sein. Wird kein Lösegeld festgesetzt und akzeptiert, ist das Angevinische Reich am Ende, geschrumpft und schwach und leicht zu bezwingen. Doch das geforderte Lösegeld ist schwindelerregend hoch, das Vierfache der Einnahmen der englischen Krone.

Eleonores Briefe sind jetzt signiert mit Eleonore, von Gottes Zorn, Königin von England.

Die Königin übermittelt Marie ihre Forderungen. Als Marie die vom Kloster bereitzustellende Summe liest, lacht sie einmal kurz hysterisch auf, und Tilde sieht hoch und fragt sich, ob irgendetwas im Fleisch hinter Maries Gesicht Feuer gefangen hat.

Mit angespannter Stimme liest Marie der Priorin und der

Subpriorin den Brief vor. Goda wird kreidebleich und sagt unsicher, sie könnten vielleicht die neugeborenen Lämmer verkaufen, eine Schande, waren sie doch besonders schön dieses Jahr, sie selbst sei in drei schlaflosen Nächten hinausgegangen, um sie ihren Müttern zu entreißen, und hätte gedacht, sie bekäme dafür wenigstens einen Bissen Lamm mit Minzsauce, aber ach, wie immer danke ihr niemand ihre Mühe. Und Tilde überlegt und sagt, vielleicht könnten sie ihr abgelegenstes Stück Land verkaufen, es sei immerhin groß genug, um eine Summe in dieser Größenordnung einzubringen. Marie sieht die Priorin nicht einmal an und entgegnet ihr nur, sie solle nicht dumm sein, Land bedeute Macht, und niemand sei machtloser als eine Nonne, weshalb es Wahnsinn wäre, einen Teil jener über die Jahre mühsam in der Welt aufgebauten Macht zu verkaufen. Diese ungewohnt schroffen Worte treffen Tilde wie ein Faustschlag.

Marie denkt nach, dann steht sie auf, holt den Äbtissinnenstab von Emme und ihren Vorgängerinnen, der aus Horn und feinem Silberfiligran gearbeitet ist und den vielleicht ein Kirchenpatron kaufen würde, als Schenkung für ein anderes, ärmeres Kloster. Mit sorgenvollem Gesicht sieht Tilde ihn gehen. Ihr Gesichtsausdruck trifft Marie ins Mark, denn sie erkennt, dass die Priorin die Hoffnung hegt, eines Tages selbst Äbtissin zu werden. Für Maries schweren Äbtissinnenstab sind Tildes Arme freilich zu schwach. Aus der Kapelle holt Marie das Geschenk, das sie vor Kurzem von einer Kreuzfahrerfamilie erhielt, den Ellbogen der heiligen Anna in einem kleinen Reliquienkästchen, das die Form einer Kathedrale hat und mit glänzenden Chalcedonen und Onyxen besetzt ist. Goda weint, als sie sieht, dass es das Kloster verlassen wird, hat sie doch stundenlang auf Knien zu der Heiligen gebetet, Mutter der größten aller Mütter. Doch auch das wird noch nicht genügen, um den klösterlichen Anteil des Lösegelds zu zahlen, und so geht Marie schweren Herzens zu der Truhe, die sie vor so langer Zeit mitgebracht hat und die jetzt bis auf einen sehr alten byzantinischen Hyazinthring, der einst Maries Großmutter gehörte, leer ist. Marie kann den Ring nur auf das letzte Glied ihres kleinen Fingers stecken. Wenn sie ihn trägt, sieht sie goldene Vögel über die Felder schwippen, sieht einen muskulösen Fluss und eine federnde grauhaarige Frau ohne Gesicht, doch mit sanfter Stimme, ihre Großmutter. Sie bekommt einen Kloß im Hals, der sich nicht hinunterschlucken lässt.

Sie wird allein nach London reiten, auf diese Weise ist sie schneller, weil sie keine Pause braucht, und sie kann sich am leichtesten und besten wehren, falls man sie aus dem Hinterhalt überfällt; außerdem gibt es niemanden, dem sie zutraut, dieselben Preise zu erzielen wie sie. Ihr Pferd ächzt leise, als sie vor dem Morgengrauen in den Sattel steigt, und Marie sagt der Stute mit strenger Stimme, sie müsse jetzt sehr tapfer sein, Marie werde ihr eine Menge abverlangen. Das Pferd denkt kurz nach und stampft einmal kräftig auf. Dann reiten sie im schnellsten Tempo los, das die Stute aufrechterhalten kann, ein Galopp, der jedem von zarterer Konstitution die Knochen gebrochen hätte.

Auf dem Land ist Marie berüchtigt, die riesige Äbtissin, von der all jene geerbte Magie ausgeht, all das von der Heiligen Jungfrau verliehene Strahlen, und wenn die Bauern auf den Feldern sie vorbeireiten sehen, knien sie nieder und senken furchtsam die Köpfe.

Doch je weiter sie das Kloster hinter sich lässt, desto mehr spürt sie, wie ihre Macht schwindet. Ihre Briefe mögen die Mächtigsten in der christlichen Welt beeinflussen, doch für die einfachen Leute jenseits der Klosterländereien, die nicht damit rechnen, die berühmte kriegerische Äbtissin zu sehen, ist sie nur eine riesige Nonne auf einem riesigen Pferd, seltsam, finster und alt.

Kurz vor der Dämmerung erreicht Marie London – hinein in den rauchigen, beißenden Nebel, der Haut und Lungen durchdringt, in das Gewirr aus geisterhaften Stimmen und das Gezänk und Gebrüll in den schmalen, beengten Gassen, und im Halbdunkel springen Milchziegen von Misthaufen, ihrem Pferd direkt vor die Hufe, und Schleppkähne schippern schwer mit Weidenruten beladen den Fluss hinauf. Eine Kopfmarter aus sich überlagerndem Glockengeläut. Auf direktem Weg in den Laden, wo sie ihre Majestät so raumgreifend trägt, dass sie alle anderen förmlich gegen die Wände drückt. Marie weiß um die Macht der Stille; es ist eine enorme Ehre für dieses Geschäft, dass sie ihre wertvollen Güter gerade hier zu verkaufen geruht. Ihre Verhandlung gleicht einem Schwertkampf, und als sie den Laden verlässt, haben ihre feinen, gezielten Hiebe jedermann darin bluten lassen und demonstriert, wie präzise ihre Hand ist, wie glücklich man sich schätzen durfte, dass sie im Zaum gehalten wurde. Ihre Miene verrät nicht, wie zufrieden sie ist, doch sie ist höchst zufrieden; es wird sogar noch etwas Geld für zukünftige Notfälle übrig bleiben oder vielleicht auch für die in ihr aufkeimenden Projekte, das Kloster zu befestigen. Sie gleitet aus dem Laden in die Dunkelheit, führt ihr Pferd geradewegs zum Schatzhaus und hämmert gegen die Tür, dann stürmt sie an dem gähnenden Dienstmädchen vorbei und weckt den gesamten Haushalt, bis alle verwirrt im Nachthemd vor ihr stehen. Unbeweglich, wie sie ist, huldvoll und mit ihrem angevinischen Gesicht, flößt sie jedermann Angst ein. Sie wird erst wieder gehen, wenn das Abgabenbuch aus dem Regal geholt und Maries Einzahlung – großzügiger, als die Königin es verlangt hatte – darin vermerkt ist.

Es ist jetzt spät. Sie fühlt sich leicht, des Geldes und der Pflicht entledigt. Über dem Fluss zeigt ein fahler Mond sein gelbliches Gesicht. Eigentlich war vereinbart, dass sie im Haus eines Kirchenpatrons übernachtet, wo es einen trockenen Stall für das Pferd und gute Speisen und ein warmes Bett für Marie gibt, doch sie erträgt diese brodelnde Stadt einfach nicht mehr, und die Nähe so vieler Angehöriger des aggressiveren Geschlechts macht sie zornig und gereizt. Sie hat das Gefühl, mit jedem Atemzug das Böse in sich aufzunehmen. Deshalb flüstert sie ihrem heiligen Pferd etwas ins Ohr, und für eine Weile lehnt es den Kopf gegen Maries Brust und hält die Augen geschlossen, dann schlägt es sie wieder auf und ist ebenfalls bereit zu gehen. Wieder durch den schwarzen Gestank der Straßen und schließlich hinaus auf die offenen Felder am Stadtrand, wo der freie, rebellische Wind Marie die Dämonen Londons von der Haut streift.

Eine innere Stimme sagt ihr, dass sie die düstere Stadt, die in ihrem Rücken förmlich brennt, nie mehr wiedersehen wird. Sie ist froh über diese Befreiung. Altern ist beständiger Verlust; alles, was einem in der Jugend essenziell erschien, erweist sich mit der Zeit als verzichtbar. Man streift Haut um Haut ab und lässt sie am Straßenrand liegen für die neuen Jungen, die sie aufheben und das Spiel fortführen.

Als sie schließlich aus dem letzten Geheimtunnel unter dem Labyrinth herausreitet, erstrahlt das Kloster auf seinem Hügel im feinen Glanz des nahenden Morgens. Sie ist beinahe schwach vor Erleichterung, und die Haut der Stute zittert ganz leicht, so erschöpft ist das Tier, das mit hängendem Kopf Schritt um Schritt setzt.

Wie froh ihre Nonnen sind, dass sie wohlbehalten zurück ist, wie sie strahlen. Ihre Gesichter, die sich hier an diesem von Marie vollkommen sicher gestalteten Ort ohne jeden Schutz zeigen, sind so verletzlich, dass Marie das Gefühl hat, sie allein mit einem zu scharfen Blick verwunden zu können. Sie bittet sanft darum, dass man ihr ein Bad bereite und in der Zwischenzeit etwas zu essen hinaus in den Garten bringe, wo sie sich die gute Sonne auf die Haut scheinen lässt, um die Kälte loszuwerden, die ihr von der Reise noch in den Knochen steckt.

Die alten, schwachen Nonnen sitzen zu dieser frühen Stunde schon auf der Bank neben den üppigen Sonnenhüten, die in sattem Goldgelb erstrahlen wie Hunderte blanker Münzen. Wevua, die Marie anknurrt wie ein Hund und mit ihrem verstümmelten Fuß nach ihr tritt, Amphelisa, deren Lähmung bedauerlicherweise zurückgekehrt ist, Burgundofara, die seit einiger Zeit immer und überall stürzt und so spröde Knochen hat, dass sie sich die Hüfte gebrochen hat, und Edith, die nicht mehr schläft, sondern nachts wie ein Geist herumwandert und ihre Mutter ruft. Duvelina, in deren Kopf nichts als Luft ist, klatscht in die Hände und steht auf, als sie Marie sieht, und dann regt sich irgendetwas in ihrem Gesicht, huscht etwas Durchtriebenes darüber. Kurz darauf ein Plätschern wie von einem Regenguss auf der feuchten

Erde, und Duvelina hebt den Rock und pinkelt mit sattem Strahl auf den Boden, bis ihre Holzschuhe in einer Pfütze stehen. Und weil Marie für alles andere einfach zu müde ist, fällt sie in das Kichern der geistlosen Schwester mit ein, während die anderen alten oder gebrechlichen Nonnen entsetzt aufspringen, wegschlurfen oder sich davonschleppen und die Pfütze unter ihnen immer größer wird.

Es ist Hochsommer, als der lange Regen kommt, und der durch und durch feuchte Boden, die Gräben und Pfützen nahe dem Teich hauchen ein Miasma aus, von dem die Hälfte der Nonnen krank wird. Auch Marie selbst wird von der schlechten Luft so krank, dass man sie ins Infirmarium bringt, wo sie einige Nächte inmitten Sterbender und manchmal auch Gestorbener liegt.

Schließlich hört sie den Regen enden, hört in ihrem langen Fieber, wie sämtliche Feuchtigkeit aus der Erde ausdünstet und sie trocken zurücklässt, tagelang, eine ganze heiße Woche lang.

Ihr Fieber steigt so stark, dass sie zu krampfen beginnt, und als sie aufwacht, kneift ihr ein kleiner blauer Dämon mit einer glühenden Zange in die Zungenspitze. Wenn sie wieder zu sich kommt, werden ihr Nest und Beatrix erzählen, dass sie sich während eines Fieberkrampfs ein kleines Stück der Zungenspitze abgebissen hatte. Die Infirmarin und ihre Gehilfin unterhalten sich leise in einer Ecke, doch der wache Teil von Maries Bewusstsein hört die beiden und begreift, dass sie Sorge haben, sie könnte sterben. Und mit ihren Worten betritt der Tod das Infirmarium und hält in einer Ecke seine düstere Wache.

Als sie mitten in der Nacht aufwacht, sieht sie, wie er sich über Schwester Sybilla beugt, die schon alt war, als Marie damals ins Kloster kam, eine fleißige Arbeiterin, die sich nie beklagte, aber vielleicht auch nur, weil sie ohne Stimme zur Welt kam, und der Tod drückt seine Lippen auf den Mund der alten Nonne und haucht ihr das Leben aus.

Dann spaltet er sich, noch immer durstig, entzwei und beugt sich mit dem anderen Kopf über die junge Schwester Gwladus, eine walisische Prinzessin, die man ihrer aufständischen Familie entrissen und zur Strafe ins Kloster gegeben hat, denn hätte man sie nicht Gott geschenkt, hätte sie eine Schar kräftiger und intelligenter walisischer Adliger geboren, die sich unweigerlich an der englischen Krone gerieben hätten.

Die Seelen beider Nonnen steigen durch ihre offenen Münder auf und werden eins mit dem schwarzen Schatten Tod, der an ihnen saugt.

Später, wenn Marie sich wieder aufsetzen und die Feder halten kann, ohne dass das Fieberschütteln sie ihr aus der Hand schlägt, wird sie das, was sich vor ihren Augen abspielt, in ihr Buch der Visionen niederschreiben.

Obgleich mich der Tod nicht geholt hat, schreibt sie, glich ich einer Feder auf einem Wasserstrom. Ich folgte meinen lieben verstorbenen Schwestern auf ihrem Weg gen Himmel, wurde mit ihnen hinaufgetragen.

Wir stiegen durch das Firmament, immer weiter und weiter, strebten zur Wärme von Gottes Hand. Und ich fühlte mich gleichsam wie ein Falke, wenn er von kleinen Windstößen emporgetragen wird, ohne dass er mit den Flügeln zu schlagen braucht, ein einziges glorioses Gleiten.

Schließlich stiegen sie weiter und ließen mich zurück, und dort auf jener weiten Ebene oberhalb der Wolken ließ ich den Blick schweifen und wurde mehrerer Türme gewahr, einige näher an der Stelle, an der mich der Wind hielt, andere für das Auge fast nicht mehr erkennbar, insgesamt sieben an der Zahl.

Einer war zum Greifen nahe, und ich näherte mich dem Fenster und blickte hinein. Dort sah ich meine eigenen längst verstorbenen Schwestern, einige in güldenem Ornat, andere in Gewändern aus strahlendem Licht und wieder andere, wie die Äbtissin Emme, mit großen Dornenkronen auf dem Kopf, und sie alle beteten laut miteinander. Und unter meinen Füßen, mehrere Dutzend Faden tief auf dem Boden, sah ich die vier schrecklichen Tiere der Apokalypse: den Löwen, die Stierin, den Adler und das mit dem Gesicht einer Frau; allesamt mit Flügeln, und aus ihren Gesichtern funkelten mich glühende Augen an. Und die Tiere brüllten und kletterten mit geifernden Mäulern die Mauern des Turms empor, schlängelten sich daran entlang wie Molche unter einem Stein und näherten sich so schnell, dass mir das Blut in den Adern gefror.

Während die Tiere immer näher kamen, wurden die Gebete meiner Schwestern im Turm lauter und inbrünstiger und schwollen schon bald zu göttlichem Gesang an. Und im Singen beteten meine Schwestern am wahrhaftigsten, denn Gesang ist das Herzstück des Gebets, und ihre Stimmen vermischten sich und verschmolzen. Sie erschütterten die Erde, und durch den Gesang meiner Schwestern begannen die Steine des Turms zu zittern und zu beben.

Und obwohl die Tiere die Zähne fletschten und heulten, wurde der Griff ihrer Klauen schwächer, und sie rutschten die langen, glatten Steine hinab. Eins nach dem anderen stürzte in die Tiefe – der Löwe, die Stierin, das Tier mit dem Gesicht einer Frau und der Adler –, und trotz ihrer Flügel wurden sie am Boden zerschmettert.

Während ich zusah, gingen meine Schwestern wieder zu stillem Gebet über. Und doch war man vor diesen Tieren nie sicher, denn aus ihren blutigen Kadavern entsprangen ihre Ebenbilder in klein, und sie stimmten dort auf dem Boden ihr schreckliches Geheul an und wurden noch im Emporklettern größer und größer.

Als ich erwachte, war mein Fieber vergangen.

Die Dunkelheit hatte sich über das Kloster gelegt, das Infirmarium war einzig von den Geräuschen tiefen Schlafs erfüllt, und ich hatte soeben in meinem Fieber das Geschenk dieser Vision erhalten.

Denn darin war mir enthüllt worden, dass dieses Kloster voll frommer Frauen eine der sieben großen Säulen ist, die die Menschheit erbaut hat, um die zähnefletschenden, rohen und bärtigen Biester der Offenbarung von den zarten Lämmern Gottes fernzuhalten, und gleichwohl mir die sechs anderen noch unbekannt sind, weiß ich, dass jene siebte Säule allen anderen ebenbürtig ist.

Es ist die Weisheit meiner Schwestern, ihr Glaube und ihre Frömmigkeit, die gleich einem Feuer den Schrecken der Nacht fernhalten.

Und ich, unter deren Schutz dieses Kloster gedeiht, muss standhaft sein wie der steinerne Turm, hoch und stark, damit sie auch weiterhin hoch über dem Boden in Sicherheit sind.

Am Morgen, nachdem das Fieber nachgelassen hatte, erfuhr ich, dass jenseits des Labyrinths, draußen in der Stadt, während der Nacht in einer Scheune eine brennende Laterne umgestoßen worden war und der Wind die Flamme derart angefacht hatte, dass schon bald ein loderndes Feuer daraus wurde. Es griff im Westen der schlafenden Stadt so schnell von einem Haus zum nächsten über, dass kaum Zeit blieb, um Hilfe zu rufen oder loszulaufen und Wasser vom Brunnen oder aus dem Fluss zu holen. Und auch wenn die in der Herberge schlafenden Pilger und unsere Schwestern, die sie versorgten, verschont blieben, verschlangen die Flammen die gesamte gegenüberliegende Straßenseite – die an die Kathedrale gelehnten Geschäfte, strohgedeckte Holzhäuser und, schlimmer noch, das ganze Pfarrhaus dahinter mit all seinen geweihten Bewohnern, jene armen frommen Seelen, die ihr Leben der Kirche verschrieben hatten. Als Schwester Ruth, die Herbergsmeisterin und Almonaria, aufwachte und über die Straße sah, war dort alles verkohlt und dem Erdboden gleich, und in der noch rauchenden Asche fand man die Knochen von zwanzig Menschen, die schlafend in ihren Betten gestorben waren.

Nach diesem verheerenden Großbrand war in der ganzen Stadt niemand mehr am Leben, den unsere Kirchenoberen ermächtigt hätten, durch die geheimen Gänge zu kommen und im Kloster die Messe zu lesen, niemand konnte meinen Schwestern mehr den Trost der Beichte spenden. Außer mir natürlich.

Und als mir diese Nachricht zu Ohren kam, verstand ich schließlich die Vision und die Anweisung, die ich in meinem Fieber erhalten hatte.

Ich werde die Erfüllung der priesterlichen Pflichten im Kloster also fortan auf meine eigenen Schultern nehmen.

Denn ich als Äbtissin bin die Mutter dieses Ortes, meinen Töchtern ein Elternteil mit sämtlicher von Gott gegebenen Autorität. Und genau wie Maria Magdalena, Apostola Apostolorum, die einst predigte und viele bekehrte, wurde ich angerufen, um die Messe zu halten und meinen Töchtern die Beichte abzunehmen.

Es dauert zwei Wochen, bis Marie aufstehen, sich auf den Beinen halten und ein paar Schritte gehen kann. Sie hat einen Teil ihrer Muskeln verloren, und ihr Habit hängt locker an ihren Gliedern. Wenn der Wind von Nordosten weht, riecht es noch immer nach verbranntem Fleisch, und an der windzugewandten Seite der Apfelbaumstämme sammelt sich Asche.

Auf die fröhlichen Gesichter ihrer Nonnen hat sich etwas Düsteres gelegt. Sie sind führungslos, haben seit dem Brand weder gebeichtet noch die heilige Kommunion empfangen, und sie trauern um die verlorenen Seelen, die, wenn auch alt und tatterig, voll Wohlwollen versucht hatten, ihnen zu Diensten zu sein. Auch wenn Tilde ihr damit tagein, tagaus in den Ohren liegt, fordert Marie niemand neuen an.

Als Marie schließlich ausreichend genesen ist, ruft sie die frömmste und demütigste ihrer Schwestern zu sich, Kantorin Scholastica, deren Güte ein reines, unverdorbenes Licht ist, und legt bei ihr die Beichte ab, denn gemäß der Regel beichten die Nonnen einander oft ihre Sünden. Die Kantorin nimmt lächelnd Maries Hand, wagt es aber nicht, ihr eine Buße aufzuerlegen. Als sie fertig sind, ist es Zeit für die Messe. Marie geht in das Kämmerchen neben der Kapelle und zieht das Messgewand über. Der Stoff riecht nach fremden Leibern, nach Zwiebeln und der Haut jener, die vor so kurzer Zeit noch lebten und in den Flammen gestorben sind.

Sie trägt das Messbuch, und sie hat eigenhändig Brot und Wein vorbereitet. Als Marie im Messgewand und mit größtmöglicher Autorität in die Kapelle hinaustritt, beobachtet sie die Gesichter ihrer Nonnen; in einigen steht das Entsetzen geschrieben, in anderen kaum unterdrückt eine wilde, diebische Freude. Aus den Gesichtern der ältesten Nonnen, die das Kloster schon kannten, bevor Marie die Führung übernahm, spricht Furcht und zornige Bestürzung. Goda sieht so erschüttert aus, dass Marie nicht erstaunt wäre, wenn sie hier und jetzt ihre irdische Gestalt fahren ließe.

Wevua steht auf, ihr Stock klackert auf dem Boden. Sie jault auf, als wäre sie verwundet, ein tiefer und durchdringender Laut wie von einem Tier. In dem Aufruhr und der Verwirrung steht auch Ruth auf und führt die alte Nonne hinaus, und dabei wirft sie Marie einen so scharfen Blick zu, dass Marie weiß, es ist das Ende ihrer alten Freundschaft; sie hat Ruth vielleicht für immer verloren. Marie senkt den Kopf und lässt den Schmerz durch sich hindurchwogen, dann sieht sie wieder hoch zu all ihren anderen Töchtern und befiehlt ihnen mit ihrer strengsten Miene zu bleiben, wo sie sind. An Gehorsam gewöhnt, rühren sie sich nicht vom Fleck. Die Verwirrung und das innerliche Ringen stehen ihnen im Gesicht geschrieben, denn was ist wohl die kleinere Sünde: die Messe zu verlassen oder ihr beizuwohnen, auch wenn sie von einer Frau gelesen wird? Die Zeit fließt weiter und nimmt ihnen die Entscheidung ab. Der Introitus beginnt. Marie lächelt; sie reicht den Kelch, sie reicht das Brot, sie segnet. Der Schlusschoral. Ihre Nonnen stehen auf und gehen still an ihre Arbeit.

Den ganzen Tag ist überall aufgebrachtes Gemurmel zu hören.

In der Äbtissinnenwohnung wartet Goda, die so heftig zittert, dass ihre Holzschuhe auf dem Boden klappern. Ein Frevel sei das, ein gotteslästerlicher Frevel, sagt sie, es sei gegen die Kirche, gegen Gott, dass eine Frau die Messe lese.

Marie zwingt sich, die arme Goda zu lieben. Sie kann nichts dafür, dass sie so geboren wurde.

Goda solle ihr sagen, bittet Marie, ob sie Frauen etwa für das minderwertige Geschlecht halte.

Natürlich seien Frauen das schwächere Geschlecht, gibt Goda patzig zurück, und das sündigere. Wankelmütig und verdorben.

Welchen Beweis sie dafür habe, fragt Marie, die weiß, dass Goda nur wenige Teile der Bibel auswendig kennt.

Goda reißt den Mund auf. Zwischen ihren Zähnen klaffen große Lücken. Na, lehrt das denn nicht die Geschichte von Eva?, sagt sie schließlich unsicher.

Marie bittet die Subpriorin, sie anzusehen, setzt sich neben sie und nimmt ihre Hand. Irgendetwas in Goda sehnt sich nach Berührung; vielleicht ist das der Grund, weshalb sie sich um die Tiere kümmert. Zuerst leistet sie Widerstand, doch dann lässt sie zu, dass Marie ihre harte Faust öffnet, Finger für Finger, und lehnt sich langsam gegen die Äbtissin. Goda, sagt Marie, glaubst du nicht auch, dass die Heilige Jungfrau Maria, wenn auch als Frau geboren, der wertvollste Juwel unter allen Menschen ist, die je einem Leib entsprungen sind? Ist unsere Jungfrau nicht das vollkommene Gefäß, dazu auserwählt, in ihrem Leib das Wort Gottes Mensch werden zu lassen?

Natürlich, sagt Goda wütend. Aber aber aber.

Moment, sagt Marie, richten wir den Blick doch gar nicht in so weite Ferne. Sie wisse, dass Goda und sie in der Vergangenheit so ihre Auseinandersetzungen hatten – doch bitte sei ehrlich, Tochter: Sei Goda je einem Menschen gleich welchen Geschlechts begegnet, der Marie ebenbürtig gewesen wäre? Und während in Goda ein schrecklicher Kampf tobt, wartet Marie, bis die Subpriorin schließlich leise antwortet: Nein. Sie mag mürrisch, kurzsichtig und autoritätshörig sein, doch auf ihre eigene Art ist sie rein, sie kann einfach nicht lügen, die arme alte Nonne.

Marie sagt, sie solle daran denken, dass das Kloster schon in wenigen Monaten Besuch vom Bischof der Diözese bekommen wird, direkt nach dem Fest von Mariä Geburt. Wenn es Goda so falsch erscheine, dass eine Frau die Messe liest, könne sie sich bei ihrer persönlichen Audienz von dieser Last befreien.

Die arme Goda ist innerlich so zerrissen, dass sie aufsteht und Marie mitteilt, sie müsse sich übergeben, und dann rennt sie hinaus und lässt Marie mit Priorin Tilde allein.

Tilde meidet Maries Blick. Ihre Wangen glühen vor Wut. Marie sieht sie unverwandt an.

Eine ungeheuerliche Blasphemie sei das alles, sagt Tilde schließlich, eine schreckliche Sünde. Wenn Marie nicht einlenke, müsse es eine neue Wahl zur Äbtissin geben.

Ich bitte dich, sagt Marie, wenn heute gewählt würde, würde sie ohne Weiteres als Siegerin hervorgehen.

Nein, sagt Tilde, das sei nicht wahr.

Marie antwortet nur, Tilde solle zählen, und sieht zu, wie Tilde im Kopf sämtliche Schwestern durchgeht. Schließlich seufzt sie und bricht ihre Schreibfeder entzwei.

Tilde sagt, wenn es eine gegen Marie gerichtete Fraktion gebe, werde sie selbst – aber Marie sieht mit Genugtuung, dass ihre Priorin so klug ist, den Satz unbeendet zu lassen.

Draußen hören sie Goda noch immer würgen. Jetzt, da sie sich schließlich gegen Marie stelle, fährt Tilde fort, könne sie auch sagen, dass sie sich schon lange wundere, warum Marie Goda als Subpriorin behalte. Sie kümmere sich zwar tadellos um die Tiere, aber ihr Latein sei ein Graus und sie sei in geschäftlichen Dingen keine Hilfe. Außerdem besitze sie keinerlei zwischenmenschliches Gespür, wenn es um die Zwistigkeiten unter den Schwestern gehe. Gefühle seien ihr offenbar ein Buch mit sieben Siegeln.

Marie sagt, das stimme. In solchen Angelegenheiten sei es das Beste, sich Godas Rat anzuhören und das Gegenteil zu tun.

Das sei keine Antwort, entgegnet Tilde, warum setze Marie nicht die Sakrista, die Kantorin oder die Schreibstubenmeisterin an ihre Stelle, allesamt intelligente und feinsinnige Denkerinnen? Sie wären wenigstens nützlich.

Marie sagt, zusammen mit den Pflichten bei den Tieren halte das Amt als Subpriorin Goda beschäftigt. Dauernde starke Gefühlsregungen und Strenge, das sei eine gefährliche Mischung. Eine ausgelastete Goda stelle keine Gefahr dar.

Marie durchschaut Tildes Plan; die Priorin will als Gegenleistung für ihr Schweigen eine neue Subpriorin einsetzen.

Marie ist sich sicher, dass Tilde als Erste zurückziehen wird. Marie hat von den beiden die deutlich stärkeren Nerven. Lange sehen sich die Frauen durch das Zimmer hinweg ernst an, dann steigen Tilde die Tränen in die Augen und sie rennt hinaus.

Doch die Frage nach Goda nagt an ihr, und später am Nachmittag muss sie beim Lesen einen Moment innehalten und darüber nachdenken, was sie der Priorin geantwortet hat. Es stimmt, dass sie sich mit Goda umgibt, weil deren Gift sich so mühelos mit kleinen, kaum ins Gewicht fallenden Zugeständnissen an ihre Würde zerstreuen lässt. Sie sieht Goda an, die mit tintenbeschmierten Fingern auf der Rückseite eines alten Rechnungsbriefs murmelnd die Zahl der Mutterschafe, Färsen und Hühner zu ermitteln versucht, dann alles durchstreicht, auf die Schreibfeder beißt, erneut Strich um Strich aufs Pergament kratzt, laut zählt, wieder irgendetwas niederkritzelt und sich die Lippen leckt, die schwarz werden von ihrer Zungenspitze, jene wiederum schwarz von Tinte. Vielleicht ist gerade ihr Viehstallgestank das, was Marie an der Subpriorin anzieht – ihr ungehobeltes Wesen, ihre polternde Stimme und die Süffisanz, mit der sie auf den Gefühlen der Schwestern herumtrampelt. Indem sie eine so schwierige Schwester wie Goda liebt, kann sie sich ihrer eigenen Güte sicherer sein.

Und so betritt Marie selbst als Sünderin den Beichtstuhl, um sich die Bekenntnisse ihrer Schwestern anzuhören.

Der Damm ist gebrochen. Die meisten der alten Nonnen sind wütend, wagen es aber nicht, ihrem Zorn laut Luft zu machen, sie murmeln, sie beten, sie zeigen Marie die kalte Schulter.

Zuerst kommen nur die Novizinnen und die jungen Nonnen zur Beichte, doch nach einigen Wochen sitzt Marie meist stundenlang. Sie hört zu – sie *hört* ihre Töchter.

Suscipe sancta Trinitas has oblationes quas tibi ego peccatrix offero, sagen sie, oft unter Tränen.

Und was Marie im Laufe der Jahre als Beichtmutter zu Ohren kommt, lässt ihren Zorn nur noch heißer glühen. Nicht die Kleinigkeiten, nicht das Beten ohne Gebet im Herzen, nicht die Lügen, nicht das vom Spieß gestohlene Stück Hühnerfleisch, die kleinen Gelüste und die besonderen Freundschaften – wie viele der Frauen sich von einem gottlosen Kuss besudelt fühlen! –, all jenen trägt sie mit einem Lächeln in der Stimme irgendeine kleine Bußübung auf, damit sie beruhigt gehen. Was sie bekümmert, sind die vorherigen Leben ihrer Töchter, die heimlichen, unsichtbaren Lasten, die sie mit sich ins Kloster getragen haben. Die achtzehnjährige Novizin etwa, die weint, weil sie keine Jungfrau mehr ist, denn seit dem Tag, an dem sie acht Jahre alt wurde, saß Nacht für Nacht eine schemenhafte Gestalt auf ihrem Bett, und sie hat die Sünde, die nicht ihre war, dennoch als ihre eigene verinnerlicht. Die heimlichen Schwangerschaften, die unerwartete Faust in der Magengrube, die Tritte gegen den Kopf. Die in den Schlamm gedrückten Gesichter, die hochgezogenen Röcke. Eine junge Nonne erzählt zögerlich von dem Messer, das sie gezückt in der Hand hielt, weil sie wusste, ein bestimmtes Unheil würde am Tag der Hochzeit ihrer Schwester in ihr Zimmer eindringen, und genau so geschah es, doch sie war vorbereitet, und dann war plötzlich Blut überall, wildes Gebrüll und bald darauf der Tod durch Blutvergiftung und ihre Schwester eine Witwe, kaum dass sie den Brautschleier getragen hatte. Ein Mord, der der armen Nonne schwer auf dem Herzen lastete. Und sie hatte bisher bei keiner Beichte davon erzählt, hatte nie den Mut gehabt, denn für so etwas kamen nur die Ohren einer Frau infrage. Bevor Marie Beichtmutter wurde, hätte die Schwester im Fall ihres Todes dafür in der Hölle schmoren müssen.

Es ist Schwester Philomena, eine stille, fromme Nonne, die oft eine schuppige Nase hat und deren Augen nie irgendetwas zum Leuchten bringt.

Marie sagt, das liebe Kind wisse ja, es sei Notwehr gewesen. Der wahre Mörder sei jener, der in übler Absicht durch die Tür eines Kindes trete.

Doch die darauffolgende Stille verrät Marie, dass diese Antwort niemals genügen würde. Philomena muss leiden, muss durch körperliche Schmerzen Läuterung erfahren, sonst wird sie keinen Frieden finden. Obwohl Marie körperliche Züchtigung als Buße verabscheut, seufzt sie und weist die Nonne an, in die Miserikordie zu gehen und sich zu geißeln, bis ihr das Blut auf den Rücken tritt. Dort in der Kälte auf Knien zu bleiben, bis die Glocke zur Vesper läutet. Während sie dort kniet, soll sie beten, und zwar mit ihrer ganzen Seele. Wenn sie sich dann erhebt, werden die Schmerzen und das Gebet sie von der Sünde reingewaschen haben, sodass sie sie auf dem Boden der Miserikordie zurücklassen und sie mit unbelastetem Herzen noch vollkommener ins Gebet eintauchen kann.

Den ganzen nächsten Tag beobachtet sie Philomena. Irgendetwas im Gesicht der jungen Frau wirkt wie belebt, ihre Schultern sind aufrechter, und an jene Stelle, wo all die Jahre kalt und schwer wie ein Stein ihre Unglückseligkeit lag, ist etwas Warmes gesickert.

Marie selbst ist als Beichtmutter Gott nicht nähergekommen. Sie ist enttäuscht, hatte sie doch gehofft, hier den Kern ihrer göttlichen Berufung zu finden.

Dennoch – und das ist ein Trost – merkt sie, wie mit jedem ihr anvertrauten Geheimnis die Liebe der Nonnen zu ihrer Äbtissin wächst; warm und hell wie die Sonne begleitet diese Liebe sie durch ihre Tage. Jetzt können sie sich nicht mehr auflehnen, denkt sie. Sie weiß zu viel über sie.

Und wenn die Traurigkeit ihrer Töchter so schwer auf Marie lastet, dass sie keinen Schlaf findet, geht sie gern hinunter ins Skriptorium und setzt die Verben und Nomen in den Messbüchern und Psaltern in die weibliche Form, denn warum auch nicht, wenn sie ohnehin nur von Frauen gehört und gesprochen werden? Sie lacht dabei in sich hinein. Frauen in die Texte einzuschmuggeln, das kommt ihr verrucht vor. Es macht Spaß.

Eleonore schreibt, sie habe von ihrer kleinen Spionin gehört, Marie habe sich eine weitere ketzerische Rolle angemaßt. Nicht nur die Beichte, sondern auch die Messe? Sie spiele mit dem Feuer. Marie solle sich nicht wundern, wenn sie sich die Finger verbrenne.

Die Erwähnung der Spionin fuchst Marie, so wie jedes Mal. Erschreckend, dass sie die Verräterin unter ihren Töchtern nicht ausmachen kann. Ein Spalt in ihrer Rüstung, durch den Eleonores Pfeile eindringen können, und dieser trifft genau sein Ziel, denn Marie weiß um das Risiko, das sie eingeht. Aber sie weiß auch, dass sie das Richtige tut.

Die Königin lässt ihre Schalkhaftigkeit fallen und schreibt ernst, sie wisse wirklich nicht, wie Marie sich einer Strafe dafür entziehen wolle, und von ihrem derzeitigen Aufenthaltsort aus könne sie sie nicht beschützen.

Der Brief kommt aus Fontevraud; die Königin erwägt, sich

für den Rest ihres Lebens dorthin zurückzuziehen. Dennoch übertreibt sie, was ihre Machtlosigkeit angeht. Jeder weiß, dass sie vom Kloster aus die Fäden zieht, ihre königlichen und päpstlichen Marionetten führt. All die Kriege, all das Geld, das zum Schutz vor Aufständen aus Angleterre in die Normandie, nach Anjou, Poitou und Aquitanien fließt. Dauerhaft wird es nicht gut gehen, Angleterre ausbluten zu lassen, um andere, ferne Länder zu beschützen; die Engländer werden sich auflehnen, und Marie glaubt, die Revolte wird nicht mehr lange auf sich warten lassen. Außerdem bleibt die Frage der Nachfolge.

Es sei ermüdend, schreibt die Königin, doch Marie nimmt in ihren Worten eine unterschwellige Energie wahr; die Königin ist ein großer und feinsinniger politischer Geist. Es ist keine verwunderliche Entdeckung, dass Eleonore die ganze Zeit die treibende Kraft hinter den Plantagenets war, jener Dynastie, die kurz vor dem Niedergang zu stehen scheint.

Später in ihrem Brief schreibt die Königin, sie sei überdies recht überrascht gewesen, dass die Kellermeisterin hier in Fontevraud Maries Zwilling sei. Zuerst habe sie geglaubt, sie träume oder fantasiere, als sie Maries großen, massigen Körper gesehen und ihre tiefe Stimme gehört habe, hier in diesem Kloster und nicht in jenem seltsamen kleinen englischen inmitten des Labyrinths. Schließlich habe die Königin Maries Doppelgängerin zu fassen bekommen, und siehe da, die hochgewachsene, muskulöse Nonne sei keine andere als Maries Tante Ursule. Ach, schreibt die Königin, sie erinnere sich noch an die junge Ursule auf dem Kreuzzug. Mit ihrem bildhübschen Gesicht und den goldenen Stiefeln, eine der besten Jägerinnen in ihrer Damenarmee, beinahe jeder sei in sie verliebt gewesen, obwohl sie damals sogar noch weniger geschmeidig und zivilisiert gewesen sei als Marie zu jener Zeit, als sie an Eleonores Hof kam, dieser große, ungehobelte Galgenvogel! Und wie erschreckend, welche Spuren die Zeit bei den Schönen und Jungen hinterlasse, denn heute sei Ursule ebenso wuchtig, mürrisch und unansehnlich wie ihre Nichte. Dass es auf der Welt gleich zwei solche unvorstellbaren Mannweiber gab! Wie dem auch sei, schreibt die Königin, Ursule habe Eleonore innigst gebeten, Marie ihre herzlichsten Grüße zu übermitteln.

Marie nimmt den Brief und drückt ihn an ihre Brust – hatte sie doch geglaubt, ihre Tante, mindestens fünfundsechzig Jahre alt, müsse längst gestorben sein, und so ist es ein unverhofftes Geschenk Gottes, zu entdecken, dass sie nicht allein ist, dass auf dieser Erde noch jemand am Leben ist, der weiß, wie es war, in jener von Weiden verhangenen Flussbiegung zu schwimmen oder durch den Wald zu galoppieren und den weißen Spiegel eines Rehs zu verfolgen, und der Maries Mutter geliebt hat, jenen unendlich weisen Quell der Ruhe.

Der Tag des bischöflichen Besuchs ist gekommen, ein prunkvolles, feierliches Ereignis. Als Kollation wird es Braten geben, eine ganze Sau mitsamt ihren Ferkeln, und schon jetzt durchzieht der köstliche Fleischduft die Gebäude. Den Kirchenoberen die Augen zu verbinden war nicht ganz einfach, doch Marie tat es so schnell und geschickt, dass sie ihnen gar nicht erst die Gelegenheit bot zu protestieren, und so taten sie es auch nicht.

Für den Besuch wurde jeder Winkel des Klosters auf Hochglanz gebracht, und jetzt thront es schimmernd wie aus Perlmutt auf seinem Hügel.

Die Novizinnen und die jungen Nonnen haben gemeinsam ein Stück eingeübt: Die Laster und die Tugenden. Die Tugenden zeigen in ihrer Unschuld das liebliche Fleisch ihrer Dekolletés und ihrer molligen Arme und schwimmen förmlich in wallendem, ungeschorenem Haar, das von Stoff und Bändern befreit wurde, und Marie weiß schon jetzt, ohne in die Gesichter ihrer Besucher zu sehen, dass sie während des gemeinsamen Essens wird reden und reden müssen, damit dieses Schauspiel am Ende nicht nur als annehmbar, sondern als gottgefällig gilt.

Später, nach dem Essen, sieht Marie von ihrem Platz im Refektorium aus zu, wie jede Nonne einzeln zu ihrem Gespräch hineingeht, von den Oblatinnen über die Novizinnen, die Feldarbeiterinnen, die Chorschwestern bis hin zu den Amtsträgerinnen. Alles in allem einhundertachtzig Schwestern. Und wenn sie dann wieder herauskommen, liest Marie auf ihren Gesichtern das Omnia bene. Alles ist gut. Keine einzige Seele, nicht einmal jene, die sich der Beichte noch immer verweigern, haben ein Wort davon gesagt, dass die Äbtissin die Messe liest. Manche aus Loyalität. Andere aus Angst.

Doch dann ist Goda an der Reihe. Mit ihrem kantigen Gang nähert sich die Subpriorin der Tür. Sie wirft Marie noch einen letzten verkniffenen Blick zu, dann reckt sie das Kinn vor und schließt die Tür hinter sich.

Jetzt kann sie nur abwarten, geht Marie durch den Kopf.

Doch als Goda wieder herauskommt, ist auch ihrem Gesicht das Omnia bene eingeprägt. Sie ist im letzten Moment eingeknickt. Ihre kleinen Augen sind feucht und rot gerändert, ihre Schultern hängen.

Tilde steht auf und sieht halb in Maries Richtung. Nein, von der Priorin geht keine Gefahr aus. Als sie herauskommt, liegt ein trauriges Omnia bene auf ihrem Gesicht.

Marie selbst steht auf, geht hinein.

Mit ihrer tiefen, ernsten Stimme sagt sie Omnia bene, und ihr Herz ist rein, denn sie spricht die Wahrheit – in diesem Kloster, fest in ihrer Hand, ist tatsächlich alles sehr gut.

6

Als Marie eines Tages ihre Hände betrachtet, sind sie fleckig und die Knöchel wulstig. Sie ist alt, denkt sie erstaunt.

Damit die Wölfe, die aus den Hügeln herunterkommen, keine Lämmer mehr holen können, lässt Marie ihre Nonnen um die Schafweide herum eine Steinmauer bauen, so hoch, dass die Räuber nicht darüberspringen können. Es dauert einen ganzen langen Herbst.

Als Elgiva mit einem Korb Zwiebeln durch die Küche geht, gerät sie zu dicht an die Kochstelle, sodass ihr Habit Feuer fängt, und bevor die Küchenmeisterin sie mit Schmutzwasser löschen kann, haben die Flammen sie schon beinahe verschlungen. Sie lebt nur noch bis kurz vor der Sext, und es ist Marie, die ihre blasenübersäten Lider schließt. Sie berührt die roten, geschwollenen Hände, doch unter dem Druck ihrer Finger löst sich Elgivas Haut wie die einer geschmorten Roten Bete.

Ihre Nonnen, die als dunkle Flecken über den reifen Feldern verteilt sind, sensenschwingend.

Der Winter ist ein Blatt Pergament, beschrieben von den kleinen Füßen der Vögel, der Füchse, der Hasen.

Als die einfältige Schwester Duvelina im Frühjahr durch die frisch gezogenen Ackerfurchen spaziert und ein leises Fiepen hört, kniet sie sich hin und entdeckt einen Wurf kleiner Kaninchen, die Hälfte nur noch roter Brei, die andere Hälfte nackt und zitternd. Danach bewegt sie sich wochenlang mit äußerster Vorsicht, bis die Kantorin Scholastica sie eines Tages, als die anderen schon hinauseilen, im Brunnenhaus aufhält, in ihre Tasche sieht und dort vier schnüffelnde Nasen und acht glänzende Augen findet. Wie liebevoll, denkt Scholastica. Wie warm es diese verwaisten Babys dort sicher haben, so dicht an Duvelinas Körper. Und dann ist ihr, als wäre sie für einen Augenblick in Duvelinas Geist, ein wundersamer Ort ohne Worte, doch erfüllt von einer so jähen Schönheit und einer so durchdringenden Liebe, dass sie nur körperlich empfunden werden kann – atmende Wärme und bebendes Glück. Scholastica tut, als hätte sie nichts gesehen. Und als eines Nachts, nicht lange nach dieser Entdeckung, ein dumpfes Geräusch zu hören ist, kurz darauf vier kleine Kaninchen die Dormitoriumstreppe hinunterhoppeln und Scholastica aus dem Bett springt, um hinter ihnen herzurennen, verrät ihr das kaum unterdrückte Lächeln auf den Gesichtern der sich schlafend stellenden Nonnen, dass noch andere, wenn nicht gar alle von Duvelinas Geheimnis wussten, aber niemand etwas verraten hat.

Ein heißer Sommer, und Asta hat zusammen mit den Schmiedinnen und den Schreinerinnen merkwürdige große Apparaturen mit Flügeln gebaut und sie auf dem Weinfeld am Ende jeder Rebenreihe im Boden verankert. Schon beim kleinsten Windhauch drehen sie sich, reflektieren flirrend das Sonnenlicht und erzeugen ein konstantes Surren, das die Kantorin mit ihrem feinen Gehör so justiert hat, dass es wie ein nie endendes, vielstimmiges Lied klingt, ein beruhigender Gesang, der selbst nachts nicht verstummt. An manchen Abenden fühlt sich Marie, während sie in den Schlaf gleitet, wie ein Kind im Schoß seiner Mutter, sanft in den Schlummer gewiegt. Diese singenden, flirrenden Gebilde sollen Vögel verjagen, und sie funktionieren so gut, dass die Traubenernte mehr als reichlich ausfällt und die Nonnen sie beinahe nicht mehr verarbeiten können; die Schreinerinnen bauen eifrig Holzfässer, und selbst Marie kommt zum Maischen zu den großen Bottichen, zieht zur allgemeinen Erheiterung die Holzschuhe aus und lässt ihre Füße in den süßen Schlamm aus zerstampften Trauben sinken. Die Zinsbäuerinnen singen und klatschen, und Marie vergisst einmal ihr würdevolles Auftreten und tanzt mit den anderen Nonnen, den jungen und den alten, und sie stampft und rutscht aus und lacht, bis ihr ganz flau im Bauch ist und sie nur mit Hilfe aus dem Bottich steigen kann, über und über mit Traubenschlamm bedeckt.

Sie badet, und als sie sauber und glücklich in ihre Wohnung kommt, erwartet sie dort Post von Eleonore. Es ist ein merkwürdiger Brief, unter der ruhigen Oberfläche der Worte liegt etwas Aufgewühltes.

Die Gerüchte, die ihr bereits ihre Spioninnen zugetragen haben, sind wahr: dass der Königin liebstes Kind, das schließlich gegen Lösegeld freigekauft wurde und in königlichem Zorn gegen jene wütete, die seine lange Abwesenheit ausgenutzt hatten, bei einem Unfall ums Leben gekommen ist, durch einen blind auf die Engländer abgeschossenen Pfeil, der das königliche Rückgrat traf. Ein großer Löwe, durch den niedersten Wurm zur Strecke gebracht. Auch die liebste Tochter der Königin, Johanna, ehemals Königin von Sizilien, ist gestorben, mittellos und verlassen, Nonne in letzter Minute; kurz bevor sie im Kindbett starb, legte sie das Gelübde ab.

Und kurz bevor die Heilige Jungfrau Johanna an ihre Hand nahm, waren die beiden ältesten Töchter der Königin gestorben, die sie bei ihrer Flucht aus dem Bette Frankreichs in das von England zurückgelassen hatte, jedoch von Herzen liebte.

Von den zehn Kindern, die Eleonore geboren hat, sind nur noch zwei am Leben, und jene beiden sind die mit Abstand am wenigsten geliebten. Und der Schlimmste von ihnen, der so schwache wie skrupellose Jungadler ohne Liebe zu Gott im Herzen, ist der Erbe Englands, jener großen Insel. Das Unheil wird seinen Lauf nehmen.

Die alte Königin werde bald ihre letzte lebende Tochter besuchen, Eleonore; obwohl sie fast achtzig Jahre alt ist, wird sie ins südliche Kastilien reisen, das Herrschaftsgebiet ihrer Tochter, um eine ihrer beiden Enkelinnen als Königin von Frankreich auszuwählen. Die Respekt einflößende alte Eleonore. So etwas brachte nur sie zustande.

Doch in ihren Worten schwingt so viel Kummer mit, dass Marie ein Schauder über die Haut fährt.

Eleonore ist beinahe eine gebrochene Frau; beinahe, aber noch nicht ganz.

Wie menschlich die Königin auf ihre alten Tage doch geworden ist, aber vielleicht auch nur ihrer Vertrauten Marie gegenüber. Einst leuchtete sie wie das Angesicht der Sonne, sodass es unmöglich war, sie direkt anzusehen, jetzt kann Marie durch ihr Gesicht hindurch in ihr Innerstes blicken. Sie hatte Eleonore immer aufspüren und sich zu ihr vortasten wollen, doch Eleonore ist im Grunde gar nicht weit von Marie entfernt.

Genau das hat sich Marie immer gewünscht. Jetzt fühlt es sich an wie ein Verlust.

Mit eiligerer Schrift schreibt Eleonore am Ende des Briefes, sie habe geträumt, dass sie auf dieser Reise ums Leben kommen werde, dass man sie erneut gefangen nehmen und sie daraufhin vor Kummer sterben werde, deshalb bitte sie die fromme Marie, für ihre Königin zu beten und ihr mit ihrer gesegneten Einsicht zu verraten, ob sich ihr Traum bewahrheiten werde.

Und Marie blickt kraft ihrer visionären Gabe in den langen Korridor der Zukunft, sieht den Tod der Königin aber weder auf der Reise nach Spanien noch auf dem Rückweg. Das schreibt sie Eleonore, jedoch mit einer gewissen Strenge; die Königin solle sich zusammennehmen und tun, was sie tun müsse. Dann macht sie einen Witz, der Eleonore in seiner wohlbedachten Dummheit erzürnen soll. Sie wurde nach ihrer eigenen Mutter Aenor benannt: alia Aenor, die Königin, der keine Frau je glich, so ihr Geburtsname, die andere Aenor. In ihrem Brief nennt Marie die zweite Eleonore, die Königin von Kastilien und Tochter Eleonores, Alia Alia Aenor – besser eine verärgerte Königin als eine überängstliche.

Sie sehe indes sehr wohl, schreibt Marie zu guter Letzt, dass die auf den ersten Blick geeignetere Enkelin, die ältere und hübschere, nicht diejenige sei, die sie mit nach Frankreich bringen solle. Urraca sei zu zart; sie würde zugrunde gehen an all den Anforderungen, die man an sie stellen werde. Ihre unscheinbarere Schwester Blanche werde das Mädchen sein, das Generationen königlicher und heiliger Nachkommen gebären werde, denn auch wenn sie nicht die offensichtliche Wahl sei, habe sie den Geist und die Weisheit der Königin geerbt.

Sie schreibt nicht, dass das keine Vision ist, sondern die

Einschätzung einer guten Freundin, ein Mädchen, das einst bei ihr im Kloster zur Schule ging und dann in Kastilien in hohe Kreise einheiratete; sie kennt die königlichen Enkelinnen sehr gut.

Und vielleicht erkennt Eleonore das alles selbst in dem Mädchen, denn sie bringt tatsächlich Blanche und nicht Urraca mit nach Norden und schickt sie nach Paris, damit sie Königin der Franzosen werde. Anschließend kehrt die alte Königin erschöpft ins Kloster Fontevraud zurück.

Doch schon bald, zu bald, erhält Marie Post von ihrer Tante Ursule; die Königin habe sie angewiesen zu schreiben. Nur Ursule dürfe schreiben, nicht die Äbtissin, denn die Königin bereite sich aufs Sterben vor und ihr Geist beginne, durch die Zeit zu gleiten. In manchen Momenten halte sie Ursule für Marie. Ursule sei gar nicht klar gewesen, dass zwischen der kleinen Marie und Eleonore eine so tiefe Freundschaft bestehe, wie bemerkenswert, dass dem so sei. Man stelle sich nur vor: Die Königin habe ihr neulich sogar in einem eigenartigen Ton gesagt, sie liebe sie ebenfalls, aber nur so, wie man eine Schwester liebe, deshalb müsse sie sie fortschicken. Was es in Marie, in Eleonore und im Verhältnis der beiden doch alles Verborgenes zu entdecken gebe. Ursule wünschte, Marie wäre hier bei ihr, schreibt ihre Tante. Sie wünschte, sie könnten im Morgengrauen zusammen am Teich sitzen, beide blutjung, und die Tiere beobachten, die sich im Halbdunkel zum Trinken anschleichen.

Irgendetwas schlägt Marie die Luft aus den Lungen, und sie glaubt einen Moment lang, aufspringen, zum Stall rennen, losgaloppieren und ein Schiff anheuern zu müssen, das sie über den Kanal bringt, damit sie in Windeseile von der Normandie aus hinunterreiten und selbst an der Seite der Königin wachen, der großen Frau bis zu ihrem Tode zu Diensten sein kann.

Doch dann blickt sie auf und sieht Tilde, die mit den zu genehmigenden Manuskriptaufträgen wartet, und Goda, die ungeduldig die Nachricht von irgendeiner rätselhaften Seuche loswerden will, die einige der Kühe befallen hat, sodass sie ganz warm werden und an ihrem dicken, feuchten Zahnfleisch Abszesse bekommen.

Eine Biene mit dickem Pollenhöschen schmettert ihren Leib gegen die Wand.

Seufzend fährt Marie sich mit der Hand übers Gesicht. Sie schickt einen Gruß nach Hause. Ihr Körper bleibt im schlammigen Angleterre.

Marie wartet auf den Tod der Königin. Es ist ein qualvolles Warten.

Sie tröstet sich, so gut sie kann, durch die Annehmlichkeiten ihres geräumigen Äbtissinnenhauses mit den schneeweiß gekalkten Wänden, dem Kamin, der sie selbst an kühleren Abenden wärmt, der hervorragenden Küche und ihren eigenen Bediensteten, die ihr Speisen bringen, wann immer sie es wünscht, während die süßen Stimmen der Oblatinnen und der Schülerinnen von dem Ort zu ihr dringen, den sie ihnen zugedacht hat, aus den Klassenzimmern direkt unter ihren Wohnräumen. Von ihren horrend teuren Glasfenstern aus kann sie hinunter in den Kreuzgang und die Gärten sehen und ihre kleinen Nonnen überwachen.

Doch sie hat keinen rechten Appetit. In letzter Zeit lässt

sie das meiste von dem, was ihre Küchenmeisterin hinaufschickt, auf dem Teller, und ihre Muskeln fallen allmählich in sich zusammen. Groß ist sie noch immer, aber nicht mehr kräftig, und ihr Habit muss unten umgenäht werden, damit er nicht am Boden schleift.

In den Jahren des Wartens kommt eine gewisse Sprota ins Kloster, eine Novizin von bemerkenswerter Schönheit: volle Lippen in einem runden Gesicht, helle Haut und helles Haar, beides golden mit einem Hauch von Rosa, und die Augen so groß und von einem so blassen Blau, als wollten die Iriden sich unsichtbar machen; Marie muss an Dotter denken, die mit dem Eiweiß verquirlt wurden. Als sie ihr in der Stadt in der Kathedrale zum ersten Mal begegnet, ist sie gerührt von der bemerkenswerten Schönheit des Mädchens und der gefühlvollen Verabschiedung seiner Familie, deren Mitglieder ihr alle wehklagend und weinend Adieu sagen. Die Furcht durchfährt sie wie ein Blitz; all die Jahre hat sie sich vor einer zweiten Avice geängstigt, einem weiteren Schlag gegen die Grundfesten dieses Klosters, die sie mit so viel Geduld errichtet hat. Doch die Art, wie das Mädchen die Gunstbezeigungen mit vorgerecktem Kinn und in einer Haltung ruhiger Erwartung annimmt, wie es die blasse Hand hebt und wartet, bis es nacheinander von allen geküsst wurde – da ist etwas an diesem Mädchen, was Marie aufwühlt, und schon bald wird ihr klar, dass Sprota kein Nachhall von Avice ist, sondern etwas ganz Eigenes, eine andere Art von Gefahr. Und als die Mutter des Mädchens, eine Frau mit erpichter Miene und ausladendem Busen, sich erdreistet, der Äbtissin ganz nahe zu kommen und ihr ins Ohr zu flüstern, dass ihre Tochter etwas ganz Besonderes sei, eine Gesegnete, die eines Tages wahrscheinlich heiliggesprochen werde und die man in erster Linie mit dem einer von Gott Gesegneten gebührenden Respekt behandeln, ja, als Perle des Klosters hüten müsse, kommen Marie noch weit düsterere Gedanken.

Marie sieht die Mutter an, der die Zeit im Vergleich zu ihrem frischeren Ebenbild alles Zarte genommen hat, und behält für sich, dass die Schönheit eine große Betrügerin ist, die es schwerer macht und nicht leichter, einer Heiligen ähnlich zu werden, und dass Frauen es normalerweise erst dann werden, wenn die Zeit ihnen den Tau der Jugend vom Körper geleckt hat und sich die kleinen Demütigungen und Male des Alters durch die Haut in die Knochen drücken.

Sie sagt nur nüchtern, ja, man werde Sprota ebenso gut behandeln wie alle Novizinnen. Jede der frommen Schwestern im Kloster sei eine Perle und werde entsprechend gehütet.

Jetzt, wo Sprota den weißen Novizinnenschleier genommen hat, spricht sie nur noch wenig, und wenn, dann mit hoher, gehauchter Stimme und ausschließlich in Bibelzitaten. Sie trägt ein beständiges Lächeln auf den Lippen; Marie erkennt darin etwas Hartes, wenn nicht gar einen feinen Hauch von Spott. Junge Nonnen, Schülerinnen und die anderen Novizinnen folgen ihr auf Schritt und Tritt und hängen förmlich an ihren Lippen. Wenn Magistra Torqueri sie dazu einteilt, mit den anderen Mädchen den Boden des Refektoriums zu schrubben oder früh zu den Kühen hinauszugehen und zu melken, kommt es vor, dass die Mägde Sprota die Arbeit aus den zarten Händen nehmen. Und wenn Torqueri dem Mädchen zur Strafe für diese Nachlässigkeit noch schwerere Arbeit gibt und sie auf ihren zarten Schultern das Joch trägt, mit dem sie Wassereimer ins Brunnenhaus bringt, stolpert sie und verschüttet dabei die Hälfte – vielleicht, wie Torqueri später unter vier Augen sagen wird, gar nicht so versehentlich, sondern vielmehr, um nicht mehr so schwer tragen zu müssen –, und dann sehen die anderen Novizinnen sie leiden und empören sich über die Last, die dieses liebliche Hälmchen ins Straucheln bringt. Doch Sprota wird ihre weiche weiße Hand heben und sagen, nein, sie genieße die Schwäche, genieße Schmähungen, Not, Schikanen und Mühen. Denn wenn sie schwach sei, sei sie stark.

Die Gesichter der Novizinnen sind wie erleuchtet, und Marie, die Sprotas Worte im Vorbeigehen mithört, bekommt plötzlich Angst, im Kloster könnte ein Kult entstehen. Marie spürt einen Teil ihrer alten Kraft zurückkehren. Sie findet immer dann zu ihrer besten Form, wenn es jemanden gibt, gegen den sie kämpfen kann.

Und dann eines Nachmittags hört Schwester Pomme, noch immer die leitende Gärtnerin, auch wenn sie inzwischen so alt ist, dass sie vornübergebeugt geht, wie das Mädchen leise zu den Bienen predigt. Sie spricht von der Wüste, vom Rauch aromatischer Gewürze und von mannigfaltigen Düften, sie spricht von Lilien inmitten eines Dornenbuschs. Dass sie ausgerechnet aus diesem gottlosen alten Lied predigt, sagt Pomme atemlos zu Marie, nachdem sie den Hügel hinaufgestiegen ist.

Oh, aber es ist ein sehr heiliges Lied, kein bisschen gottlos, sagt Marie. Es ist von allen heiligen Texten mein liebster, das Hohelied.

Tja, also ich bekomme davon so ein komisches Gefühl im Bauch, sagt Pomme. Und dieses Gefühl ist die Ruchlosigkeit meines Körpers. Das mag ich nicht.

Mir geht es genauso, aber ich mag es sehr – das sagt Marie nicht.

Von ihrem Fenster aus sieht sie Sprota, die mit ausgestreckten Armen vor den Bienenkörben steht und die Handflächen der Sonne zuwendet, und das Träubchen ihrer Anhängerinnen, die sich hinter ihr versammelt haben, nur fünf an der Zahl, doch sie stehen Schulter an Schulter und halten einander in gemeinsamer Bewunderung des Mädchens fest an den Händen.

Marie geht hinunter in den Garten, stellt sich auf die andere Seite der Mauer und lauscht Sprotas Worten. Sie ist eine hervorragende Rednerin; sie spricht ruhig und klar, wenn auch ihre Botschaft, die Welt durch Arbeit zu lieben, wie die Bienen die Blüten auf einer Wiese lieben, nicht direkt revolutionär ist, doch das Mädchen gebraucht seine Stimme wie eine Laute und weiß in jedem, der ihm zuhört, Gemütsregungen zu wecken. Als Sprota fertig ist, lässt sie die Hände sinken und scheint aus einer Trance zu erwachen; blinzelnd und mit einem schüchternen Lächeln lässt sie sich von ihren Anhängerinnen, die sich um sie scharen, die Arme tätscheln und sagt, ach du liebe Zeit, sie erinnere sich nur noch daran, in den Bleichfeldern gestanden zu haben, und wisse gar nicht, wie sie zu den Honigbienen gekommen sei, was habe sie nur getan?

Doch Marie mit ihrem weiten Blick sieht klar und deutlich, dass Sprota früher oder später ihre eigenen Visionen haben wird. Und der Gegenstand ihrer Visionen wird ihr Aufstieg sein, denn ganz sicher wird sich die Kunde von dem lieblichen Wesen mit den Fähigkeiten einer Seherin verbreiten und Fremde verlocken hierherzukommen, um einen Blick auf das heilige Mädchen zu erhaschen, und damit diese Fremden den

Weg ins Kloster nicht entdecken, wird man das Mädchen in die Stadt bringen müssen, damit es dort spricht, und es wird vor seinen Zuhörern eine so lodernde Flamme sein, dass man seinen Namen auf der Welt lauter vernehmen wird als jenen des Klosters, dem es angehört. Wenn Sprota aufgrund ihres Ruhmes und des Geldes, das die Pilger mitbringen, eines Tages genügend Macht hat, wird zwischen ihren Visionen und denen von Marie eine Fehde entstehen. Die Äbtissin bückt sich, berührt mit den Fingerspitzen die violetten Stachelköpfe des blühenden Schnittlauchs und überlegt, was zu tun ist.

Nur Geduld, sagt sie sich. Ein Zornesausbruch, und alles, was du dir hier aufgebaut hast, könnte in sich zusammenfallen.

Eine Woche später verweigert Sprota das Abendessen. Stumm und reglos sitzt sie da.

Als die anderen Novizinnen sie mit Handzeichen fragen, ob sie faste, gebärdet sie zurück: Kein Fleisch von vierbeinigen Tieren. Gegen die Regel.

Als am nächsten Abend pikantes Hammelfleisch in Mandelsauce serviert wird, rührt der gesamte Novizinnentisch es nicht an, ebenso wie einige der jüngeren Nonnen. Maries alte Freundin Schwanenhals, die hervortretenden Augen zum Gebet geschlossen, isst ebenfalls nichts davon.

Ein Schlag ins Gesicht, so viel steht fest. Aber Marie hätte diese neue Entwicklung nach und nach vielleicht sogar akzeptiert, hätte sie nicht in die schweigenden Gesichter ihrer Nonnen geblickt und dort das unterdrückte Lächeln, das freche Hinüberschielen wahrgenommen, und hätte Sprota sie nicht aus halb zugekniffenen Augen angesehen.

Marie erwidert ihren Blick, ein Test, doch Sprota sieht nicht weg, und die Äbtissin erkennt, dass Sprotas Wille eine Mauer ist, hoch und massiv, und dass ihr eigener, eher wasserartiger Wille sie umgehen oder übersteigen muss, will sie etwas dagegen ausrichten.

Und schlimmer noch, als Marie am nächsten Tag hinaus in den Garten geht, um der Küchenmeisterin den Speiseplan für die kommende Woche mitzuteilen, beobachtet sie, wie die Küchenmeisterin heimlich zu Sprota hinübersieht, die tut, als würde sie Spinat pflücken, und daraufhin fast unmerklich nickt. Erst dann steht die Küchenmeisterin auf, geht zu Marie und präsentiert ihr einen Plan, in dem keinerlei Fleisch vorgesehen ist.

Zu dumm, dass die Ochsenschwänze jetzt vergammeln, sagt Marie trocken. Obwohl die Küchenmeisterin kreidebleich ist vor Angst und ihre Hände zittern, flüstert sie, ja, aber Sprota hat gepredigt, dass wir uns strenger an die Regel halten müssen, sie findet das alles so beängstigend lax hier unter angeblich frommen Frauen und prophezeit uns eine schwere Strafe, wenn wir unser Verhalten nicht korrigieren.

Geschickt, denkt Marie. Nun wird man alles Schlechte, was dem Kloster früher oder später unweigerlich widerfährt, als Bestätigung von Sprotas Prophezeiung auslegen: das durch einen Blitzschlag in Brand gesetzte Heu, das im Morast versunkene Lamm, das Loch im Dach, durch das es hereinregnet. Und irgendetwas passiert andauernd, das bleibt auf einem so großen Anwesen nicht aus.

Marie weist die Stallmagd an, ihr Pferd zu satteln, und reitet in die Stadt, um sich mit Ruth zu beraten, Almosenverteilerin und Herbergsleiterin. Ruth ist weise, aber auch wütend genug auf Marie, um klare Worte zu finden. Marie findet ihre alte Freundin in der Sonne sitzend, unter den leuchtend roten Rosen, die bis über die Herbergsmauer gewuchert sind. Ruths Bauch ist in ihren Schoß übergelaufen. Ihr Gesicht ist so füllig, dass es förmlich aus dem Wimpel quillt.

Ruth sieht Marie offenbar nicht. Marie tritt näher, bis sie die andere Nonne beinahe berührt. Sie senkt das Gesicht zu ihrem hinab. Ruth blickt ruhig ins Nichts. Schließlich murmelt sie in sich hinein, irgendetwas verdecke die Sonne; Ruth sei nach draußen gekommen, um frische Luft zu schnappen und die Menschen auf der Straße zu beobachten, und sie habe ihr eben noch auf die Wangen geschienen, doch jetzt müsse sie eine Hexe verflucht haben oder vielleicht hänge unsichtbar die schwarze Wolke eines Teufels vor ihr und nehme ihr das Licht.

Marie unterdrückt ihr Lächeln und sagt, nein, sie sei keine schwarze Teufelswolke. Vielmehr Ruths Mutter und eine Freundin, die sie von Herzen liebe. Eigenartig, dass Ruth nicht einmal damals, als sie beide Novizinnen waren und Ruthie heimlich kleine Püppchen aus Distelwolle und Lumpen bastelte, um sie nachts zu herzen, so kindisch gewesen sei wie jetzt.

Ruths Blick schnellt zu Maries Gesicht. Oh, kindisch, sagt sie, das sei ein hervorragendes Stichwort, denn was gebe es Kindischeres, als sich ein Priestergewand anzuziehen und seinen Schwestern falsche Sakramente zu spenden, als wäre die Messe nur ein Spiel und nicht von grundlegender Bedeutung für das ewige Leben. Sie solle sich schämen. Sie zittert vor Wut.

Aber wenn Ruth das derart aufwühle, sagt Marie milde, warum habe sie dann keine Briefe an die Kirchenoberen –

Doch Ruth fällt ihr ins Wort: Marie wisse sehr wohl, dass sie Briefe geschrieben habe, zahlreiche Briefe sogar, doch aus irgendeinem Grund habe Marie jeden einzelnen mit unversehrtem Siegel in die Hände bekommen. Es scheine, als stünden selbst jene, von denen man es am wenigsten erwarte, bei Marie in Lohn. Und selbst wenn sie die Briefe direkt in die Hände ihrer Empfänger gegeben habe, sei stets irgendetwas schiefgegangen.

Dann müsse Ruth ihren Trost vielleicht im Gebet finden, sagt Marie. Sie selbst könne sich vielleicht sogar gemeinsam mit Ruth hinsetzen und beten, dass all jene, die Böses tun, ihre gerechte Strafe bekommen. Sie könnten sich das Beten aber auch für später aufheben und einfach den wunderschönen Tag genießen, die warme Sonne auf der Haut, die Rosen und die Gesellschaft einer alten Freundin. Ein solches Schwelgen in irdischen Freuden sei nämlich ebenso eine Form des Gebets.

Aller Wut zum Trotz muss Ruth über Maries ketzerische Haltung lächeln.

Es ist immer eigenartig, sagt sie schließlich, eine so respekteinflößende Gottesfrau wie die Äbtissin derart sinnlich zu erleben.

Marie setzt sich zu Ruth, und gemeinsam atmen sie den Duft der Rosen ein.

Marie beginnt von Sprota zu erzählen. Auch wenn Ruth sie immer wieder die Stacheln ihres Zorns spüren lässt, merkt Marie, dass sie ihr zuhört. Während Marie spricht, beobachtet sie das träge Treiben auf der Straße: die weiße Gans, die mit ihrem Gefolge aus Junggänsen vorbeiwatschelt, das Kind, das sich hinter ein Reisigbündel hockt, um seine Notdurft zu verrichten, die schwer mit Rüben und Lumpen beladenen Wagen, die vorandrängenden Pferde und die große Traube von Menschen, die an den Toren der Almonerie auf eine milde Gabe warten. Daneben an der Ecke zur Gasse bewegt sich etwas Braunes, das Marie für eine riesige Ratte oder vielleicht auch mehrere hält, doch als es sich schließlich ins Licht bewegt, sieht sie, dass es zwei Schutz suchend zusammengekauerte Aussätzige sind, die Mutter mit fortgeschrittener Krankheit, Finger und Zehen teilweise abgefallen, die Nase zerstört und das Gesicht von großen Höckern übersät, und das Kind mit einem blinden weißen Auge und fehlenden Brauen. Zusammengekauert hocken sie da, zwei elende Häuflein Mensch. Eine Passantin in feinem schwarzem Leinen sieht die beiden ins Sonnenlicht kriechen und bespuckt sie, sodass ein großer, dicker Schleimbatzen auf ihnen landet, und die beiden kleinen Mädchen, die in Miniaturkopien des Kleides ihrer Mutter hinter ihr herlaufen, spucken sie ebenfalls im Vorbeigehen an.

Diese Szene lässt Marie verstummen. Ruth, der die Jahre der Freundschaft zu Marie ein Fenster in deren Seele geöffnet haben, kann für einen Moment ihre Gedanken lesen. Sie sagt nüchtern, die Eingebung, die Marie soeben gehabt habe, komme ihr eher teuflisch als göttlich vor.

Marie entgegnet, es könne keinen Zweifel an ihrer Göttlichkeit geben, denn wie sonst ließe sich erklären, dass das Kloster Schwierigkeiten habe, einen guten Mieter für das Häuschen mit Garten am anderen Ende der Stadt zu finden? Das sei göttliche Fügung. Sie habe den Weg gewiesen bekommen.

Und die beiden Frauen unterdrücken mit ernster Miene ihr Lachen und sehen zu, wie die Almosen ausgegeben werden und die Aussätzigen, die sich als Letzte zum Tor schleppen, mit gesenkten Köpfen ihre leeren Schüsseln präsentieren.

Bevor Marie ins Kloster zurückreitet, gibt sie Ruth genaue Anweisungen. Dann zieht sie die Frau an sich, die ihre Umarmung jedoch nicht erwidert. Nachdem Marie die Kränkung geschluckt hat und wieder auf ihr Pferd gestiegen ist, sagt Ruth schließlich zögerlich, sie liebe ihre Freundin Marie, doch sie verabscheue den Teufel, der sich der Äbtissin und ihrer ewigen Seele bemächtigt habe.

Beim Abendessen kann Marie Sprota, die förmlich leuchtet von der Überzeugung ihrer eigenen inneren Göttlichkeit, wieder ruhig ansehen.

Am nächsten Morgen beruft Marie die Schwestern zu einer außerordentlichen Versammlung ein. So viele Nonnen, denkt Marie, als sie in all die vor ihr aufgereihten Gesichter blickt; vielleicht stößt das Kloster allmählich an seine Grenzen. Sie wird erst wieder neue Nonnen aufnehmen, wenn andere verstorben sind. Immerhin, wenn irgendetwas hier eine Konstante ist, dann der Tod.

Sie erhebt sich, alle verstummen. Sie spricht. Erzählt in bewegenden Worten davon, was sie in der Stadt gesehen hat, von der armen aussätzigen Mutter mit ihrem Kind und wie sie angespuckt wurden, von diesen Menschen, deren Leben weniger gilt als das einer streunenden Hündin, deren Zitzen auf dem Boden schleifen. Dass die Aussätzigen in der Bibel liebevoll geheilt werden. Dass es die Pflicht der Nonnen ist, sich um die Elendesten auf Erden zu kümmern.

Die Gesichter der Nonnen glühen förmlich vor Güte, ach, wie Marie diese Frauen liebt.

Schließlich sagt sie, nach langen Stunden des Gebets sei ihr die Vision zuteilgeworden, am Rand der Stadt ein Leprosorium mit einem kleinen Garten einzurichten, auf dass sich das Kloster der Pflege jener elenden Seelen annehme. Und mit dieser Eröffnung tritt auf die Gesichter ihrer Nonnen ein eifriger Ausdruck, denn die meisten sind wahre Gottesfrauen, die ganz in ihrem Glauben aufgehen.

Marie fährt fort. Nach dieser Vision habe sie die ganze Nacht hindurch gebetet, um Führung bei der Auswahl jener zu erhalten, die sie in diesem Haus als leitende Leprosenschwester einsetzen wird. Sie habe die Nacht auf Knien in der Kapelle verbracht, und am Morgen habe sie die Antwort erhalten.

Sie hält einen Moment inne, um Spannung aufzubauen.

Die neue Leiterin des Leprosoriums, sagt sie, werde die liebe Novizin Sprota sein.

Marie sieht zu, wie sämtliche Farbe aus dem Gesicht des Mädchens weicht.

Sprota steht auf. Mit bewundernswert fester Stimme bedankt sie sich für die große Ehre, die die Äbtissin auf ihr Haupt gelegt habe. Doch leider sei sie nur eine Novizin, sie habe den Schleier noch nicht genommen und noch so viel zu lernen, bevor sie sich auf eine Stufe mit ihren frommen Schwestern stellen lassen könne. Sie sei am Boden zerstört, doch sie müsse noch einige Jahre hierbleiben und von ihnen lernen, bevor sie es sich erlauben könne, eine solche Verantwortung zu übernehmen.

Marie sagt, diese Bedenken habe sie bei ihrer Zwiesprache

mit Gott ebenfalls geäußert, doch sie habe die Antwort erhalten, das von Sprota ausgehende besondere Strahlen werde es den Nonnen erlauben, über die Tiefe ihres Unwissens hinwegzusehen. Jede hier habe es wahrgenommen, habe gesehen, dass Sprota selbst den Insekten der Erde zu Diensten sei. Und wegen ebendieses göttlichen Strahlens könne sie noch an diesem Nachmittag die Profess ablegen.

Sprota zögert, oh nein, sie sei doch nur ein Wurm, ein Mistkäfer, der solch einer großen Ehre nicht wert sei. Vielleicht solle lieber eine Nonne, die ihre Stärke bereits unter Beweis gestellt habe, das Leprosorium leiten. Die Subpriorin Goda sei in ihrer Frömmigkeit und Korrektheit die beste Wahl für diese Position.

Goda reckt stolz das Kinn vor, als sie diese leidenschaftlichen Worte zu ihrer Person vernimmt.

Lächelnd denkt Marie daran, dass daraufhin die Stelle der Subpriorin vakant wäre und eine Wahl ausgerufen werden müsste, um sie zu besetzen. Voll Bewunderung nimmt sie zur Kenntnis, wie abgefeimt Sprota im Kopf die Schachfiguren verschiebt.

Nein, was Sprotas Bescheidenheit doch für ein gutes Licht auf sie werfe, sagt Marie. So viel Demut, so viel Takt! Doch wie heiße es so schön: Wer sich selbst erhöht, wird erniedrigt; wer sich aber selbst erniedrigt, wird erhöht werden.

Und weil sich jeder weitere Protest verbietet, füllen sich die Augen des Mädchens mit Tränen. Jene, die sie lieben, verstehen sie als Tränen der Frömmigkeit und der Rührung.

Vor der Non wird ein Wagen mit Bier, Wein, Mehl und anderen Lebensmitteln sowie mit Wäsche und Leinenmatratzen beladen, und die Anhängerinnen des Mädchens versammeln sich, überglücklich, sie derart erhoben zu sehen, und noch dazu so prompt. Neben Sprota sitzt eine schmale, mausgraue Magd, die Marie nach ihrer Ankündigung förmlich angesprungen und darum gebettelt hatte, mitgehen zu dürfen, und der jetzt, in nächster Nähe des schönen Mädchens, immer wieder die Röte in die Wangen steigt und ein Zittern durch die Glieder fährt.

Sie wird Ruth später mit verzweifelter Miene berichten, Sprota habe sich direkt nach der Ankunft im Hinterzimmer eingeschlossen – um zu beten, habe sie durch die Tür gerufen –, und als sie selbst den für die ersten Aussätzigen vorbereiteten Eintopf fertig gehabt habe, sei das Fenster des Mädchens offen und sein Pferd nicht mehr im Stall gewesen.

Schwanenhals kommt zu Marie, wütend und tränenüberströmt. Selbst wenn sie wollte, könnte sie nicht schreien, doch ihr Flüstern ist noch schlimmer. Du warst das, sagt ihre alte Freundin. Du und dein ruchloser Stolz. Du konntest nicht ertragen, dass es hier außer dir noch eine Prophetin gibt. Du musstest dir deine Konkurrentin vom Hals schaffen.

Was für ein Unsinn, sagt Marie leichtherzig, habe ich etwa Sprotas Fenster geöffnet und ihrem Pferd einen Tritt gegeben, damit es losläuft?

Marie schreibt an die besorgte Familie der abtrünnigen Nonne. Ein Lichtblick sei immerhin, dass Sprota sich nicht mit Aussatz angesteckt habe, doch leider sei sie von falschen Vorstellungen ihrer eigenen Heiligkeit befallen gewesen, die ihr, wie sich herausgestellt habe, der Teufel in den Kopf gepflanzt habe.

Das Schweigen, das ihr als Antwort entgegenschlägt, ist der Beweis, dass sie der Flüchtigen Unterschlupf gewähren, und es bedeutet auch den Verfall der ansehnlichen Mitgift, die Marie dazu einsetzen wird, das Leprosorium zu unterhalten.

Es ist Schwanenhals – unscheinbar, still und alt, jetzt wo ihr Zorn verraucht ist –, die sich freiwillig bereit erklärt, an Sprotas Stelle das Leprosorium zu leiten. Sie erzählt Marie im Vertrauen, dass sie eine Schwester hatte, die an dieser Krankheit gestorben ist. Es sei garstig, gepeinigt zu werden, während der eigene Körper zerfällt. Die meisten Aussätzigen, verstoßen, schutzlos, hungrig und verhasst, hätten es viel schwerer als ihre Schwester, die bis zu ihrem Tode geliebt und umsorgt worden sei. Sie werde sich liebevoll um ihre Aussätzigen kümmern, damit sie sauber, satt und sicher sind, sagt sie.

Marie sagt, Schwanenhals sei wahrhaftig gut, und berührt die Hände der Frau.

Schwanenhals lächelt. Ach, nur sei sie natürlich keine Heilige, sagt sie. Bloß eine alte Frau mit Mitleid im Herzen. Eine recht gewöhnliche Form von Güte.

Marie erwidert sanft, um ihren Worten den Stachel zu nehmen, eine solche Güte könne nur jenen gewöhnlich erscheinen, die Heiligkeit an Orten sehen, wo es sie nicht gibt.

An den Kalenden des Aprils erwacht Marie, und alles ist still. Die Stille gleicht jener kurz nach dem Verstummen einer läutenden Glocke, und sie weiß, dass Eleonore in dieser Nacht gestorben ist.

Alles wirbelt herum, Marie befindet sich im freien Fall. Woraus fällt sie? Aus einer Hand, die sie lange Zeit gehalten hat. Das Mondlicht sticht dolchgleich in ihr Zimmer. Sie hört, wie um sie herum ihre Schwestern aufstehen, beten und Brot backen; sie ist nicht allein auf der Welt. Sie ist mutterseelenallein.

Für einige Tage verliert die Welt sämtliche Bedeutung. Marie liegt im Äbtissinnenbett, und plötzlich kommt ihr das absurde Bild vor Augen, ihr Körper wäre eine Federmatratze, aus der händeweise Daunen herausgezogen werden.

Sie hat nie herausgefunden, wer Eleonores Spionin sein könnte, und dieses Versagen erfüllt sie jetzt mit Zorn.

Eine Woche später sitzt sie an ihrem Schreibpult. Der Brief, der den Tod der Königin bestätigt, liegt offen vor ihr. Tilde schaut angestrengt in die Rechnungsbücher, doch Goda starrt von der anderen Seite des Zimmers zu ihr herüber. Sie hebt den Kopf und schnüffelt. So wie sie unsichtbare Gefühlsregungen wittern kann, hat Goda etwas von einem Hund.

Alle Menschen sind wie Gras, sagt die Subpriorin plötzlich unvermittelt, und ihre Herrlichkeit ist die der Wiese; das Gras ist verdorrt, die Blüten abgefallen, aber des Herrn Wort bleibt in Ewigkeit. Ihre Stimme bebt. Sie verdreht die Augen zur Decke von Maries Arbeitszimmer, die in diesem Augenblick verabscheut, wie makellos sie ist, so hoch, strahlend weiß und vollkommen frei von Rissen.

Danke, Goda, sagt Tilde erstaunt; Marie dagegen spart sich eine Antwort.

Vielleicht, würde Marie später erstaunt überlegen, hat sie die Trauer um die Königin ein Stück weit in den Wahnsinn getrieben.

Man sagt ihr, sie habe sich einen Tisch gepackt und zu Boden geschleudert, habe Manuskripte, Kerzen und Tinte durcheinandergeworfen, doch daran erinnert sie sich nicht. Als sie durch den Kreuzgang geht, macht sich ihr Fuß selbstständig und befördert eine Katze über die Mauer. Es tut ihr kein bisschen leid. Katzen waren ihr schon immer verhasst. Einmal, als sie ihren Nonnen gerade vorliest, hält sie mitten im Satz inne, blickt unverwandt über ihre Köpfe hinweg und zählt innerlich langsam bis hundert, und sie warten, denn genau so sieht sie aus, wenn sie eine Vision hat, doch statt das göttliche Strahlen nach außen zu kehren und etwas zu verkünden, schließt sie die Augen und kippt um wie ein Baum.

Als Wulfhild unerwartet und nur wenige Wochen nach Eleonores Tod Witwe wird – eine tragische Geschichte, ein Vogelnest im Dachgesims, eine wacklige Leiter, ein Sturz auf die Straße und schließlich die trampelnden Hufe eines vorbeipreschenden Mistwagengespanns –, reitet Marie in die Stadt, nimmt die weinende Frau in die Arme und küsst sie auf die Scheitelkrone, und sie spürt, wie ihr Kummer die Trauer dieses ihres Herzenskindes noch verstärkt. Wulfhilds Töchter scharen sich um die beiden. Sie betet mit ihnen, für sie, bis sie alle auf ihr einschlafen, und Wulfhild spricht die ganze Nacht von dem, was sie verloren hat, ihren liebsten Gefährten, die sanfteste Seele, die je auf Erden gelebt hat. Marie hört zu, auch wenn es für sie insgeheim auch ein Trost ist, dass Wulfhild teilweise nachvollziehen kann, wie es Marie geht, und sie nicht gezwungen ist, ihre eigene Verzweiflung allein zu tragen.

Sie reitet jetzt jeden Tag zwischen der Sext und der Non, bei jedem Wetter. Im dauerverregneten April und im nebligen Mai, durch die Felder und immer wieder im Kreis, getrieben von dem Wunsch, ins Dickicht des Waldes einzutauchen.

Sie träumt von tagelanger Jagd, davon, einer Blutspur bis zum Versteck eines erschöpften, waidwunden Tiers zu folgen, von der Raserei des Tötens und dem warmen Blut an den Händen. Das arme Pferd trottet weiter.

Sie versucht, ihr Leid in Form von Worten zu berühren, doch es ist, als wollte man nach einer Wolke greifen.

Stattdessen sinniert sie beim Reiten über Gott. Ihr fällt jetzt auf, dass Gott wohl am ehesten wie die Sonne am Himmel ist, die tagsüber aufgeht und nachts schläft, immer und immer wieder neu; sie ist warm, strahlt ihre Wärme und ihr Licht aus und ist doch zugleich kühl und fern, denn sie hat Bestand, während die Menschen, die ihrerseits die Erde mit Leben erfüllen, leben und sterben, und sie kümmert nicht das eine noch das andere, sie ändert nicht ihre Bahn, lauscht nicht den Lauten unter sich auf der Erde und kann gar nicht innehalten, um überhaupt Notiz von menschlichem Leben zu nehmen; sie schüttelt ab, was wir ihr an absurden Geschichten anheften wollen und existiert nur als sie selbst, strahlend, fern und bedeutungslos.

Es ist die Aufgabe von Heiligen und Engeln, sich für jene Menschen einzusetzen, die darunter im irdischen Schmutz wühlen müssen, schmutzige kleine Kreaturen, die Gott wie der Sonne in ihrer Erhabenheit wie zappelnde Insekten erscheinen müssen, und deren Geschrei zu leise ist, um ihre Worte zu verstehen.

Der Juni vergeht, dann der Juli. Auf einem ihrer Ausritte sieht Marie, dass der Fluss, der die Brauerei versorgt und die Exkremente unter der Latrine wegspült, in der Augusthitze trockengefallen ist. Nachdenklich reitet sie flussaufwärts bis zu der Stelle, an der er im Wald verschwindet. Selbst über dem ausgetrockneten Flussbett wuchern dichte Beerenhecken, die dem Pferd die Haut zerkratzen, bis das arme Ding von kleinen rubinroten Perlen übersät ist.

Hinter dem Gestrüpp stößt sie schließlich auf den Wald, und jenseits davon auf die innerste Straße des Labyrinths.

Der Fluss ist an dieser Stelle so gut in den unterirdischen Tunneln verborgen, dass man ihn hier gar nicht vermuten würde. Auf der anderen Straßenseite taucht sie erneut in eine Dornenhecke ein, hinunter in das Flussbett, und arbeitet sich auf die andere Seite des Waldstreifens vor, durch so dichtes Dickicht, dass sie sich auf ihrem Pferd nach vorn beugt und die Beine hinten hochlegt und das kräftige Tier sich mit eingezogenem Bauch ächzend zwischen den dicht an dicht stehenden Bäumen hindurchwindet. Und schließlich wieder hinaus auf eine Straße. Die Stute, die in ihrem Leben schon beherzt in so manche blutige Schlacht gezogen ist, scheut, als sie zum dritten Mal in die Dornen vorstoßen soll, doch Marie redet mit Engelszungen auf sie ein und treibt sie an, bis sie ihrem stärkeren Willen nachgibt. Noch vier weitere Streifen dichter Wald, vier weitere Straßen, dann ist sie außerhalb des Labyrinths.

Die Bäume hier sind gedrungen, der Boden schlammig. Das muss das Land der Krone sein, sagt sie sich, während die Hufe ihres Pferdes im Morast einsinken. Sie bindet das Tier an, kickt die Holzschuhe weg und watet zu Fuß weiter, auch wenn der Schlamm unter ihren nackten Sohlen und an ihren Unterschenkeln schmatzt.

Schließlich gelangt sie zu einer so breiten und ungewöhnlichen Lichtung, dass sie sich die Augen reibt und ein zweites Mal hinsieht. Es ist ein Sumpf, mit verkrüppelten Bäumen, die wie Hände an einem niedrigen Himmel kratzen, mit üppigen grünen und braunen Schilfbüscheln und kümmerlichem Gras. Schließlich fällt ihr Blick auf die seltsamen blauen Steine, die den Sumpf wie eine Schale ringsherum einfassen.

Sie spürt das Brennen in ihren Fingerspitzen, doch kurz bevor es durch den ganzen Körper fährt, verschwindet es wieder, und es ist unklar, wie sie später schreiben wird, ob das, was sie sieht, ein neuerliches Geschenk aus den Händen der Heiligen Jungfrau ist oder einfach nur eine Vision, die ihr eigener Geist hervorgebracht hat.

Doch eines sieht sie: Die Feuchtigkeit wird aufgestaut werden, genau an der Stelle, wo sie steht. Hier, wo aus dem sumpfigen Boden schließlich der Fluss entspringt, werden große hölzerne Schleusen stehen, mit Eisenrädern zum Heben und Senken der Schleusentore, sodass sich die große Steinschale mit Wasser füllen und eine Art See werden würde. Und wenn er weit genug aufgestaut ist, könnte man den Fluss dann zu egal welcher Jahreszeit fließen lassen. In den heißen Monaten könnten die Schafe nach Herzenslust trinken und müssten keinen Durst mehr leiden, sie könnten bis zu den Knien im Wasser stehen und sich abkühlen, und die sommerliche Geräuschkulisse des Klosters würde durch das liebliche Plätschern von fließendem Wasser ergänzt. Ruhig und gleichmäßig würde der Fluss unter dem Brauhaus hinwegfließen, sodass es im Kloster sogar im Sommer frisches Bier und frischen Met gäbe, während sie sich im Moment mit dem Bier und dem Wein vom letzten Jahr begnügen müssen. Er würde die stinkenden Ausscheidungen der Nonnen mit sich forttragen.

Und es ist eine gute Vision, wenn auch vielleicht keine heilige. Sie erfüllt sie mit ihrem glühenden alten Ehrgeiz.

Aus diesem schlammigen, stinkenden Morast, diesem Sumpf, wird sie etwas Nützliches machen, einen See. Und auch wenn es nicht ihr Land ist, das sie unter Wasser setzen will, so gibt es doch etwas Zorniges in ihr, das bereit ist, ihren eigenen Willen dem der Krone entgegenzusetzen, jener Krone, die es noch immer wagt zu existieren, obwohl diejenige, die ihre beste Verkörperung war, von Gott aus diesem Leben abberufen wurde. Wenn sie könnte, würde sie sie in ihren Händen zerdrücken.

Asta sagt, ein solches Projekt sei durchaus machbar; sie ist geistig wach wie eh und je, das schmale Gesicht bis auf die feinen Netze aus Fältchen in den Augenwinkeln kaum gealtert. Sie bebt vor Aufregung. Federt auf und ab.

Tilde protestiert; sie könnten, sie dürften kein Land fluten, das ihnen nicht gehöre, das käme Diebstahl gleich, doch Marie ist schon dabei, zur Veranschaulichung ihre Pläne zu skizzieren, und niemand hört auf die Priorin.

Wulfhild runzelt die Stirn. Schon wieder ein neues Bauvorhaben. Das sei eine große Belastung, sagt sie. Und warum müssen sie überhaupt immer mehr wachsen? Warum muss dieses Kloster sich immer weiter in das Land hineinfressen? Marie werde nicht eher Ruhe geben, bis sie diese gesamte matschige Insel unter Kontrolle habe, sagt sie. Sie ist laut geworden. Schon jetzt kommt Wulfhild vor Arbeit keine Minute zur Ruhe, schon jetzt sind die Nonnen so wohlhabend, dass ihr Reichtum Unmut erregt; als Tuchspenden gab es für die Armen in diesem Winter so gute Wollsachen, dass nicht einmal wohlsituierte Hausfrauen sie sich leisten können, und es wurden Beschwerden laut, dass die Armen nicht umsonst erhalten sollten, was die rechtschaffenen Leute nicht in der Lage seien zu kaufen.

Die Zeit ist ungnädig zu Wulfhild gewesen. Jahrzehntelang war sie tagein, tagaus für das Kloster unterwegs, löste Konflikte, bekam Wut, Verbitterung und böse Worte ab und trieb Geld ein, während die Sonne gnadenlos auf sie herabbrannte, und zuletzt ließ die Trauer sie noch schneller altern. Sie hat tiefe schwarze Ringe unter den Augen, und an ihren Mundwinkeln, unter ihren Ohren und ihrem Kiefer haben sich seltsame Hautsäcke gebildet. Seit sie Witwe ist, begleiten sie ihre beiden ältesten Töchter, die junge Wulfhild und Hawise, sie sind ihre Stellvertreterinnen und übernehmen die Arbeit, die ihre Mutter nicht mehr schafft. Alle drei umweht ein leicht beißender Geruch; ihre glänzenden Ledersachen sind mit den Ausdünstungen ihrer Leiber und der Pferde, mit dem nasskalten Wetter, der torfigen, feuchten Landschaft und dem Geruch der riesigen Hunde imprägniert, die sie zu ihrem Schutz mitnehmen. Wenn Marie Wulfhilds Töchter mehr als nur flüchtig ansieht, verschlägt es ihr den Atem: Sie haben das Gesicht ihrer Mutter, als sie jung war, dieselben schwarzen Wimpernbüschel, dieselben rosigen Wangen.

Marie sagt, als läge es auf der Hand, dass sie das Kloster unangreifbar machen. Egal, ob eine Dürre komme oder die Brunnen trockenfielen, das Kloster werde stets Wasser haben. Die Nonnen könnten unter sich bleiben, unangetastet. Sie erinnert noch einmal an die Regel: Selbstgenügsamkeit.

Nur keine Sorge, sagt Asta, an und für sich sei es gar kein so großes Projekt. Nur ein Bruchteil der Arbeit des Labyrinths oder des Äbtissinnenhauses.

Wulfhild beugt sich vor. Für einen Augenblick baut sich etwas in ihr auf, erhebt sich der Wille der Gutsverwalterin gegen den von Marie. Die anderen Frauen im Raum halten die Luft an, als sie sehen, was sie sich nicht hätten träumen lassen, dass der Respekt einflößenden Marie jemand die Stirn bieten kann.

Doch dann poltert Goda in die angespannte Stille hinein, verschränkt die Finger und lässt die Knöchel knacken. Sie habe gerade drei Würfe kleiner Kätzchen ersäufen müssen, ein Jammer, aber geschieht den Katzen nur recht, den lüsternen kleinen Sündern. Sie gluckst. Dann sieht sie sich um und fragt, was los sei. Die Energie, die sich in Wulfhild aufzubauen begann, fällt in sich zusammen.

Wulfhild nickt. Sie wird tun, was Marie wünscht, sagt sie mit schwerer Stimme.

Etwas lauter sagt Tilde, dass Diebstahl von der Krone immer noch Diebstahl sei.

Sie stehlen ja nichts, gibt Marie barsch zurück; das Land bleibe, wo es immer gewesen sei, die Nonnen verwandelten es nur in etwas Nützliches. Tilde macht den Mund auf, schließt ihn wieder und macht ihn wieder auf. Dann verlässt sie der Mut. Sie schweigt.

Der Bau beginnt. Große Blöcke werden aus den Wänden des Steinbruchs geschlagen und mit Karren weggebracht, Bäume werden gefällt, Stümpfe ausgegraben, und über dem sumpfigen Boden wird eine Plattform gebaut, damit überhaupt gearbeitet werden kann. Die ersten Steinblöcke versinken sofort im Schlamm. Die kräftigsten Nonnen arbeiten zu Dutzenden, bewegen sich wie Ameisen über den Boden, denn alles muss schnell und leise vonstattengehen: Es ist zwar unwahrscheinlich, dass irgendjemand, der mit der Krone in Verbindung steht, ihr Treiben beobachtet, denn dazu müsste man in das Labyrinth vordringen oder mit scharfen Falkenaugen von einer kleinen Stelle auf einem kaum benutzten Trampelpfad auf der anderen Seite der Steinschüssel aus hinübersehen; schon einen Schritt weiter oder einen zurück ist die Sicht auf die Mauer von Bäumen verdeckt. Trotzdem ist es nicht ausgeschlossen, dass jemand zufällig etwas entdeckt und es weitererzählt, hat Wulfhild Marie leise erklärt, und auch wenn das Kloster ringsherum beliebter sei als die Krone, werde es hier immer auch Royalisten geben.

Zuerst werden zu beiden Seiten der Öffnung die Sockelmauern gebaut, auf denen der Damm wachsen wird; im Kloster hocken Schmiedinnen und Schreinerinnen gemeinsam auf dem Boden und betrachten ihre Skizzen im Staub, dann klingelt der Amboss, dann picken von früh bis spät die Hämmer, während ihre Echos die kühle Luft erfüllen. Die ersten Schneeflocken rieseln aus den Wolken, schmelzen auf den arbeitenden Nonnen und durchweichen ihren Habit. Tag für Tag reitet Marie hinaus, um sie bei Laune zu halten und ihnen warmes Essen zu bringen. Sie betet mit ihnen, und manchmal bleibt sie, bückt sich und setzt mit ihnen Stein auf Stein für die Außentreppe, über die man von oben an die Schleuse gelangt, denn die Äbtissin ist zwar alt, aber noch kräftig, und ihre Glieder und Muskeln lechzen nach dieser harten Anstrengung. Und wenn sich die Nonnen morgens nach der Prim zur Arbeit versammeln, treibt Wulfhild sie zu mehr Eile an, sagt mit ihrem verhärmten Gesicht, die Hände in der warmen Tunika, sie müssten fertig werden, bevor der

Winter vollends hereinbreche. Das Wasser steht wadenhoch, dann hüfthoch, und jetzt ist es bereits bis hinauf an die behelfsmäßige Mauer gestiegen, die es dort aufstaut, wo später die Schleusentore eingebaut werden; so vieles hat es schon verschluckt, das Gras, die Nester seltener Sumpfvögel, die Schlangenhöhlen und die Biberdämme. Das letzte Exemplar eines wundersamen roten Salamanders, der nur hier an diesem feuchten Ort zu finden war, wurde aus seiner Überwinterungshöhle geschwemmt und treibt tot auf der Wasseroberfläche, der Bauch von einem Vogel aufgepickt. Die verkrüppelten Bäume, klein, aber alt, die schon zu Zeiten der Römer und Dänen hier standen, sehen das Wasser steigen, bis es sich über ihren Wipfeln schließt. Eis schimmert an den Rändern des neuen Sees. Um die Schleusentore dorthin zu transportieren, wo sie eingebaut werden, braucht es vier Zugpferde, die sich Schulter an Schulter ins Zeug legen, doch die Nonnen haben Glück, denn der Boden ist gefroren, und das macht das Ziehen sehr viel weniger anstrengend, als es noch einen Monat zuvor gewesen wäre. Dann bringt ein heftiger Schneesturm erst einmal alles zum Stillstand, sodass die Nonnen ins dunkle, enge Kloster zurückkehren, und zuerst ist es eine Erleichterung, sie fühlen sich wie erschöpfte Arbeitspferde, die zu Hafer und Rast in den warmen, trockenen Stall gebracht werden, doch bald wird aus der Behaglichkeit ein Gefühl der Enge, und sie sehnen sich nach frischer Luft. Sie sehen die Eiszapfen vom Dach nach unten wachsen und träumen den Frühling herbei.

Dann endlich die herrliche Befreiung, ein Wetterumschwung, ein schimmernd kalter Tag, und aus dem Schnee ist so festes Eis geworden, dass man darauf gehen kann. Die

Nonnen stellen die Treppe fertig, arbeiten schnell, um sich warm zu halten; die Mauern der Schleuse stehen stabil im Boden, und die Schleusentore selbst, von Asta so klug entworfen, lassen sich leise und mühelos heben und senken. Asta lässt die Pferde an die Behelfsmauer anketten, die das Wasser zurückgehalten hat, und als sie ihnen das Kommando zum Ziehen gibt, reißen sie die Wand ein, sodass eine tosende Flut aus braunem Wasser aus der Schleuse peitscht, bis Asta das Tor hinunterlässt und sie in einen gleichmäßigen Fluss verwandelt. Obgleich es tiefer Winter ist, rauscht der Fluss munter durch sein Bett, unter den Straßen hindurch und auf die Felder, so ungestüm, als hätten ihn die Schneeschmelze und der Regen des Frühjahrs anschwellen lassen.

Viele Meilen entfernt in der klösterlichen Schafhürde werden die Schäfernonnen ein Donnern vernehmen, aufblicken und in der Ferne schäumend das Wasser durch das ausgetrocknete Flussbett heranrauschen sehen, und sie werden sich an eine Herde reiterloser Pferde in vollem Galopp erinnert fühlen und vorfreudig jauchzen.

Wulfhild steht neben Marie auf dem Damm, und gemeinsam blicken die beiden auf den großen See, der matt und grau vor ihnen liegt.

Marie betrachtet alles um sich herum. Das ist ihr Werk. Sie hat das getan, hat die Schale verschlossen und voll Wasser laufen lassen. In ihren Händen, Füßen und in ihrem Bauch breitet sich ein Strahlen aus.

Sie fühlt sich königlich. Päpstlich.

Doch Wulfhild neben ihr keucht. Sie hatte schon die ganzen Monate während der Arbeit einen Husten, und er ist tiefer geworden, hat begonnen zu rasseln. Marie sieht ihre Gutsverwalterin an und nimmt ihren Arm, und sie bemerkt, wie blass sie unter der Sonnenbräune ist, wie weit ihr robuster Körper abgemagert ist. Marie fragt besorgt, ob es Wulfhild gut gehe, doch sie spürt schon die Hitze, die ihre Haut abstrahlt.

Wulfhild sagt, sie sei bloß ein wenig krank, und versucht zu lächeln. Irgendetwas stimme nicht mit ihrer Lunge.

Sie habe so fleißig gearbeitet, sagt Marie. Sie müsse jetzt nach Hause gehen und sich ein wenig ausruhen. Und dann weist sie jemanden an, Nest zu holen, damit die Infirmarin sich in Wulfhilds Haus in der Stadt um die Verweserin kümmert, damit diese sich auch wirklich schont, denn Wulfhild ist nicht froh, wenn sie nicht im Auftrag des Klosters ausreiten kann.

Dann ziehen die Nonnen sich zurück, reparieren die in Mitleidenschaft gezogenen Straßen des Labyrinths, so gut sie können, bevor sie dann im Frühjahr noch einmal wiederkommen und junge Bäume und Sträucher pflanzen können, und sie gehen den Fluss entlang zurück zum Kloster. Die jüngeren Nonnen, begeistert vom tosenden weißen Wasser, das sie in Bewegung gesetzt haben, tanzen und singen, und die älteren Nonnen lachen und klatschen ihnen den Takt.

Weil dieser Tag das Ende der Arbeit bedeutet, hat sich Cellerarin Mamille mit den Küchenmeisterinnen abgesprochen, und gemeinsam haben sie ein fettes Schwein geschlachtet und gebraten, zu dem es buttrige Lauch-Pies und, das Köstlichste von allem, eine Suppe aus Milch und feinen Kräutern gibt.

Zwei Tage lang schickt Nest vorsichtige Nachrichten: Wulfhild sei recht krank, doch die Krankheit sitze nur in ihrer Lunge und breite sich nicht weiter aus.

Als Marie am dritten Tag zu Wulfhilds Haus hinausreitet, kommt Nest herunter in den Hof gerannt; ihr Gesicht wirkt vor Erschöpfung wie gealtert. Ohne Beatrix an ihrer Seite, die beruhigend auf sie einwirkt, sind ihre Schultern wieder bis zum Kiefer hochgezogen. Oh Marie, sagt sie, und dass es ihr wirklich leidtue, doch die Äbtissin könne Wulfhild gerade nicht besuchen, mehr als alles andere brauche Wulfie Schlaf.

Die ersten Schafe haben begonnen zu lammen, und Goda und ihre Helferinnen bleiben über Nacht in kleinen Verschlägen in den Schafhürden, die geschickt konstruiert sind und sich verschieben lassen. Oh, es sei durchaus nicht unbequem, sagt Goda zu Marie, als sie ihr dort einen Besuch abstattet, und immerhin stinke es nicht nach Füßen und Darmwinden wie im Dormitorium. Die Subpriorin wickelt das nasse, noch blutige, abgezogene Fell eines tot geborenen Lamms um ein verwaistes Lamm und bindet es mit einem Seil fest, und als das zitternde Lämmchen die Nase seiner neuen Mutter berührt, stößt sie einen Schrei aus, der fast so klingt wie der einer Frau in den Wehen.

Die Luft ist feucht von Nieselregen, der immer stärker wird, bis er schließlich graupelartig niederprasselt. Marie geht durch den Schlamm zurück, denkt an das lebende Lamm in der Haut des toten und überlegt, ob das wohl ein Omen sei und wenn ja, was für eins.

Im Brunnenhaus trocknet sie sich ab, dann überlegt sie es sich noch einmal anders, lässt sich ein Bad herrichten und denkt an Wulfhild – wie angenehm so ein heißes Bad für ihren gepeinigten Körper doch wäre! Aber ihr ist klar, dass sie dieses Wohlgefühl nicht über den eigenen Leib hinaussenden kann – andererseits, wer weiß, vielleicht macht ihre alte Ahnin Melusine mit ihrer magischen Kraft eine solche Übertragung ja möglich, durch die Luft, denn auch dieses Zauberwesen wusste ein wohltuendes Bad zu schätzen. Wer kann schon sagen, welche unsichtbaren Wege ein solcher Zauber nimmt.

Wegen des Regens bricht die Nacht zu früh herein, sodass die Komplet der Vesper auf dem Fuße folgt. Marie liegt allein in ihrem Bett, bevor sie richtig müde ist. Irgendetwas durchdringt sie, ein dunkler Nebel über dem Land; irgendetwas Großes, Düsteres lauert jenseits von Maries Horizont. Der Regen peitscht gegen die Fenster.

Sie liegt im Bett, bis sie von draußen hektische Schritte hört und jemand wie wild die Glocke läutet, und sie steht auf und weiß, das Gefürchtete ist schließlich eingetreten. Sie wirft ihren alten Seehundmantel über, den sie bei Erledigungen außerhalb des Klosters immer trägt, rennt hinaus und durch den Obstgarten auf den Hof. Im Dunkeln herrscht Aufruhr, jemand schreit, der Fluss trete über die Ufer, die Zinsbäuerinnen brüllen etwas in ihrer schwer verständlichen Sprache, und eine von ihnen, das Gesicht im Dunkel der Kapuze verborgen, kommt näher und sagt zu Marie: »Ah, thiu armun Lambilin sterbent in theru Fluot.« Marie denkt an Goda und ihre Nonnen, die in der Schafhürde übernachten, und ihr ist, als würde eine kalte Hand in ihre Brust greifen und ihr Herz umschließen. Sie schickt Asta und drei kräftige Zinsbäuerinnen auf Pferden zur Schleuse, dann schnappt sie sich eine der Fackeln, die eilig angezündet werden, und rennt damit, so schnell sie kann, durch den dunklen, schräg herabpeitschenden Regen hinaus auf die Felder in Richtung der Schafhürde. Sie rennt und rennt; der Weg erscheint ihr endlos, und der Boden zieht an ihren Fersen.

Endlich zeichnet sich auf einer Anhöhe etwas Dunkles ab, und als Marie näher kommt: gerettete Schafe und Nonnen, die in die überschwemmten Felder laufen, um noch weitere zu retten, hüfttief im Wasser. In der Dunkelheit treiben blasse Flecken, ertrunkene Schafe. Marie watet hinaus ins eisige Wasser, das ihr bis zur Hüfte, bald bis zu den Rippen reicht. Die Kälte packt sie, der nasse Habit zieht an ihren Beinen. Sie entdeckt ein Mutterschaf, das auf einem anderen, toten Schaf steht und wie wild mit den Vorderbeinen rudert, und obwohl das Tier doppelt so groß ist wie ein Kind und in seiner Panik wild zappelt, nimmt Marie es in die Arme und trägt es in Richtung der Anhöhe. Zunächst ist alles dunkel, bis aus der Ferne eine Fackel näher kommt und plötzlich den fahlen Schein heller Wolle zum Vorschein bringt – die ganz oben auf der Anhöhe zusammengedrängten Schafe. Jetzt nähern sich noch weitere Fackeln, und sie sieht, dass das Wasser gestiegen und für die meisten Nonnen zu hoch ist, um sicher wieder herauszukommen; sie haben sich zu einer Traube zusammengefunden und klammern sich schluchzend aneinander. Marie ist nicht mehr so stark, wie sie einst war. Trotzdem geht sie noch einmal hinaus, taucht bis zur Brust ins Wasser und packt sich zwei Mutterschafe, eins unter jeden Arm. Noch einmal, noch einmal, noch einmal und dann noch einmal, und obwohl ihr das Wasser schon bis zum Hals steht, hält sie ein Lamm über dem Kopf, das vollkommen kraftlos ist, aber noch atmet.

Doch jetzt sieht sie Goda mühsam durch das Dunkel auf sich zukommen, ohne Schleier, den hat sie verloren, sodass ihr der Regen den kahl geschorenen Schädel herabströmt. Ihre Augen sind zu Schlitzen verengt, und sie brüllt, das reiche jetzt, aufhören, sie hätten schon genug verloren, sie könnten nicht auch noch die Äbtissin verlieren. Marie hört sich selbst schlottern, und ein Stöhnen steigt aus ihrem Inneren auf und durch ihre Kehle, ohne dass sie es verhindern oder ihre Zähne vom Klappern abhalten könnte. Sie legt den Kopf auf Godas Schulter, und die Subpriorin nimmt ihn in die Arme.

Ganz ruhig, sagt sie in ihrer englischen Muttersprache zu ihr, beruhige dich, meine Liebe, meine gute Äbtissin, so als rede sie einer unruhigen Färse gut zu, und Marie strömt der kalte Regen den Nacken hinab.

Am Morgen wird das ganze Ausmaß der Zerstörung sichtbar: drei Dutzend ertrunkene Schafe, ein Kalb, das zu klein war, um in Sicherheit zu schwimmen, und eine Nonne mit Wasser in der Lunge. Die Schleuse wurde gewaltsam zerstört, und, so Asta mit ernster Stimme, es werde drei Tage dauern, sie zu reparieren. Die armen durchnässten Schafe werden im Obstgarten in Sicherheit gebracht. Es sind tumbe Wesen ohne Erinnerung; vergnügt schnüffeln sie inmitten der Wurzeln nach Fallobst. Das doppelt in Lammfell gekleidete Lamm ist wie durch ein Wunder unversehrt geblieben. Es tollt herum, als hätte es den Geschmack von Verlust noch nicht kennengelernt.

Wulfhilds drei älteste Töchter kommen auf eigene Faust ins Kloster. Die junge Wulfhild, Hawise und Milburga. Sie stehen vor ihr, alle drei ernst und blass, und Marie in ihrem Kummer, ihrem Schuldbewusstsein würde sie am liebsten in die Arme nehmen. Hätte Gott ihr Enkelkinder geschenkt, dann wären es diese drei, Wulfhilds Töchter, die allein wegen Maries Stolz nun die Mutter verlieren.

Marie wartet ab, macht sich auf böse Worte und bittere Vorwürfe gefasst, weil die Mutter der drei sich ihretwegen halb aufs Totenbett geschuftet hat, doch die jungen Frauen schmiegen sich an sie und küssen sie; sie weiß nicht, warum sie sie noch lieben, sie verdient ihre Liebe nicht. Maries rasende Trauer um ihre große Liebe war es, die Wulfhild krank gemacht hat, Maries unermesslicher Stolz und ihre Arroganz.

Schließlich sagen sie, sie hätten sich die kaputte Schleuse angesehen, es sei eindeutig das Werk von jemandem, der im Auftrag der Krone gehandelt habe. Und dieser Kampf werde weitergehen, bis alles noch viel schlimmer werde, es sei denn, sie brächten denjenigen, der das getan habe, ein für alle Mal zur Strecke. Sie bitten Marie um Erlaubnis, sich darum kümmern zu dürfen. So etwas zieme sich nicht für fromme Frauen, und es werde den Mädchen ein Trost sein, denn der Damm und die Schleuse werden das Letzte sein, was ihre Mutter vollbracht habe. Tag und Nacht sei das Haus von Wulfhilds schwerem Röcheln erfüllt, ihr ganzer Körper sei aufgedunsen und ihr Blick entrückt. Sie seien froh, einmal rauszukommen, sie würden sonst noch wahnsinnig, sagen sie. Sie werden diejenigen finden, die die Schleuse zerstört haben, und dafür sorgen, dass so etwas nie wieder geschieht.

Marie warnt sie; wenn sie ihnen das erlaube, lasse sie zu, dass im Namen des Klosters Sünden begangen werden.

Die junge Wulfhild lächelt; sie hat spitze Eckzähne, genau wie ihre Mutter. Da ist sie, denkt Marie. Das dunkelste Stück von Wulfhild lebt in diesem Mädchen weiter.

Können sie nicht von Glück reden, sagt die junge Wulfhild, dass Marie ihre Beichtmutter ist?

Am nächsten Tag während der Vesper beginnt Marie zu fiebern, und schon beim Magnifikat ist ihre Leinenwäsche völlig durchgeschwitzt. Ihr Schädel fühlt sich an, als würde er dampfen. Beim Essen bekommt sie keinen Bissen hinunter. Sie hält eine Dienerin an, die mit einem Eimer Schmutzwasser vorbeieilt, und trägt dem erschrockenen Mädchen auf, im Stall Bescheid zu sagen, man solle ihr Pferd satteln, sie müsse dringend in die Stadt reiten.

Das Fieber, da ist sie sich sicher, will sie zu Wulfhild führen.

Die kühle Luft auf den Wangen tut gut, während sie reitet. Die Stadt liegt ruhig in der Abenddämmerung, alle sind nach Hause zu ihren Familien gegangen, um zu essen und sich zur Nachtruhe zu begeben. Jemand galoppiert vorbei, aber Marie erkennt das Gesicht im Dunkeln nicht.

Bei Wulfhild angekommen, wirft sie irgendjemandem die Zügel zu, rennt hinein und hoch in die hell von Kerzen erleuchtete Kammer. Während sie die Treppe hinaufeilt, hört sie ein Raspeln wie von einer Feile auf einem Amboss, und sie weiß, es ist der Atem der armen Wulfie.

Nest, die Wulfhild gerade ein nasses Tuch auf das aufgedunsene, blau angelaufene Gesicht drückt, sieht wie vom Donner gerührt hoch, als Marie ins Zimmer tritt. Die Äbtissin müsse wohl doch magische Kräfte besitzen, wie immer behauptet werde, sagt sie, Marie müsse geflogen sein. Nest habe doch erst vor wenigen Minuten Beatrix losgeschickt, um sie zu holen.

Von ihrem Kissen aus sieht Wulfhild Marie angsterfüllt an.

Im Halbdunkel stehen Wulfhilds Töchter, auch sie eben erst reingekommen, und es stinkt nach Pferd und Schweiß; Hawise hat einen dunklen Fleck am Strumpf, und der Saum von Milburgas Tunika ist voller Spritzer. Marie wirft ihnen einen kurzen Blick zu. Hawise, bleich und grimmig, nickt. Es ist vollbracht.

Marie neigt den Kopf. Sie wenden ihre Aufmerksamkeit wieder der armen Wulfhild zu.

Marie zieht ihre Schuhe aus und legt sich zu ihr ins Bett, dicht an die Wand, und ihre großen Füße ragen über die Kante hinaus. Sie zieht Wulfhild in ihre Arme und versucht, den Schmerz der Frau in sich selbst aufzunehmen. Wulfhild atmet jetzt etwas leichter und schließt die hervorgequollenen Augen. Ihre Töchter treten vor, und die Kleinste, die hübsche, rosige Ydon, streicht ihrer Mutter das Haar von den Wangen.

Marie sieht Nest flehend an. Zuerst schüttelt die Infirmarin den Kopf, doch als Marie standhaft bleibt und ihre Miene zum Befehl wird, senkt Nest schließlich schweigend den Kopf und fügt sich dem Willen der Äbtissin. Sie dreht sich um und gießt das gesamte Fläschchen Opium in den Becher. Dann hält sie Wulfhild ein weißes Tuch unter die Lippen, doch es geht kein einziger Tropfen daneben, denn Marie streicht Wulfhild über den Hals, und die Frau, die mit geschlossenen Augen nach Luft ringt, schluckt alles in einem Zug. Allmählich geht ihr rasselnder Atem langsamer; die Droge beginnt zu wirken.

Mit eiserner Miene, aber feuchten Wangen bittet die junge

Wulfhild Marie, ihrer Mutter jetzt die Absolution zu erteilen, und Marie tut es mit so klarer Stimme, wie sie nur kann, das Weihwasser zu warm von ihrem eigenen Fieber, hat sie es doch während des Ritts an ihrem Körper getragen.

Als sie fertig ist, knien sich ihre Töchter vors Bett und legen die Köpfe auf ihre Mutter.

Das Zimmer ist von so viel Schmerz erfüllt, dass Marie es kaum erträgt. Beten hilft, doch noch mehr helfen Geschichten. Sie erzählt den Mädchen, es habe damals, als ihre Mutter als Oblatin ins Kloster gekommen sei, eine andere gegeben, die sie nicht habe ausstehen können. Sie sei doppelt so alt gewesen wie ihre Mutter, und viel, viel größer. Ungefähr zwei Wochen lang kniff das andere Mädchen Wulfie während des Chorgebets immer wieder, wartete abends, bis sie eingeschlafen war, um sie dann aus dem Bett zu schubsen, oder stellte ihr ein Bein, sodass sie in den Misthaufen fiel, solche Sachen. Wulfhild nahm das alles ganz ruhig auf, ohne sich je zu beklagen, sodass jedermann sie für einen Ausbund an Demut hielt.

Jetzt grinsen die Mädchen, denn sie kennen ihre Mutter.

In Wahrheit, fährt Marie fort, wartete ihre Mutter bloß auf eine passende Gelegenheit. Eines Nachts, als der Sturm so laut toste, dass die Nonnen ihr eigenes Wort nicht mehr verstanden und alle nervös waren, weil die verrückte Schwester Gytha während der Lesung bei der Kollation aufgestanden war und im Brustton der Überzeugung gesagt hatte, es sei die Vollmondnacht, in der die Wolfsmenschen sich in Gestalt riesiger Hunde hechelnd vor die Fenster stellen, um die in ihren Betten schlafenden Christen zu beobachten, in dieser Nacht schließlich war es so weit. Von ihrem

Bett im Dormitorium aus sah Wulfhild zu, wie das gemeine Mädchen aufstand und den Wachskerzenstummel anzündete, um zur Latrine zu gehen. Obwohl es fürchterlich kalt war, schlich sie barfuß hinterher. Als die andere in der Latrine war, holte Wulfhild lautlos das Hufeisen, das sie für diesen Augenblick im Gebüsch versteckt hatte, und verkeilte damit die Tür, sodass das Mädchen an diesem stinkenden Ort festsaß. Dann wartete sie geduldig im Dunkeln, während die andere von innen gegen die Tür trat und schrie, doch weil der Wind so laut heulte, hörte sie niemand. Und als dann ihre Kerze verlosch, nahm Wulfhild einen Besen und klopfte damit gegen die Wände, und das Mädchen in der Latrine bekam solche Angst, dass es in Ohnmacht fiel. Wulfhild ging zurück ins Bett und schlief. Das arme Mädchen wurde halb erfroren aus der Latrine befreit, als die Novizenmeisterin kurz vor der Matutin aufwachte und sah, dass sie nicht mehr im Bett lag. Als die Novizenmeisterin am Morgen alle Mädchen in einer Reihe antreten ließ, um zu sehen, wer so etwas Grausames tun würde, trat Wulfhild vor und sagte mit ihrem hohen Stimmchen, sie sei das gewesen. Jetzt seien sie quitt. Und auch wenn die Novizenmeisterin sie für dieses Vergehen mit harten Prügeln bestrafte, empfand Wulfhild keinerlei Reue.

Die Mädchen lachen. Hawise sagt, das klinge ganz nach ihrer Mutter.

Milburga sagt, sie habe einmal gesehen, wie ihre Mutter, als bei einem Klosterpächter Nussküchlein und guter Met serviert wurden, plötzlich aufgestanden und aus dem Fenster gesprungen sei, als ihr klar wurde, dass die Leute bloß Zeit zu schinden versuchten, während die Knechte die Hälfte der

Schafe auf eine abgelegene Weide brachten, um ihren wahren Reichtum zu verbergen.

Die junge Wulfhild sagt, sie sei an diesem Tag auch dabei gewesen, ihre Mutter habe natürlich richtiggelegen.

Ydon fragt, was mit dem bösen Mädchen passiert sei, hätten sie sich denn am Ende angefreundet? Denn eigentlich könne ihrer Mutter niemand lange böse sein. Und seien die Mädchen dieser Nonne schon mal begegnet?

Marie legt der Kleinen eine Hand auf den Kopf und lächelt sie an. Sie erzählt nichts von der traurigen Geschichte, sagt nicht, dass das arme Kind nur Monate später von einem Pferd getreten wurde und mit zertrümmertem Schädel starb und dass Marie, die keine ihrer Töchter vergisst, die nichts je vergisst, den Namen dieses Kindes, das so gemein zu Wulfhild war, vergessen hat.

Die Kerze tropft, und Nest entzündet mit erschöpfter Miene eine neue. Ydon ist mit dem Kopf auf der Brust ihrer Mutter eingeschlafen, als Wulfhild schließlich laut röchelnd ausatmet. Ihre langen Wimpern liegen zu Büscheln verklumpt auf ihren Wangen. Marie hält die Luft an und wartet darauf, dass sie noch einmal einatmet. Vielleicht, denkt sie hektisch, vielleicht, und drückt die Hand auf Wulfhilds Herz, sendet all ihre Kraft hinab in den leblosen Körper, jeder einzelne Gedanke ein Flehen. Komm zurück, denkt sie, komm zurück. Falls die Heilige Jungfrau Marie je ein Wunder offenbart hat, muss es dieses sein, Wulfhilds Atem, der wieder in ihre Lungen strömt, das Blut, das wieder in ihr Gesicht fließt, ihre Augen, die sich öffnen, und die großen, sonnengegerbten und rissigen Hände, die noch einmal Maries Gesicht berühren. Doch die Stille dauert länger und länger. Die Panik in

Marie verlischt, und schließlich nimmt sie die Hände vom Herzen der Frau. Nun, denkt sie, es hat schon damals bei ihrer Mutter nicht funktioniert. All diese Kraft in ihr, und trotzdem sind ihre Hände nicht imstande, in Toten das Wunder des Lebens heraufzubeschwören. Sie sieht in die Gesichter von Wulfhilds Töchtern, und ganz langsam begreift eine nach der anderen, dass ihre Mutter tot ist.

Wir sehen sie im nächsten Leben wieder, sagt Marie. Der Schmerz ist zu groß, um es nicht zu glauben.

Nest kehrt zurück ins Kloster. Die Töchter in ihrem Gram legen sich schlafen.

Marie betet die Matutin über dem Leichnam der letzten jener Frauen, die sie mit ihrem eigenen Herzen geliebt hat, nicht mit dem geliehenen einer Äbtissin. Alle sind sie weg: ihre Mutter, fünf Tanten, Cecily, die Königin und Wulfhild.

Während die Nacht langsam voranschreitet und ihr eigenes Fieber allmählich nachlässt, vollzieht sich in ihr eine Wandlung. Kein lichtgleich strahlendes Gewand, keine Wolken, die vom Himmel ernst zu ihr sprechen, nur der Tod dieser, ihrer Seelentochter und die endlose Dunkelheit.

Sie betet beileibe nicht das erste Mal im Leben, doch vor dieser Nacht war Beten, als würde sie eine Münze in ein Gewässer werfen, eine ins Unbestimmte gerichtete Hoffnung. Sie sprach nicht die strenge, ihr aufgezwungene Dreifaltigkeit an, sondern die Muttergottes, die das Antlitz ihrer eigenen Mutter hatte. Selbst im Gebet war sie eine Rebellin.

Jetzt erkennt sie, was offensichtlich hätte sein sollen. Sie hat ein frommes Leben gelebt, hat nie eine Sünde begangen und stets die richtigen Worte gesprochen, doch tief im Inneren hat sie ihren eigenen rebellischen Stolz gehegt.

Maries Anmaßung hat Wulfhild diese tödliche Krankheit gebracht. Ihre Seelentochter ist ihrem eigenen unstillbaren Hunger zum Opfer gefallen. Sie hat sie verschlungen in ihrer Gier, das Kloster, eine Fortführung ihres eigenen Körpers, immer weiter zu vergrößern, jede ihrer Taten angestoßen durch die Frage, was sie auf der Welt hätte erreichen können, hätte man ihr nur die Freiheit gewährt.

Erst jetzt, da sie neben der toten Frau sitzt, entsagt Marie jenem Begehren, das sie stets innerlich entflammt hat. Was sie geschenkt bekam, wird sie bewahren. Sie wird lernen, sich zu begnügen. Diese Form der Reue wird sich für jemanden mit so viel Ehrgeiz als große Willensanstrengung erweisen, als beständiges Ringen mit dem Teufel, der ihr eigenes Gesicht trägt.

Sie wird ihrem langen Kampf gegen die zentrale Schönheit des Klosters entsagen – sie wird das Ego im Nos untergehen lassen.

Ach, denkt sie, sie ist schon so alt, so müde.

Und genau an diesem Morgen, als sie in ihrer Trauer zum Kloster zurückreitet, sieht sie über den Baumwipfeln für einen kurzen Moment einen mächtigen Adler aus Stein aufragen, riesig wie ein Berg, und obwohl es ein freundlicher Tag ist, wütet über der Adlerskulptur ein schwarzes, blitzgeädertes Gewitter. Sogleich schmelzen die in Stein gehauenen Federn des Vogels unter dem Gewicht des strömenden Regens zusammen, und sein Schnabel und seine Augen rinnen in grauen Bächlein von seinem Gesicht, als bestünde er nur aus losem Staub und nicht aus Stein.

Das Pferd trabt weiter, die Vision verblasst und weicht dem Blau des Himmels. Marie blinzelt und atmet tief ein. Sie hat das angevinische Reich gesehen, die mächtigen Plantagenets, die schließlich ihrem Ende entgegengehen; schon bald wird alles, was Eleonore so sorgsam aufgebaut hat, zu Staub zerfallen.

Sie seufzt und reibt sich mit beiden Händen das müde Gesicht. Der Niedergang ist der beständige Zustand der Menschheit, sagt sie sich, die Geschichte von der Flut, der großen Arche und den in Paaren geretteten Kreaturen nur der erste Refrain eines immer und immer wieder gesungenen Liedes, die Erde, die von Mal zu Mal weiter vergeht, Kultur um Kultur, die zu Staub zerfällt, bis zum endgültigen Tod von Evas Kindern am Tag der Apokalypse – die sieben Siegel, die sieben Posaunen, die sieben Engel, die sieben Schalen. Am Ende wird die Erde zerbrechen, und die Bösen wird man in den Feuersee werfen. Marie vermutet, dass dieses sengende Ende der Stein, der Boden und das Wasser der Erde selbst sein wird, die durch menschliche Torheit und Gier so heiß geworden ist, dass sie kein Leben mehr auf ihrem Rücken tragen mag. So wird es kommen und so würde es geschehen, und Marie kann nichts dagegen tun, selbst wenn sie noch die Willenskraft besäße, sich dagegenzustemmen.

7

Das Leben verlangsamt sich. Die Zeit ist ein kompliziertes Räderwerk.

Postulantinnen kommen jung und zart ins Kloster; Arbeit und Gebet. Nonnen entfliehen ihrem Körper im Tod.

Das Temporale, das Offizium für die besondere Zeit, der große Festkreis Weihnachten, der Osterfestkreis. Das Sanktorale, das Offizium der Heiligen. Der Jahreskreis in seinen Farben: Taubengrau über Grün über florales Violett und Rot zu Gold. Die Kalenden Nonen Iden eines jeden Monats. Die Wochentage, der Sonntag. Nacht und Tag.

Matutin Laudes Prim Terz Sext Non Vesper Komplet.

Schwanenhals ist aus dem Leprosarium zurückgekommen, um sich mit Marie zu beraten, und während die Nonnen sich im Altarraum auf einen bestimmten Psalm vorbereiten, kann sie die Blicke der Oblatinnen, ihr mühsam im Zaum gehaltenes Kichern förmlich spüren. In dem Moment, als sie von den Fröschen singen, die gesandt wurden, um die Söhne Ephraims zu verderben, zieht sie das Kinn auf die Brust, bläst die Wangen auf und lässt mit weit aufgerissenen Augen die Zunge herausschnellen. Plötzlich bekommen die Oblatinnen, die Novizinnen und selbst die jungen Nonnen einen Hustenanfall. Dieser Scherz stammt von Schwanenhals und ist schon jahrzehntealt, eine Kleinigkeit, auf die die Mädchen im

Kreislauf des liturgischen Kalenders schon warten und für die sie die Nonne lieben.

Welch ein Trost, dass auf die alten Zyklen Verlass ist.

Das Alter trifft Goda wie ein Donnerschlag. Sie sucht Nest wegen einer Salbe für ihre roten, angeschwollenen Knöchel auf. Während Nest sie einmassiert, schließt die Subpriorin seufzend die Augen. Nest betrachtet Godas faltigen und verkniffenen kleinen Mund, und sie staunt, wie lange der Tag schon zurückliegt, an dem sie selbst als junge, gramerfüllte Frau ins Kloster kam und sich von Goda einschüchtern ließ, von ihrer bissigen Art, der Autorität ihrer Position, ihrem schnellen Englisch und Französisch und ihrem edlen blauen Blut. Doch über die Jahre wurde Nest klar, dass man im Inneren jedes Erwachsenenkörpers, wenn man sich nur lange genug um ihn kümmert, ein ängstliches Kind entdeckt. Je lauter das Machtgepolter, desto kleiner das Kind. Goda, ein schreiender Säugling. Die Salbe sollte inzwischen wirken, doch Nest lässt Godas Hände noch nicht los. Sanft reibt sie weiter, bis schließlich die Glocke zur Terz läutet.

Erneut ziehen dunkle Wolken über der von Inkompetenz, Rage und Habgier regierten Insel auf, und es entbrennt ein Krieg zwischen der Krone und Rom.

Im Jahr 1208 wird ein päpstliches Interdikt über das Land verhängt. Büßen sollen sowohl die Gesunden wie auch die Kranken, denn mitten im Leben sind wir im Tod. Es darf keine Messe gelesen, niemand in geweihtem Boden beerdigt werden. Erlaubt sind nur Taufen und Letzte Ölungen auf dem Totenbett. Es wird Elend und Schrecken geben, überall, die

Menschen in sämtlichen Städten werden leiden, denn sie können weder zur Beichte noch zur Kommunion gehen, und ihre geliebten Toten werden einfach sich selbst überlassen, bis die Luft vom Gestank ihrer Verwesung erfüllt ist.

Als die entsetzliche Nachricht Marie erreicht – Tage bevor der Bote sie am königlichen Hof überbringen kann, denn sie hat das schnellere, bessere Netzwerk –, frisst der Zorn sich schwarz in die Ränder ihres Blickfelds, und sie lässt das Pergament sinken.

Diese Menschen, die glauben, sie stünden über ihr, wie dumm sie doch sind und welch unnötig grausame Entscheidungen sie treffen. Wie sie auf Unschuldige zielen, um der Krone eins auszuwischen. So korrumpiert Macht den Geist und die Seele, denkt sie.

Unten im Äbtissinnenhaus singt eine Magd recht schief ein simples, trauriges Lied, und Marie lauscht eine Weile dem Kratzen ihrer Bürste auf den Steinen, ihrem Gesang und dem Muhen der Kühe auf der Weide.

In ihr regt sich der alte Hass, beginnt zu brodeln.

Na schön. Sie wird keiner ihrer Töchter von dem Interdikt erzählen. Sie werden nichts davon erfahren, es wird keinen Einfluss auf ihr Leben haben, ihren Frieden nicht stören. Sie werden so leben wie immer, glücklich und in dem Wissen, von Gott inniglich geliebt zu werden.

Die Insel des Klosters wird als höchste Autorität nur Marie anerkennen, sonst niemanden.

Sie findet diesen Gedanken sogar ein wenig aufregend.

Von der Diözese kommt einige Tage darauf ein erschütterter Brief: Ach, edle Dame, die Sie in Ihrer großen Weisheit und Leibeskraft über allen anderen Vertreterinnen Ihres

Geschlechts stehen, beginnt er, und dann folgt die Bitte, sie möge ihre Nonnen unablässig dafür beten lassen, dass das Anathema wieder gehoben werde.

Sie spürt, dass Tilde hinter ihr steht und mitliest, und auch wenn sie das Pergament in einem ersten Impuls am liebsten ins Feuer werfen würde, zeigt sie es der Priorin.

Wir stehen unter einem päpstlichen Interdikt?, fragt sie Marie in äußerst scharfem Ton.

Nun, England als Ganzes. Aber den Klöstern ist ja noch das Offizium gestattet, sagt Marie, als würde das alles erklären.

Die Priorin setzt sich und sinkt ganz langsam nach vorn, bis ihre Stirn auf der Tischplatte liegt. Marie wartet. Unten schrubbt noch immer die Bürste, singt die Stimme. Doch Tilde rührt sich nicht.

Ich bin die Schäferin aller Seelen im Kloster, sagt Marie schließlich. Ich bin die Mutter, die all unsere Schwestern, Dienerinnen und Zinsbäuerinnen zu schützen und zu leiten hat. Wir sind für uns selbst genommen ein Ganzes.

Marie, du bist weit davon entfernt, das Oberhaupt der Kirche zu sein, sagt Tilde, gedämpft durch das Pult.

Aus Sicht der Priesterschaft vielleicht. Doch wir heiligen Schwestern in unserer Demut und unserer Bescheidenheit sind der Hand Gottes von allen Menschen am nächsten. Im ganzen Land ist bekannt, dass unser Kloster in seiner Frömmigkeit das mächtigste ist. Und wenn es auf Erden eine Mittlerin gibt, dann bin diese Mittlerin ich, sagt Marie. Ein Anathema erkenne ich daher nicht an.

Welche Vision hat dir das wieder eingeflüstert?, fragt Tilde und hebt den Kopf, und aus diesem sanften, scheuen Gesicht spricht so viel Zorn, dass Maries Herz für einen Moment aussetzt. Diesmal keine Vision?, fragt Tilde. Vielleicht stimmt das ja gar nicht, was du sagst.

Doch, es stimmt, sagt Marie. Sie war sich noch nie sicherer.

Seufzend lässt Tilde den Kopf wieder auf den Tisch sinken. Ach, sagt sie, das ist so, wie es ist, doch die Nonnen hätten draußen im Rest der Welt allesamt Familien, die unter dem Interdikt leiden. Und sie sollten doch wenigstens wissen, was ihre Familien zu erleiden haben.

Und da begreift Marie innerlich triumphierend, dass sie gewonnen hat, dass Tilde sich ihr nicht in den Weg stellen wird und ihre Nonnen zwar von dem Interdikt erfahren werden, aber dass ihnen die dunkle päpstliche Wolke, die über der Insel hängt, nichts wird anhaben können, weil sie unter Maries schützender Hand im Hellen und Warmen bleiben werden, allein und zusammen.

Doch der Tod, wie es seine Art ist, tilgt selbst diesen Sieg.

Eines Tages greift Asta im Viehstall in die Mechanik einer Pumpe, doch dort hat sich eine Ratte eingenistet und beißt sie in den Daumen. Wie unerwartet, denkt Asta, starrt auf den Biss und wird zornig, so wie immer, wenn irgendein spontanes, nicht einkalkuliertes Ereignis ihren Tagesplan durcheinanderbringt. Sie ignoriert ihn und arbeitet weiter. Binnen einer Woche starrt die arme, magere Asta mit Schaum vorm Mund und aufgerissenen Augen ins Leere und redet wirr vom Teufel, der sie reite, und sie hat so schrecklichen Durst, dass ihr in den Stunden vor ihrem Tod die Zunge dick und schwarz aus dem Mund hängt. Marie weint, als sie den x-beinigen Leichnam wäscht.

Dann eines Nachts flieht eine Magd, die nicht glücklich ist

allein in der Gesellschaft von Frauen, und nimmt ein Rad Käse und das feinste, mit Perlen bestickte Altargewand mit. Monate später findet man sie in einer engen Schleife des Labyrinths, nur noch ein Häufchen aus verschmutztem Stoff und zerpflückten Knochen, gestorben an Einsamkeit und Angst, wie es scheint. Der Käse ist in den Schlünden wilder Tiere verschwunden und im Boden versickert, doch das Altargewand ist noch wie neu. Ein Wunder!, sagen die anderen Mägde, auch wenn Marie zu Ohren kommt, dass einige geflüstert hätten, das sei kein Wunder, sondern ein Fluch, den die Äbtissin persönlich der Diebin des heiligen Gewands auferlegt habe.

Und als sich eines Vormittags draußen drohend ein Unwetter ankündigt, verliert Schwester Gytha die Nerven und illustriert ein Manuskript statt mit der heiligen Lucia von Syrakus, die ihre Augäpfel in den Händen hält, mit einem Baum, dessen Früchte weder Äpfel noch Schmetterlinge, sondern offene weibliche Geschlechter sind. Als sich der aufgebaute Druck am Nachmittag in einem heftigen Sommergewitter mit heulendem Wind, Donnergrollen und einem rabenschwarzen Himmel entlädt, geht die entrückte Nonne hinaus in die Schafhürde und wird beim Tanzen vom Blitz erschlagen; als man sie findet, hat sie im Schädel und in der linken Ferse jeweils ein kleines Loch, kreisrund und schwarz.

Diesen letzten, sehnigen Leichnam wäscht Marie selbst. Wie langweilig es im Kloster sein wird ohne die verrückte Schwester, wie ihm Farbe und Schönheit fehlen werden. Gythas Lippen näht sie nicht zusammen. Sie lässt Gytha so, wie sie ist, die bläulichen Zähne fröhlich in Richtung Tod gebleckt.

Später jedoch, durch die Schönheit der Beerdigung und die Stimmen ihrer Nonnen, fühlt sie sich wieder aufgebaut.

All der Hass, den Marie als junge Frau so tief in sich trug, hat sich durch den Druck der Zeit auf wundersame Weise in Liebe verwandelt, denkt sie.

Denn diese Gemeinschaft ist wertvoll, hier haben selbst die Verrücktesten, die Ausgestoßenen und Schwierigen einen Platz, innerhalb dieser Mauern gibt es selbst für die am schwersten zu Liebenden genügend Liebe. Wie kurz und einsam Gythas Leben als abgesonderte Verlorene in der grausamen säkularen Welt gewesen wäre. Wie viel weniger Schönheit sie in dieses unvollkommene, harte Leben gebracht hätte, hätte sie ohne ihre sie liebenden Schwestern sein müssen.

Es ist gut, denkt Marie, so gut, dieses stille Leben – nur Frauen und Arbeit. Sie wundert sich, dass sie sich einst so zornig dagegen gesträubt hat.

Es ist 1212. Marie ist einundsiebzig.

Das päpstliche Interdikt hängt seit Jahren schwer über England. Es peinigt die Gläubigen außerhalb des Klosters.

Ihre Spioninnen am Hof in London berichten ihr, dass Eltern in ganz Europa ihren Kindern gutes, festes Schuhwerk und warme Kleider kaufen, ihnen einen Beutel mit Wurst, hartem Brot und Käse packen und diese unschuldigen Seelen auf einen Kinderkreuzzug ins Heilige Land schicken. Marie stellt sich die Flut von arglosen Kindern vor, die sich nach Outremer ergießt, Kinder, die sich unterwegs verirren und hungern, die entführt und versklavt werden, im Meer ertrinken und leiden. Und zu Hause ergötzen sich die Eltern an ihrem nur zu gern dargebrachten Opfer, in dem festen

Glauben, sie hätten sich damit ihren Platz im Himmel gesichert.

Es gab einmal eine Zeit, da hielt sie einen Kreuzzug für die menschliche Faust Gottes. Heute weiß sie, dass er etwas Beschämendes ist, das Ergebnis von Anmaßung und Gier.

Marie schüttelt sich vor Wut. Sie lässt den Brief sinken und will gerade eine Bemerkung zu Tilde machen, die jetzt in ihren mittleren Jahren zu schielen begonnen hat. Doch da ruft plötzlich jemand von draußen, und Tilde springt auf und rennt zur Tür. Goda und Marie sehen einander an. Marie liest den Brief noch einmal still für sich, als plötzlich die Tür aufgeht und die Priorin an der Hand eine alte Frau hereinführt.

Hier, Mutter, sagt Tilde mit einem so breiten Lächeln, dass Marie sich fragt, ob alles in Ordnung ist, hier ist die neueste Präbendarin unseres Klosters.

Marie mustert die alte Frau. Ganz offensichtlich sollte sie sie kennen. Vielleicht eine Oblatin, die nie den Schleier genommen und sich stattdessen für die Heirat entschieden hat, um jetzt im Alter zurückzukehren. Vielleicht eine ehemalige Klosterschülerin, die jetzt nach einer guten Ehe den Weg zurückgefunden hat. Die Frau trägt ein schlichtes dunkles Kleid, jedoch aus kostbarem Stoff, und der Saum und das Oberteil sind edel bestickt.

Dann lächelt sie und haucht Maries Namen, und in ihrem faltigen Gesicht bilden sich auf beiden Wangen tiefe Grübchen. Marie steht langsam auf.

Es ist nicht so, als würde das Alter von dieser ehrwürdigen Greisin mit den übergroßen Ohrläppchen und hängenden Lidern abfallen, doch genau an derselben Stelle wie die alte Frau steht jetzt eine weitere – Maries goldblonde Cecily, ihre erste Freundin, rundlich und rau und liebevoll. In ein und derselben Gestalt strecken das Mädchen aus ihrer Erinnerung und die alte Frau aus Fleisch und Blut ihr die Hände entgegen.

Zum ersten Mal, seit sie sich erinnern kann, verschlägt es Marie die Sprache.

Cecily sagt, sie sei zu Marie zurückgekehrt. Endlich. Wie sie es versprochen habe. Drei Ehen, eine reicher als die andere, und jetzt sei sie leer, kein Tropfen Ehe mehr in ihr. Keine Kinder, aber eine Menge Geld, das sie nun dem Kloster stiften könne. Sie sei zurückgekommen, um sich um Marie zu kümmern.

All die Jahre. Und trotzdem habe Cecily nicht ein einziges Mal geschrieben, sagt Marie schließlich. Sie habe geglaubt, Cecily sei gestorben.

Tja, sagt Cecily, das sei allein Maries Schuld, warum habe ihr das dumme Mädchen nur das Lesen, nicht aber das Schreiben beigebracht? Vor Freude kommen ihr die Tränen.

Sie habe all das mit Priorin Tilde arrangiert, erklärt Cecily. Tilde sagt, sie habe für Cecily eine der Präbendarinnen-Wohnungen gerichtet. Doch die ehemalige Dienerin wird nie dort einziehen, sie lässt ihre Sachen stattdessen von ihrer eigenen Dienerin in Maries Äbtissinnenwohnung bringen, und Marie untersagt es nicht. Sie hält nur die Hände der anderen Frau, lachend und ungläubig.

Um etwaigem Gerede vorzubeugen, sagt Tilde streng zu den anderen Nonnen, die neue Präbendarin und Marie seien wie Schwestern aufgewachsen, und sie sagt es auch, um sich von ihrem eigenen Unbehagen zu befreien.

Und so hat Marie für jene letzten guten Monate wieder Cecily, die ihr im Bett die Knochen wärmt.

8

Heute empfing ich die flüchtigste meiner Visionen, schreibt Marie in ihr Buch. Von all den Visionen, die mir die Heilige Jungfrau zum Geschenk gemacht hat, war es die neunzehnte und zugleich die süßeste, denn noch während sie über mich kam, begriff ich, dass es die letzte sein würde.

Denn ich habe nun mehr als siebzig Jahre gelebt und bin alt geworden, ich gleiche einem knorrigen Baum im Obstgarten, an dessen Zweigen im Frühjahr zwar Knospen und Blüten sprießen, doch dessen Saft im Herbst nur noch für ein paar wenige süße Früchte reicht.

Wir waren zum Gebet in der Kapelle versammelt, als es geschah. Meine Nonnen sangen gerade den achten Psalm … den Mond und die Sterne, die du bereitet hast …, als zwischen einem ausgesprochenen Wort und dem nächsten ein seltsames Feuer meine Haut berührte und mir eine Vision vom Anbeginn der Welt vor Augen trat.

Sie zeigte mir die strahlende Unermesslichkeit Gottes, die als riesige Täubin über dem dunklen Wasser brütete.

Und was sie fallen ließ, waren die glänzenden Eier der Schöpfung. Als sie zerbrachen, ergoss sich aus ihren Schalen, was im Inneren eines jeden gewesen war. Und das erste enthielt das Licht, aufgeteilt in Tag und Nacht, während dem zweiten der Himmel entsprang. Aus dem dritten kamen der

Boden, die Meere und die Früchte des Landes. Das vierte brachte Sonne, Mond und Sterne, und das fünfte sämtliche Tiere der Luft und des Wassers. Und aus dem sechsten kamen alle Landtiere sowie unsere Ureltern.

Doch die winzigen Leiber der ersten Menschen lagen reglos am Boden wie Puppen, geformt aus Schlamm, bis Gott mit den Flügeln schlug und ein Wind über das neue Land, das Meer und die Wälder ging, und dieser starke Wind hauchte den Leibern Leben ein, sodass sie sich regten und sogleich aufsetzten und umsahen.

Denn dies war der Heilige Geist, und er gleicht einer Hebamme, die den Mund des Kindes mit einem Kuss von der Geburt befreit, damit es atmen kann.

Und Gott legte mit ihren Eiern das Gute in die Welt.

Gott mit ihrem Heiligen Geist erfüllt uns mit Atem und schenkt uns das Leben.

Und aus der Vision heraus kehrte ich zurück in meinen Körper, während meine Lippen bereits das nächste Wort des Psalms formten.

Dass plötzlich die Bienenwachskerzen neben mir zu flackern begannen und verloschen, ausgeblasen vom Atem des Heiligen Geistes, bestätigte mir die Wahrhaftigkeit dessen, was ich gesehen hatte. Und so sprach ich, unvermutet im Dunkeln, zu meinen Töchtern von der Schönheit dieser Welt, die ich, wie ich begriff, bald verlassen würde.

Und ich wusste auch, dass diese Vision meine letzte war. Sie sind weg, das spüre ich. Denn ich habe mich bis zum letzten Tropfen vergossen. Kein Knochen sitzt mehr im Gelenk, und mein Herz ist jetzt aus Wachs; es ist in mir geschmolzen.

Marie ist zweiundsiebzig. Ihr rebellisches Wesen ist zur Ruhe gekommen, nachdem Eleonore und dann Wulfhild gestorben ist. Geblieben ist eine wachsende Furcht vor jenen, die außerhalb des Klosters leben, vor ihrer Verdorbenheit und ihrer Unkenntnis Gottes.

Sie ist müde. Zwischen ihren Brüsten wächst ein Ei, das sich nach und nach verhärtet. Auch ihre Mutter hatte dieses Ei bekommen, ebenso wie deren Mutter. Marie denkt daran zurück, wie grau ihre Mutter kurz vor ihrem Tod ausgesehen hat, wie diese kräftige Frau binnen kurzer Zeit zu Haut und Knochen abgemagert war.

Priorin Tilde huscht hierhin und dorthin, erledigt dieses und regelt jenes; sie wird eine gute Äbtissin werden. Etwas uninspiriert vielleicht, doch Marie ist sich ziemlich sicher, dass sie erhalten wird, wofür Marie all die Jahrzehnte gekämpft hat auf dieser feuchten, schmutzigen Insel, in diesem seltsamen Kloster, das sie um sich herum aufgebaut hat; ein Panzer, eine Kathedrale, ein Zuhause.

Marie und Cecily sitzen zusammen im Vestibül der Äbtissinnenwohnung, durch das offene Fenster weht der kühle Aprilwind herein. Eine feine weiße Locke, aus Cecilys Schleier gerutscht, bewegt sich im Wind, und ihre Finger ziehen Stück für Stück einen Baum des Lebens aus goldenem Garn aus dem Nichts. Cecily erzählt schon seit einer ganzen Weile eine Geschichte, doch Marie hört nicht zu, denn sie denkt an den Ingwer, den sie in einer warmen, schattigen Kuhle nahe den Birken gepflanzt hat und der hoffentlich gut wächst, beobachtet das grüne Insekt, so lang wie ein Fingerglied, das sich auf der Fensterbank mit den Vorderbeinen das kleine Gesicht reibt, und lauscht den Novizinnen, die im Obstgarten am Fuße des Hügels das Singen mit der Guidonischen Hand üben und deren Stimmen sich wunderbar mit den rauen, warmen Fäden von Cecilys Geschichte verbinden. Doch jetzt ist Cecily den Tränen nahe, steht kurz vor der herrlichen Katharsis des Weinens, und Marie richtet sich schnell auf und horcht rückwärts in das hinein, was Cecily bis hierhin erzählt hat. Es ist eine alte Geschichte, die Cecilys Mutter, die Köchin, gern erzählt hat, während sie mit ihrem flinken, blitzenden Messerchen Äpfel schälte; sie handelt von einer edlen Dame, die so wunderschön war und so leuchtende Augen hatte, dass sich jedermann bei ihrem Anblick sofort in sie verliebte. Die Frau fand niemals Frieden, weder bei Tag noch bei Nacht, beim Jagen wurde sie gejagt, beim Reiten verfolgt, und des Abends besang man sie, sodass sie keinen Schlaf fand und ihre Dienerinnen sich nie ohne einen Dolch zur Ruhe legten, um jene mit bösen Gedanken davon abzuhalten, sich in ihr Schlafgemach zu schleichen. Eines Nachts schließlich trat sie wie von Sinnen an ihr Fenster, riss sich, während im Garten darunter unsichtbar Lauten und Flöten spielten, im Licht einer Fackel die Augen aus dem Schädel und schrie hinab, wenn sie so versessen auf ihre Augen seien, dann könnten sie sie haben. Und daraufhin warf sie ihnen ihre blutigen Augen hinunter.

Doch bevor Cecily die Geschichte zu Ende erzählen und sich genüsslichem Schluchzen hingeben kann, zischt Marie sie an, sie habe diese Geschichte schon immer außerordentlich dämlich gefunden, denn die Dame in der Geschichte sei schön und werde dafür bestraft, obwohl das wahre Leben doch vielmehr jene Damen bestrafe, die nicht als Schönheit erschaffen wurden.

Und Cecily, verärgert, gibt scharf zurück, dass gerade Marie es doch eigentlich besser wissen müsse; Marie sei nie für schön gehalten worden, doch statt dass man sie für ihre Hässlichkeit bestraft habe, sei sie erhoben worden, und jetzt sitze sie hier als heiligste aller heiligen Frauen der Insel, verehrt und geliebt, Baronin der Krone und Besitzerin größerer Ländereien, als die allermeisten Adligen hier ihr Eigen nennen, und mit Sicherheit als die reichste Äbtissin nördlich von Fontevraud. Und dass Marie, wäre sie schön gewesen oder auch so hässlich, wie sie sei, aber mit einem sanften, weiblichen Wesen ausgestattet, verheiratet worden wäre, und dann wäre sie wahrscheinlich schon vor langer Zeit im Kindbett gestorben und hätte auf der Welt nichts weiter hinterlassen als irgendeine Tochter, eine niedere Adlige mit so vielen Verpflichtungen, dass sie sich kaum noch an die Gesichtszüge ihrer Mutter erinnern würde. Eigentlich, sagt Cecily, habe Marie all das ihrer Unschönheit zu verdanken.

Marie funkelt Cecily wütend an. Am liebsten würde sie sich auf sie stürzen und sie niederringen, so wie damals, als sie Kinder waren, an ihren Haaren ziehen, sie beißen und ihr die Haut an Armen und Hüfte verdrehen, bis dort zwetschgenblaue Flecken entstehen. Cecily irre sich, faucht sie leise. Marie habe all das Marie zu verdanken, sonst niemandem.

Jetzt lacht Cecily höhnisch und sagt, oh ja, sicher doch, sie habe sich selbst erschaffen! Wie ein Wurm, aus nichts als Schlamm geboren. Nein. Schon als Samen im Leib ihrer Mutter sei Marie von anderen geformt worden, von ihrer Mutter, ihren unbändigen Tanten, ihren Büchern und ihrem Geld, und selbst die Königin habe, indem sie Marie ins Kloster geschickt habe, größeren Anteil an Maries Entwicklung gehabt als Marie selbst. Sie habe alles geschenkt bekommen, nicht zuletzt den ungeheuren Segen der Hässlichkeit, und Cecily wolle gern noch einmal sagen, dass Marie jetzt in diesem Moment nicht mehr als Staub und Moder wäre und die Maden an ihren Rippen nagen würden, hätte sie nicht das Glück gehabt, so unansehnlich zur Welt gekommen zu sein.

Dann kommt ein Windstoß, der Cecilys weiße Locke gegen die dunkle Wolle ihres Kopftuchs weht. Mit ihren geröteten Wangen ist sie wieder ein Mädchen, offenherzig und unverblümt. Doch jetzt huscht ein Ausdruck von Verwirrung über ihr Gesicht, und sie sagt beunruhigt, Marie habe doch nicht etwa feuchte Augen bekommen, sie habe doch nichts gesagt, was so schlimm gewesen wäre, dass es eine ehrwürdige alte Äbtissin zum Weinen bringen würde, oder etwa doch?

Und Marie blinzelt ihre Tränen weg und sagt mit tonloser Stimme, ihr sei gar nicht klar gewesen, dass Cecily sie so abstoßend finde.

Cecily geht vor Marie auf ihre schmerzenden, knarrenden Knie, nimmt ihre Hände und hebt sie zu ihren Lippen, und dann sagt sie, Marie möge ja zufällig etwas königliches Blut in den Adern haben, doch ansonsten sei sie ganz und gar eine alte Närrin. Denn im Gegensatz zu Kraft, Güte, einem durchdringenden Verstand, Sanftmut und einem so großen Geist, dass es einem den Atem verschlage, sei Schönheit nichts, ein Sandkorn im Angesicht eines Berges, ein Strohhalm neben einer lichterloh brennenden Scheune.

Steh auf, alter Bauerntölpel, sagt Marie, doch sie ist ganz rot im Gesicht und kann ihr Lächeln kaum unterdrücken. Und Cecily, die noch nie ein Blatt vor den Mund genommen hat, sieht in das Gesicht mit den Kinnhaaren, den Falten und jenen scharfen, glänzenden braunen Augen und weiß, sie hat Maries Stolz besänftigt und ihr inneres Licht bewahrt. Sie wüsste noch allerhand Spitzzüngiges zu sagen. Doch sie verkneift es sich, aus Liebe.

Die Äbtissin schläft viel in letzter Zeit. Sie sitzt in der Sonne, neben Wevua, die erstaunlicherweise immer noch lebt, obwohl sie inzwischen sicher über hundert Jahre alt sein muss. Wevuas Mund kennt keine Sprache mehr; sie grunzt und zieht Grimassen, so wie die Affen, die Marie in einem anderen Leben auf dem Hof von Westminster gesehen hat.

Bald ist Marie zu schwach, um nach draußen gebracht zu werden, und sie liegt im Bett und versucht, mit jedem Herzschlag zu beten.

Wenn sie nicht schläft, aber so tut, damit man sie in Ruhe lässt, denkt sie über ihr Leben nach.

Einiges sieht sie auf einmal wieder so lebendig vor sich, dass es ihr beinahe wie eine Vision vorkommt. Die blutjunge Cecily auf den Feldern, als sie damals von dem Anwesen in Le Maine nach Rouen flohen, ein plötzliches Unwetter, speicheldicke Tropfen und die zum Trab gedrängten Pferde, während der Regen auf sie niederprasselte, dann ein Feld voller Heumieten und ein Tunnel ins trockene Innere von einer, wo sich die Mädchen aus ihren durchnässten Sachen wanden, die Wolldecke über die Köpfe zogen und darüber lachten, wie nah der Körper der anderen war, wie sie mit Armen und Beinen aneinanderstießen, sobald sie sich bewegten, dazu das Rauschen des Regens und der schwere, süßliche Duft des Heus. Sie lehnten sich zurück, schmiegten sich dicht aneinander, um sich zu wärmen, und Marie spürte vom Scheitel bis zu den Zehenspitzen Cecilys Herzschlag, den Puls in ihrer Schläfe, dort wo sie auf Maries Arm lag, atmete ihren intensiven Geruch, den Duft der Seife mit Zitronenmelisse und Lavendel im Kern ihres geflochtenen Zopfes, die Haut ein Gemisch aus Honig, Weinberglauch und modrigem Laub. Durch ihre Kleider hindurch hatten sie sich schon oft aneinander gerieben, doch nackt wie jetzt waren sie noch nie gewesen; sie hätten es nie gewagt. Cecily blinzelte, ihre Wimpern streiften Maries Arm. Marie blieb ganz still und begann zu zählen. Bei hundert würde sie entweder ein Stück abrücken oder Cecily küssen. Doch bei einundzwanzig drehte Cecily den Kopf und drückte die Lippen an Maries Hals, und Marie hob die Hand, berührte Cecilys Gesicht und suchte mit den Fingern ihre Lippen, und es gab niemanden, der sie gesehen oder aufgehalten hätte, keinen Grund, hastig voneinander abzulassen, weil sich die Stalltür einen Spaltbreit öffnete, das Sonnenlicht hereinfiel und sich vor dem Himmel eine Gestalt abzeichnete; niemand hier unten auf Erden wusste, wo sie waren, und langsam, zögerlich legte Cecily ihre kalte Hand auf die Innenseite des Knies und ließ sie den langen Schenkel hinaufwandern bis ganz nach oben, nach innen. Ließ die linke Hand unter Maries Kopf und umarmte sie mit der rechten. Ihre Lippen kämpften gegen ein Lächeln an, denn ihre Hand war jetzt kurz vor der Stelle, an der Marie berührt werden wollte, umkreiste sie jedoch nur, und dann fuhr sie weiter hoch zu ihren Hüftknochen, der kleinen Wölbung ihres Bauchs, zu den Rippen und den Brustwarzen, bevor Cecily schließlich nachgab, die Hand wieder hinabgleiten ließ und ganz sanft gegen Maries Mitte presste, dorthin, wo Marie noch nie um eine Berührung zu bitten gewagt hatte, und die Mauer des Widerstands in ihrem Inneren begann zu bröckeln, bis sie schließlich nachgab und sich hineinsinken ließ in die behaglichen Kreise, die sich von ihrer Mitte her ausbreiteten, der Gipfel all der Momente im Hühnerhaus, in den Ställen, all der flüchtigen Küsse und der spielerischen Kämpfe im Fluss, während kleine Fischchen an ihren Knöcheln knabberten, und schließlich konnte sie keinen klaren Gedanken mehr fassen, ward durchströmt von purer Freude, der Ekstase darüber, einen Körper zu bewohnen, der solche Reichtümer bereithielt, in der erstaunlichen sinnlichen Welt, die so übervoll war von Schönheit. Das Wunder währte die ganze Nacht, bis der Tag es davontrug.

Selbst jetzt regt sich im Fleisch ihres kranken Körpers noch ein leises Echo der Wonne.

Doch nicht alles ist so gut. Es gibt auch Schmerzen. Schmerzen, als würde sie von unsichtbaren Tieren gebissen oder angeknabbert, von Füchsen oder Wieseln.

Und in dieser Pein kehren jene Monate nach ihrer Ankunft im Kloster zu ihr zurück, als sie sich wie ein abtrünniger Engel vorkam – aus dem Licht des Himmels ins Dunkel der Hölle geworfen.

Immer wieder erinnert sie sich an eine Nacht, kurz nachdem sie die Führung im Kloster übernommen hatte, in der sie ruhelos aufwachte und hinaus ins dichte, sternenlose Dunkel trat. An diesem Tag war ein Kalb von seiner Mutter getrennt worden. Sowohl die Kuh als auch das Kalb hatten den ganzen Nachmittag bis in den Abend hinein nacheinander gerufen, so jämmerlich, dass einigen der eher zartbesaiteten Nonnen der Appetit vergangen war. Auf Maries vorsichtige Einwände hatte Goda schnippisch erwidert, man müsse der Kuh nun mal das Kalb wegnehmen, es sei denn, die Nonnen wollten auf Milch und Butter verzichten. Marie verstummte, schließlich mochte sie Milch und Butter für ihr Leben gern, aber auch, weil es sie tief im Inneren traf, dass Milch und Butter das Leid der Tiere zu rechtfertigen schienen. In der Abenddämmerung war die Kuh verstummt, doch jetzt hatten Maries Schritte sie offenbar geweckt, und als sie sich umsah und ihr Kalb suchte, es aber ringsherum nirgends finden konnte, begann sie wieder mit ihrem Gebrüll, das jetzt, näher an dem Tier, so gequält klang, dass Marie die Tränen in die Augen stiegen. Das Leid der Kuh war gigantisch und gewaltig, eine Welle, die Maries eigenes Leid mit sich fortriss. Sie betrat die Kuhkoppel, suchte das Muttertier und tätschelte ihm tröstend die Flanke. Doch die Kuh drehte sich mit dem Kopf zu ihr und drückte ihren breiten, rauen Schädel gegen ihre Brust und ihren Bauch, und als Marie die Arme um ihren massigen Kiefer legte und spürte, wie die Trauer der Mutter um ihr verlorenes Kalb sie durchströmte, verlor sie ihre eigenen Konturen und verschmolz mit dem Leid der anderen. Und als später die Glocken zur Matutin läuteten und sie wie blind durch die Dunkelheit zurückging, fragte sie sich, ob es sein konnte, dass sie Gott gerade näher gekommen war denn je – Gott, in Wahrheit kein unsichtbares Elternteil, keine Sonne, die die Erde wärmt und Samen aus dem Boden lockt, sondern das Nichts im Inneren des Selbst. Nicht das Wort, weil das Wort, einmal ausgesprochen, dem Unendlichen in seiner Größe Grenzen setzt, sondern die Stille jenseits des Wortes, in der die Unendlichkeit lebt.

Und da begriff sie, dass es nicht darauf ankam, dass ihre

innere Landschaft ganz anders aussah als die ihrer Schwestern, denen man beigebracht hatte, sich nach Unterwerfung zu sehnen, ganz im Gegensatz zu ihr, und die Dinge glaubten, die sie insgeheim für töricht hielt, der Würde einer Frau nicht angemessen. Sie waren mit Güte gefüllt, so wie ein Becher mit Wein gefüllt war. Marie war das nicht und würde es auch nie sein. Marie besaß innere Größe, das schon, doch Größe war nicht dasselbe wie Güte.

Und in diesem Moment erkannte sie, wie sie diese Größe für ihre Schwestern nutzen könnte; sie könnte ihre brennende Liebe zu einer Einzelnen aufgeben und sie in eine größere Liebe verwandeln, sie könnte um die anderen Frauen herum ein Kloster errichten, das sie vor Kälte und Nässe schützte und vor den Kirchenoberen, die nur darauf warteten, sie sich einzuverleiben; sie könnte ein unsichtbares Kloster in Form ihrer selbst bauen, eine Kirche ihrer eigenen Seele, ein Gebäude, das sie war und in dem ihre Schwestern wachsen würden wie Säuglinge in der dunklen, pulsierenden Wärme des Mutterleibs.

Als sie mit einer einzelnen brennenden Lampe die Kapelle betrat und im Dämmerlicht in den dunklen Habiten nur die Gesichter der Nonnen erkannte, schimmernd und singend, sah sie zarte nackte Babys, die im Dunkel des Fruchtwassers schwammen.

Und jetzt, da sie als Greisin in der kräuterschwangeren Luft des Infirmariums im Sterben liegt, fällt ihr auf, wie seltsam es doch ist, dass sie so kurz vor dem Ende nicht an die langen guten und angenehmen Zeiten des Glücks zurückdenkt, sondern eher an die kurzen Momente der Ekstase, an Dunkelheit, Kampf und Leidenschaft, an Hunger und Elend.

Sie belächelt diese Version ihrer selbst in jenen schmerzhaften Zeiten, so jung, dass sie glaubte, sie könne vor Liebe sterben. Du Dummerchen, würde die alte Marie zu diesem Kind sagen. Öffne die Hände und lass es los, dein Leben. Es war sowieso noch nie deins, du konntest nie damit tun, was du willst.

9

Marie geht es zunehmend schlechter.

Eines Nachts sieht sie draußen im Dunkel die Höllenhunde über dem Boden kreisen.

Verzweifelt setzt sie sich auf, um ihre Töchter zu warnen.

Eine weiche Stimme beruhigt sie, sanfte Hände drücken sie zurück in die Laken. Nehmen ihr den Schleier ab. Sie kennt die Wärme dieser Hände, ihren Kräuterduft. Nest. Ach, du Liebliche, Fahrige.

Und sie hatte so wunderschönes und dickes Haar, als sie jung war, sagt jemand bekümmert. Jetzt sieh es dir an. Schneeweiß. Sie kennt diese Stimme, versucht angestrengt, ihr einen Namen zuzuordnen, doch vergebens. Jetzt sieht sie das dazugehörige Gesicht vor sich, mit Grübchen aus goldenem Stroh oder strohgoldenem Haar. Lippen wie ein pulsierendes Herz. Jung.

Warum sieht sie nichts? Sämtliche Farben vor ihren Augen sind verblasst. Sie will es ihnen sagen, auch wenn sie noch nicht weiß, was. Es ist dringend. Sie muss. Sie sieht ihre großen Flügel, noch immer schützend über dem Kloster ausgebreitet.

Aus der Ferne dringt Gebell an ihre Ohren. Da, da: die Hunde der Hölle, und es werden immer mehr.

Jetzt hört sie ihre Pfoten auf dem Boden, hört sie rennen,

schnell wie der Wind. Hört sie Löcher auf dem klösterlichen Land graben. Die Schafe töten. Sie hört sie heulen und ihre höllischen Schwestern herbeirufen. Wie gern würde sie ihren Töchtern sagen, sie sollen die Ohren spitzen, sollen mit ihren Kreuzen und Gebeten hinausgehen und die Hunde verjagen.

Denn die Töchter dieses wunderbaren Ortes haben einen der sieben Türme der Tugendhaftigkeit erschaffen, die die Welt vor dem Bösen beschützen.

Denn ihrer Güte, ihrer Frömmigkeit ist es zu verdanken, dass die Heilige Jungfrau den Menschen auf Erden weiterhin ihre Gunst erweist.

Denn ihre Gebete sind wie Stützpfeiler für den Himmel.

Jetzt sagt jemand, die arme Äbtissin sei schon viel länger krank gewesen, als sie zugegeben habe. Schon seit Jahren habe sie vor Schmerzen aufgestöhnt und die Hand auf die Stelle zwischen ihren Brüsten gedrückt. Da, fühl mal. Wie ein Stein.

Tja, die Äbtissin hätte ihnen niemals von den Schmerzen erzählt. Sie hätte ihre Töchter nicht beunruhigen wollen. Schon ihre Mutter und ihre Großmutter seien daran gestorben, ach, ein Jammer, es sei der Fluch der Familie. Beim Tod ihrer Großmutter sei Marie noch ganz klein gewesen, doch sie habe ihre Mutter dahinsiechen sehen. Sie ist grau im Gesicht, genau wie ihre Mutter und Großmutter damals. Es dauert nicht mehr lange jetzt.

Vor diesem blassen Hintergrund röchelt jemand laut.

Die Schmerzen zerreißen Marie förmlich.

Ein Mund, der nicht sprechen kann, Augen, die nicht sehen, Hände, die nicht mehr fühlen, und Füße, die nicht gehen, und auch ihre Kehle bringt keinen Laut mehr hervor. Immer näher, immer näher.

Die Endzeit: Meere steigen und Meere fallen, die Ungeheuer erheben sich brüllend aus ihren Fluten, das Wasser brennt, die Bäume schwitzen Blut, Erdbeben bringen Bauwerke zu Fall, die Hügel verwandeln sich in Asche, alle Menschen fliehen, und die Knochen der Toten erheben sich, die Sterne stürzen herab, Himmel und Erde brennen, und Letztere gibt ihre guten Toten frei, auf dass sie im Himmel gerichtet werden, ja, der Jüngste Tag ist nah.

Eine Hirschkuh, weiß flammend im Dampf des kalten Wassers, eine Mutter, eine Königin, ihr Geweih die Krone.

Meine Töchter, macht euch bereit, das Ende aller Zeiten naht.

Einatmen, so unendlich schmerzhaft.

Sie kann ihre Töchter nicht mehr beschützen; schon bald wird sie der Heiligen Jungfrau für ihre Gaben danken, bei ihr Fürbitte für ihre Töchter tun, bald wird sie sich neben ihrer eigenen Mutter niederlegen, diesen kalten Leib mit ihrem Fleisch erwärmen und ihr liebevoll über die dunklen Locken streichen.

Die Letzte Ölung.

Alles unter den Umständen Mögliche wurde getan.

Sie sieht eine Frau in einer Holzkiste.

Nein, sie ist die Frau in der Holzkiste. Sie windet sich, weicht den von überall kommenden Schwertern aus und verbiegt sich im Dunkeln, um nicht aufgespießt zu werden; scharf und erbarmungslos schießen sie aus allen Richtungen hervor, und jedes neue bohrt sich kalt in ihre Haut, doch nicht eines verletzt sie so, dass sie blutet.

Ja, so war es, ihr Leben.

Singt das Lied der Lieder.

Mein eigener Weinberg ist vor mir.

Marie sehnt sich, sie sehnt sich so, ihr ganzer Körper streckt sich danach aus, nach dem Gold, der himmlischen Musik und der Erlösung. Danach, Gott zu sehen, nicht dreigeteilt, sondern ein einziges Wesen. Gott, die Eine, Einzige. Sie hatte eine Ewigkeit in Gemeinschaft, es war genug.

Eile dich, meine Geliebte.

So sei es, denkt sie. Und so ist es.

Die Beerdigung ist feierlich, das Leichenmahl ausgiebig; die Totenrotel kommt später so dick von all den angehefteten Tituli mit Lobpreisungen ins Kloster zurück, dass schnell klar wird: Im ganzen Reich wird man das Andenken keiner anderen Frau auf diese Weise in Ehren halten. Marie war majestätisch, selbst im Tod noch groß, und ihr Ruhm flößte selbst jenen Ehrfurcht ein, die sie nie kennengelernt hatten.

Es sind jetzt nur noch wenige am Leben, die sich erinnern, wie arm das Kloster war, bevor Marie die Führung übernahm, außer Goda nur Ruth und Schwanenhals, die damals gemeinsam mit ihr Novizinnen waren. Beim Essen erzählen die drei alten Nonnen Geschichten: Wie einmal vierzehn Schwestern binnen einer Woche der Pest zum Opfer fielen, wie Goda die letzte Milchkuh mit dem eigenen Leib vor den vier Hungrigen beschützte, die mit Küchenmessern kamen, um das Tier zu töten und zu verspeisen, wie sie sich mit kärglichen Mahlzeiten aus gebratenen Rübchen bescheiden musste und die Oblatinnen reihenweise verhungerten. Und wie Marie am Tag ihrer Ankunft im Kloster lang und hager wie ein Kranich auf ihrem Schlachtross aus dem Wald herangeklappert kam, eine Erlöserin, die so wenig danach aussah, dass die kränklichen, hungernden Nonnen weinten, als sie sie kommen sahen, und alle Hoffnung fahren ließen.

Doch die Novizinnen, die jetzt an die sommerlichen Gärten denken, in denen alles wächst und gedeiht und die Honigbienen inmitten der Blüten herumschwirren, an die Weinstöcke unter den singenden Metallfiguren, die Schweine, Schafe, Ziegen, Hühner und Kühe und die Apfelbäume, übervoll mit Früchten, lächeln verhalten, denn sie kennen diese Nonnen zwar als fromm und ehrlich, schenken ihren Geschichten aber dennoch keinen rechten Glauben.

Maries Leichnam wird unter den Steinen des Hauptaltars in der Kapelle begraben, Ort der höchsten Ehre. Hier und dort munkelt man, sie sei eine Heilige gewesen. Schon jetzt kommen die Zinsbäuerinnen am Abend, um in ihrer Nähe zu beten, und es kursieren Gerüchte über die Heilung einer Geschwulst, eines gebrochenen Handgelenks und eines Zahnabszesses.

Nach ihrer Wahl zur Äbtissin schreckt Tilde in acht aufeinanderfolgenden Nächten aus unruhigen Träumen hoch und hat das Gefühl, das Herz wollte ihr aus der Brust springen, und als sie in der neunten Nacht in derselben Panik erwacht, steht sie auf und geht zum Beten in die Kapelle.

Sie lässt ihre Kerze auf dem Altar und kniet sich in den Altarraum, doch sie fühlt sich unwohl dort, und die Gedanken schwirren ihr nur so im Kopf herum. Unwillkürlich betrachtet sie die Gemälde an der Wand, die im Halbdunkel zu tanzen beginnen: die Apokalypse, das Jüngste Gericht, Maria Magdalena mit offenem Haar, das ihr bis auf die Hüften fällt, und dem reizlosen langen Pferdegesicht. Das Gesicht der Jungfrau während der Verkündigung, überflutet von strahlend goldenem Licht. Die Offenbarung, die zweiköpfige Hure Babylon auf ihrem Drachen.

Und dann spürt sie einen kühlen Hauch, als würde ihr jemand in den Nacken atmen. Irgendjemand oder irgendwas befindet sich hinter ihr im Mittelschiff. Sie schluckt, sieht ihre Hände vor sich zittern und spricht ein Gebet, während sie ganz langsam aufsteht. Sie streckt die Hand nach ihrer Kerze aus, doch kaum dass sie den Halter berührt, verlischt die Flamme. Im Dunkeln spult sich der Rauch um ihre Hände.

Sie wappnet sich innerlich, und als sie sich umdreht, entdeckt sie ein fernes Glimmern direkt oberhalb der Steine, unter denen Marie begraben liegt. Sie zweifelt keinen Moment daran, dass es der Geist der alten Äbtissin ist, auch wenn sie sich später fragen wird, ob es nicht vielleicht doch das Mondlicht gewesen sein könnte, das sich im glänzenden Laub der Eiche draußen spiegelte und zum Fenster hereinfiel.

In Äbtissin Marie hatte großer Ehrgeiz gesteckt, Ungeduld, oft auch kaum zu zügelnde Wut, doch niemals Boshaftigkeit; Äbtissin Tilde, die mehr als zwei Jahrzehnte in ihren Diensten stand, weiß das genau. Und bei diesem Gedanken spürt sie, wie die Angst von ihr weicht. Alles in ihr wird ruhig.

Sie richtet ihre Schritte auf das Glimmern, und während sie darauf zugeht, scheint es brodelnd immer neue Formen anzunehmen und sich von ihr zu entfernen. Sie lässt sich von ihm nach draußen führen, wo sich die dunklen Bäume im Wind bewegen, den Pfad entlang, durch den Brei aus faulen Falläpfeln hindurch und wieder zurück zum Äbtissinnenhaus.

Das schimmernde Licht führt sie durch die Dunkelheit zum Schreibpult, auf dem sich ihre nie endende Arbeit stapelt. Und im Mondlicht sieht sie, was das Auge am Tage nicht wahrnimmt, die Regale voll gebundener Pergamente, die im Laufe der letzten Jahrhunderte im Kloster entstanden sind, so viele der Seiten gefüllt mit Maries Handschrift.

Doch als sie die Tür öffnet, schält sich die Zeit von der Äbtissin ab, und im Dunkeln erscheint ihr eine Vision: Sie sieht Marie so wie an jenem Tag ein paar Monate vor ihrer Wahl zur Äbtissin, kurz nachdem sie selbst als Novizin im Skriptorium begonnen hatte, damals, als sie nicht einmal zu hoffen gewagt hatte, dass die Königin sie zur Priorin ernennen würde. Maries Gesicht hatte inzwischen so etwas wie eine strenge Schönheit erlangt; sie stand im seitlich hereinfallenden roten Morgenlicht und lächelte in Richtung der Tür, zu der Tilde, zag und jung, gerade hereingekommen war, mit einer Lateinfrage, die ihr die anderen Nonnen nicht hatten beantworten können. Nachdem sie angeklopft hatte, legte Marie die Äbtissinnen-Siegelmatrix, die sie gerade in der Hand hielt, behutsam auf einem ledergebundenen Büchlein ab. Tilde, sagte sie, und als diese ihren Namen aus dem Mund der Äbtissin hörte, fuhr ihr ein Schauder über die Haut. Die Äbtissin beantwortete ihre Frage, ohne zu zögern, aber mit einem wohlwollenden Lächeln.

Und dann verblasst die Erinnerung, und Äbtissin Tilde entzündet ihre Kerze und stöbert so lange, bis sie inmitten der Bände das kleine Büchlein findet, auf dem das Siegel in jener allzu lebendigen Erinnerung lag.

Sie liest ohne Pause, unterbricht nicht einmal zur Matutin, zur Laudes oder zur Prim, und auf der letzten Seite angelangt, reibt sie sich die Schläfen. Trostlos und grau dämmert der Morgen, es sind die Iden des November, und draußen vor dem Fenster liegt der gefrorene Boden in fahlem Licht. Sie kniet sich in den Kamin und schürt ihn selbst an, denn sie hat die Tür abgeschlossen, wird keine der Dienerinnen hereinlassen. Sie starrt ins Feuer, um Zeit zum Nachdenken zu gewinnen.

Sie kannte die Äbtissin Marie als kluge Strategin, als umsichtige und geschickte Leiterin der klösterlichen Geschicke, eine clevere Politikerin, die überall ihre Spione und Verbündeten hatte, eine Freundin der Großen und Kleinen, eine gütige, kluge Frau mit einem eigenen Glauben. Sie hatte sie einen Schmetterling aus einem Spinnennetz befreien und bewegt von der Herrlichkeit eines Sonnenuntergangs auf die Knie fallen sehen. Es hatte durchaus Gerüchte gegeben, sie sei eine Hexe, doch solche Gerüchte entstehen unweigerlich, sobald eine Frau Einfluss erlangt. Trotzdem hatte Tilde die Visionen, die Marie von der Heiligen Jungfrau empfing, nie für echte Visionen gehalten, sondern vielmehr für Ideen, die sie auf diese Weise ausschmückte, um ihre Schwestern von ihren Bauprojekten zu überzeugen. Tilde hatte nicht im Ernst an die mystischen Kräfte ihrer Äbtissin geglaubt. Mystikerinnen, das waren ätherische Wesen, und Marie war das ganze Gegenteil davon. Sie war massig, fleischlich und beherrscht von ihrem Hunger.

Und in gewisser Weise findet Tilde Visionen auch beunruhigend, denn irgendetwas an ihnen fühlt sich weniger wie das Wort Gottes an, das in all seiner Autorität aus der Bibel spricht, sondern eher wie etwas Menschliches, das, wenn sie ehrlich ist, nicht gegeben wirkt, sondern durch und durch gemacht.

Dennoch hat es sicherlich etwas zu bedeuten, dass der Geist der Äbtissin mit ihr sprechen wollte.

Angestrengt und verzweifelt denkt sie nach, was sie jetzt tun soll, und kommt zu keinem befriedigenden Ergebnis.

Sie beginnt noch einmal zu lesen, und wieder trifft es sie bis ins Mark, denn wären solche Visionen zu Maries Lebzeiten in die Welt gedrungen, hätte man Äbtissin Marie als Ketzerin auf dem Scheiterhaufen verbrannt, die Schwestern hätte es in alle Winde zerstreut, und der Reichtum, den sich das Kloster über Jahre hinweg aufgebaut hatte, wäre an die stets begierig über ihnen kreisenden Kirchenoberen verloren gewesen.

In Maries Visionen küsst Eva die Heilige Jungfrau Maria, ist Gott eine riesige Täubin, die die Eier der Welt legt, und Marie selbst eine Beschützerin, die in ihrer Macht weit über jeder anderen von einer Frau geborenen Frau steht. Einzeln betrachtet wirken die Visionen gar nicht so ketzerisch, doch zusammengenommen ist ihre Metaphorik so weit vom Gewohnten entfernt, dass es Tilde den Atem verschlägt. Am liebsten würde sie sich die Augen zuhalten.

Dieses Buch hinaus in die Welt zu schicken kommt nicht infrage, so viel steht fest. Es ließe sich leicht herausfinden, wer es geschrieben hat, und die Strafe für die verbleibenden Schwestern wäre hart und würde prompt folgen. Schon jetzt hält es Äbtissin Tilde für bedacht, nicht mehr selbst die Messe zu sprechen und die Beichte abzunehmen, dieses Recht kampflos wieder aufzugeben, denn auch sie fühlt sich nicht recht wohl bei dem Gedanken, dass Frauen eine solche Macht in den zu kleinen, zu schwachen Händen halten. Es kommt ihr schon gefährlich vor, Maries mystische Aufzeichnungen einfach nur im Kloster aufzubewahren.

Eigentlich will sie das gebundene Büchlein wieder zurückstellen, hinter die anderen Bände, damit es dort verborgen bleibt, bis sie die Weisheit erlangt, damit umzugehen, doch jetzt nähern sich im Flur die schweren Schritte von Goda, und als die Subpriorin kurz darauf am Türgriff rüttelt, wirft Tilde es in kopfloser Panik ins Feuer, wo sich flinke blaue Flammen durch das Pergament fressen und Maries säuberlich geschriebene Zeilen wie Spinnenbeine verkrumpeln.

Tilde ist nicht mit den Fähigkeiten einer mystischen Seherin gesegnet, sie erkennt nicht, wie viel dort in den Flammen gerade verloren geht: die Spuren einer Vorgängerin, die Visionen, die dem neuen Jahrtausend einen anderen Weg hätten weisen können. Der starke Wurzelstock, der etwas Neues hätte hervorbringen können – verloren. Wie lange es doch dauern kann, bis gute Absichten schließlich aufblühen, wie sie mitunter erst Jahrhunderte jenseits des Lebens, in dem sie ihren Ursprung haben, in voller giftiger Blüte stehen.

Das zerfallende Kloster, die sich erwärmende Erde, die fliehenden Wolken, das Verschwinden der Molche und Vögel und die neue Trockenheit der heißen Welt, in der die Spuren des alten Klosters als versengte braune Linien auf dem Gras eines fremden, verwandelten Ortes erscheinen, wo es keine frommen Frauen mehr gibt und die Grundrisse des Labyrinths unter den Straßen und Häusern späterer, noch gierigerer Menschen begraben liegen.

Nein, die neue Äbtissin, gütig, gehorsam und zuinnerst fromm, spürt, wie sich in ihr eine schreckliche pechschwarze Freude ausbreitet, ein Gefühl, das sie zum Zittern bringt, denn sie hat nie zuvor erfahren, wie zutiefst befriedigend das Zerstören sein kann.

Über genau diese Freude am Zerstören wird sie später erschüttert nachdenken; sie fühlt sich elementar an, menschlich, das muss es gewesen sein, was die Schlange Eva einst ins Ohr flüsterte.

Als Goda schließlich hereinkommt, ist von Maries Visionen nichts mehr übrig.

Goda brüllt, die Äbtissin dürfe sich nicht einschließen und vor ihren Schwestern verstecken, das sei nicht erlaubt, nicht mal einer Äbtissin. Sie brüllt, weil sie sehr alt und inzwischen so gut wie taub ist.

Tilde sagt, sie wird bei der Beichte um eine Buße bitten. Ihr Gesicht ist heiß, es glüht förmlich.

Goda funkelt sie an, dann geht sie zu ihrem Schreibtisch und lässt sich keuchend daran nieder. Sie seufzt. Faltet die Hände. Die Schweine, sagt sie sehr ernst.

Tilde sieht sie an. Die Schweine?

Goda sagt, sie bedaure es zutiefst, doch sie müsse der Äbtissin mitteilen, dass drei der jungen Säue mit gleitenden Wirbeln zur Welt gekommen seien und noch an diesem Vormittag gekeult werden müssten.

Tilde sieht die gute Subpriorin an und zwingt sich zu nachsichtiger Liebe. Sie sagt, sie sei dankbar, dass Goda sich so hervorragend um das Wohl des Klosterviehs kümmere.

Goda sieht sie misstrauisch an und fragt sich, ob die jüngere Frau sich nicht über sie lustig macht, doch schließlich nickt sie, die Mundwinkel beinahe zu einem Lächeln gehoben. Sechsundfünfzig Jahre als Subpriorin. Sie hat gesehen, wie aus einer einzelnen kränklichen Jungkuh drei Dutzend kernige Rinder wurden. Hunderte von Hühnern, wo einst nur vier waren. Unzählige Schweine und Ziegen. Sie ist nicht stolz, doch sie hat ihre Arbeit gut gemacht. Mehr als gut vielleicht, auch wenn ihr nie jemand ihren Fleiß gedankt hat. Nanu, sagt sie jetzt deutlich leiser, wie riecht es denn hier? Es stinkt. Sei der Äbtissin etwa nicht recht wohl? Auch Godas Gedärm bekomme der Kohl nicht so gut.

Äbtissin Tilde sagt, sie habe bloß gerade etwas verbrannt, keine Sorge, es sei nichts.

Und das ist keine Lüge, denn sie hat in das Feuer geblickt und gesehen, dass das Buch vollständig verbrannt ist, und selbst wenn es einmal etwas war, ist es jetzt nichts, kein Buch mehr, sondern Glut und Asche. Sie ist frei, muss nicht mehr entscheiden, wie sie mit den seltsamen Visionen ihrer Vorgängerin umgehen soll. Maries Visionen sind verbrannt, und damit ist es, als hätte es sie nie gegeben.

Rauch zu Rauch, denkt sie, und es versetzt ihr einen Stich ins Herz, dass sie ihre alte Freundin enttäuscht hat, den vergangenen Geist.

Solche Feuer, in sich so klein, werden die Welt unmerklich immer weiter aufheizen, bis sie Jahrhunderte später zu heiß sein wird, um die Menschheit noch weiter zu ertragen.

Im Klassenzimmer sprechen die Novizinnen im Chor das Imperfekt Passiv Indikativ, dritte Konjugation: *capiebar, capiebaris, capiebatur, capiebamur, capiebamini, capiebantur*; die sommersprossige Novizin Lucy kneift die Novizin Gwenllian mit den großen Kuhaugen, und beide Mädchen grinsen in ihre Hände.

In der Äbtissinnenküche knetet die Küchenmeisterin Teig, die Ärmel nicht hochgesteckt, sodass das aufgestobene Mehl wie Nebel in der Luft hängt, und eine Magd knackt mit ihren kräftigen Händen Nüsse, wirft die Schalen ins Feuer und tratscht dabei über die neue Äbtissin; Tilde sei zwar von königlichem Blut und seit Jahrzehnten Priorin, aber sie wirke doch unsicher in ihrer Rolle.

Tilde und die alte Äbtissin könnten unterschiedlicher kaum sein, sagt die Magd. Ach, die Äbtissin Marie sei die stärkste Frau gewesen, die sie ihr Lebtag kennengelernt habe, und es heiße, ein Seraph habe bei ihrer Mutter gelegen, was ihre imposante Größe und dieses Leuchten erklären würde, das von ihr ausging. Und wenn die alte Äbtissin etwas verabscheut habe, dann Dummheit. Die Luft sei gespannt gewesen wie das Fell einer Trommel, sobald sie einen Raum betreten habe. Katzengleich trotz ihrer großen Füße, behände wie eine Zehnjährige, selbst als kränkelnde Alte mit wehen Knochen. Mehr als einmal habe sie die gesamte Dienerschaft zusammengestaucht, dass allen Hören und Sehen verging.

Ach ja, und sie sei auch bei einem Kreuzzug dabei gewesen, sagt die Küchenmeisterin wissend. Angeblich seien in Jerusalem Dutzende Ungläubige, wenn nicht gar Hunderte, durch ihre großen Hände getötet worden. Ihretwegen habe man auf den Straßen knietief im Blut gestanden. Ehrfurcht gebietend sei sie gewesen, geradezu beängstigend, die große Domina. Und tugendhaft, so tugendhaft. Eine Heilige.

Doch eine neue Wäscherin sagt, sie habe gehört, dass unter dem weiten Habit der alten Äbtissin gar keine Frau gesteckt habe, ganz und gar nicht, und außerdem munkele man, die alte Äbtissin Marie sei entweder eine Hexe gewesen oder der Teufel, der in Gestalt einer Nonne erschienen sei, ob denn mal jemand unter den Schleier geschaut und die Hörner gesehen habe?

Die Küchenmeisterin schleudert dem jungen Ding ein

Nudelholz gegen die Stirn und schreit, sie schneide dem Gör gleich die Zunge ab, niemand werde so lästerlich über ihre heilige Marie reden, die die Küchenmeisterin und so viele der anderen als Wurm aus dem Dreck gezogen und sie aus ihren hungernden Familien geholt habe. Es habe auf Erden nie eine bessere Frau als sie gegeben. Sie ist völlig außer Atem.

Sie habe ja gar nichts gesagt, murmelt das Mädchen, kein Wort, und reibt sich die Beule am Kopf.

Draußen im Obstgarten holt die kleine, flinke Schwester Petronilla jetzt Schwester Alix ein, die gerade mit einem Stoß frischer Wäsche auf dem Weg ins Äbtissinnenhaus ist; sie sieht sich schnell um, ob niemand sie beobachtet, drückt der jungen errötenden Nonne flugs einen Kuss auf den Mund und rennt davon.

In der Schafhürde versteckt sich die junge Schwester Rohese, die eigentlich arbeiten sollte, und hält weinend ein Lamm auf dem Schoß, denn ihre Schwester zu Hause ist krank und wird schon bald in den Schoß der Heiligen Jungfrau gerufen werden.

Kurz darauf sieht man eine zarte Gestalt die Glocke läuten, um die frommen Frauen zur Terz zu rufen. Als die Nonnen die Glockenschläge vernehmen, hören sie auf zu arbeiten, zu konjugieren, zu weinen. Sie strömen zur Kapelle.

Auf dem Weg dorthin, nach und nach, verwandeln sich ihre Gedanken in Gebete.

Und die Stunden verstreichen, und die Arbeit geht weiter.

Danksagung

Mein Dank gilt Dr. Katie Bugyis, deren Vortrag die Idee zu dieser Geschichte keimen ließ und deren Buch *The Care of Nuns: The Ministries of Benedictine Women in England during the Central Middle Ages* mir eine weitere Inspirationsquelle war. Ihre klugen und detaillierten Aufzeichnungen wiesen mir während des Schreibens den rechten Weg; sämtliche Fehler sind selbstverständlich mir anzukreiden.

Ich danke dem Radcliffe Institute for Advanced Study für das außerordentliche Geschenk eines Stipendiums, durch das ich mir die Zeit nehmen und das Wissen aneignen konnte, um mit diesem Buch zu beginnen. Danke an meine RechercheheIferin, die Doktorandin Patricia Liu, für die hervorragende und freundschaftliche Zusammenarbeit.

Ich danke der Guggenheim Foundation, die mir weitere Zeit geschenkt hat.

Mein Dank gilt meinen lieben Freundinnen, den Nonnen des Klosters Regina Laudis in Connecticut, die mich in ihrem Gästehaus, bei ihren Messen und bei ihrer Arbeit wie selbstverständlich willkommen hießen und mir die ungeahnte Schönheit des Klosterlebens offenbarten. Ganz besonders danke ich Mutter Äbtissin Lucia und Mutter Angele für unsere offenen Gespräche. Danke, J. Courtney Sullivan, für die Empfehlung.

Danke an Dr. Paul Rockwell vom Amherst College French Department, der mir zwei Semester lang Nachhilfe in Altfranzösisch gab und mich erstmals auf meine geliebte Marie de France aufmerksam machte.

Danke an meine Leserinnen und Leser Laura van den Berg, Elliott Holt, T. Kira Madden und Jamie Quatro, deren Anmerkungen mir das Buch immer wieder neu erschlossen.

Ich danke meiner Familie bei Riverhead, allen voran Sarah McGrath, Jynne Dilling Martin und Claire McGinnis.

Danke an Bill Clegg, Marion Duvert und das gesamte Team der Clegg Agency.

Danke an meine Eltern, die uns in ihrer kleinen New-Hampshire-Utopie Zuflucht boten, während draußen in der Welt die Pandemie wütete.

Danke an Rebecca Ferdinand und Maria Clevenger für die Fürsorge.

Ich danke Clay, Beckett und Heath.

Ich danke meinen Leserinnen und Lesern.

Dieses Buch soll meinen Schwestern gewidmet sein, den leiblichen wie denen im Geiste.